MIQUEL REINA

Lichter auf dem Meer

MIQUEL REINA

Lichter auf dem Meer

Roman

Übersetzung aus dem Spanischen
von Anja Rüdiger

THIELE VERLAG

Für meine Mutter – dafür, dass sie mich bei allem,
was ich mir im Leben vorgenommen habe, unterstützt hat.
Manchmal müssen wir uns verlieren, um uns zu finden.

PROLOG

Es war ein leuchtender Blitz, der all das auslöste. Nachdem er über den tiefblauen nächtlichen Gewitterhimmel gezuckt war, krachte er mit aller Macht in das Dach des Hauses in San Remo de Mar, das einsam auf einer Klippe stand. Für das alte Ehepaar, das dort wohnte, war es die letzte Nacht in dem Häuschen, das nun so lange ihr Zuhause gewesen war. Und auch wenn die beiden das eigentlich wussten, so hätten sie doch niemals auch nur im Entferntesten ahnen können, dass dieser Blitzschlag etwas auslöste, das unglaubliche Folgen haben sollte, auch wenn sich diese erst am nächsten Morgen zeigen würden. Etwas, das manche Leute wohl als Tragödie bezeichnet hätten und das für andere doch wie ein Wunder war.

Bis zum nächsten Morgen fehlten jedoch noch einige Stunden.

Wenn das Ganze vielleicht auch auf andere Art und Weise hätte geschehen können oder wenn es bereits bei den ersten Regentropfen am Nachmittag vorhersehbar gewesen wäre, hätten sie sich dies in jenem Moment dennoch nicht vorstellen können. Der springende Punkt war, dass ihre Geschichte mit jenem leuchtenden Blitz begann, und es gibt ein paar Details, die man nicht außer Acht lassen darf, um die Umstände, die zu jener außergewöhnlichen Lage führten, zu rekonstruieren.

Wer waren die beiden? Wo lebten sie? Was machten sie dort?

Ihre Namen waren Harold und Mary Rose Grape. Die Grapes – oder das Ehepaar Grape, wie sie überall genannt wurden –, wohnten im letzten Haus einer schmalen Straße, die auf einer Klippe endete, und man kann wohl sagen, dass ihr Haus möglicherweise eines der ungewöhnlichsten im ganzen Ort war.

Im Unterschied zu den meisten anderen Häusern und kleinen Läden, die sich weiter unten am Strand zusammendrängten, lag das Haus der Grapes etwas mehr als einen Kilometer von dem malerischen Dorf entfernt, dem Meer trotzend, direkt am Rand der höchsten Klippe auf der Insel: des Todesfelsens.

An klaren Tagen konnte man das gelbe Holzhaus der Grapes aus mehreren Kilometern Entfernung von überall her gut sehen, sei es beim Spaziergang über die fruchtbaren Hügel aus altem Vulkangestein am äußeren Rand der kleinen Insel Brent oder bei einer Bootsfahrt über das ruhige Meer – beides Unternehmungen, die perfekt geeignet waren, um diesen warmen Sonntagmorgen zu genießen. Strände, Wege und die Terrassen der kleinen Cafés füllten sich mit Menschen. Die Einwohner von San Remo de Mar waren gutes Wetter nicht gewohnt und hatten ihre Häuser eilig verlassen, um den seltenen Tag zu nutzen, an dem die Sonne vom Himmel schien, ohne von einer dicken Wolkenschicht bedroht zu werden. Die Grapes jedoch waren wie fast immer zu Hause geblieben. Obwohl im Gegensatz zu den meisten Tagen dieser Sonntag auch für sie ein ganz besonderer war. Und deswegen stand es für sie auch absolut fest, dass sie ihn nicht irgendwo draußen vergeuden würden. Sie wollten diesen Tag in ihrem Haus verbringen und ein letztes Mal den Blick über die alten gemütlichen Holzbretter streifen lassen, aus denen ihr Heim erbaut worden war.

EINE UNGEWISSE ZUKUNFT

Mary Rose Grape hatte den größten Teil jenes Sonntagmorgens damit verbracht, persönliche Erinnerungsstücke in unpersönliche Umzugskisten zu verpacken, wobei sie sich ständig zu der Entscheidung zwingen musste, auf welche Dinge sie in ihrem zukünftigen Heim würden verzichten können. Als sie die letzten Decken ganz hinten aus dem Schrank hervorholte, fiel ein altes Foto vor ihr auf den Boden. Behutsam hob sie es auf, und während sie es umdrehte, spürte sie ein Kribbeln im ganzen Körper, das sich schließlich auf ihre Hände konzentrierte und sich anfühlte, als hielte sie ein Stück Eis darin.

Sie musste sich auf den Rand des Bettes setzen und tief durchatmen, bevor sie den Blick erneut auf das Foto richtete. Es war ein Bild, das sie vor Jahren dort versteckt hatte, um einen allzu tiefen Schmerz zu vergessen. Das Foto war inzwischen ziemlich verblasst, doch die drei Personen, die darauf zu sehen waren, waren noch genau zu erkennen. Ein Mann, eine Frau und ein Kind, alle drei lächelnd und sich im Arm haltend. Und hinter ihnen, von der nachmittäglichen Sonne beleuchtet, ein noch im Bau befindliches Boot.

Die Farben auf dem Bild waren völlig verblichen und hatten über die Jahre ihren Glanz verloren, doch das störte Mary Rose nicht. Sie wusste ganz genau, dass das Haar des Mannes kohlrabenschwarz war und dass sich hinter der Brille seine Augen versteckten, die von einem derart tiefen Blau waren, wie sie es sonst noch niemals gesehen hatte – außer bei dem kleinen Jungen auf dem Foto vielleicht, der die gleiche Augenfarbe hatte. In diesem Moment spürte Mary Rose einen Stich ganz tief in ihrem Herzen und wie das Gift des alten Grolls ihr erneut die Kehle zuschnürte. Noch einmal atmete sie tief durch und wandte den Blick wieder dem Lächeln des Jungen zu, seinem feuchten, glänzenden Haar, das den gleichen kastanienbraunen Farbton hatte wie das lange Haar der Frau mit den grünen Augen, die ihn umarmte.

Eine Träne fiel auf das ovale Glas von Mary Roses Brille, als sie sich an die vielen Nachmittage erinnerte, die sie in der alten Schiffswerft von San Remo verbracht hatten. Damals war es ihr großer Traum gewesen, die Welt jenseits der Insel zu entdecken, ohne Angst vor dem Unbekannten, ohne irgendwelche Dinge, die sie hielten, ohne Schuldzuweisungen. Sie seufzte. In diesem Moment, fünfunddreißig Jahre später, erkannte Mary Rose sich kaum wieder. Wann hatte sie aufgehört, sie selbst zu sein? Und wann hatte sie ihre Träume begraben? Es schmerzte, sich diese Fragen zu stellen und sich einzugestehen, dass ihr nur noch die Angst vor einer Zukunft, die nicht mehr in ihrem Haus stattfinden würde, geblieben war. Das Foto erinnerte sie daran, dass ihr Leben so völlig anders verlaufen war als vorgesehen. Mary Rose betrachtete es ein letztes Mal, dann legte sie es in den Umzugskarton und ging in die Küche hinunter.

Unten, in der übervollen kleinen Werkstatt im Keller, arbeitete Harold Grape an einem seiner Flaschenschiffe, als handelte es sich um einen ganz normalen Tag. Durch die runden Fenster rundherum drang gerade das Licht der Sonne herein, als würde es immer so bleiben. Alles befand sich an seinem Platz. Die Umzugskartons lehnten noch zusammengefaltet an der Waschmaschinen-Trockner-Kombination, auf der ein Stapel Bücher lag.

Neben der Entsalzungsanlage und dem riesigen Wasserspeicher türmten sich Dutzende alter Elektrogeräte, und hinter einem verblichenen karierten Vorhang direkt hinter Harolds Werktisch befand sich die Vorratskammer, die nun beinahe leer war.

Auch wenn Harold sich ständig über den wenigen Platz beklagt hatte, der ihm hier unten zur Verfügung stand, hatte er in diesem vollgestopften Raum doch den größten Teil seiner freien Zeit verbracht und war seinen Hobbys nachgegangen. Hier reparierte er dies und das und verrichtete irgendwelche Handwerksarbeiten, die dazu beitrugen, den guten Zustand, in dem sich das alte Haus befand, zu erhalten. Oder er widmete sich seiner Lieblingsbeschäftigung, dem Einzigen, was ihn an den Tagen, an denen er besonders niedergeschlagen war, aufheitern konnte: Er baute Flaschenschiffe.

Im ganzen Haus waren seine kleinen Kunstwerke zu bewundern, die er mit viel Geschick und Geduld angefertigt hatte. Im Flur, im Wohnzimmer, im Esszimmer und sogar im Badezimmer waren die maßstabsgetreuen Nachbildungen von historischen Schiffen in alten Flaschen, die das Meer an den Strand gespült hatte, ausgestellt gewesen.

Doch nun war im Haus kein einziges Flaschenschiff mehr zu sehen. Alle waren ordnungsgemäß verpackt und mit Luftpolsterfolie umwickelt. Alle außer einem.

Im Unterschied zu den anderen Schiffsnachbildungen steckte die, die Harold jetzt in den Händen hielt, nicht in einer schützenden Flasche, sondern in einem alten Marmeladenglas. Darin schwamm in einem Meer aus Kunstharz herausfordernd sein wertvollstes Schiff; das älteste von allen, das erste, das er gebaut hatte. Dabei handelte es sich nicht mal um ein Schiff mit kunstvollen Verzierungen oder mit authentischen Wappen auf den Segeln. Es war ein einfaches, bescheidenes Segelschiff in Erwartung großer Abenteuer. Ein Schiff, das keinen Namen trug und das Harold lange vor der winzigen Kopie, von der er nun vorsichtig den Staub wegpustete, zu bauen begonnen hatte.

Manchmal meinte Harold sogar noch den Geruch nach Holz, Teer und Meer wahrzunehmen, der die Luft in der Werft erfüllt hatte, wo er als junger Mann gearbeitet hatte. Genauso wie er die Geräusche des Kalfathammers und des Eisens zu hören glaubte, wenn er das Werg zwischen den Planken einschlug, während er die Sonne auf seinem nackten Rücken spürte. Harold erinnerte sich voller Sehnsucht noch an jedes einzelne Schiff, das er in jenen Tagen gebaut hatte, echte Schiffe: Fischerboote, Trawler, Passagierschiffe ... Er erinnerte sich an die harte Arbeit und die Schwierigkeiten, aber vor allem an die Freude, die Boote am Ende auslaufen zu sehen. Mit allen Schiffen, an deren Fertigstellung er beteiligt gewesen war, verband er die Erinnerung an schöne Momente, doch nichts war mit der Hingabe und Freude vergleichbar, mit der er das Segelschiff konstruiert hatte, dessen Nachbildung er nun betrachtete. Ein Schiff, das der Gegenstand all seiner Träume gewesen war und das er mit viel Liebe und Ausdauer in seiner freien Zeit zu bauen begonnen hatte. Harold stellte das Marmeladenglas auf den Werktisch, ohne es loszulassen, und seufzte bei dem Gedanken daran, dass keiner dieser Träume jemals jene Werft verlassen hatte; sie waren zerplatzt, bevor das Holz des Schiffes zum ersten Mal das Wasser berührt hatte. Eines Schiffes, das niemals seiner Bestimmung zugeführt worden war, sondern als Abbild eines verlorenen Traums in einem Marmeladenglas endete.

Bei diesem Gedanken durchfuhr ihn ein heftiges Zittern von Kopf bis Fuß und brachte ihn in den schummrigen Keller mit seinem abgestandenen Geruch zurück. Das Glas begann in seiner Hand zu vibrieren, und Harold musste es gut festhalten, damit es nicht auf den Boden fiel. Doch es waren nicht nur er und das Schiff, die zitterten; der ganze Keller erbebte, sodass die Glühbirne, die kraftlos an einem der Deckenbalken hing, hin und her schwankte. Ein paar Sekunden später hörte das Zittern genauso abrupt auf, wie es gekommen war, und alles war wie vorher.

Harold schnaubte verärgert, als er sah, dass das Hauptsegel des Schiffes sich gelöst hatte und auf das winzige Deck gefallen war. Ohne dem kleinen Erdbeben, das sich offenbar gerade ereignet hatte, auch nur die geringste Beachtung zu schenken, setzte er seine Lupenbrille auf und griff nach der langen Pinzette, um den Schaden zu richten. In diesem Moment hörte er von der Kellertreppe her die Stimme seiner Frau.

»Harold, hast du es gemerkt? Diesmal war es aber ziemlich heftig!«

»Nicht heftiger als sonst!«, rief er laut zurück, damit seine Stimme oben am Kellerabgang zu hören war.

»Von wegen! Ein Glück, dass das meiste schon in den Kisten verpackt ist, sonst wäre sicher einiges kaputtgegangen!« Mary Rose machte eine Pause und fuhr dann fort: »Ich fände es besser, wenn du kurz rausgehen und die Stahltrossen überprüfen könntest!«

»Wenn ich hier fertig bin, werfe ich einen Blick drauf, einverstanden?«

»Prima!« Und bevor Mary Rose ging, fügte sie noch hinzu: »In zehn Minuten ist das Essen fertig!«

Für die Grapes war es nichts Neues, dass ihr Haus ab und zu bebte, doch auch nach der langen Zeit hatte sich Mary Rose noch nicht daran gewöhnt. Als sie in die Küche trat, blieb ihr fast das Herz stehen. Der Blumentopf, der auf dem Esstisch gestanden hatte, war heruntergefallen, und die violetten und pinkfarbenen Hortensien lagen entwurzelt zwischen den verteilten glasierten Tonscherben auf dem Boden.

In diesem Moment hatte Mary Rose das Gefühl, mit dem zertrümmerten Topf in die Vergangenheit zu reisen; denn es hatte eine Zeit gegeben, in der dieses Haus nicht einmal in ihren fernsten Gedanken existiert hatte. Plötzlich war sie nicht mehr in der Küche ihres Hauses, sondern in der kleinen Wohnung unten im Ort, in der sie vor vielen Jahren gelebt hatten. Mit einem Mal hatte sie wieder das Geräusch des Regens im Ohr, der gegen das Esszimmerfenster prasselte, und das Zucken der Blitze über dem Meer. So intensiv war die Erinnerung an jene lang zurückliegende Gewitternacht, als ein Topf mit Hortensien wie dieser ihr aus den Händen gefallen und auf den Küchenfliesen zersprungen war, dass sie meinte, alles noch einmal zu erleben. Und wie damals ging ihr der gleiche Gedanke durch den Kopf: Es wird etwas Schlimmes geschehen.

Mary Rose wusste seit damals, dass der kaputte Topf und die Hortensien auf dem Boden mehr als nur ein schlechtes Vorzeichen gewesen waren. Doch auf das, was ihr ein paar Stunden später widerfahren sollte, hätte nichts und niemand sie vorbereiten können. Seit jenem Tag hatte sie überall im Garten immer wieder Hortensien gepflanzt, weil diese Blumen sie daran erinnerten, weil sie das Einzige waren, was sie wachsen lassen konnte, ohne Angst haben zu müssen, es für immer zu verlieren.

Der durchdringende Geruch nach Verbranntem riss sie aus ihren Gedanken. Mary Rose lief zur Anrichte hinüber und nahm eilig die Kasserolle vom Herd, doch es war bereits zu spät. Das Essen war hinüber.

Harold machte es nichts aus zu warten, während Mary Rose mit dem wenigen Fisch, den sie aus dem verkohlten Essen hatte retten können, eine improvisierte Suppe zubereitete. Er hatte sowieso keinen Hunger und nutzte die Zeit, um wie versprochen im Garten nach den Stahltrossen zu sehen.

Er ging die Treppe an der Veranda hinunter und zwischen den unzähligen Hortensienbüschen, die überall im Garten standen, hindurch ums Haus herum. Gleich an der nächsten Ecke befand sich das erste der sechs Stahlseile, die wie bei einem riesigen Zelt vom Dach des Hauses bis zum Boden hinabreichten, wo sie sicher verankert waren. Harold selbst hatte sie Jahre zuvor befestigt, als die Fundamente des Hauses zu beben begonnen hatten, was im Laufe der Zeit zu einer unerbittlichen Erosion des ganzen Felsens führte.

Harold bückte sich, bog die dicht belaubten Hortensien zur Seite, die um das Seil herumwuchsen, und überprüfte die Verankerung, die mehr als zwei Meter tief ins Gestein getrieben war. Im selben Moment wurde ihm klar, dass das, was er da tat, im Grunde keinen Sinn mehr machte. In wenigen Stunden würden sie ihr Haus verlassen müssen. Es spielte also keine Rolle mehr, ob die Seile gut befestigt waren oder nicht. Also richtete er sich wieder auf und setzte seinen Weg fort, ohne den Stahlseilen weitere Beachtung zu schenken. Er ging an den Weinstöcken vorbei, die früher einmal das ganze Grundstück bedeckt hatten und die er selbst zusammen mit seinem Vater gepflanzt hatte, als er noch jung gewesen war und Mary Rose noch gar nicht gekannt hatte.

Lange bevor sie beschlossen hatten, auf dem abgelegenen felsigen Grundstück das Haus zu bauen. Seit Jahren schon trugen die Weinstöcke keine Früchte mehr. Die verkrüppelten Reben waren trocken, von den dicht wachsenden Hortensien erstickt, und trugen weder Blätter noch Früchte, aus denen sie früher die Traubenmarmelade gemacht hatten, die sie so gern aßen. Zärtlich berührte Harold eine kümmerliche Rebe und dachte sehnsüchtig an die Vergangenheit. Doch genau wie es ihm kurz zuvor mit den Stahlseilen ergangen war, wurde ihm auch hier bewusst, dass das Wohl der alten Weinstöcke nicht mehr von Bedeutung war. Denn schon am nächsten Morgen würden weder sie noch das Haus mehr vorhanden sein. Alles würde verschwinden.

Harold trat bis zum felsigen Rand der Klippe vor. Von diesem einzigartigen Aussichtspunkt konnte er den größten Teil der Insel und das grenzenlose Meer, das sie umgab, überblicken. In der Ferne näherte sich vom Horizont her langsam ein leichtes Wolkennetz, doch der Strand war trotzdem noch immer voller Menschen. Die vielen Badegäste schien es nicht zu stören, dass die Sonne nicht mehr mit der gleichen Kraft vom Himmel strahlte. In der Nähe der Klippen konnte er eine Gruppe Surfer sehen, die versuchten, sich auf ihren Brettern zu halten, während er viel weiter entfernt, auf der entgegengesetzten Seite der Insel, wo die Berge sanft zum Meer hin abfielen, die ersten Fischer ausmachte, die den Hafen verließen.

San Remo de Mar war ein kleiner Ort auf einer kleinen, felsigen Insel, verloren inmitten des kalten Meeres und so abgelegen, dass der Rest der Welt keinen Gedanken an sie verschwendete. Ihre Bewohner waren Menschen, die sich in ihrem monotonen, ereignislosen Leben eingerichtet hatten und allem misstrauten: fremden Leuten, Veränderungen und sogar den eigenen Nachbarn.

Wie die meisten Inselbewohner hatten auch Harold und Mary Rose noch keinen Boden jenseits ihrer Heimat betreten, sie waren auch noch nie so weit aufs Meer hinausgefahren, dass sie die Insel nicht mehr sehen konnten. Das Stück Land unter ihren Füßen war ihre ganze Welt, eine winzige Welt, mit der sie sich zufriedengeben mussten und in der genau wie die Blumen und die Weinstöcke um sie herum auch ihr Kummer tief verwurzelt war.

Ein kalter Windstoß fuhr über das Grundstück und riss ein paar Blätter von einer Hortensie, die am Rand der Klippe wuchs. Harold sah ihnen nach und folgte ihrem wilden Tanz, bis sie schließlich im Abgrund verschwanden. Dann ging er wieder ins Haus.

»So was! Jetzt habe ich stundenlang umsonst am Herd gestanden!«, schimpfte Mary Rose vor sich hin, als Harold in die Küche kam.

»Wieso?«, fragte er, während er sich an den Tisch setzte.

»Na, findest du, dass das an einem Tag wie heute ein angemessenes Essen ist?«, meinte sie, während sie die wässrige Suppe mit den angebrannten Fischstückchen servierte.

»Es ist ein Tag wie jeder andere.«

Doch auch wenn Harold versucht hatte, möglichst überzeugend zu klingen, wusste er, als er den Kopf hob und seine Frau ansah, dass es ihm nicht gelungen war. Denn sosehr sie es auch zu leugnen versuchten, wussten sie beide doch, dass dieser Tag überhaupt nicht wie jeder andere war.

»Ist denn draußen alles in Ordnung?«, wechselte Mary Rose das Thema.

»Alles bestens«, entgegnete Harold, während er zusah, wie die angekohlten Fischstücke auf den Boden des Tellers sanken, »wenn ich auch nicht glaube, dass wir jetzt noch dafür sorgen müssen, das Haus möglichst gut instand zu halten.«

Mary Rose nahm einen Löffel von der Suppe und spürte, wie der verbrannte Geschmack sich langsam in ihrem Mund ausbreitete. Sie trank einen Schluck Wasser, was das Brennen in ihrem Inneren jedoch nicht löschen konnte.

»Ich kann mich einfach nicht an den Gedanken gewöhnen, dass dies unsere letzte Nacht hier sein wird …«, meinte sie.

Gerade, als Harold darauf etwas sagen wollte, klingelte es an der Tür. Die Grapes sahen sich verwundert an und legten beinahe geräuschlos die Löffel neben die Teller. Um diese Zeit bekamen sie niemals Besuch; eigentlich bekamen sie zu keiner Zeit Besuch. Es läutete wieder.

»Glaubst du, sie kommen, um uns zu holen?«, flüsterte Mary Rose.

»Ha!«, rief Harold aus. »Ich versichere dir, dass mich niemand früher als vereinbart aus meinem Haus holt!«

»Psst! Schrei doch nicht so!«, sagte Mary Rose leise.

Es hörte nicht auf zu klingeln.

»Ist ja schon gut!«, rief Harold und stand auf. »Wenn sie es sind, werde ich ihnen schon sagen, dass sie uns, wie es in ihrem verdammten Brief steht, erst morgen früh hier rauswerfen können! Und keinen Augenblick eher!«

Harold ging mit großen, entschiedenen Schritten zur Diele hinüber, während Mary Rose ihm zögernd folgte. Wieder läutete es, doch das Klingeln brach ab, als Harold die Tür öffnete. Auf der Schwelle stand eine große schlanke Gestalt, ein Mann in einem eleganten grauen Anzug, der perfekt zu seiner blassen Haut und dem weißen Haar passte.

»Guten Abend, Harold … Rose …«, sagte er, wobei er die Worte mit einer gewissen Niedergeschlagenheit in die Länge zog.

»Guten Abend, Matthew«, sagte Mary Rose.

»Was führt dich her, Bürgermeister?«, sagte Harold knapp.

»Es tut mir leid, wenn ich euch störe, aber ich habe gedacht, es wäre sicher gut, noch einmal vorbeizuschauen. Darf ich reinkommen?«

Harold zögerte einen Moment, doch schließlich ließ er die Tür los und den Bürgermeister eintreten.

Mary Rose machte Tee, und alle drei nahmen sie auf den Sofas Platz, die zu beiden Seiten des Couchtischs standen. Die Atmosphäre war angespannt, und obwohl der Bürgermeister derjenige zu sein schien, der sich am unwohlsten fühlte, ergriff er als Erster das Wort.

»Ehrlich gesagt, wusste ich nicht, ob ich vorbeikommen sollte oder nicht. Es ist für mich absolut nicht leicht, mit der Situation umzugehen, denn wie ihr wisst, seid ihr vor allem anderen meine Freunde.«

»Wir geben dir nicht die Schuld, Matthew …«, sagte Mary Rose.

Matthew hob den Blick von seiner Teetasse und richtete ihn, in Erwartung einer Reaktion, auf Harold, doch der schien mit den Worten seiner Frau nicht einverstanden zu sein.

»Also Matthew, jetzt pass mal auf«, begann Harold, wobei er versuchte, die in ihm aufsteigende Wut zurückzudrängen, »wenn du gekommen bist, um dein Gewissen zu erleichtern, indem du etwas rechtfertigst, was nicht zu rechtfertigen ist, ist das dein Problem, aber du musst bedenken, dass von morgen an unser Leben nie mehr so sein wird, wie es war.«

»Ich weiß besser als jeder andere, was es für euch bedeutet, dieses Haus zu verlieren …«, erklärte der Bürgermeister bedächtig, »aber glaub mir, ich bin nicht gekommen, damit ich mich besser fühle, ich bin wegen euch hier, um zu fragen, ob ich irgendetwas tun kann, um euch zu helfen.«

»Uns zu helfen?« Harold explodierte. »Denkst du nicht, dass du das viel früher hättest tun sollen?«

»Harold, du weißt, dass die Zwangsräumung nicht Sache der Verwaltung ist«, erwiderte der Bürgermeister, während er nervös die Tasse in seinen knochigen Händen drehte.

»Sehr wohl aber die anschließende Unterbringung!«

»Ja …«, stotterte der Bürgermeister. »Ich habe durchzusetzen versucht, dass ihr etwas Besseres bekommt, aber eure Rente würde für die Miete nicht ausreichen, wie ihr selbst wisst.«

»Und was ist mit Schadensersatz?«

»Du weißt, dass dieses Grundstück keinen Wert hat …«

»Also, dann sag mir, was du getan hast, um uns zu helfen?«

Der Bürgermeister rutschte verlegen auf dem Sofa hin und her und blickte sich um, als ob ihm plötzlich entfallen wäre, was er an diesem Ort eigentlich wollte.

»Harold, bitte beruhige dich«, sagte Mary Rose. »Matthew hat getan, was er konnte …«

»Ach ja?!«, rief ihr Mann voller Zorn aus.

Eine unbehagliche Stille machte sich im Wohnzimmer breit, die nur durch das bläuliche Aufleuchten eines Blitzes unterbrochen wurde. Die Erschütterung, die wenige Sekunden später der anschließende Donner mit sich brachte, ließ die Lampe, die über dem Couchtisch hing, hin- und herschwingen.

»Auch wenn ihr es jetzt noch nicht so seht …«, fuhr Matthew mit Blick auf die schaukelnde Lampe schließlich fort, »glaube ich, dass euch mit der Zeit klar werden wird, dass dies die beste Lösung ist. Ihr verliert zwar das Haus, aber alles andere bleibt euch erhalten, einschließlich meiner Freundschaft.«

Als Harold erneut dieses Wort hörte, verspürte er einen schmerzhaften Stich in der Brust.

»Freundschaft?«, wiederholte er mit grollender Stimme. »Das Wort ›Freundschaft‹ hat auf dieser Insel keine Bedeutung …«

Mary Rose hörte, wie die Tasse, die sie in ihren zitternden Händen hielt, den darunter stehenden Teller zum Klirren brachte. Sie wusste, warum Harold das gesagt hatte, aber sie wollte nicht daran denken; es war zu schmerzhaft, jene alten Erinnerungen heraufzubeschwören.

»Es ist wohl besser, ich geh jetzt wieder«, sagte der Bürgermeister und erhob sich. »Wie es aussieht, ist ein heftiges Gewitter im Anzug.«

»Ja, genau«, entgegnete Harold, bevor er den letzten Schluck des inzwischen kalt gewordenen Tees trank. »Und wir haben noch viel zu tun.«

Mary Rose stellte ihre Tasse auf den Tisch und stand auf, um den Gast zur Tür zu begleiten, Harold hingegen machte keine Anstalten, sich vom Sofa zu bewegen.

»Morgen früh um neun werde ich hier sein, falls ihr meine Hilfe braucht, einverstanden?«, meinte der Bürgermeister, an Mary Rose gerichtet.

»Und wir werden auch hier sein.«

Das waren die letzten Worte, die Harold hörte, bevor die Haustür geschlossen wurde. Er stand vom Sofa auf und ging langsam zum Fenster hinüber. Mit dem Ärmel seines Pullovers wischte er über die beschlagene Scheibe und blickte nach draußen. Er sah, dass der Strand nun wie ausgestorben dalag. Eine dicke graue Wolkenschicht bedeckte den Himmel, und der vom Meer kommende Wind brachte die ersten Regentropfen mit sich, die wie winzige Insekten gegen die Scheibe prallten. Ein paar Sekunden später kehrte Mary Rose ins Wohnzimmer zurück.

»Ich finde, dass du sehr ungerecht warst«, sagte sie, während sie zu ihm ans Fenster trat. »Du weißt, dass Matthew keine Schuld an unserem Unglück trägt …«

»Aber diesmal hätte er uns helfen können.«

»Diese Sache hängt nicht von ihm ab; und auch wir können nichts dagegen machen! Das stand klipp und klar in dem Brief.«

»Der Brief, der Brief!«, wiederholte Harold wütend. »Verdammt sei der Tag, an dem wir ihn bekommen haben!«

Ein erneuter Donnerschlag dröhnte im Tal und ließ die Lampe im Zimmer für den Bruchteil einer Sekunde flackern.

»Es gibt Leute aus dem Dorf, die seit Jahren schon in dem Altersheim wohnen und das ganz in Ordnung finden«, sagte Mary Rose leise.

»Du weißt so gut wie ich, dass jeder es hasst, in einem Altersheim zu leben. Und wir beide sind nun wirklich noch nicht so alt, dass man uns wie ein Baby füttern muss.«

»Hör auf, dich zu beklagen, Harold Grape! Es nützt doch nichts.«

»Ich kann nicht verstehen, dass du das Ganze einfach so hinnimmst! Verstehst du denn nicht, was es bedeutet, sein Zuhause zu verlieren?«

Mary Rose spürte einen dicken Kloß im Hals.

»Der Bürgermeister hat recht, da braut sich was zusammen«, meinte Harold mit einem Blick aus dem Fenster. »Es ist wohl besser, wenn ich die Fensterläden schließe.«

Mit diesen Worten verließ er das Zimmer.

DAS HAUS AUF DER KLIPPE

Aufgebracht stapfte Harold die Treppe ins obere Stockwerk hinauf. Er konnte die Resignation, die Mary Rose in den letzten Monaten an den Tag legte, nicht ertragen. Er konnte sie einfach nicht akzeptieren. Und auch wenn er sich der Lage, in der sie sich befanden, absolut bewusst war, war er nicht fähig, alles einfach so hinzunehmen. Denn er wusste besser als jeder andere, dass die Wände, die Böden und die Fenster dieses Hauses aus etwas gebaut waren, was man nicht ersetzen konnte.

Während draußen das Gewitter tobte, ging Harold von Zimmer zu Zimmer und schloss nacheinander alle Fensterläden. Die Zimmer waren nun ihres Inhalts beraubte Räume, in denen nur noch die Kisten standen, die die konzentrierten Erinnerungen an mehrere Jahrzehnte enthielten. Bevor Harold den letzten Fensterladen zumachte, warf er noch einmal einen Blick nach draußen. Der dicht fallende Regen wurde vom Wind, der die Wellen hoch an den Strand schlagen ließ, wie ein Vorhang hin- und hergerissen, bespritzte die Fensterscheiben und stürzte durch die Dachrinne an der Fassade auf die Hortensien herunter. Und auch auf Harold hatte der heftige Niederschlag, der draußen fiel, seine Wirkung, denn er schien dessen Wut nach und nach wegzuwaschen, ihn dafür jedoch mit tiefer Traurigkeit zu durchtränken.

Dass Harold sein Heim verlassen musste, bedeutete für ihn nicht nur, sein Haus zu verlieren; es war etwas, was über materielle Dinge hinausging. Denn es hieß für ihn, das Einzige zurückzulassen, was ihm aus seinen glücklichsten Tagen geblieben war, das Brett, das ihm half, sich über Wasser zu halten, und das die einzige Verbindung zu dem darstellte, was er verloren hatte. Er wusste nur zu gut, dass sein Leben nicht so verlaufen war, wie er es sich gewünscht hatte, aber zumindest hatte er gelernt, es zu ertragen. Doch nun wurde er auch noch aus dieser Welt vertrieben, und sein ganzes Leben würde sich ab jetzt auf zwei kleine Zimmer in einem Altenheim im Zentrum der Insel konzentrieren, die man ihnen zugewiesen hatte. In einer kargen Gegend weit weg vom Meer, weit weg von allem, was er am meisten auf der Welt geliebt hatte, weit weg von *ihm*.

Mit zögerndem Schritt trat er an die robuste Kommode, die noch im Schlafzimmer stand, zog die oberste Schublade auf und fand zwischen den alten Pyjamas den Brief. Als er ihn jetzt wieder in den Händen hielt, rief ihm das jenen eisigen Januarmorgen ins Gedächtnis, an dem der Bürgermeister höchstpersönlich gekommen war, um ihnen den dicken cremefarbenen Umschlag zu übergeben.

»Guten Tag, Matthew! Komm rein, bevor du draußen erfrierst«, hatte Harold ihn begrüßt. Der Bürgermeister trat zögernd ins Haus.

»Möchtest du mit uns frühstücken?«, bot Harold an, während er die Tür wieder zumachte. »Wir wollten gerade damit beginnen.«

»Nein, nein, ich möchte euch nicht stören, es wird nur einen Moment dauern«, entgegnete Matthew, ohne den schweren Anorak abzulegen, den er trug.

»Dann trink doch wenigstens eine Tasse Tee mit uns«, meinte Harold und bedeutete dem Bürgermeister, ihm in die Küche zu folgen. »Soweit ich mich erinnere, bist du der Einzige, der uns hin und wieder besucht, und das letzte Mal ist auch schon wieder ein paar Monate her.«

Als sie in die Küche traten, trafen sie dort auf Mary Rose und nahmen dann alle drei am Tisch Platz, der üppig mit Toast, Eiern, Kaffee und Butter gedeckt war. Wie die meisten Leute auf der Insel wusste Harold, dass der Bürgermeister nicht gerade ein geselliger Mensch war, aber immerhin war er der Einzige, der ihnen nach all den Jahren nicht den Rücken zugewandt hatte. Doch als er nun in seinem Anorak am Tisch saß, fiel Mary Rose auf, dass er eine gewisse Nervosität ausstrahlte, die sie irritierte.

»Was führt dich zu uns?«, fragte Harold. »Habt ihr euch endlich dazu durchgerungen, den Weg von unserem Haus ins Dorf zu asphaltieren?«

»Also, ehrlich gesagt, geht es um etwas anderes ...«, erwiderte Matthew.

»Es hätte mich auch gewundert, wenn der Bürgermeister plötzlich Geld für etwas Sinnvolles ausgeben würde ...«

Matthew beschränkte sich auf ein gezwungenes, unbehagliches Lächeln.

»Ich bin gekommen, weil ich euch dies persönlich übergeben wollte«, sagte er schließlich und zog einen cremefarbenen Umschlag aus der Tasche seines Anoraks. »Es handelt sich um einen Brief von höherer Stelle.«

»Von höherer Stelle?«, fragte Mary Rose misstrauisch. »Ist es etwas Wichtiges, Matthew?«

»Es ist wohl besser, wenn ihr es selbst lest«, meinte der Bürgermeister und legte den Umschlag sorgsam auf den Tisch.

Harold griff danach und wog ihn in der Hand. Dann fuhr er mit dem Brotmesser den dicken Umschlag entlang und nahm den Brief heraus. Im Kopf des Briefbogens prangte ein großes Wappen.

»Zentralverwaltung«, begann Harold zu lesen, *»Staatliches Amt für Schutz und öffentliche Sicherheit ...«*

»Staatliches Amt für Schutz und öffentliche Sicherheit …? Haben wir gegen irgendein Gesetz verstoßen?«, unterbrach Mary Rose ihren Mann.

»Nein, nein, Rose. Darum geht es nicht«, beschwichtigte Matthew sie, »soweit ich weiß, handelt es sich um eine Untersuchung, die auf eurem Grundstück durchgeführt wurde, obwohl …«

»Wie bitte?«, fragte sie aufgeregt. »Heißt das, dass irgendwelche Verwaltungsleute auf unserem Grundstück herumgeschnüffelt haben, ohne dass wir etwas davon wussten? Matthew, was hat das zu bedeuten?«

»Ehrlich gesagt, habe ich es auch nicht gewusst …«, wandte Matthew in einem Tonfall ein, der Mary Rose alles andere als überzeugend erschien. »Vor etwa einem Monat sind plötzlich drei Mitarbeiter der Zentralverwaltung hier aufgetaucht, um auf der Insel ein paar Gebäude zu überprüfen. Ich habe gedacht, es handelte sich um irgendeine demografische Studie oder etwas in der Art, und habe das Ganze nicht weiter beachtet …«

»Und die sind extra hergekommen, um unser Haus zu überprüfen? Ich verstehe überhaupt nichts!«

»Bitte, Rose, warte, bis Harold den Brief vorgelesen hat …«, versuchte der Bürgermeister die Gemüter zu beruhigen.

Harold erinnerte sich noch haargenau an die Szene, und obwohl seitdem Monate vergangen waren, verspürte er die gleiche Unruhe wie in den Sekunden, bevor er begonnen hatte, die folgenden Zeilen vorzulesen:

Sehr geehrtes Ehepaar Grape,

hiermit möchten wir Sie darüber informieren, dass gemäß des neuen Gesetzes zur geologischen Sicherheit, das am 14. September verab-

schiedet wurde, der Bau neuer Wohnhäuser an der Küste den neu festgesetzten Richtlinien entsprechen muss. Das Gesetz sieht vor, dass derartige Bauten eine bestimmte Höhe nicht überschreiten dürfen, aus korrosionsfestem Material bestehen und mindestens in zehn Metern Entfernung von der Küstenlinie errichtet sein müssen.

Da Ihr Haus vor dem Inkrafttreten dieses Gesetzes gebaut wurde, ist es von einigen darin enthaltenen Vorschriften ausgenommen, allerdings zwingen uns gewisse im Folgenden aufgeführte und von einer Expertenkommission formulierte Punkte dazu, Maßnahmen zu Ihrem eigenen Schutz zu ergreifen.

Bodenzusammensetzung: Die aus leichtem Vulkangestein bestehende Bodenqualität der Insel Brent ist wesentlich erosionsanfälliger als jede andere geologische Formation.

Grundstück und Sicherheitsabstände: Der Abstand des Wohnhauses von der Küstenlinie beträgt lediglich 1,48 Meter …

Als Harold erneut den letzten Satz las, spürte er wieder jene schreckliche Ohnmacht. Auch wenn es stimmte, dass der Abstand zwischen der letzten Treppenstufe unterhalb der Veranda und der steilen Felskante lediglich 1,48 Meter betrug, wussten er und Mary Rose doch, dass dies nicht immer so gewesen war. Also schickten sie die Originale der Grundstücks- und Baupläne ans Amt, die bewiesen, dass das Haus mehrere Meter vom Abgrund entfernt errichtet worden war. Und es war doch nicht ihre Schuld, dass das wilde Meer, das immer wieder gegen die Insel anbrandete, die Tuffsteinklippe verschmälert, sie erodiert und verschluckt hatte, als ob es sein Ziel wäre, irgendwann die ganze Insel zu verschlingen. Harold seufzte, wandte den Blick wieder den makellos gedruckten Buchstaben zu und las weiter:

Küstenmorphologie: Die Klippe, auf der sich das Haus befindet, ist als Wohnort ungewöhnlich und äußerst gefährlich. Der Höhenunter-

schied zwischen dem Haus und dem Wasser beträgt 34 Meter, was ausreicht, an diesem Ort jegliche von Menschen ausgeübte Aktivität zu untersagen, ihn jedoch vor allem als Wohnort ausschließt.

Und so ist das Expertenkomitee zu dem Schluss gekommen, dass es sich, obwohl es sich hierbei um einen Bau aus der Zeit vor dem Inkrafttreten des oben genannten Gesetzes handelt, gezwungen sieht, die nötigen Maßnahmen zu ergreifen, um für die Sicherheit der Anwohner zu sorgen.

Selbstverständlich werden wir Sie über den Ablauf des gesamten Prozesses auf dem Laufenden halten, vorab möchten wir Ihnen jedoch bereits jetzt mitteilen, dass Sie spätestens bis zum 18. Juli um 9.00 Uhr Ihr Haus räumen müssen, damit die Abrissarbeiten beginnen können.

Mit freundlichen Grüßen
Gregory Grey,
stellvertretender Amtsleiter des Bereichs öffentliche Sicherheit

Harold seufzte tief und faltete den Brief wieder zusammen. Dabei war das, was ihn belastete, gar nicht die Zukunft, die sie vom nächsten Tag an erwartete, sondern das Wissen, dass dieser Brief die Büchse der Pandora wieder geöffnet hatte. Eine Büchse, von der sie geglaubt hatten, sie vergessen zu haben, und die all den Schmerz und das Leid der Vergangenheit enthielt. Der Vergangenheit, die sie vor vielen Jahren unter dem Fundament dieses Hauses begraben hatten und die nun wie das Wrack eines tief im eisigen Meer versunkenen Schiffes wieder an die Oberfläche kam und nach Fäulnis stank.

Harold warf einen letzten Blick auf das Blatt Papier in seiner Hand und spürte, wie die Wut in ihm aufstieg. Ohne weiter darüber nachzudenken, zerriss er den Brief. Er betrachtete die Papierfetzen, die wie die trockenen Blätter eines Baumes zu Boden fielen, als plötzlich ein donnerndes Krachen erscholl. Ein seltsames intensives gelbliches Licht fiel durch die Ritzen in den Fensterläden, und gleichzeitig bebte das Haus unter seinen Füßen. Niemals zuvor hatte er etwas Derartiges gespürt, obwohl er ganz genau wusste, was es verursacht hatte.

DER BLITZ

Der Blitz war eingeschlagen.

Viel später, wenn Harold in der Lage sein würde, die Ereignisse zu rekonstruieren, würde er sich daran erinnern, dass er für ein paar Millisekunden vor Angst erstarrt war, als das Wort »Blitz« in seinem Kopf dröhnte. Dann rannte er die Treppe hinunter, nachdem im ganzen Haus das Licht ausgefallen war.

»Rosy!«, schrie er, während er mehrere Stufen auf einmal nahm. »Rosy! Bitte sag was!« Er schrie und hörte seine Stimme doch wie aus der Ferne, gedämpft von dem durchdringenden, anhaltenden Pfeifen in seinen Ohren.

Er gelangte in die Diele, konnte jedoch nichts erkennen. Das ganze untere Stockwerk lag in vollkommener Dunkelheit.

»Rosy!«, schrie er erneut, wobei er an die Wand des Flurs zur Küche hin trommelte.

Nichts. Er hörte und sah absolut nichts. Doch während er sich mit zögernden Schritten der Küche näherte, ließ das Pfeifen in den Ohren nach, und als er gegen den Esstisch stieß, hörte er von irgendwoher eine Stimme.

»Harold, ich bin hier!«

»Rosy!«, rief er und stolperte über einen Stuhl. »Wo bist du?«

Harold verließ die Küche und sah ein Licht, das ihn für einen Moment blendete.

»Entschuldige«, sagte Mary Rose.

Harold öffnete die Augen und erblickte die Gestalt seiner Frau, die ihm mit einer Taschenlampe in der Hand gegenüberstand.

»Ich hab dich überall gesucht! Wo warst du denn?«, fragte er und trat auf Mary Rose zu.

»Ich war im Esszimmer«, antwortete sie, und ihr Atem ging schnell. »Und plötzlich habe ich durchs Fenster diesen Lichtstrahl gesehen, Harold!«

»Aber ... es geht dir gut, oder?«

»Für einen Moment war ich so geblendet, dass ich die Augen schließen musste. Es war so ein helles gelbliches Licht, das alles aufleuchten ließ. Und dann der Donner. So habe ich das Haus noch nie dröhnen hören, Harold, ich hatte Angst, dass es einstürzt!« Und nach einer Pause fügte sie hinzu: »Habe ich mir das eingebildet oder hast du mich tatsächlich ›Rosy‹ gerufen?«

Harold spürte, wie bei dieser Frage all seine Besorgnis auf einmal verschwand. Verblüfft stellte er fest, dass ihm gar nicht aufgefallen war, sie Rosy genannt zu haben. Seit Jahren hatte er seine Frau nicht mehr so angesprochen, und er hatte keine Ahnung, warum er es ausgerechnet in diesem Moment getan hatte. Harold räusperte sich verlegen und murmelte:

»Ich sehe mal nach, was mit dem Licht ist.«

Er ging durch den Flur zum Sicherheitskasten hinüber, der sich neben der Haustür befand. Er öffnete ihn und begann im Licht der Taschenlampe, die Mary Rose in der Hand hielt, die kleinen Sicherungsschalter umzulegen.

»Nichts«, sagte er schließlich. »Wahrscheinlich hat der Blitz draußen den Stromkasten erwischt. Ich gehe mal kurz raus und sehe nach.«

»Ich denke nicht, dass das eine gute Idee ist, Harold ...«

»Du kannst mitkommen, sind ja nur ein paar Meter.«

Also griffen sie nach den beiden Regenschirmen, die immer neben dem Eingang standen, öffneten die Haustür und traten auf die Veranda hinaus. Sofort dröhnte der betäubende Krach des Gewitters in ihren Ohren. Als sie die drei Stufen zum Garten hinuntergingen, waren sie den heftigen Windböen ausgesetzt, die unentwegt vorbeijagten und dicke Tropfen eisigen Regenwassers mit sich brachten. Harold nahm Mary Rose die Taschenlampe aus der Hand und trat an den Stromkasten heran. Im flackernden Lichtschein der Lampe stellte er fest, dass der Kasten unbeschädigt war.

»Der Blitz muss an einer anderen Stelle eingeschlagen sein«, meinte Mary Rose und wies in die Dunkelheit. »Sieh mal, im Dorf brennt auch kein Licht.«

Harold starrte angestrengt in die Ferne, ohne irgendetwas anderes zu erkennen als dichte Schwärze. Nur dank des Aufleuchtens des einen oder anderen Blitzes am Himmel konnte man erahnen, wo normalerweise die Lichter von San Remo de Mar zu sehen waren. Doch Harold gab sich damit nicht zufrieden, denn er wusste, dass das Krachen für einen Blitzeinschlag so weit weg zu heftig gewesen war. Den Blick weiterhin in die Ferne gerichtet, konzentrierte er seine Aufmerksamkeit auf das Gebäude in der alten verlassenen Werft, die sich in einiger Entfernung zum Dorf befand. Sie war lediglich für den Bruchteil einer Sekunde zu sehen, als wieder ein Blitz über den Himmel zuckte. Nur wenige Einwohner von San Remo wussten, dass es außer der Werft am Hafen noch eine weitere auf der Insel gab. Sie lag an einem unwegsamen Ort, der von vorspringenden, spitzen Felsen umgeben und praktisch nur mit dem Boot zu erreichen war. Eine Werft, in der schon nicht mehr gearbeitet wurde, als er noch jung gewesen war, und die er nur genutzt hatte, um ein einziges Schiff zu bauen: sein eigenes. Seit damals hatte er diesen Bereich der Insel nie wieder betreten, und wenn es möglich war, wich er ihm auch mit dem Blick aus. Denn jedes Mal, wenn er die alte Werft sah, riss das bei ihm alte Wunden auf, die niemals vollständig geheilt waren. So wandte Harold auch jetzt den Blick ab und richtete ihn wieder auf ihr Haus, wo das Wasser in Sturzbächen vom Dach strömte.

»Alles in Ordnung?«, fragte Mary Rose.

Harold nickte und ging weiter durch den aufgeweichten Garten um das Haus herum, wobei er versuchte, sich auf das zu konzentrieren, was zu tun war. Plötzlich veranlasste ihn ein intensiver Geruch stehen zu bleiben.

»Riechst du das auch?«, fragte er.

»Ja, riecht komisch … ein scharfer Geruch.«

Mithilfe der Taschenlampe versuchte Harold die Dunkelheit um die Veranda herum zu durchdringen und arbeitete sich in die Richtung vorwärts, aus welcher der Geruch zu kommen schien. Doch abgesehen von den vielen Pfützen im Garten entdeckte er nichts Außergewöhnliches. Sie tasteten sich voran, immer dem zitternden Lichtkreis der Taschenlampe nach, als sie plötzlich etwas im Gras sahen, das dort nicht hingehörte. Etwas, das sich mit der Taschenlampe nicht ausreichend beleuchten ließ. Harold trat näher heran und begutachtete im Schutz des Regenschirms vorsichtig die dunkle Stelle. Mary Rose wich ihm nicht von der Seite, sie hielt seinen Arm umklammert und starrte nach unten.

»Harold, bitte lass uns wieder ins Haus gehen. Du siehst doch, dass hier nichts …«

Der Rest des Satzes erstarb auf ihren Lippen, als deutlich wurde, dass von dem dunklen Flecken vor ihnen ein leichter Nebel aufstieg. Direkt neben der Seitenwand des Hauses, an der Stelle, wo eines der Stahlseile im Boden verankert war, stieg aus einem tiefen schlammigen Loch Rauch auf. Gesteinsbrocken, Erde und versengte Hortensien lagen um den Krater verstreut, der sich unter dem Seil gebildet hatte, das Gott sei Dank immer noch im Felsen verankert war. Harold ließ den Lichtschein das Seil hinaufwandern, das zum Dach des Hauses führte. Plötzlich sah er, dass oben, wo der Hauptmast herausragte, mit dem die sechs Stahlseile verbunden waren, Rauch aufstieg.

»Das ist doch nicht möglich«, stammelte Harold.

Er senkte den Blick wieder, ohne auf Mary Rose zu achten, die zwischen den nassen Hortensienbüschen zu einer anderen Stelle ging, an der ebenfalls eines der Stahlseile im Boden verankert war. Als sie die Taschenlampe darauf hielt, sah sie, dass auch unter diesem Seil ein Loch entstanden war, das sich langsam mit dem niederrauschenden Regen füllte.

»Oh mein Gott, Harold! Was ist hier nur los …«, stammelte Mary Rose.

Harold sah zu ihr hinüber und stellte erst jetzt erstaunt fest, wie nass die Kleidung seiner Frau war. Dabei war auch er von dem heftigen Regen völlig durchweicht.

»Lass uns wieder reingehen«, sagte er.

Als die Grapes die Tür hinter sich schlossen, wurde das Tosen des Gewitters leiser. Sie waren patschnass und ihr Haar vom Wind zerzaust.

»In unserem Haus ist tatsächlich der Blitz eingeschlagen«, erklärte Harold, während er die nassen Schuhe auszog. »Und zwar in den Mast, dort, wo er über das Dach hinausragt.«

Trotz der Wärme im Haus fing Mary Rose an zu zittern, als sie seine Worte hörte.

»Zum Glück haben die Stahlseile uns geschützt, weil sie den Strom in die Erde geleitet haben«, fuhr er fort.

»Das beruhigt mich nicht wirklich«, murmelte Mary Rose mit klappernden Zähnen. »Vielleicht hat Matthew nicht ganz unrecht. Dieser Ort ist zu gefährlich, um hier zu leben, und ihn zu verlassen ist vielleicht wirklich das Beste, was wir tun können.«

Als Harold diese Worte hörte, entglitt die Taschenlampe seinen nassen Händen, als wäre er selbst vom Blitz erschlagen worden. Die Lampe fiel auf den Boden und erlosch, sodass sie erneut im Dunkeln standen.

»Ich gehe mich umziehen«, sagte Harold.

Das Geräusch seiner schweren Schritte verlor sich auf der Treppe, und Mary Rose blieb mit dem Echo seiner Worte allein in der Dunkelheit zurück. Sie bückte sich und tastete über den Boden, bis sie die Taschenlampe fand, schaltete sie wieder ein und folgte Harold die Treppe hinauf. Doch als sie das Schlafzimmer betrat, war Harold nicht dort. Einer der Fensterläden hatte sich losgerissen, und sie sah das dunkle, wild tobende Meer, das sich unterhalb der Klippe erstreckte. Sie ging zum Fenster hinüber und schloss den Laden wieder. Früher hatte sie Gewitter gemocht – den salzigen Geruch, den der feuchte Wind mit sich brachte, den kalten Regen und den Donner, der über das Meer rollte. Nun jedoch machte all das ihr Angst. Sie ließ das Licht der Taschenlampe durch den Raum schweifen. Noch nie war ihr das Schlafzimmer derart trostlos erschienen. Allein das massive Bett konnte die Leere zwischen den Umzugskartons ein wenig ausfüllen.

Gerade als Mary Rose sich anschickte, das Zimmer zu verlassen, kam ihr wieder das Foto in den Sinn, das sie am Morgen gefunden hatte. Und mit ihm die Erinnerung an die fernen Tage, als sich ihr Leben noch nicht in den Klauen jener unerwarteten Ereignisse befunden hatte, die ihre Welt und all ihre Hoffnungen und Träume durcheinanderbrachten. Mary Rose ging einen Schritt zurück und beugte sich über die Kiste, in die sie am Morgen das alte, an der Werft aufgenommene Foto gelegt hatte. Sie suchte zwischen den Kleidern, fand es jedoch nicht. Und sie hatte keinen Zweifel daran, wer es herausgenommen hatte.

DER TRAUM, DER NIEMALS IN ERFÜLLUNG GING

Mary Rose wusste, wo sie Harold finden würde. Sie stieg weiter die Treppe hinauf und gelangte zum Dachboden. Als sie die Tür öffnete, stieg ihr sofort der Geruch nach verbranntem Holz in die Nase. Sie betrachtete den Mast in der Mitte des Raumes, der mehr als drei Meter hoch bis zur Decke hin aufragte, und als sie näher trat, sah sie die dunklen Spuren, die sich wie Adern durch die Maserung des Holzes zogen. Das machte ihr Angst. Eine Angst, wie sie sie seit Jahren nicht mehr empfunden hatte. Mary Rose ging über den weitläufigen Dachboden, wobei sie die Holzplanken unter ihren Füßen knarren hörte, und kam zu dem großen runden Fenster, das den Raum beherrschte. Davor zeichnete sich Harolds Gestalt ab, durch das kurze Aufleuchten der Blitze erhellt, die mit ungebrochener Kraft zum Meer hinunterzuckten. Die meisten Fischer hatten ihre kleinen Boote vorsichtshalber ein paar Meter auf den Strand gezogen, die größeren Fischerboote jedoch, die im Hafen festgemacht waren, wurden von dem immer stärker werdenden Wellengang auf gefährliche Weise hin und her geworfen. An den Klippen waren die Wellen noch um einiges höher, aufgepeitscht von den wilden Luftströmungen, die sie immer größer werden ließen, bis sie gegen die Felswände donnerten, die ihnen im Weg standen. Und nur wenige Meter über dem tosenden Meer trotzte ihr kleines Haus den Naturgewalten. Die heftigen Windböen fegten ungehindert über den Felsen, zerrten an den krummen Weinstöcken und rissen die Hortensienbüsche, die zu dicht an der Klippe standen, in den Abgrund. Der Regen, der von den heulenden Windböen hin und her gezerrt wurde, prasselte sintflutartig auf das blanke Schieferdach und ergoss sich über den Dachvorsprung schwallartig in den Garten.

Mary Rose blieb ein paar Zentimeter hinter Harold stehen. Sie blickte ihm über die Schulter und sah, dass er das Foto in der Hand hielt, das er aus dem Umzugskarton herausgenommen hatte.

»Es tut mir leid, dass ich das gesagt habe«, sagte Mary Rose leise. »Du weißt doch, dass ich dieses Haus auch nicht verlassen will.«

Harold seufzte tief.

»Ich weiß, Rose, ich weiß ...« Er verstummte und blickte auf das um die Insel herum tobende Meer. »Aber fragst du dich nicht auch manchmal, was aus uns geworden wäre, wenn es dieses Haus gar nicht gäbe?«

Mary Rose sah Harold überrascht an. In seinen Worten lagen mit einem Mal ein Schmerz und eine Verletzlichkeit, wie sie sie seit Jahren nicht mehr an ihm bemerkt hatte und die den gleichen Ursprung hatten wie das Haus. Harold trat in die Mitte des Dachbodens und blieb vor dem dicken Holzmast stehen, der im Raum aufragte.

»Was wäre wohl geschehen, wenn dieser Pfeiler noch immer der Hauptmast unseres Schiffes wäre«, sagte er, während er den Blick die angesengte Säule hinaufwandern ließ. »Wenn die Holzplanken, auf denen wir stehen, noch zum Deck gehörten? Und wenn wir die Bullaugen im Keller nie aus dem Rumpf des Schiffes entfernt hätten?«

Mary Rose spürte, dass der Schmerz, der Harold aufwühlte, auch nach ihr griff und sie an den Ort zerrte, an den sie niemals hatte zurückkehren wollen und den sie mit aller Macht in den Schatten der Vergangenheit verborgen hielt.

»Natürlich habe ich mich das manchmal gefragt …«, sagte sie, und die Worte kamen ihr ganz rau aus der Kehle. »Aber hatten wir denn eine Wahl? Wir haben das getan, was wir tun mussten.«

»Ja … Und was wird nun davon bleiben? Was wird von dem Einzigen bleiben, für das wir all die Jahre gekämpft haben? Von dem Einzigen, dessentwegen wir es an diesem Ort überhaupt ausgehalten haben?«

Harold ging zu Mary Rose zurück. Der Regen trommelte jetzt wie ein zorniger Bienenschwarm gegen das Fenster.

»Es macht mir keine Angst, die letzten Jahre unseres Lebens in irgendein fremdes Zimmer verbannt zu sein, von dem aus man das Meer nicht sehen kann. Das, was mir Angst macht, ist, mich von der einzigen Erinnerung zu trennen, die uns aus jenen Tagen geblieben ist. Dem Einzigen, was uns von ihm geblieben ist.«

Ein weiterer Blitz ging auf die Insel nieder, und der darauf folgende Donner erschütterte das Haus von oben bis unten. Mary Rose begann zu zittern; es schien ihr plötzlich, als dröhnte das Gewitter nicht draußen, sondern im Inneren des alten Hauses. Sie nahm Harolds Gesicht zwischen ihre bebenden Hände und zwang ihn, sie anzusehen. Seine Augen waren gerötet, und das tiefe Blau war nur noch zu erahnen, so viel Schmerz stand darin.

»Auch ich habe Angst, Harold …«, sagte sie mit erstickter Stimme und spürte, wie ihr die Tränen über das Gesicht liefen. »Aber solange wir leben, solange wir zusammen sind, werden all diese Erinnerungen nicht sterben. Wir müssen uns an ihnen festhalten.«

Harold senkte den Blick und starrte auf das Foto, das er immer noch in der Hand hielt. Das an der alten Werft aufgenommene Bild, auf dem drei Personen in die Kamera lächelten und sich im Hintergrund ein noch nicht ganz fertiges Schiff befand.

»Ich versuche es, Rose, ich versuche es wirklich ... Jeden Abend, wenn ich ins Bett gehe, nachdem ich das Licht ausgemacht habe und im Dunkeln liege, höre ich das Echo jener Gewitternacht. Ich sehe alles vor mir, was damals geschehen ist. Ich erinnere mich an jede Sekunde, jede Einzelheit, jedes Geräusch.« Ein weiterer Blitz zuckte und der anschließende Donner ließ das Haus erbeben. Harold hielt einen Moment inne und fuhr dann fort. »Aber wenn ich versuche, mich an sein Gesicht zu erinnern, wenn ich sein Lächeln vor mir sehen will und seine Augen in jenem intensiven Licht, wird mir bewusst, dass seine Züge noch ein wenig verschwommener sind als am Tag zuvor, dass seine Stimme und sein Lachen zu einem Murmeln geworden sind, das der Regen verschluckt hat. Und dann, genau dann, habe ich wirklich Angst, Rose. Angst zu vergessen. Die Erinnerungen an die Zeit zu vergessen, in der wir glücklich waren und noch Träume hatten. Und dann denke ich, dass das Einzige, was uns erlaubt, in seiner Nähe zu sein, dieses Haus ist, das morgen für immer zerstört werden wird.«

Harold sah seine Frau an, sah ihr in die Augen, die voller Tränen waren. Beide weinten sie und wagten kaum zu atmen, während sie sich anschauten. Und für einen Moment nahmen sie weder den Hagel wahr, der auf das Dach trommelte, noch die Blitze, die wie ein Lichtstrahl über den Himmel zuckten und den Dachboden mit einem kalten bläulichen Licht erfüllten.

Mary Rose umarmte Harold.

»Wir hätten es verdient, glücklich zu sein«, flüsterte sie.

DIE BEIDEN GEWITTER

Kurze Zeit später gingen Harold und Mary Rose zu Bett. Sie hatten keinen Hunger mehr, nahmen einfach nur jeder eine Schlaftablette, die der Arzt Mary Rose verschrieben hatte, und legten sich hin. Der Lärm des Gewitters, das nicht nachzulassen schien, erfüllte jedes der leeren Zimmer im Haus, sodass die ruhigen Atemzüge der Grapes und das Ticken der Uhr im Esszimmer kaum zu hören waren.

Ein paar Meter weiter unterhalb wurde der Garten der Grapes weiß, als ob es schneite. Der Hagel ging wie verschossene Munition auf die Pfützen nieder, die sich überall im Garten gebildet hatten, fegte über die Weinstöcke, die schon lange keine Früchte mehr trugen, und zerstörte die Hortensien, die Mary Rose so hingebungsvoll gepflegt hatte. Die tiefen Krater, die der Blitz unten an den sechs Stahlseilen aufgerissen hatte, waren zu mit Wasser gefüllten Gruben geworden.

Auch im Dorf zerstörte der Hagel alles, worauf er traf. Er zerbrach ungeschützte Fensterscheiben, zerbeulte die Dächer der Autos, die an den Straßen standen, und riss die reifen Früchte ab, die in den Bäumen hingen. Nur die ältesten Einwohner San Remos konnten sich an ein derart heftiges Gewitter erinnern. Das war fünfunddreißig Jahre zuvor gewesen, als das Haus auf der Tuffsteinklippe noch nicht existierte und das Ehepaar Grape noch jung war und in einer winzigen Mietwohnung im Dorf lebte. Als Harold noch auf der Werft arbeitete und Mary Rose in einem kleinen Blumenladen. Genau wie an diesem Tag war das Gewitter auch damals an einem strahlend sonnigen Tag heraufgezogen, an dem der Duft der Blumen durch die weit geöffnete Tür des Blumenladens nach draußen gezogen war und die Straßen des ganzen Dorfs erfüllt hatte.

»Du kommst spät«, sagte die junge Mary Rose, als der achtjährige Junge in den Blumenladen stürmte. »Dein Vater wartet schon die ganze Zeit auf dich.«

»Tut mir leid, Mama«, meinte der Junge und ging auf die Verkaufstheke zu, hinter der seine Mutter stand.

Der Junge hieß Dylan, hatte lockiges Haar im gleichen kastanienfarbenen Ton wie seine Mutter und große Augen, die von dem gleichen intensiven Blau wie die seines Vaters waren. Mary Rose legte den Blumenstrauß, den sie gerade band, zur Seite und trat lächelnd hinter der Theke hervor.

»Komm und gib mir einen Kuss, mein Schatz.«

Dylan verzog das Gesicht. Dies schien ihn mehr zu stören als der kleine Tadel zuvor, dennoch machte er einen Schritt auf seine Mutter zu und hielt ihr die Wange hin.

»Na, dann will dich nicht länger aufhalten«, sagte Mary Rose lächelnd und trat wieder hinter die Theke.

Sie bückte sich und nahm eine Tasche aus dem Regal unter der Kasse.

»Hier ist Seezunge fürs Abendessen«, meinte sie und gab dem Jungen die Tasche. »Sag deinem Vater, dass er alles aufessen kann und dass ich weiß, dass er den Proviant, den ich immer für euch zubereite, als Köder für die Fische nimmt.«

Dylan, der sichtlich erstaunt war, dass seine Mutter davon wusste, nahm die Tasche und lief zur Tür.

»Hast du nicht etwas vergessen?«, rief Mary Rose.

Dylan wandte sich noch einmal um und sah, dass seine Mutter ein leeres Marmeladenglas in der Hand hielt. Er riss die Augen auf, überrascht, dass er tatsächlich nicht daran gedacht hatte, lief noch einmal zu ihr zurück, nahm das Glas, gab Mary Rose einen letzten Abschiedskuss und eilte aus dem Laden.

»Bis heute Abend, Mama!«, rief er, als er schon auf der Straße war.

Die Pendeluhr im Esszimmer begann zu schlagen. Die Zeiger standen genau auf Mitternacht. Der Tag, der dem Ehepaar Grape in dem Bescheid über die Zwangsräumung als letzter Termin für die Räumung ihres Hauses, in dem sie die letzten fünfunddreißig Jahre gewohnt hatten, gesetzt worden war, begann. Und genau, als der letzte Glockenschlag verklungen war, setzte sich mit einiger Verspätung die Kettenreaktion in Gang, die der Blitzeinschlag ausgelöst hatte.

Ein trockenes Knacken ging von den sechs mit Wasser und Hagelkörnern gefüllten Kratern aus, die der Blitzschlag am Fuß der sechs Stahlseile aufgerissen hatte, und sofort – als hätte jemand den Stopfen einer Badewanne gezogen – leerten sich die Gruben. Nach einem letzten Gurgeln waren die Löcher trocken, wobei weitere tiefe Risse zutage kamen. Gleich darauf erklang noch ein Knacken, und kaum wahrnehmbar entstanden weitere Spalten um die Löcher herum, in denen der sintflutartige Regen versickerte. Wie Adern zogen sich die Risse durch das gesamte Grundstück, breiteten sich aus und gingen schließlich ineinander über, wobei sie der Außenwand des Hauses immer näher kamen. Die Erde knirschte und klaffte auf, während die Risse auch den Rand der Klippe erreichten, und nach einer kurzen Pause erschütterte ein heftiges Dröhnen, das tief aus der Erde zu kommen schien, das komplette Fundament des Hauses und schallte über den ganzen Tuffsteinfelsen, bis es sich in der Ferne, irgendwo bei der verlassenen Werft, verlor. Bei jener Werft, an der an einem Gewitternachmittag vor fünfunddreißig Jahren Harold Grape geduldig auf seinen Sohn gewartet hatte.

Das Klappern der Gläser mit dem Proviant und des Marmeladenglases machte den jungen Harold darauf aufmerksam, dass sein Sohn eingetroffen war. Dylan lief wendig wie eine Katze zwischen dem Strom der schwitzenden Männer hindurch, die durch die riesigen Tore der Werft nach draußen kamen. Die Schicht der Arbeiter war zu Ende; auch die von Harold, und das war der Zeitpunkt, an dem er die nächste Arbeit anging, auf die er und sein Sohn sich den ganzen Tag über freuten. Dylan erreichte blitzschnell den Kai, wo sein Vater ihn, in einem kleinen, mit Brettern und Werkzeugen vollgeladenen Boot sitzend, erwartete.

»Tut mir leid, dass ich zu spät komme, Papa!«, rief Dylan, als er ins Boot sprang.

»Kein Problem«, entgegnete Harold und wuschelte ihm mit seinen kräftigen Händen durchs Haar.

»Ich glaube, dass heute ein guter Abend zum Angeln ist«, meinte der Junge verschmitzt und zeigte seinem Vater den Inhalt der Tasche.

Harold lachte und ruderte los. Langsam ließen sie die riesigen Trockendocks hinter sich, in denen die halb fertigen Schiffe auf ihre Fertigstellung warteten, und fuhren aufs Meer hinaus. Als sie gerade mal eine Viertelstunde gerudert waren, verschwanden die Werft und der Hafen von San Remo hinter einer hohen Felswand, und vor ihnen tauchte in einer kleinen Bucht ein weiteres Gebäude auf. Dabei handelte es sich ebenfalls um eine Werft, die wesentlich älter und viel kleiner war als die andere am Hafen. Es war eine verlassene Werft, deren Existenz die meisten Leute in San Remo bereits vergessen hatten. Dort band Harold das Boot an einen der rostigen Ringe, nahm ein paar der

Bretter, die sie mitgebracht hatten, und betrat zusammen mit seinem Sohn das heruntergekommene Gebäude.

Dylan trat jedes Mal mit stolzgeschwellter Brust durch dieses Tor. Er konnte noch immer nicht glauben, dass er dabei helfen durfte, ein eigenes Schiff zu bauen, und dann auch noch eines, mit dem er und seine Eltern sich einen großen Traum erfüllen würden. Seit fast zwei Jahren ging er seinem Vater schon zur Hand und wurde dabei in die Geheimnisse des Schiffsbaus eingeweiht. Jedes Brett, das sie anpassten, trug auch seine Handschrift. Er hatte noch nie eine Verabredung mit seinem Vater versäumt, hatte ihn sogar fieberkrank begleitet, weil er keinen Moment beim Bau dieses Schiffes verpassen wollte, das sie weit weg von dieser Insel bringen und es ihnen ermöglichen würde, an jedem Ort der Welt zu leben. Und dann würde er stolz sagen können: »Dieses Schiff ist unser Heim!«

»Was meinst du, wie lange wir noch brauchen werden, bis es fertig ist, Papa?«, fragte Dylan jetzt.

Harold legte sich den Werkzeuggürtel um.

»Wir haben noch viel Arbeit vor uns, mein Junge … Aber wenn wir in diesem Tempo weitermachen und die Segel pünktlich eintreffen, würde ich sagen, dass wir das Schiff Ende des Sommers vom Stapel lassen können.«

»Das sind ja nur noch zwei Monate!«, rief Dylan aus und hüpfte vor Freude.

Der Regen sickerte immer weiter in das Grundstück der Grapes ein. Nach dem Dröhnen setzten sich die bis dahin unter dem Schlamm im Garten verborgenen Risse an der Oberfläche fort und zogen eine Linie, die das Hauses vom Rest des Grundstücks abtrennte.

Das Haus erbebte erneut, und das einzige Flaschenschiff, das Harold noch nicht eingepackt hatte – die Nachbildung seines

Segelschiffs –, rollte in seinem Marmeladenglas vom Arbeitstisch in der Werkstatt. Es schlug heftig auf dem Boden auf und das Glas war auf der Stelle von einem Netz winziger Risse überzogen.

In diesem Moment beruhigte sich das Rumoren unter dem Fundament des Hauses. Die Fensterscheiben hörten auf zu klirren, und die Lampen schwangen nicht mehr hin und her. Auch der Lärm draußen ließ nach, als sich der Hagel wieder in Regen verwandelte. Erneut war im Haus nur noch das Prasseln der Regentropfen zu hören, die der Wind gegen die Fensterläden blies. Doch nur einen Augenblick später – der tief und fest schlafende Harold drehte sich gerade in dem großen Doppelbett zur Seite – zerriss ein lautes Krachen die Stille. Die Risse hatten das Innere des Felsens erreicht, und das Haus geriet ins Rutschen.

Die sechs Stahlseile spannten sich. Im Inneren des Hauses zeigten sich die ersten Folgen des sich neigenden Grundes: Die Bilder an den Wänden hingen plötzlich schief, die leichteren Umzugskisten rutschten, und der Boden, das Dach und die Wände knackten wie trockene Äste, kurz bevor sie brachen.

Wieder ging ein Blitz auf die Insel nieder, und im selben Moment löste sich eines der Seile, die das Haus hielten.

Der Wind jagte brüllend über die dunkel Insel. Es war der gleiche orkanartige Wind wie vor fünfunddreißig Jahren. Ein Wind, der so plötzlich aufgekommen war und die Gewitterwolken mitgebracht hatte, die das Innere der alten Werft verdunkelten, wo der junge Harold mit seinem kleinen Sohn weiterarbeitete, ohne etwas davon zu merken.

Harold war seit ein paar Stunden dabei, die Reling an Deck anzubringen, während Dylan damit beschäftig war, das runde Holz des Mastes zu polieren, der in der Mitte des Decks aufragte.

Plötzlich sah Dylan im Halbdunkel zwischen den Planken des Hecks ein schwaches gelbliches Licht aufleuchten. Er lächelte und ging zu der Tasche hinüber, die seine Mutter ihm gegeben hatte und in der sich der noch unangetastete Proviant befand, und nahm das leere Marmeladenglas heraus. Im selben Moment fiel ein Tropfen auf Harolds Hand. Irritiert blickte er zu dem durchlöcherten Dach der alten Werft hinauf und sah, dass der Himmel sich zugezogen hatte.

»Ich denke, für heute ist es genug, Dylan«, meinte Harold und legte den Hammer auf einen Holzstapel.

»Sollen wir wirklich schon gehen?«, fragte Dylan. »Aber es ist doch noch so früh!«

»Wir haben noch viele Tage Zeit, mein Junge. Ein Gewitter ist im Anzug, und ich möchte nicht, dass es uns hier erwischt.«

»Das sind doch nur ein paar Regentropfen, Papa! Und außerdem ist es noch nicht dunkel genug, um Glühwürmchen zu fangen.« Dylan wies mit dem leeren Glas, das er in den Händen hielt, auf das Heck des Schiffes.

Harold schaute in die Richtung, die sein Sohn anzeigte, und sah das gelbliche Leuchten der Glühwürmchen, die zwischen den Planken umherflogen. Er seufzte und blickte noch einmal besorgt zum Himmel.

»Na gut. Noch eine Stunde, und dann machen wir uns auf den Weg!«

Das gerissene Stahlseil knallte gegen die Holzfassade, und der gesamte Boden unterhalb des Hauses bebte, während er sich vom Rest des Grundstücks löste und mehr als einen Meter tiefer sank. Die restlichen Seile spannten sich mit einem Ächzen.

Etwa dreißig Meter weiter unten schlugen die Wellen mit Macht gegen die porösen Felsen der Klippe. Zwei weitere Seile rissen.

Ein paar Felsbrocken verabschiedeten sich aus der tiefen Spalte, die sich in den Felsen zog, und wurden mit einem schmatzenden Geräusch von den Wellen verschluckt.

Als die nächste heftige Windböe kam, flogen die Verankerungen, die das vierte und das fünfte Seil mit dem Erdreich verbunden hatten, durch die Luft, als wären sie von riesigen Schleudern abgeschossen worden. Im Haus rutschten die Sofas über den Wohnzimmerboden, und alles schien sein Gleichgewicht zu verlieren in einem langen Moment, der wie eingefroren war. Nur das Geräusch des Regens, der auf die kaputten Dachziegel und die hölzerne Fassade prasselte, war zu hören, was sich genauso anhörte wie fünfunddreißig Jahre zuvor, als der Regen auf das alte Werftgebäude niederging, in dem Harold und sein Sohn bis in den Abend gearbeitet hatten. Bis die schwarzen Wolken jenes aufziehenden Gewitters die ganze Insel mit einem dunklen Schleier bedeckten und der rollende Donner immer näher kam.

»Zieh das an, Dylan«, sagte Harold und gab seinem Sohn den viel zu großen alten gelben Regenmantel.

»Und du, Papa?«

»Mach dir keine Sorgen um mich, ich bin es gewohnt, nass zu werden.«

Das gelbliche Licht der Glühwürmchen, die Dylan in dem Marmeladenglas gefangen hatte, hüpfte auf und ab, als sie zum Kai rannten und der Regen gnadenlos auf sie niederprasselte. Der heftige Wind, der vom Meer kam, warf das Boot, mit dem sie hergekommen waren, mit Macht hin und her, wobei es immer wieder gegen das Holz des Stegs krachte. Harold half seinem Sohn, der beinahe komplett unter dem riesigen Regenmantel verschwand, einzusteigen, löste das Seil, sprang, ohne noch mehr Zeit zu verlieren, selbst ins Boot und begann zu rudern.

Kaum hatte sich das kleine Boot von der Bucht entfernt, wurde es gierig vom Regen und von der Dunkelheit verschlungen. Harold sah nur noch den gelblichen Schein in dem Glas, der das Gesicht seines Sohnes immer wieder erhellte. Er merkte, wie sein Atem schneller wurde, und sehnte sich danach, mehr Kraft in den Armen zu haben, um rascher das rettende Land zu erreichen. Er ruderte ohne Unterlass und bahnte sich einen Weg durch die schwarzen Wellen, die das Boot hin und her warfen. Harold wusste, dass er keine weite Strecke zurücklegen musste, doch nach einer Weile war er sich dessen nicht mehr sicher, denn obwohl er mit aller Kraft ruderte, kam er kaum von der Stelle. Die Bucht, in der die alte Werft lag, wurde immer kleiner, und der Hafen von San Remo schien immer weiter entfernt.

Schließlich wurde Harold bewusst, dass er sich verschätzt hatte. Die Strömung war zu heftig und trieb sie von der Küste weg, die Dunkelheit saugte sie aufs offene Meer. Harold merkte, wie sich sein ganzer Körper anspannte, und er blickte besorgt zu seinem Sohn hinüber. Doch Dylan schien keine Angst zu haben. Es war nicht das erste Mal, dass er sich in einem Boot auf dem tobenden Meer befand. Und wenn sein Vater dabei war, fühlte er sich immer ganz sicher. Harold hingegen merkte, wie Panik in ihm aufstieg. Er ließ kurz eines der Ruder los, griff nach dem Seil, mit dem das Boot im Hafen festgemacht wurde, und warf es seinem Sohn vor die Füße.

»Halte dich mit aller Kraft daran fest!«, schrie Harold, um sich über das Brausen des Gewitters hinweg Gehör zu verschaffen.

Dylan nahm das Seil und lächelte seinem Vater im Licht der Glühwürmchen zu. In diesem Moment wurde der Rumpf des Bootes mit voller Wucht von einer Welle getroffen. Das Boot kippte, und das Licht wurde von der Dunkelheit verschluckt.

Genau das war der Moment, in dem der jungen Mary Rose der Topf mit den Hortensien aus den Händen fiel und auf dem Boden der kleinen Wohnung zerschellte. Der Moment, in dem sie wusste, dass etwas Schreckliches geschehen war.

Wenn irgendein Einwohner San Remos, der bei dem Getöse des Gewitters nicht schlafen konnte, aus dem Bett aufgestanden wäre und aus dem Fenster in Richtung Klippe geblickt hätte, hätte sich ihm ein unglaubliches Bild geboten: Das Haus der Grapes ragte im Dreißiggradwinkel über dem Abgrund, als wäre es durch Magie in dieser Position erstarrt.

Allerdings war es nicht Magie, was es in diesem nahezu übernatürlichen Gleichgewicht hielt, sondern das letzte Stahlseil.

Im Inneren des Hauses rutschten Umzugskisten, Stühle und andere Möbel an den Wänden zum Abgrund hin. Das einzige Möbelstück, das auf seinem angestammten Platz geblieben war, war das schwere Bett, in dem Harold und Mary Rose tief und fest schlummerten. Nichts schien ihren Schlaf stören zu können, die Schlaftabletten zeigten ihre Wirkung.

Ein Donner hallte über den Bergen und ließ erneut die Erde erzittern. In diesem Moment riss der erste der Drähte, aus denen sich das dicke Stahlseil zusammensetzte, in Sekundenschnelle folgten die nächsten.

Wenn jener schlaflose Dorfbewohner tatsächlich aufgestanden wäre und aus dem Fenster gesehen hätte, hätte er sicher die Feuerwehr gerufen, die Harold und Mary Rose gerade noch so eben aus ihrem Bett hätte holen können. Dann wäre das weitere Leben des Ehepaars Grape sicher so verlaufen, wie es vorgesehen war. Doch es kam anders.

Das letzte Stück Tuffstein, auf dem das Haus noch stand, löste sich vom Rest des Felsens. Das Stahlseil konnte dem Gewicht nicht mehr länger standhalten und riss endgültig. Und einen Augenblick später stürzte das Haus der Grapes zusammen mit dem Stück Erde und Tuffstein, mit dem seine Fundamente verbunden waren, im freien Fall ins Meer. Der Aufprall auf dem Wasser war heftig, und dann wurde das ganze Gebilde von der Dunkelheit der Nacht verschluckt. Einer derart undurchdringlichen Dunkelheit wie jene, die Harold Grape vor sich sah, als fünfunddreißig Jahre zuvor das Boot kenterte und er ins Wasser fiel.

Nur fünf Sekunden später tauchte Harold wieder an der Oberfläche auf, doch Dylan war nicht mehr da. Er schwamm gegen die Wellen an, verschluckte sich am Salzwasser und rief nach seinem Sohn. Er blickte verzweifelt um sich, und sah doch nichts als diese tiefschwarze Dunkelheit. Er klammerte sich an eines der Bretter, die aus dem Boot gefallen waren, während das Boot selbst verschwunden war.

»Dylaaan!«, schrie Harold. »Dylaaan!«

Harold ließ das Brett, das ihn über Wasser hielt, los und begann zu schwimmen. Sein Körper hob und senkte sich im Rhythmus der Wellen, die über ihm zusammenschlugen und ihn mit eisigen Armen unter Wasser drückten. Immer wieder rief er nach seinem Sohn, doch außer ihm selbst war niemand da, und seine Stimme reichte nicht weiter als sein Blick. Er tauchte unter Wasser und ruderte heftig mit Armen und Beinen in der Hoffnung, plötzlich an den kleinen Körper seines Sohnes zu stoßen. Doch da war nichts. Nur Dunkelheit.

Die Wellen schlugen ihm ins Gesicht, und immer mehr Salzwasser gelangte in seine vom vielen Rufen müden Lungen. Harold drohte zu ertrinken. Er war kurz davor, das Bewusstsein zu verlieren. Mit geschlossenen Augen ließ er sich vom Meer verschlingen, um bei seinem Sohn zu sein.

Während er unterging, öffnete er noch einmal die Augen und sah ein schwaches gelbliches Licht vor sich. Es war das

Marmeladenglas mit den Glühwürmchen, die nicht mehr lange leben würden und nur noch leicht funkelten. Harold griff nach dem Glas und tauchte wieder auf. Plötzlich wurde das Licht immer heller, bis es ihn blendete. Es war ein Scheinwerfer, der Scheinwerfer eines Fischerbootes. Harold spürte, dass sein Körper schwerelos wurde, dass ein paar starke Arme ihn an Deck zogen. Erneut begann er den Namen seines Sohnes zu rufen; er wand sich, ohne das Marmeladenglas loszulassen, in dem die Lichter langsam erloschen, schluchzend und von den Männern gehalten, die sich auf ihn stürzten, um zu verhindern, dass er wieder ins Wasser sprang.

Die Fischer taten alles, was sie konnten, um den Jungen zu finden, doch es war nichts zu machen: Sein Leichnam tauchte nie wieder auf.

An jenem Tag verlosch das Licht, das das Ehepaar Grape durchs Leben geführt hatte. Nichts, worum sie gekämpft hatten, machte von da an noch Sinn. Der Schmerz ließ sie in eine unendliche Tiefe stürzen, in der nun auch sie zu ertrinken drohten. Bis alles unter dem Fundament eines Hauses begraben wurde, das sie aus dem Holz eines Schiffes errichteten, das niemals in See gestochen war. Aus dem Einzigen, was ihnen von ihrem Sohn geblieben war.

DIE MORGENDÄMMERUNG

Durch das zersplitterte Holz eines der Fensterläden fiel ein schwacher Strahl Sonnenlicht. Hunderte Staubpartikel tanzten darin und begleiteten ihn auf seinem Weg zu den Glas-, Porzellan- und Möbelstücken, die auf dem Boden des Hauses lagen und zum Teil von Wasser bedeckt waren.

Der Sonnenstrahl fiel auf den Fuß eines zerbrochenen Weinglases, durchdrang ihn wie ein Prisma und wurde zu einem bunten Fächer, der das Wasser und die Luft an der Oberfläche färbte.

Ein Staubpartikel tanzte durch die Regenbogenfarben und schwebte über die Wasserpfützen hinweg, in denen Papier und aufgeweichter Karton schwammen. Von der Luft aufgewirbelt, strich er über einen zersplitterten Handlauf und schwebte wie aus eigener Kraft die Treppe hinauf.

Schwerelos flog er über die letzte Stufe und weiter nach oben zur Decke hin. Dort prallte er ab und senkte sich auf die verwaiste Metallkette, die von der Decke hing, während die heruntergerissene Lampe auf der Erde lag. Die Kette schaukelte ein wenig, und der Staubpartikel sank gemächlich auf den Holzfußboden, bevor ihn ein weiterer Luftzug erfasste und ihn durch einen Türspalt stupste.

Jenseits der Tür herrschte absolute Dunkelheit. Der Luftstrom ließ nach und wurde schwächer, bis er ganz verebbte. Der Staubpartikel schwebte noch ein paar Sekunden weiter, als ob er zögerte, dann ließ er sich langsam über einem massiven Bett nieder, bis er auf der Spitze von etwas Warmem, Lebendigem landete.

In diesem Moment musste Mrs Grape niesen.

Mary Rose öffnete die Augen, wobei sie zunächst keine Veränderung bemerkte. Im Schlafzimmer war es dunkel, und sie fühlte sich etwas benommen. Sie seufzte und hörte im selben Moment ein heftiges Rumsen, das sie aufschrecken ließ. Mary Rose tastete nach dem Lichtschalter ihrer Nachttischlampe, griff jedoch ins Leere. Sie wusste nicht, wie spät es war, war sich jedoch sicher, dass der Wecker nicht geklingelt hatte. Kurz darauf erklang das beunruhigende Geräusch erneut. Sie war sich sicher, dass jemand gegen die Haustür schlug.

»Harold, wach auf!«, flüsterte sie.

Ein weiterer Schlag schallte die Treppe herauf. Mary Rose rüttelte ihren Mann an der Schulter.

»Was ist denn los?«, fragte Harold, während er auffuhr.

»Ich fürchte, dass wir verschlafen haben. Das Umzugsunternehmen ist schon unten an der Tür.«

»Was?! Aber der Wecker hat doch noch gar nicht geklingelt.«

»Wir müssen ihn überhört haben. Diese Schlaftabletten sind einfach zu stark.«

Harold fühlte sich ganz schwer. So schwer, dass es auch ihm nicht gelang, seine Nachttischlampe einzuschalten.

»Hier muss doch irgendwo die Taschenlampe sein, ich weiß, dass ich sie hier hingelegt habe«, murmelte er, in der Dunkelheit herumtastend.

Er griff nach unten und berührte den Boden. Überrascht stellte er fest, dass dort Kleidung lag.

Genau wie seine Frau war auch Harold noch nicht ganz wach und fühlte sich seltsam schläfrig. Er tastete weiter über den Boden, bis seine Hand gegen etwas Hartes stieß.

»Hier ist sie!«, sagte er und setzte sich wieder auf.

Wieder bollerten Schläge gegen die Haustür.

»Ist ja gut, wir kommen schon!«, rief Mary Rose. »Komm, mach das Licht an, Harold, wir gehen runter, bevor sie das Haus jetzt gleich abreißen.«

Harold drückte auf den Plastikknopf, und gleich darauf fiel der Strahl der Taschenlampe auf die Bettlaken. Er richtete ihn auf die Tür, und das Licht enthüllte die Wirklichkeit, die unter der Dunkelheit verborgen gewesen war.

Mary Rose wollte etwas sagen, brachte jedoch kein Wort heraus. Sie konnte nicht glauben, was sie sah. Das Zimmer war vollkommen auf den Kopf gestellt. Die Nachttische, die Schubladen, der Inhalt der Kommode, die Lampen, der Spiegel, die Umzugskartons ... Alles lag kreuz und quer übereinander, zum Teil von herausgefallener Kleidung bedeckt. Nur das Bett und der Einbauschrank befanden sich noch am richtigen Platz.

»Aber, was ...«, sagte Mary Rose, während sie fassungslos auf das Chaos blickte, das sich ihren Augen darbot.

Da horchte Harold auf.

»Hörst du das auch? Dieses Summen?«, fragte er.

Er sprang aus dem Bett und bahnte sich einen Weg durchs Zimmer bis zu der Stelle, von der das leise Summen zu kommen schien.

»Das kann doch nicht wahr sein«, sagte Harold, während er sich bückte, um etwas aufzuheben, was unter einem Kleiderhaufen lag. Doch er hatte sich nicht geirrt. Der Wecker zeigte sieben Uhr morgens an. Sie hatten noch zwei Stunden Zeit, bis das Umzugsunternehmen kommen würde.

»Wer schlägt denn dann so laut gegen die Tür?«, meinte Mary Rose.

»Bleib du hier. Ich gehe runter und sehe nach, was los ist.«

»Nein, nein! Ich komme mit!«

Sie traten in den dunklen Flur. Der Strahl der Taschenlampe wanderte über Glasscherben und Holzstücke, die auf dem Boden lagen. Im schwachen Licht der Taschenlampe kämpfte sich das Ehepaar über die Trümmer die Treppe hinunter. Je weiter sie vorankamen, desto dringlicher schienen die Schläge gegen die Haustür zu werden. Auf den letzten Stufen hielt Harold inne. Irgendetwas stimmte nicht. Denn an der Haustür war niemand. Sie stand offen und schlug immer wieder gegen den Rahmen.

Genau wie im Schlafzimmer herrschte auch im Erdgeschoss ein heilloses Durcheinander. Die kleine Holzkonsole im Flur lag zusammen mit ein paar umgekippten Umzugskartons, Kleidung und Glasscherben in einer Ecke. Doch als sie die letzten Stufen hinuntergingen, sahen sie etwas, was sie noch mehr beunruhigte: Der Boden im Eingangsbereich war mit einer Wasserlache bedeckt.

Ein Geräusch, das aus der Küche zu kommen schien, lenkte sie ab.

»Ich glaube, da ist jemand in der Küche, Harold«, stammelte Mary Rose.

Harold spähte über das Treppengeländer und blickte zur offenen Küchentür hinüber, in dem Versuch, etwas zu erkennen, sah jedoch nichts. Vorsichtshalber schaltete er die Taschenlampe aus und machte Mary Rose ein Zeichen, still zu sein.

»Bei drei rennen wir zur Haustür rüber und versuchen ins Freie zu kommen«, flüsterte er. »Eins …«

»Bist du verrückt? Und wenn sie uns sehen?«

»Zwei …«

Eine kleine Welle schwappte über die Küchenfliesen.

»Drei!«

Harold packte Mary Rose am Arm, die Taschenlampe kullerte über den Boden, und gemeinsam stürzten sie durch den Hausflur zur Eingangstür. Sie stießen sie heftig auf und rannten, ohne sich noch einmal umzusehen, über den Holzboden der Veranda nach draußen. Doch bevor die Grapes die drei Stufen, die in den Garten hinunterführten, nehmen konnten, blieben sie abrupt stehen. Sie wären sonst ins Wasser gefallen.

UND WAS MACHEN WIR JETZT?

An das Geländer der Veranda geklammert, wagten Harold und Mary Rose kaum zu atmen und starrten perplex auf das Meer, das sich vor ihnen erstreckte. Ihr Garten mit den Hortensien, der Kiesweg, der Felsen, San Remo … All das war verschwunden.

Vor ihnen lag nichts als Wasser; endlose Kilometer weites Meer, das wie auf einem Aquarell mit dem silbrigen Morgenhimmel verschmolz.

»Oh mein Gott, Harold! Was ist … passiert?«, stotterte Mary Rose.

Harold sah sie an, ohne zu wissen, was er sagen sollte. Sein Gesicht war blass, und in seinen Augen standen Entsetzen und Ungläubigkeit. Nichts von dem, was er sah, machte irgendeinen Sinn. Sein Gehirn wehrte sich gegen das Bild, das er wahrnahm, jedoch war das, was er fühlte, zu real, um nicht wahr zu sein. Er spürte die Meeresbrise, die seine Lungen füllte, die Wärme der aufgehenden Sonne auf seinen kalten Wangen und den leise schwankenden Holzboden unter seinen Füßen.

»Das kann doch alles nicht wahr sein, Harold«, sagte Mary Rose und trat einen Schritt zurück. »Ich glaube, ich schlafe noch. Oder vielleicht bin ich verrückt geworden.«

»Nein, wir schlafen nicht mehr, Rose. Und ich denke, wir sind auch nicht verrückt geworden.«

»Gut und wie erklärst du dir dann *das?*«, entgegnete sie und wies auf das weite Meer, das sich bis zum Horizont erstreckte. »Wie ist es möglich, dass wir hierhergelangt sind?«

Harold konzentrierte seine Aufmerksamkeit auf das plätschernde Wasser, das die Veranda umgab. Er schätzte, dass der von kleinen Pfützen und grünlichen Grasflecken bedeckte Tuffsteinfelsen, der unter dem Haus hervorragte, nicht breiter als ein halber Meter war.

»Der Felsen …«, sagte Harold.

»Wie?«

»Der Felsen ist abgebrochen. Und wir sind mit ihm ins Meer gefallen, Rose.«

»Es muss eine andere Erklärung geben, Harold. Niemand überlebt einen solchen Sturz.«

Harold blickte auf die drei Stufen, die vormals die Veranda mit dem Garten verbunden hatten. Er machte einen Schritt nach vorn, und als er auf die oberste Stufe trat, hörte er, wie das Holz unter seinem Gewicht knarrte.

»Was tust du denn da?«, schrie Mary Rose.

Harold machte einen weiteren Schritt und fasste erneut das winzige Stück Garten ins Auge. Er erschauderte, als er sich die unergründliche Tiefe vorstellte, die nur ein paar Zentimeter vor ihm lag. Eine Stimme in seinem Inneren sagte ihm, dass er zu Mary Rose auf die Veranda zurückgehen sollte. Er war sich nicht sicher, ob das Felsstück sein Gewicht tragen würde, dennoch machte er einen weiteren Schritt und betrat den Felsboden.

»Harold, bitte! Es ist viel zu gefährlich. Du wirst ins Wasser fallen!«, schrie Mary Rose hysterisch.

Harold drehte sich zu ihr um und sah sie an.

»Keine Angst.«

»Ich habe keine Angst.«

»Doch, hast du.«

»Einverstanden, ich habe Angst, was bleibt mir übrig?«, sagte sie, blickte sich um und rang theatralisch die Hände.

»Wenn wir Antworten haben wollen, müssen wir danach suchen«, meinte Harold und hielt ihr die Hand hin.

Mary Rose klammerte sich an Harolds Arm, und als sie den schmalen Felsen betrat, schloss sie kurz die Augen. Sie fürchtete, dass der Boden unter ihr jeden Moment nachgeben würde und sie in den Ozean fielen. Doch nichts dergleichen geschah.

Harold ging mit vorsichtigen Schritten den schlammigen, rutschigen Felsrand entlang. Mary Rose folgte ihm und achtete darauf, nicht zu stolpern. Argwöhnisch blickte sie dabei unentwegt in das dunkle Blau, das sich, nur wenige Zentimeter von ihren Füßen entfernt, in unendlicher Tiefe verlor.

Als sie zur ersten Hausecke kamen, sah Harold auf die andere Seite und stellte erleichtert fest, dass der Felsrand dort breiter war. Mary Rose entspannte sich ein wenig, und ihre Finger gruben sich nicht mehr ganz so heftig in Harolds Arm.

Teile der gelben Holzbretter der Fassade und einige Dachziegel lagen auf dem Boden verstreut. Harold schaute nach oben und sah die Mastspitze, die über das halb zerschmetterte Dach hinausragte und in der Meeresbrise friedlich schaukelte. Vorsichtig gingen sie weiter, wobei sie einem der Stahlseile auswichen, das vom Dach baumelte und bis ins Wasser reichte.

Vor der Veranda, die an der Rückseite des Hauses verlief, wurde der Felsboden wieder schmaler. Und auch von hier aus sah man auf eine endlose Wasserfläche. Keine Spur von der Insel oder irgendeiner anderen Küstenlinie. Nur das Meer.

Sie umrundeten die nächste Hausecke, um wieder zum Ausgangspunkt zurückzukehren, als Harold verblüfft stehen blieb. Auf dieser Seite des Hauses war der Landstreifen richtig breit. Es war die einzige Stelle, an der noch ein wenig von ihrem vormals prächtigen Garten verblieben war – in Form von vier verholzten Weinstöcken und drei welkenden Hortensien.

Mary Rose ließ Harolds Arm los und ging zu den Hortensien hinüber. Sie entfernte die Scherben der Dachziegel, die einige der Blüten zerdrückt hatten, obwohl sie wusste, dass sie kaum noch etwas für die Pflanzen tun konnte, wenn sie weiterhin in der salzdurchtränkten Erde verwurzelt waren.

»Wie ist es nur möglich, dass das Haus einen Sturz aus dieser Höhe überstanden hat?«, fragte Mary Rose, als sie sich wieder aufrichtete. »Und überhaupt: Wie ist es möglich, dass wir noch leben?«

Harold trat an den Rand des Felsens und versuchte festzustellen, wie tief er ins Wasser ragte.

»Ich weiß es nicht«, sagte er und schüttelte den Kopf. »Aber es gibt etwas, das mich noch mehr interessieren würde.«

»Und was soll das sein?«

»Liegt das nicht auf der Hand?«, meinte er, während er sich hinkniete und vornüberbeugte, um den Fels nach unten abzutasten. »Wie ist es möglich, dass das Haus schwimmt?«

Genau in diesem Moment sprudelten vor ihnen im Meer schaumige Luftblasen auf. Das Haus gab ein dröhnendes Geräusch von sich, und Harold verlor das Gleichgewicht. Es gelang ihm gerade noch, sich an einem Felsvorsprung festzuhalten, um nicht ins Wasser zu fallen. Er spürte, wie die Felsspitze tief in seine linke Hand einschnitt, und ein heftiger Schmerz durchfuhr ihn. Seine Hand begann sofort kräftig zu bluten, und das Blut tropfte auf den Felsen und ins Meer.

Mary Rose eilte zu Harold hinüber und zog ihn hoch.

»Du bist ja verletzt!«, sagte sie, als sie das Blut sah.

»Nur ein kleiner Schnitt.«

»Das ist nicht nur ein kleiner Schnitt, Harold«, entgegnete Mary Rose und nahm ihn am Arm, um sich seine Hand anzusehen.

Harold konnte das Pulsieren seines Herzschlags direkt in der tiefen Fleischwunde in seiner Handfläche spüren. Das Blut lief sein Handgelenk hinab und besprenkelte Mary Roses Pyjama.

»Du musst die Wunde fest zusammendrücken! Lass uns ins Haus zurückgehen, um die Hand zu verbinden.«

Sie gingen um die letzte Ecke und gelangten wieder zur vorderen Veranda. Als sie die Verandatreppe hinaufstiegen, ließ ein weiterer Ruck das Haus erbeben. Um den Felsrand herum stiegen noch mehr schäumende Blasen auf, sodass es aussah, als ob das Wasser kochte.

Harold hatte ein ungutes Gefühl.

»Wir müssen in den Keller runter«, sagte er.

»Zuerst müssen wir die Blutung an deiner Hand stoppen.«

»Ich weiß nicht, ob uns dafür noch die Zeit bleibt, Rose.«

Harold öffnete die Haustür. Mit der unverletzten Hand hob er die Taschenlampe vom Boden auf und bahnte sich einen Weg durch die Umzugskisten, die Möbel, die Glasscherben und das Wasser im Eingangsbereich, bis er die halb offene Kellertür erreichte. Mary Rose folgte ihm, nahm ihm die Taschenlampe aus der Hand und schaltete sie ein. Harold machte die Tür ganz auf, und sie stiegen die Treppe hinunter.

Die Stufen, die im Halbdunkel lagen, waren nass und glitschig, und von unten stieg ein intensiver Salzgeruch zu ihnen herauf.

Auf halbem Weg mussten sie innehalten. Ihr ganzer Körper erschauderte, als sie das kalte Wasser an ihren Füßen spürten. Bis zu dieser Höhe stand der Keller komplett unter Wasser.

»Gehen wir unter?«, fragte Mary Rose.

»Ich glaube, ja.«

WIR GEHEN UNTER

Bücher, Werkzeug, Holzteile, leere Umzugskartons ... All die Dinge, die im Keller herumgelegen hatten, trieben nun an der Oberfläche des grünlich schimmernden Wassers, das bis auf halbe Höhe im Raum stand.

»Wir müssen die Stelle finden, an der das Wasser eintritt«, sagte Harold, nahm die Taschenlampe aus Mary Roses zitternder Hand und ließ den Lichtstrahl prüfend über das Wasser wandern, in der Hoffnung, einen Strudel zu entdecken, der ihm einen Hinweis darauf geben könnte, wo die undichte Stelle war.

»Bei all dem Zeug, das im Wasser schwimmt, ist es unmöglich, irgendetwas zu erkennen. Wir müssen die Oberfläche freiräumen.«

Harold ging noch ein paar Stufen hinunter, bis das Wasser ihm bis zu den Knien reichte. Als seine Hand mit dem Salzwasser in Berührung kam, durchfuhr ihn ein stechender Schmerz. Er biss die Zähne zusammen und atmete tief durch; er wusste, dass sie keine Zeit mehr verlieren durften. Also begann er die Dinge, die ihm am nächsten auf dem Wasser lagen, herauszufischen. Holzteile, leere Farbdosen, aufgeweichte Kartons, Papierseiten mit zerlaufener Tinte ... Harold zog ein Teil nach dem anderen aus dem Wasser und gab es Mary Rose, die damit die Treppe hinauflief und es im Flur auf den Boden legte.

Je weiter der Bereich um die Treppe herum freigeräumt war, desto tiefer konnte Harold in den Raum hinuntergehen. Es fehlten noch drei Stufen, bis er den Boden des Kellers erreicht haben würde. Als das eiskalte Wasser ihm bis zur Taille reichte, blieb ihm fast die Luft weg. Er verharrte ein paar Sekunden und drang dann weiter in den mit versunkenen Gegenständen angefüllten Tümpel vor.

Als die Wasserfläche schließlich weitestgehend freigeräumt war und Harold mit dem letzten schwimmenden Gegenstand, einer leeren Weinflasche, zur Treppe zurückwatete, erschütterte ein weiteres Beben das Haus. Das Wasser um Harold herum schwappte hin und her, während im ganzen Raum jede Menge Luftblasen aufstiegen.

»Schnell, gib mir die Hand, Harold!«, rief Mary Rose und trat ebenfalls ins Wasser hinunter.

Die Flasche entglitt Harolds Händen und schwamm in dem sprudelnden Wasser davon.

Harold und Mary Rose klammerten sich völlig durchnässt mit aller Kraft ans Treppengeländer und stiegen die fünf Stufen hinauf, auf deren Höhe das Wasser inzwischen angestiegen war. Dann sechs Stufen. Sieben. Das Wasser stieg immer weiter, Stufe für Stufe, und überschwemmte fast den kompletten Keller. Bis das Vibrieren und das Sprudeln schließlich nachließen und damit auch der Wasseranstieg.

Mary Rose zitterte am ganzen Körper, wobei sie nicht mehr wusste, ob der Grund dafür ihre nasse Kleidung war oder die Angst davor, zusehen zu müssen, wie sie untergingen. Harold spürte die Kälte kaum noch; er sah kurz auf seine Hand, die immer noch blutete. Er drückte die Wunde mit der anderen Hand zusammen und atmete tief durch, um sich auf das Wichtigste zu konzentrieren: Sie mussten das eindringende Wasser irgendwie stoppen.

»Wir dürfen keine Zeit mehr verlieren«, sagte Harold und stieg wieder eine Stufe hinunter.

Dann bemerkte er im Schein der Taschenlampe die Weinflasche, die nun in der Mitte des Kellers schwamm. Das Wasser hatte sich wieder beruhigt; nur an einer Stelle war die glatte Oberfläche gekräuselt, dort, wo die kleine Flasche, wie von einer unsichtbaren Kraft angezogen, schwamm.

»Siehst du das?«, rief Harold aufgeregt und wies auf die Flasche, die auf sie zutrieb.

»Was soll ich sehen?«, entgegnete Mary Rose, ohne die Flasche aus den Augen zu lassen.

»Schau genau hin. Da ist eine Strömung, die die Flasche hier herübertreibt. Das bedeutet, dass das Leck, durch das das Wasser eintritt, auf der gegenüberliegenden Seite sein muss.« Harold ließ den Lichtstrahl dort entlangschweifen, wo die Flasche hergeschwommen war. »Da! Direkt hinter der Waschmaschine.«

Sie gingen die Treppe hinunter und wateten durch das Wasser zu der Waschmaschinen-Trockner-Kombination hinüber. Harold stellte sich auf eine Seite, Mary Rose auf die andere.

»Bei drei ziehen wir, einverstanden?«, sagte Harold.

Mary Rose nickte, während sie die Hände ins Wasser tauchte und ihre steifen Finger hinter die Waschmaschine schob.

»Eins … zwei … drei!«

Mit aller Kraft zogen sie die Maschine nach vorn, konnten sie jedoch kaum mehr als ein paar Zentimeter bewegen.

»Noch mal!«, befahl Harold.

Sie zogen erneut, und diesmal löste sich die Waschmaschinen-Trockner-Kombination langsam von der Wand. Mary Rose spürte ein Brennen in ihren Muskeln, sodass sie die Kälte des Wassers kaum bemerkte.

»Noch ein bisschen!«

Harold stemmte einen Fuß gegen die Wand, und nachdem sie noch einmal kräftig gezogen hatten, hatten sich die beiden Geräte endlich ein gutes Stück von der Wand entfernt.

Ohne sich die Zeit zu nehmen, wieder zu Atem zu kommen, glitt Harold in die Lücke und bückte sich, um die Wand zu betasten. Nur sein Kopf ragte noch aus dem Wasser, doch so intensiv er auch herumtastete, er konnte nichts Außergewöhnliches entdecken.

Mit der Taschenlampe in der Hand lauschte Mary Rose, ohne es zu wollen, auf das leise Plätschern des Wassers, das langsam, aber unaufhaltsam weiter stieg.

»Ich muss untertauchen«, sagte Harold.

Er holte tief Luft und war einen Moment später verschwunden. Kleine Luftblasen stiegen an die Oberfläche, während Mary Rose ängstlich auf Harolds verschwommene Silhouette im trüben Wasser starrte.

Ohne viel zu sehen, tastete Harold über den Boden und näherte sich mit der Hand dem Übergang zur Wand. Plötzlich spürte er eine Strömung eiskalten Wassers. Er streckte die Finger aus und stieß oberhalb des Sockels auf ein Loch. Ein rundes Loch, in das etwas mehr als vier Finger passten. Als er hineinfasste, lösten sich ein paar kleine Steine aus der porösen Felswand dahinter und stiegen, von der unablässig eindringenden Strömung mitgerissen, an die Oberfläche.

Harold spürte, wie ihm die Lungen brannten, und richtete sich auf, um Luft zu holen.

»Hast du etwas gefunden?«, fragte Mary Rose.

»Ich glaube, ja«, antwortete er, während er nach Luft rang. »Direkt über dem Sockel ist ein Loch in der Wand. Nicht sehr breit, aber ich fürchte, es wird größer.«

Mary Rose merkte, wie ihr schwindelig wurde. Sie leuchtete mit der Taschenlampe zur Treppe hinüber und stellte entsetzt fest, dass das Wasser inzwischen bereits eine weitere Stufe bedeckte.

»Harold, ich will dich nicht drängen, aber das Wasser steigt weiter …«

»Wir müssen das Loch irgendwie abdichten.«

Zunächst entfernten sie jedoch die Bretter, die die runden Fenster an den Wänden bedeckten. Daraufhin fiel endlich Licht in den Keller und zeigte ihnen das wirkliche Ausmaß der Überschwemmung.

Eilig machten sie sich mitten im Wasser auf die Suche nach Harolds Werkzeugkiste. Mary Rose fand sie schließlich unter dem heruntergerissenen Vorhang der Vorratskammer.

Harold nahm eine Handvoll Nägel heraus, die er sich in die Tasche steckte, und gab Mary Rose den Hammer. Er griff nach einem der Bretter, die die Bullaugen bedeckt hatten, und ging zu der Wand mit dem Loch hinüber.

»Gib mir den Hammer, wenn ich unten bin, okay?«

Mary Rose blieb keine Zeit zu antworten, denn Harold war bereits wieder untergetaucht.

Erneut tastete er sich voran, bis er auf das Loch stieß. Ein paar kleine Steine trafen ihn im Gesicht. Er nahm das Brett, das er in der Hand hielt, und legte es über die Öffnung. Dann wühlte er in seiner Tasche und zog einen Nagel heraus. Im selben Moment bemerkte er neben sich Mary Roses Hand mit dem Hammer. Er griff danach und begann auf den Nagel zu schlagen.

Harold hatte im Laufe seines Lebens Tausende Bretter befestigt, doch noch nie unter Wasser. Der Hammer ließ sich nur schwerfällig bewegen und wirkte kraftlos. Jeder Schlag dröhnte in seinem Kopf, und seine Lungen verlangten immer drängender nach Sauerstoff. Schließlich ging es nicht mehr, und er richtete sich wieder auf, um Luft zu holen. Das Brett hielt nicht.

»Was kann ich tun, um dir zu helfen«, sagte Mary Rose.

»Versuche, das Brett mit dem Fuß gegen die Wand zu drücken.«

Mit dem Brett in der einen und dem Hammer in der anderen Hand tauchte Harold wieder unter. Diesmal fand er das Loch direkt. Er sah Mary Roses Fuß, der sich gegen das Brett stemmte, das er gerade angepasst hatte, und es an die Wand drückte. Harold nahm einen weiteren Nagel und begann zu hämmern.

Diesmal merkte er, dass die Spitze des Nagels das Holz durchdrang. Dann stieß er auf einen stärkeren Widerstand: Er hatte sich bis zum Felsen vorgearbeitet. Harold holte an der Oberfläche kurz Luft und tauchte direkt wieder unter. Mit viel Schwung hämmerte er weiter, doch kurz bevor der Nagel in der Wand hielt, begann das Holz zu vibrieren und ein großer Schwall Luftblasen drängte an den Rändern des Bretts vorbei herein, das wie der Deckel eines Schnellkochtopfs den Druck vergrößert hatte. Das Brett wurde davongeschleudert, und eine seiner spitzen Kanten traf Harold im Gesicht. Er tauchte erneut aus dem Wasser auf.

»Ich habe dagegengehalten, so fest ich konnte, Harold, aber es hat nichts gebracht«, sagte Mary Rose den Tränen nahe.

Unter ihren Füßen erbebte das Fundament. Nun drang das Wasser unkontrolliert herein, und Harold und Mary Rose standen in einem Strudel von Trümmerteilen. Gleichzeitig kam ein Schwall Wasser von oben. Sie blickten hinauf und sahen, dass die Bullaugen bereits zur Hälfte mit Wasser bedeckt waren.

»Wir können nicht länger warten«, schrie Harold und tauchte wieder unter.

Verzweifelt drückte er das Brett wieder vor die Öffnung, konnte jedoch mit dem Hammer in der anderen Hand seine Position nicht halten. Hunderte kleiner Steinchen streiften sein Gesicht, während die ununterbrochen sprudelnden Luftblasen in seinen Ohren dröhnten. Plötzlich bemerkte er, dass sich um ihn herum etwas bewegte, und einen Moment später verrutschte das Brett nicht mehr. Mary Rose war ebenfalls untergetaucht und drückte das Brett nun mit aller Kraft gegen die Wand.

Harold suchte in seiner Tasche nach einem Nagel. Doch er fand keinen. Verzweifelt tastete er über den Boden.

Mary Rose strampelte, um den Druck gegen das Brett aufrechtzuerhalten, jedoch würde sie nicht mehr lange die Luft anhalten können.

Harold wollte schon aufgeben, als er mit den Fingern auf eine Handvoll Nägel stieß. Er griff danach und brachte einen davon auf dem Brett in Position. Dann nahm er den Hammer und schlug kräftig zu. Wegen des Rauschens der Luftblasen in seinen Ohren merkte er es kaum, wenn der Hammer auf den Nagel traf. Und immer mehr Steine flogen an ihm vorbei.

Trotz allem gelang es Harold tatsächlich, den harten Stahlnagel fest in das Holz zu treiben. Er legte den Hammer zur Seite und tippte Mary Rose an, zum Zeichen, dass sie auftauchen und Luft holen sollte.

Als sie die Köpfe aus dem Wasser streckten, stießen sie bereits an die Deckenbalken.

Alle Worte waren überflüssig. Bevor Harold und Mary Rose wieder untertauchten, sahen sie sich für eine Sekunde an in dem Bewusstsein, dass es das letzte Mal sein könnte.

Dann holten sie tief Luft und tauchten erneut zu dem Brett hinunter. An der Seite, an der es noch nicht befestigt war, drangen weiterhin Luftblasen und Steine herein. Mary Rose drückte wieder gegen das Brett, und Harold nahm den Hammer und schlug nacheinander die vier Nägel ein, die er wie wertvolle Goldstücke sorgsam in der Hand hielt. Einen nach dem anderen trieb er die Stahlnägel in den Felsen, bis der Strom der Luftblasen verebbte.

Harold und Mary Rose tauchten wieder an die Oberfläche und sahen sich lächelnd an. Während sie zur Treppe hinüberschwammen, hallte das Ächzen der Balken, aus denen ihr Haus bestand, wie Klagelaute in ihren Ohren. Oben am Treppenaufgang stiegen sie die letzten drei Stufen hinauf, die noch nicht von Wasser bedeckt waren, und bemühten sich, wieder zu Atem zu kommen.

DIE ANDERE STIMME

Harold und Mary Rose verbrachten viele Stunden damit, das Wasser aus dem Keller zu schöpfen, wobei sie das Gefühl hatten, mit einem Fingerhut das Meer zu leeren. Sie sprachen kaum ein Wort und arbeiteten schweigend, bis der Wasserspiegel langsam, Zentimeter um Zentimeter, Stufe um Stufe, sank. Mit dem schwindenden Wasser ließ auch das Licht nach; es wurde Nachmittag und schließlich Abend, und beinahe unmerklich hüllte die Dunkelheit des Meeres sie in ihrer Stille ein.

»Ich denke, für heute haben wir genug getan«, sagte Harold schließlich.

Mary Rose verharrte ein paar Sekunden mit dem Eimer in der Hand und starrte auf das schwarze Wasser. Der Keller war noch bis zur Hälfte gefüllt, doch ihre Panik hatte nachgelassen. Wenn sie sich mit dem fast komplett angefüllten Keller über Wasser gehalten hatten, würden sie mit diesem bisschen Wasser wohl auch nicht untergehen, dachte sie trotzig. Also warf sie Harold einen Blick zu, der ihr Einverständnis signalisierte, und dann stiegen sie wortlos die Treppe hinauf. Jeder Schritt, den sie taten, schmerzte und erinnerte sie an das unzählige Auf und Ab mit dem Eimer in der Hand, das sie jede einzelne Muskelfaser spüren ließ. Als sie jetzt ein letztes Mal hochstiegen, hatte Mary Rose kaum noch die Kraft, den Eimer länger festzuhalten, so weh tat ihr der Rücken. Auch Harold spürte seinen Rücken, doch war dies nichts im Vergleich zu dem Brennen in seiner

Hand. Der vom Salz verkrustete Schnitt mit dem geronnenen Blut sah übel aus.

Als Harold und Mary Rose im Hausflur standen, wussten sie nicht so recht, wohin sie gehen oder was sie tun sollten. Um sie herum gab es kaum etwas, was sich noch dort befand, wo es hingehörte. Und nun erst fiel ihnen auf, wie stark auch das Haus beschädigt war.

Mit nassen Füßen gingen sie weiter, in der Hoffnung, einen Platz zu finden, an dem sie sich ausruhen konnten. Sie traten ins Wohnzimmer, wo sie jedoch nur auf einen Haufen kaputter Stühle, Umzugskisten, Bücher und zerrissene Vorhänge stießen. Und weder Mary Rose noch Harold verfügte noch über genügend Kraft, um das schwere Sideboard fortzubewegen, das quer über einem der Sofas lag.

Auch der Anblick, der sich ihnen im Esszimmer bot, war nicht gerade ermutigend: Das Glas der Vitrine war in tausend Scherben zersprungen, und unter all den Holz- und Glasstücken lagen die Stühle, doch keiner von ihnen hatte noch alle vier Beine.

In der Küche, inmitten des Chaos aus zerbrochenem Porzellan, Haushaltsgeräten und kaputten Möbeln, entdeckte Mary Rose immerhin den Hocker, den sie immer benutzt hatte, um an die höchsten Regalbretter zu gelangen. Sie ließ den Eimer fallen und setzte sich. Auch Harold stellte seinen Eimer ab. Dann ging er mit der Taschenlampe in der Hand durch den Raum und begann zwischen all den Trümmern nach etwas Trinkbarem zu suchen. Als er die Karaffe mit dem Wasser fand, stellte er fest, dass sie nur noch ein paar Zentimeter hoch gefüllt war. Er ging damit zu Mary Rose hinüber. Das große alte Radio lag neben ihr auf der Seite. Harold befreite es von dem Schutt, ließ sich darauf nieder und legte die Taschenlampe neben sich auf den Fußboden. Der kleine Lichtkegel fiel nun an die Wand und erfüllte den Raum mit schwacher Helligkeit. Außer ihrem schnellen Atem waren nur das leise Klappern der Töpfe und das Knarren des Holzes zu hören.

»Hier«, sagte Harold und hielt seiner Frau die Karaffe hin.

Mit Mühe brachte Mary Rose die Kraft auf, die Karaffe entgegenzunehmen. Sie warf einen Blick auf das wenige Wasser, nahm einen kleinen Schluck, nur um ihre Lippen ein wenig zu benetzen, und gab die Karaffe dann Harold zurück, der sie gierig bis auf den letzten Tropfen austrank.

Er wischte sich über den Mund und stellte die leere Karaffe auf dem Boden ab, als plötzlich etwas seine Aufmerksamkeit erregte: In einem der Eimer schwamm etwas auf dem Wasser. Harold zog den Eimer zu sich heran und merkte, wie sein Herz, das fast zu müde war, um zu schlagen, mit einem Mal heftig zu pochen begann.

»Das ist doch nicht möglich!«, sagte er zu sich selbst.

»Was ist los?«, fragte Mary Rose beunruhigt.

»Ich glaube, ich weiß jetzt, warum wir nicht untergegangen sind«, entgegnete Harold.

Mary Rose sah ihren Mann irritiert an und richtete den Blick dann auf das Innere des Eimers, den Harold verblüfft fixierte. Allerdings konnte sie darin nichts anderes entdecken als ein bisschen Wasser und ein paar kleine Steine, die wohl durch das Loch in der Wand eingedrungen waren.

»Da sind doch nur Steine und Wasser drin, Harold.«

»Genau«, entgegnete er und sah seine Frau bedeutungsvoll an. »Du kennst doch den Ursprung der Insel Brent, oder?«

Diese Frage verwirrte Mary Rose noch mehr. Abgesehen davon war sie so müde, dass sie nicht mehr klar denken konnte, und das seltsame Verhalten ihres Mannes machte es nicht besser.

»Was hat das denn damit zu tun, dass das Haus schwimmen kann?«, fragte sie irritiert.

»Na ja, das ist der Grund, zumindest glaube ich das.« Harold machte eine Pause. »Die Insel Brent ist vulkanischen Ursprungs. Der Berg in der Mitte der Insel ist ein erloschener Vulkan. Und die Klippe, auf der unser Haus stand, ist nichts anderes als eine Anhäufung von vielen Schichten erkalteter, sedimentierter Asche.«

»Ja, das weiß ich auch. Deswegen heißt es ja immer, dass der Boden in San Remo so fruchtbar ist.«

»Aber abgesehen von der Fruchtbarkeit …«, erklärte Harold und nahm die Steinchen aus dem Wasser, »… ist das Vulkan- oder Tuffgestein wegen der vulkanischen Gaseinschlüsse auch sehr porös, und das verleiht ihm eine ganz besondere Eigenschaft …«

Harold hielt den Eimer schräg, damit sich das ganze Wasser auf einer Seite sammelte, und legte die Steinchen hinein.

»Sie schwimmen!«, rief Mary Rose aus, als sie sah, dass die Steinchen in dem winzigen Meer an der Oberfläche trieben.

»Genau!«

»Willst du damit sagen, dass das Gestein, das den Keller umgibt und unter dem Haus liegt, der Grund dafür ist, dass wir nicht untergehen? Dass wir wie ein Korken schwimmen?«

Harold nickte lächelnd. Endlich hatte er an diesem mehr als kuriosen Tag etwas Entscheidendes begriffen.

»Aber das Gewicht …«, begann Mary Rose.

Die ungewöhnliche Hitzewelle, wurde sie von einer Stimme unterbrochen.

»Was sagst du?«, fragte Mary Rose ihren Mann.

Harold sprang so hastig auf, dass der Eimer umfiel und das Wasser mit den Steinchen sich auf den Boden ergoss. Er bückte sich zu dem Radio hinunter und legte sein Ohr an den Lautsprecher. Gleich darauf machte sein Herz einen Sprung, denn er konnte deutlich das knisternde Geräusch eines Funksignals hören.

»Ich dachte, es funktioniert gar nicht mehr …«, sagte er.

»So war es auch«, bestätigte Mary Rose.

Beide verspürten sie ein nervöses Kribbeln im Magen, während Harold eifrig am Knopf drehte, um das Signal wiederzufinden.

… nach dem Unwetter versichern die Behörden, dass … tfff … schsch … tfff … Die Stimme erstarb wieder.

»Dreh weiter, Harold!«, rief Mary Rose ungeduldig.

Sie erhob sich und kniete sich ebenfalls vor das Radio, um aufmerksam auf jede Veränderung des eintönigen Brummens des Senders zu lauschen.

Schsch … zwei Personen werden nach wie vor vermisst … tfff …

»Da ist es wieder!«, rief Mary Rose dazwischen.

Schsch … die Hoffnung … wiederzufinden … tfff … sind eher … Schsch … tfff …

Harold drehte auf der Suche nach der verlorenen Frequenz erneut am Knopf, jedoch leider vergeblich; überall war nur das entmutigende Rauschen zu hören.

»Ich glaube, dass da von uns die Rede war«, meinte er schließlich, »von der Suche nach uns!«

»Und das bedeutet, dass wir nach San Remo zurückkehren werden!«, rief Mary Rose aufgeregt aus.

Harold lächelte, und eine Sekunde später kam neben vielen Störgeräuschen der Radioton zurück, diesmal jedoch nicht mit einer Nachricht, sondern mit Musik. Zuerst war das Signal nur schwach zu vernehmen, doch nach und nach wurde es deutlicher, als würden sie sich ihm von weit her nähern, bis der Klang der Violinen schließlich durch die ganze Küche schallte.

»›An der schönen blauen Donau‹«, sagte Harold in komischer Verzweiflung.

Sie starrten auf das Radio, als würden sie gerade Zeuge eines Wunders, als ob nichts von dem, was sie erlebt hatten, geschehen wäre und sie noch ruhig und sicher auf der Insel verankert wären. Schließlich war das Musikstück zu Ende, und eine melodische Frauenstimme begann zu reden. Die Stimme war deutlich zu hören, doch anders als die Stimmen zuvor konnten sie sie nicht verstehen.

»Welche Sprache ist das?«, fragte Mary Rose verblüfft.

Harold lauschte aufmerksam auf jedes Wort, doch keines war ihm irgendwie vertraut. In seinem erschöpften Gehirn brandeten Tausende neuer Fragen ohne Antworten auf, während gleichzeitig die sanften Akkorde eines neuen Musikstücks erklangen.

»Es kann doch nicht sein, dass wir so weit weg sind, oder?«, murmelte Mary Rose.

Das Lächeln verschwand langsam von Harolds Gesicht und nahm einen ungläubigen Ausdruck an.

»Ein normales Schiff wäre inzwischen schon ziemlich weit von der Küste entfernt«, meinte Harold wie in Gedanken versunken, »aber dieses … also unser Haus hat weder Segel noch einen Motor …«

»Und wenn wir schon so weit weg sind, dass sie die Suche nach uns eingestellt haben?«

»Das ist nicht möglich. Für solche Fälle gibt es einen Rettungsplan. Es ist nur eine Frage der Zeit, dass irgendein Schiff unser im Meer treibendes Haus entdeckt.«

»Aber, Harold …«, wandte Mary Rose leise ein, »… denkst du denn, dass irgendjemand glaubt, dass wir nach dem Sturz von der Klippe noch am Leben sind? Und davon abgesehen … Welcher halbwegs klar denkende Mensch könnte auf den Gedanken kommen, dass wir uns an Bord unseres eigenen Hauses befinden?«

Wie auf ein Stichwort gab das Radio ein letztes Zischen von sich, und die unverständliche Stimme verstummte. Harold drehte verzweifelt am Knopf zur Sendereinstellung, drückte alle anderen Knöpfe und schlug sogar mit der Faust auf den Apparat, um das Signal wiederherzustellen, doch es war nichts zu machen. Das Radio blieb stumm, unbrauchbar. Weder das leise Klappern der Töpfe, noch das Knarren der Holzdielen oder das Rauschen des Meeres vor den Fenstern konnten in diesem Moment die Leere füllen, die sich im ganzen Haus ausbreitete. Und das Geräusch dieser Leere war etwas, was das Ehepaar Grape sehr gut kannte, da es sie seit vielen Jahren schon begleitete; es war ein leises Geräusch, noch leiser als das der vergehenden Zeit, das jedoch immer da war. Ein Geräusch, das auch jetzt wieder auf betäubende Art in ihnen widerhallte, viel eindrücklicher als jede Musik oder Stimme: das Geräusch der Einsamkeit.

»Niemand …«, flüsterte Harold.

ALLEIN AUF DEM MEER

Obwohl sie nach den Anstrengungen des Tages so müde waren wie selten in ihrem Leben, konnten die Grapes beinahe die ganze Nacht über nicht schlafen. Beide dämmerten in einem unruhigen Halbschlaf dahin und schreckten immer wieder aus dem gleichen Traum auf, in dem sie an Bord eines schwimmenden Hauses allein mitten auf dem Ozean trieben. Ein leises Knarren des Holzes, ein etwas stärkeres Schwanken oder das Klirren einer kaputten Fensterscheibe reichten aus, um sie die Augen aufschlagen zu lassen. Dann starrten sie in die Dunkelheit und stellten sich die bange Frage, was real war und was nicht. Doch wenn sie dann ihre schmerzenden Knochen spürten, den Durst, der ihren Mund trocken werden ließ, und den Hunger, der allmählich an ihren Eingeweiden nagte, wurde ihnen bewusst, dass das, was sie für den Teil eines Traums gehalten hatten, leider wahr war.

Als das erste Licht des Tages das Zimmer in einen rötlichen Schein tauchte, warteten sie nicht länger auf den Schlaf und verließen das Bett. Harold richtete sich mit Mühe auf.

»Ich gehe runter in den Keller, um die Karaffe aufzufüllen.«

Als er aufgestanden war, sah Mary Rose, dass dort, wo ihr Mann gelegen hatte, das Laken voller getrockneter Blutflecke war.

»Deine Hand, Harold!«

Harold hatte seine Verletzung inzwischen beinahe vergessen.

Sein ganzer Körper war von Schmerzen wie betäubt, sodass er das Stechen in der Handfläche kaum wahrnahm.

»Die Farbe der Haut um die Wunde herum gefällt mir gar nicht«, meinte Mary Rose, als sie die Verletzung betrachtete.

»Das ist nichts Schlimmes. Es wird schnell verheilen.«

»Du musst nicht den Helden spielen, Harold«, sagte Mary Rose und stand aus dem Bett auf. »Ich schaue mal, ob ich die Kiste finde, in der die Hausapotheke ist.«

Mary Rose ging ins Badezimmer, was Harold dazu nutzte, ihr zu entwischen und zum Wasserholen in den Keller zu gehen.

Er stieg mit der Karaffe die Treppe hinunter und watete durch das eisige Wasser, das noch immer auf halber Höhe des Raumes stand. Als er zum Wasserspeicher kam, legte er den kleinen Hebel um, und das Wasser strömte in die Karaffe. Doch kaum hatte diese sich zu füllen begonnen, begann es im Rohr zu gluckern, und das Wasser lief nur noch stoßweise, bis es schließlich, mit viel Luft gemischt, in kleinen Stößen in die Karaffe spritzte. Beunruhigt blickte Harold in den Dachboden und stellte fest, dass kaum noch Wasser darin war. Gleich darauf wurde der Strahl zu einem kleinen Rinnsal, und mit einem letzten Seufzen kam schließlich der letzte Tropfen Trinkwasser aus dem Rohr. Es war nichts mehr da, der Dachboden war vollkommen leer. Langsam schloss Harold das Rohr und blickte in die Karaffe, die nur zur Hälfte gefüllt war. Dann stieg er mit schweren Schritten die Treppe hinauf.

Mary Rose hatte die Hausapotheke in keiner der Kisten im Schlafzimmer gefunden und war in die Küche hinuntergegangen. Im Licht des Morgens, das durch die Fenster fiel, konnte man dort nun das gesamte Ausmaß der Verwüstung sehen. Die einzigen Möbelstücke, die noch auf ihrem Platz standen, waren die Schränke und die Anrichte. Alles andere lag in einer Mischung aus Porzellanteilen, Glasscherben, Schlamm, Besteck, eingedrückten Konservendosen, zertrümmerten Möbeln und Meerwasser am Boden. In der Mitte des Raums befanden sich der Hocker und das Radio, auf denen sie am Abend zuvor gesessen hatten. Mary Rose begann zwischen dem Schutt und den halb offenen Kisten nach der Hausapotheke zu suchen, leider vergeblich.

Seufzend ging sie zum Kühlschrank, der auf den welken Blüten einer Hortensie lag, und öffnete die Tür. Sofort stieg ihr ein unangenehmer Geruch in die Nase.

Der Rest der Fischsuppe, die sie am Tag zuvor zubereitet hatte, war zusammen mit diversen Cocktail-Soßen und kaputten Eiern zu einer ekligen Masse geworden, die mit Glasscherben gespickt war.

Mary Rose fand zwischen den Trümmern eine Schüssel und füllte das Wenige hinein, was noch essbar war, ohne dass man fürchten musste, sich dabei zu vergiften oder sich die Kehle aufzuschneiden. Ein Glas Marmelade, das noch unversehrt war, ein paar abgepackte Tomaten und ein ungeöffnetes Paket Schinken war alles, was sie retten konnte. In diesem Moment kam Harold mit der Karaffe in die Küche und trat zu seiner Frau.

»Ist das alles?«, fragte er mit Blick auf die spärlichen Essensvorräte.

Mary Rose nickte. »Das ist alles«, sagte sie.

Anschließend griff sie nach einer Plastiktüte und füllte den ganzen Müll hinein.

»Aber unten in der Vorratskammer ist doch bestimmt noch was, oder?«, fragte Harold hoffnungsvoll.

»Ich fürchte, nein, Harold, denn gestern sollte ja der letzte Tag in unserem Haus sein …«

Sie blickte auf die Karaffe, die ihr Mann in der Hand hielt, und fragte:

»Warum hast du sie nur bis zur Hälfte gefüllt?«

»Mehr Wasser ist nicht da.«

»Aber der Dachboden war doch voll.«

»Das habe ich auch gedacht, allerdings nehme ich an, dass das Wasser, das den Keller überschwemmt hat, nicht nur von draußen kam.«

Mary Rose merkte, wie ein Gefühl der Übelkeit in ihr aufstieg. Es war alles zu viel, und der ekelhafte Geruch des verdorbenen Essens tat sein Übriges. Harold nahm sie am Arm und führte sie aus der Küche. Als sie auf die Veranda traten, vertrieb die frische Meerluft den Gestank und die Übelkeit.

Mary Rose hielt noch die Tüte mit dem Abfall in der Hand. Zögernd ging sie die drei Verandastufen hinunter und näherte sich dem schmalen Felsrand. Als sie auf die rosafarbene Fläche des morgendlichen Meeres blickte, meinte sie, in der Tiefe eine Bewegung wahrzunehmen, doch in der Welt dort unten war alles unergründlich und zu dunkel, um sich dessen sicher zu sein.

Mary Rose öffnete die Tüte, und trotz des Gestanks verspürte sie Hunger. Auch wenn nichts von dem, was sie in den Händen hielt, noch essbar war, tat es ihr leid, einen Teil der wenigen Nahrungsmittel, die sich im Haus befanden, wegwerfen zu müssen. Sie konnte einfach nicht glauben, dass sie sich, nachdem sie jahrelang jede Menge Konserven in der Vorratskammer gestapelt und immer ausreichend Wasser im Dachboden gehabt hatten, nun in solch einer misslichen Lage befanden. Nach einem letzten Blick auf den Inhalt der Tüte entleerte sie diese vorsichtig ins Meer.

Die Pampe aus Nahrungsmitteln fiel mit einem leisen Geräusch in die hermetische Undurchsichtigkeit des Meeres und verschwand darin wie sich verflüchtigender Nebel.

»Und was machen wir jetzt, Harold?«, fragte Mary Rose, während sie zusah, wie der Fleck, den der Abfall auf dem Meer hinterlassen hatte, immer kleiner wurde.

Harold trat neben sie und blickte auf den fernen Horizont, der nach und nach die rötliche Färbung der Morgendämmerung verlor.

»Es ist nur eine Frage der Zeit, bis ein Schiff vorbeikommt und man uns findet.«

Mary Rose sah ihm prüfend in die Augen, um einen Anflug von Überzeugung darin zu entdecken, nachdem seine Stimme nicht so geklungen hatte wie das, was seine Worte aussagten. Dann atmete sie tief ein.

»Nur eine Frage der Zeit?«, wiederholte sie schließlich mit brüchiger Stimme. »Ich glaube nicht, dass wir noch viel Zeit haben, Harold. Das, was wir an Wasser und Essen haben, reicht höchstens für ein paar Tage.«

Harold seufzte.

»Zum Glück befinden wir uns auf dem Meer«, sagte er dann.

»Du meinst, wir sollen angeln?«, fragte Mary Rose und sah ihn zweifelnd an.

»Fällt dir etwas Besseres ein?«

»Sei nicht beleidigt, aber du warst noch nie ein guter Angler.«

»Ist es dir lieber zu verhungern?«, entgegnete er verärgert.

Mary Rose ging teilnahmslos die Treppe hinauf und setzte sich auf die oberste Stufe.

»Wir müssen es versuchen, Rose«, sagte Harold und setzte sich neben sie.

»Aber selbst wenn es uns gelingt, ein paar Fische zu fangen«, wandte Mary Rose ein, »wie ist es mit dem Wasser? Das ist noch wichtiger als das Essen, Harold. Ohne Wasser können wir nicht überleben.«

Harold schaute auf der Suche nach Wolken in den Himmel, sah jedoch nur in das klare Blau eines strahlenden Tages. Er senkte den Blick wieder auf den öligen Flecken im Meer, wo fast alle Fischstücke im unergründlichen Wasser verschwunden waren. Sie waren von Hundertausenden Litern Wasser umgeben, doch nicht ein Schluck davon würde ihnen helfen zu überleben. In San Remo war es ihm vor Jahren gelungen, dieses Problem zu lösen, doch nun fühlte er sich wieder wie in einem jener Winter, in denen sie von allem abgeschnitten gewesen waren, ohne Wasser, das durch die vereisten Rohre, die ihr Haus mit dem Dorf verbanden, nicht mehr fließen konnte, und ohne Licht, weil die Stromkästen dem Gewicht des Schnees nicht standgehalten hatten. Noch einmal dachte er daran, wie er, mit einer Kerze und in mehrere Decken gewickelt, im dunklen Keller gesessen und nach einer Lösung für diese Probleme gesucht hatte.

Er erinnerte sich noch gut an den Moment, als ihm die Idee gekommen war, am Wasserspeicher eine Entsalzungsanlage zu installieren, an die Aufregung, als er den Motor, der das Meerwasser ins Haus pumpte, an den Strom angeschlossen hatte, an das Geräusch der ersten Wassertropfen in dem großen Plastikspeicher oder den Genuss des Trinkwassers, das so rein war, als käme es aus einer Quelle. Von da an hatte die Erfindung jener Entsalzungsanlage sie vom Wasser aus dem Ort unabhängig gemacht, sogar in den kalten Wintern, wenn die Dachrinnen zufroren und Eis und Schnee es unmöglich machten, Regenwasser aufzufangen.

»Wenn wir überleben wollen, haben wir nur eine Möglichkeit«, sagte er schließlich.

Mary Rose sah ihn neugierig an und versuchte in seinem abwesenden Blick zu lesen.

»Wir müssen Strom erzeugen.«

Diese Antwort hatte Mary Rose nicht erwartet.

»Und wie willst du das anstellen?«, fragte sie und bemühte sich, Ruhe zu bewahren.

»Ich weiß es nicht, aber wir müssen es irgendwie hinkriegen.«

»Das ist doch verrückt!«

Als Mary Rose diese Worte schrie, hatte sie das Gefühl, an der monströsen Weite des Meeres zu ersticken, mehr als je zuvor an einem Ort gefangen zu sein, dem sie nicht entkommen konnte. Sie stand auf und ging ohne ein weiteres Wort ins Haus. Harold folgte ihr.

Draußen unterbrach, kurz nachdem sie die Tür hinter sich geschlossen hatten, etwas die Stille; am Felsrand vor der Veranda bewegte sich etwas. Das Plätschern dauerte nur wenig mehr als den Bruchteil einer Sekunde an, was gerade ausreichte, dass die Fischreste, die noch nicht vollständig untergegangen waren, in einem Schlund verschwanden, der plötzlich aus dem Nichts aufgetaucht war.

DAS GEHEIMNIS DES WASSERS

Harold und Mary Rose brauchten zwei Tage, um das Wasser, das im Keller stand, herauszuschöpfen. In dieser Zeit verließen sie den feuchten Raum, in dem alles kreuz und quer lag, kaum, um den Horizont nach einem Schiff abzusuchen. Die Möglichkeit, von niemandem gerettet zu werden, wurde zu einem immer drohender werdenden Gedanken, zumal die geringen Reserven an Wasser und Essen immer weniger wurden. Vier Gläser Würstchen, vier Thunfischdosen, drei Gläser eingemachtes Obst, ein paar Flaschen Traubenlikör und ein großes Glas Trockenfrüchte war alles gewesen, was sie ihrer Vorratsliste noch hatten zufügen können. Doch je mehr das Wasser im Keller sank, desto leerer wurde auch die Karaffe. Harold und Mary Rose tranken so wenig wie möglich, was ihren Durst nicht löschen konnte.

Am zweiten Tag, als das Wasser im Keller nur noch fingerhoch stand, nutzte Harold dies aus, um das Brett, das das Eindringen des Meerwassers von draußen verhinderte, noch besser zu befestigen. Mary Rose hatte zwischen den Trümmern den Topf mit dem Kunstharz entdeckt, nach dem Harold gesucht hatte, um das Brett so abzudichten, dass kein Tropfen mehr den Weg durch die Ritzen finden würde.

Der Geruch, der dem Harztopf entstieg, war so intensiv, dass er den Meeresgeruch, der den ganzen Raum und alles, was darin war, erfüllte, überdeckte. Mary Rose stieg auf eine Holzkiste, um eines der Bullaugen zu öffnen und durchzulüften, und warf dabei einen flüchtigen Blick aufs Meer. Doch sie sah nichts als die endlose Wasserfläche.

Resigniert kletterte sie wieder von der Kiste und griff nach dem Wischmopp, um das restliche Wasser aufzuwischen. Dabei hob sie alles auf, was sie für nützlich hielt, egal, ob es sich um Bücher, Werkzeuge oder – vor allem – Essen handelte. Die Bücher legte sie neben der Treppe auf einen feuchten Stapel, dem die Druckfarbe entrann, während sie die vielen Geräte, die Harold all die Jahre über repariert hatte, neben der Vorratskammer sammelte. Doch plötzlich erregte etwas zwischen all den Schrauben und Nägeln ihre Aufmerksamkeit. Unter einem kleinen Stapel nassen Papiers lag ein Glas, ein rundes, gesprungenes Glas. Sie bückte sich, und als sie es aufhob, erkannte sie sofort die kleine Nachbildung des Segelschiffs in seinem Inneren. Wassertropfen rannen wie Tränen ihre zitternden Hände herab. Mary Rose erschauderte beim Anblick des gesprungenen Marmeladenglases, das sie so viele Jahre zuvor ihrem Sohn gegeben hatte. Es war das Einzige aus jener furchtbaren Nacht, was Harold hatte retten können. Mary Rose spürte einen stechenden Schmerz in der Brust, als sie das kaputte Glas in den Händen hielt, das so zerbrechlich war wie alles im Leben.

»Ich glaube, ich könnte es wieder reparieren«, sagte Harold.

Mary Rose schrak zusammen.

»Ich denke nicht, dass das jetzt besonders viel Sinn macht, Harold«, entgegnete sie, und ihre Augen waren ganz dunkel von der Last der Erinnerungen, die dieses Glas enthielt.

Harold wusste, dass Mary Rose recht hatte. Er sah sich um und entdeckte auf dem Boden ein Stück Luftpolsterfolie. Er hob es auf und wickelte das zersprungene Marmeladenglas vorsichtig darin ein. Behutsam legten sie es in die eingerissene Kiste zu den anderen Flaschenschiffen. Dort war ihre Erinnerung sicher aufbewahrt.

Harold ging wieder zu der Wand hinter der Waschmaschine zurück.

»Jedenfalls ist das Loch jetzt komplett abgedichtet«, sagte er in dem Versuch, die schmerzhaften Gedanken zu verdrängen. »Wenn das Harz getrocknet ist, ist es unmöglich, dass hier noch mal Wasser eintritt.«

Mary Rose sah ihn abwesend an und nickte stumm.

»Der Wasserspeicher hatte einen Riss, durch den das Wasser ausgelaufen ist«, fuhr Harold fort. »Den habe ich auch gleich abgedichtet.«

»Und was bringt es uns, einen Wasserspeicher ohne Wasser zu haben?«, fragte Mary Rose, als ob sie plötzlich wieder in die Realität zurückgekehrt wäre.

Harold war verletzt. Nicht wegen der Ruppigkeit der Worte seiner Frau, sondern wegen der furchtbaren Wahrheit, die darin lag. All die vielen Stunden des Wasserschöpfens über hatte er darüber nachgedacht, wie er Strom erzeugen könnte. Er wusste, dass das in ihrer Lage eine wahnwitzige Idee war, aber jedes Mal, wenn er auf das weite Meer hinaussah, spürte er, dass ihre Überlebenschancen geringer wurden. Hätten sie jedoch Strom, würde die Entsalzungsanlage wieder funktionieren, und sie könnten Meerwasser in Trinkwasser verwandeln. Außerdem könnten sie die wenigen Nahrungsmittel, die sie hatten, kühlen und die Fische braten, die sie fangen würden. Allerdings war ihm bisher noch keine Lösung eingefallen. Schon früher in San Remo hatte er dutzende Male versucht, eigenen Strom zu erzeugen, doch nie war es ihm gelungen, etwas zu konstruieren, was so zuverlässig funktionierte, dass sie damit das ganze Haus hätten versorgen können. Er setzte sich auf die Stufen und ließ den Kopf in die Hände sinken.

»Entschuldige. Ich wollte nicht so ruppig sein, Harold«, sagte Mary Rose leise. »Aber all das ist zu viel für mich. Es macht mich wahnsinnig, nicht einmal zu wissen, wo wir sind und wohin die Strömung uns treibt.«

Harold hob den Kopf und sah Mary Rose an, als hätte ihr letzter Satz einen katalysatorischen Effekt auf ihn gehabt.

»Das ist es! Wieso bin ich nicht schon vorher darauf gekommen!«, rief er aus.

»Was meinst du damit?«

Harold ging zu den feuchten Büchern hinüber, die seine Frau neben der Treppe aufgestapelt hatte, und sah sich die Buchrücken an. Mary Rose trat zu ihm, während er Bücher hin und her räumte, bis er das gefunden hatte, was er suchte.

»Rose, du bist ein Genie!«, sagte Harold. »Ich glaube, du hast eine Möglichkeit gefunden, unser Leben zu retten.«

Mary Rose sah ihn neugierig an und versuchte dann zu entziffern, was auf dem Rücken des Buches stand, das er genommen hatte.

»Komm mit«, sagte Harold schon auf der Treppe.

Mary Rose folgte ihm hinauf in die Wohnung, während Harold, ohne weitere Worte, auf der Suche nach etwas mühevoll die aneinanderklebenden Buchseiten umblätterte.

»Hier ist es!«, sagte er schließlich.

Harold hielt seiner Frau das Buch unter die Nase, sodass sie endlich lesen konnte, was auf der Seite stand.

Die vielfältigen Arten der Energiegewinnung, las sie. *Nutzen Sie die Bewegung des Meeres*. Mary Rose seufzte innerlich auf.

»Was soll das sein, Harold?«, fragte sie mit vorgetäuschter Ernsthaftigkeit.

»Ich glaube, das ist die Lösung, wie wir Strom erzeugen können, Rose!«

Mary Rose blickte noch einmal in das Buch, konnte jedoch weder eine der zerlaufenen mathematischen Formeln entziffern noch eine der Maschinen erkennen, die auf den verwaschenen

Schwarz-Weiß-Fotos zu sehen waren. Dabei ging ihr nur eines durch den Kopf, und zwar die Einsamkeit, die sie so oft verspürt hatte, wenn Harold sich mit einem seiner unmöglichen Projekte beschäftigt hatte. Voller Bitterkeit dachte sie an die unendlichen Stunden, die sie nur in Gesellschaft ihrer eigenen Gedanken in der Küche gesessen hatte, während draußen hoher Schnee lag. Darauf wartend, dass Harolds unermüdliche Bastelwut ihn endlich aus dem Keller heraufkommen ließ, um etwas zu essen und zu Bett zu gehen, wobei er so sehr von seinen Projekten besessen war, dass er von nichts anderem reden konnte als von der Trinkwasserleitung oder der Anzahl der Stahlseile, die nötig waren, um das Haus zu stabilisieren. Denn das waren die beiden Projekte, die Harold schließlich erfolgreich bewältigt hatte. Was die anderen »genialen Ideen« anging, hatte Mary Rose noch zu gut den bitteren Geschmack der Frustration in Erinnerung.

»Ich weiß, dass wir ein Problem haben«, sagte sie, ohne den Blick von den Buchseiten zu heben, »na ja, viele Probleme, um genau zu sein, und dass die meisten davon sich mit dem Umlegen eines Schalters lösen lassen könnten. Aber, Harold … Glaubst du wirklich, dass du so etwas hinkriegen könntest? In San Remo hast du es so oft versucht, und es ist dir niemals gelungen …«

»Jetzt ist es anders, Rose, dort konnte ich die Energie der Meeresströmungen nicht nutzen. Aber in dem Buch steht, dass sie viel beständiger ist als die der Sonne oder des Windes.«

»Aber das, was in dem Buch steht, ist nur Theorie. Wie willst du hier so etwas schaffen? Von deiner Werkstatt ist doch kaum etwas übrig.«

»Genau das ist es, was ich herausfinden muss«, sagte Harold und schloss das Buch.

Mary Rose wollte ihn gerade anflehen, seine Kräfte nicht mit einem weiteren Hirngespinst zu vergeuden, als sie von einem

Geräusch vor dem Haus abgelenkt wurden. Sie traten durch die Haustür nach draußen.

»Was ist das?«, fragte sie und wies auf das Wasser, das auf die Veranda spritzte.

»Wahrscheinlich hat sich ein Stück des Felsens gelöst«, entgegnete Harold.

Im selben Moment bewegte sich das Wasser erneut, und zwischen den Wellen tauchte eine spitze, dunkle Flosse auf.

»Ein Hai!«, schrie Mary Rose.

DER MANN, DER FÜR ALLES EINE LÖSUNG FAND

Harold war unruhig. Seit mehr als zwei Stunden wälzte er sich im Bett hin und her, ohne einschlafen zu können. Er war ruhelos, besessen von der Vorstellung, einen Generator zu bauen, der es ihnen unter Nutzung der Meeresströmungen ermöglichen würde zu überleben, bis sie gerettet würden. In seinem Gehirn schwirrten alle möglichen Theorien herum, die zu verbinden ihm jedoch nicht gelang. Und er fürchtete, dass er wie so oft zuvor auch an diesem Projekt scheitern würde.

Er schwitzte, und die Trockenheit in seinem Mund war noch unangenehmer als sonst. Er brauchte Wasser, wusste jedoch, dass er sich bis zum nächsten Morgen keinen weiteren Schluck erlauben durfte. Vorsichtig, um seine Frau nicht zu wecken, stand er auf und schlich mit der Taschenlampe in der Hand zur Treppe hinüber, die ins Erdgeschoss führte. Von dort ging er in den Keller. Er legte die Taschenlampe auf den Boden, stieg auf die Holzkiste und blickte durch eines der Bullaugen nach draußen in die Nacht. Am Himmel war kaum ein Stern zu erkennen. Und auch auf dem Meer war keine Spur von dem unverwechselbaren Licht eines Schiffes oder eines fernen Leuchtturms zu entdecken. Die Intensität der Einsamkeit, die Harold empfand, war nur mit dem Durst und dem Hunger zu vergleichen, die ihn unablässig plagten. Doch noch stärker war sein Überlebenswille.

Er stieg wieder von der im Rhythmus der Wellen leicht hin- und herschwankenden Kiste und ließ im gelblichen Licht der Taschenlampe noch einmal alles Revue passieren, was er über Generatoren und die Energie der Meeresströmungen gelesen hatte. Harold wusste, dass der Schlüssel zu allem war, Strom zu erzeugen. Denn damit würde die Entsalzungsanlage wieder funktionieren, und sie könnten so viel Trinkwasser herstellen, wie sie wollten. Sie könnten die Nahrungsmittel frisch halten, an die sie gelangten, und vielleicht sogar das alte Funk-Radio wieder in Gang bringen, um mit irgendjemandem Kontakt aufzunehmen.

Seine Gedanken wurden jäh unterbrochen, als die Taschenlampe auf dem Boden umfiel. Eine Welle hatte das Haus besonders stark schwanken lassen und die Lampe aus dem Gleichgewicht gebracht.

Harold bückte sich, um sie wieder hinzustellen, und dabei fiel sein Blick auf den Trockner, der nun genau im Lichtkegel stand. Und in dem Moment, als er nach der Taschenlampe griff, kam ihm eine Idee.

Harold eilte die Treppe ins Erdgeschoss hinauf, suchte alle Kerzen zusammen, die er finden konnte, nahm das Buch mit dem Titel *Die vielfältigen Arten der Energiegewinnung. Nutzen Sie die Bewegung des Meeres* und ging, so schnell wie er heraufgekommen war, wieder hinunter in den Keller. Dort verteilte er die Kerzen auf dem Boden und griff nach der Werkzeugkiste. Dabei spürte er einen stechenden Schmerz in der Handfläche. Bis dahin hatte er seine Wunde völlig vergessen gehabt, und nun sah er, dass sie sich wieder geöffnet hatte. Ein wenig Blut trat aus. Doch das konnte ihn nicht abschrecken. Er würde sich durch nichts aufhalten lassen, war fest davon überzeugt, dass er endlich etwas gefunden hatte, womit er arbeiten konnte. Also nahm er sich einen Schraubendreher, platzierte ein paar Kerzen direkt neben sich und begann, die Rückseite des Trockners abzumontieren. Während er dies tat, hörte er im Geiste schon Mary Roses Protestschreie, doch auch wenn ihm bewusst war, dass das Risiko bestand, erneut zu scheitern und dabei unnötigerweise ein Haushaltsgerät zerstört zu haben, musste er es einfach versuchen.

Eine Stunde später lag der Trockner in Einzelteilen vor ihm auf dem Boden. Neben dem Motor und der Trommel hatte er den Eingeweiden des Gerätes eine Sammlung an Knöpfen, Steckern, Schaltnetzteilen, Widerständen, Kabeln und Trafos entnommen. Harold griff nach dem Buch und blätterte hastig darin. Er suchte kein bestimmtes Kapitel, sondern ein paar lose Blätter, auf denen er vor Jahren die elektronischen Schaltkreise skizziert hatte, die er herzustellen versucht hatte. Damals hatte keiner davon funktioniert, jedoch, wie er wusste, nicht, weil er etwas falsch gemacht hatte, sondern aufgrund der nicht ausreichenden Energiequellen. Im Falle der Sonnenenergie hatte es an dem wenigen Sonnenschein gelegen, mit dem die Insel gesegnet war und der ihn bei der Installation von Solarzellen hatte scheitern lassen. Auch mit der Windenergie hatte er kein Glück gehabt, denn die Windböen, die über die Klippe jagten, waren so heftig gewesen, dass kein Windrad ihnen länger als eine Woche standgehalten hatte, ohne davonzufliegen. Daher war die Energie der Meeresströmungen nun seine letzte Alternative.

Endlich fand er die karierten Papierseiten, die er gesucht hatte. Trotz der Feuchtigkeit und der vom Wasser verwischten Tintenstriche gelang es Harold, sie zu entziffern. Er studierte jede seiner Anmerkungen eingehend und versicherte sich, dass er über alles verfügte, was nötig war, um den Generator zu bauen. Ihm war klar, dass er sich diesmal kein gescheitertes Experiment leisten konnte, da ihr Leben von dieser Sache abhing. Er griff nach einem langen Kabel, das an einem Trafo hing, und verband es mit dem Motor, der die Trommel des Trockners angetrieben hatte. Ein solcher Anschluss war für Harold nichts Neues. Im Laufe seines Lebens hatte er jede Art von elektrischen Haushaltsgeräten, Motoren und kleinen Elektronikgeräten repariert, hergestellt und verkauft. Es war eine Aufgabe, die er schon Hunderte Male erledigt hatte, doch diesmal hatte er, abgesehen von den Schmerzen in der Handfläche, das Gefühl, sich ungeschickt wie ein Lehrling anzustellen, und er schwitzte Blut und Wasser. Seine Hände begannen leicht zu zittern, und sein Atem beschleunigte sich. Er hielt einen Moment inne, warf noch einmal einen Blick auf den Wirrwarr der Dinge, die vor ihm lagen, und fühlte sich für einen Moment völlig verloren. Plötzlich erging es ihm wie an seinen ersten Tagen in der kleinen Reparaturwerkstatt in San Remo de Mar, in der er nach dem Tod seines Sohnes gearbeitet hatte.

Noch einmal sah er vor sich, wie er in der dunklen, staubigen Werkstatt im Hinterzimmer zwischen all den kaputten Dingen saß und mechanisch nickend den Erklärungen seines neuen Chefs gelauscht hatte, die er, sosehr er sich auch anstrengte, nicht verstand. Noch nie hatte er sich so deplatziert gefühlt wie damals; weit weg von der Werft, den Schiffen, dem Meer. Weit weg von allem, was er mochte und konnte. Doch schließlich war es gerade die Arbeit des Reparierens dieser unbrauchbaren Gegenstände gewesen, die ihm dabei geholfen hatte, seinen Schmerz mit der nötigen Ruhe zu ertragen. Nach und nach hatten seine schwieligen Hände den Kontakt mit dem rauen Holz und dem Meißel vergessen und sich an die Kälte des Schraubendrehers und der Leiterplatten gewöhnt.

Mit den Jahren hatten die Leute im Dorf vergessen, dass er einmal als Schiffsbauer gearbeitet hatte; im besten Fall erzählten sie eine Anekdote aus der Zeit, als er jung gewesen war, und so wurde er irgendwann zum Mann für alles, zu dem, der alles reparieren konnte. Allerdings hatte es Harold nie gefallen, so genannt zu werden. Denn je mehr Dinge er reparierte, desto deutlicher wurde ihm bewusst, dass es Dinge gab, die sich einfach nicht wiederherstellen ließen. Noch einmal blickte er auf seine Hände, die das Kabel hielten, und auch wenn er noch immer den pochenden Schmerz in der Handfläche spürte, stellte er fest, dass sie aufgehört hatten zu zittern. Auch seine Atmung hatte sich normalisiert, und das Chaos der Teile vor ihm bekam in seinem Kopf wieder eine Struktur.

Nach einem letzten Blick auf die Skizze zögerte er nicht länger und schloss das Kabel an den Motor an.

Es war bereits vier Uhr morgens, als Harold die letzte Schraube anzog, doch er war nicht müde. Ohne der Uhrzeit irgendeine Bedeutung beizumessen, öffnete er eines der Bullaugen und führte das Kabel nach draußen, das auf der einen Seite mit dem Trafo verbunden war und an der anderen Seite an den Generator angeschlossen werden musste, um die Energie der Meeresströmungen umzuwandeln.

Harold war nicht wirklich sicher, ob seine Erfindung funktionieren würde: Der Generator bestand aus der Trommel des Trockners, an die er rundherum ein paar Metallstäbe angeschraubt hatte. Wenn alles so ablaufen würde, wie er dachte, würde sich die Trommel dank der Strömungsbewegungen in der gleichen Art und Weise wie ein Windrad drehen. Und wenn die Flügel sich erst drehten, sollte der Motor, mit dem die Trommel verbunden war, die Bewegung in Strom umwandeln, woraufhin dieser durch den Trafo neben dem Bullauge im ganzen Haus verteilt werden würde.

So zumindest waren die theoretischen Überlegungen. Und nun war der Moment gekommen, alles in die Praxis umzusetzen.

Harold blickte durch das Bullauge nach draußen, doch in der Dunkelheit der Nacht war das Meer kaum zu erkennen. Also schloss er das Bullauge wieder, stieg von der Kiste, auf die er geklettert war, und trat in die Mitte des Kellers, wo der Generator stand.

Als Harold das schwere Gerät hochhob, durchzuckte ihn erneut ein heftiger Schmerz in der Handfläche, was seinen Eifer jedoch nicht bremsen konnte. Stufe für Stufe trug er die schwere Last ins Wohnzimmer hinauf. Dann ging er wieder hinunter, um seinen Werkzeugkasten, ein Seil und ein paar Kerzen zu holen, die er auf den Boden stellte. Er trat ans Fenster, öffnete es, und sofort erfüllte die kalte Meeresluft das Zimmer. Er erschauderte, als er den Kopf aus dem Fenster streckte und die tiefschwarze Dunkelheit sah, die alles bedeckte. Ein leichtes Wanken sorgte dafür, dass ein Gegenstand auf einem der schiefen Regale im Esszimmer hinunterfiel, und eine der Kerzen ging aus. Daran erkannte Harold, dass der Wellengang zwar so stark war, dass ein paar Dinge im Haus umfielen, jedoch nicht so heftig, dass er besser nicht hinausgehen und den Generator anbringen sollte. Allerdings musste er sich beeilen, damit er fertig war, bevor das Wetter noch schlechter wurde.

Harold band den Generator an dem einen Ende des Seils fest. Das andere Ende knotete er an eines der umgekippten Sofas. Nachdem er ein paar Mal prüfend an dem Seil gezogen hatte, wuchtete er den Generator durch das Fenster nach draußen. Dann griff er nach der Werkzeugkiste und kletterte vorsichtig, damit er nicht abrutschte, über die Fensterbank auf den Felsrand ihrer schwimmenden Insel.

Als Erstes musste er den Generator am Rand des Wassers platzieren, dann die Verankerungen festschrauben und das Kabel anschließen, das er durch das Bullauge aus dem Keller nach draußen geführt hatte. Die größte Schwierigkeit bestand dabei darin, dass der Felsrand an der rechten Seite des Hauses – die einzig geeignete Stelle, um den Generator aufzustellen – am schmalsten war.

Der Boden unter seinen Füßen war nass, und der Wind wurde stärker. Vorsichtig trat er einen Schritt zur Seite und stellte den Generator an der richtigen Stelle ab. Die Trommel zum Teil ins Wasser zu senken war nicht schwierig. Nun musste er das Gerät nur noch an der Hauswand befestigen.

Er zog die Werkzeugkiste zu sich heran, bückte sich vorsichtig und nahm den Schraubendreher heraus. Als er die Kiste wieder schloss, ging eine Welle über ihn hinweg und schlug gegen die Hauswand. Harold gelang es gerade noch, sich am Fensterrahmen festzuhalten, um nicht umzufallen, die Werkzeugkiste jedoch wurde unglücklicherweise von den Wellen verschluckt.

Harold war von oben bis unten durchnässt. Aus der neu aufgerissenen Wunde in seiner Handfläche tropfte das Blut. Das Haus schwankte immer stärker, aber nun, da die Maschine so gut wie installiert war, wollte er nicht aufgeben. Die Schrauben, die die Trommel mit der Hauswand verbinden sollten, waren schwieriger anzubringen, als er gedacht hatte, doch schließlich gelang es ihm. Danach schloss er das Kabel, das mit dem Motor verbunden war, an den Trafo an und war fertig. Nun musste er nur noch ins Haus gehen und nachsehen, ob seine Erfindung funktionierte. Er stellte gerade den rechten Fuß aufs Fensterbrett, als eine weitere Welle gegen die Hauswand schlug. Ein Schwall kalten Wassers klatschte Harold in den Rücken und sorgte dafür, dass er das Gleichgewicht verlor, ohne sich irgendwo festhalten zu können. Und so fiel er ins Meer.

DIE STAHLSCHLANGE

Sofort wurde Harold von der kalten Dunkelheit verschlungen. Als er wieder auftauchte, war es um ihn herum noch genauso schwarz wie unter Wasser. Bei dem Sturz waren seine Brille und seine Schuhe abhandengekommen. Er hatte die Orientierung verloren und blickte sich verwirrt nach dem Haus um, doch sosehr er seine Augen auch anstrengte, sah er nichts als die schwarzen und grauen Flecken der Wellen, die ihn ununterbrochen hin- und herzerrten und ihm ins Gesicht schlugen. Zum Glück fand er schon bald die Orientierung wieder, als er in der Finsternis einen Lichtpunkt entdeckte, einen winzigen Leuchtturm mitten im Nichts. Es war die Kerze im Esszimmer, die er angezündet hatte. Ohne weiter nachzudenken, begann er mit aller Kraft auf das Licht zuzuschwimmen, doch die Wellen zogen ihn in eine andere Richtung. So wie seine Sehkraft mit den Jahren nachgelassen hatte, waren auch seine Arme und Beine nicht mehr so beweglich und kräftig wie in früheren Zeiten, sodass er, trotz aller Anstrengung, mit der er seine Schwimmzüge machte, verzweifelt feststellen musste, dass der Lichtpunkt immer kleiner wurde. Mit jedem Meter, den er vorankam, schien sich das Licht doppelt so weit zu entfernen, und unter dem Gewicht des nassen Pyjamas erlahmten seine Muskeln. Schließlich war das Haus nur noch ein winziger gelber Punkt in der Ferne, der im Wellengang auftauchte und wieder verschwand und immer seltener zu sehen war. Harold wusste, dass er nicht zum ersten Mal den Fehler begangen hatte, das Meer zu unterschätzen.

Eine Welle traf ihn hart von der Seite, und für ein paar Sekunden war er wie gelähmt. Als er sich danach wieder umsah, stellte er fest, dass das Licht verschwunden war, und noch einmal wurde er von der Panik ergriffen, die er Jahre zuvor empfunden hatte, als er seinen Sohn verlor, als ihm der Kontakt zu dem Wesen entglitten war, was er am meisten liebte. Die Angst, als das Licht erlosch.

Er begann um Hilfe zu rufen, doch genau wie in jener Nacht verloren sich seine Schreie im Tosen des Meeres und sorgten nur dafür, dass er Wasser schluckte und an Kraft verlor. In diesem Moment wurde ihm bewusst, dass dies sein Ende sein würde, dass er das Haus niemals erreichen konnte und ertrinken würde, ohne sich von Mary Rose verabschieden zu können, ohne ihr all das zu sagen, was er ihr im Laufe seines Lebens längst hätte sagen müssen.

Eine große Welle ging über ihn hinweg, drückte mit ihrem ganzen Gewicht auf seinen Rücken und verschlang ihn. Nur ein Schwall Luftblasen blieb an der Oberfläche zurück. Er wurde im Wasser herumgerissen wie eine Stoffpuppe, von einer unbesiegbaren Kraft in einen finsteren Abgrund gezerrt. Doch je stärker seine nach Sauerstoff gierenden Lungen brannten, desto geringer wurde die Wut auf sich selbst. Er wusste, dass das Schicksal ihn endlich für seine Verantwortungslosigkeit bezahlen ließ. In diesem Moment öffnete er die Augen und sah etwas vor sich, was noch dunkler und kompakter war als die Finsternis, die ihn umgab. Dylan?, dachte er und schloss die Augen wieder. Doch gerade als er glaubte, dass seinen Lungen die allerletzte Luft ausging, berührte ihn etwas am Arm. Die Angst ließ ihn instinktiv das Bewusstsein zurückerlangen, und er bewegte die Arme heftig, um sich davon zu befreien.

Luft. Es gelang ihm, die Oberfläche zu erreichen, und die Luft strömte wie ein klarer Bach durch seine Kehle in die Lungen. Das Adrenalin hatte ihm neue Kraft gegeben, und in dem nasskalten Nichts, das ihn umgab, begann er erneut zu schwimmen. Ohne wirklich zu wissen, was unter Wasser geschehen war, suchte er nach dem Lichtpunkt des Hauses. Dann tauchte plötzlich vor ihm eine lange dunkle Flosse auf. Harold hatte keine Zeit, irgendwie zu reagieren. Er spürte einen Schlag in den Rücken, der ihn erneut unter Wasser drückte. Als er wieder auftauchte, hatte er panische Angst vor dem, was sich da unter den Wellen verbarg. Harold begann mit all der Kraft, die er noch aufbringen konnte, zu strampeln, in welche Richtung auch immer, nur mit dem Gedanken im Kopf, sich von diesem Tier, von dieser spitzen Flosse zu entfernen. Da fiel ihm ein, dass er diese Flosse schon einmal mit Mary Rose zusammen vor der Veranda gesehen hatte. Harold merkte, dass sich in ihm das Adrenalin mit dem Gefühl irrationaler Angst mischte, er wusste, dass er wegen der Wunde an der Hand Blut verlor, und dass er, wenn das, was um ihn herumschwamm, ein Hai war, keine Chance mehr hatte.

Er spürte, wie seine Arme müde wurden, und jede Anstrengung, voranzukommen, schien inmitten der hohen Wellen, die ihn gnadenlos hin und her warfen und unter Wasser drückten, nutzlos. Ein weiterer Stoß schob ihn nach vorn. Dieses Tier lauerte ihm auf. Wieder traf ihn ein Schlag an der Seite, doch er gab nicht auf und strampelte um sein Leben. Plötzlich sah er oberhalb eines Wellenkamms einen verschwommen leuchtenden Punkt. Er war so erschöpft, dass er seinen Körper kaum noch spürte, doch dieses kleine gelbe Licht gab ihm die nötige Hoffnung, um nicht endgültig aufzugeben.

Eine mächtige Wut erstand in seinem Inneren, eine Wut auf das Meer, auf alles, was es enthielt, und was sein Leben beenden wollte. Wieder berührte ihn das Tier, diesmal am Bauch, und ohne an die Folgen zu denken, schlug er nach ihm.

»Hau ab!«, schrie er, während er unterging, und verschluckte sich am Salzwasser.

Und gerade, als er wieder auftauchte, geschah das, wovor er so große Angst gehabt hatte. Der Hai schnappte ihn am Arm, zog an ihm und zerrte ihn blitzschnell davon. Seine Zähne bohrten sich in seinen Arm.

Die Angst verlieh Harold neue Kräfte, doch als er noch einmal nach dem Tier schlug, erreichte er nur, dass der Druck auf seinen Arm noch größer wurde. Er wusste, dass er, wenn er nichts tat, von diesem Wesen ertränkt und zerrissen werden würde. Der Körper des Tiers drängte sich an ihn und traf ihn mit derartiger Kraft, dass Harold mehrere Meter nach vorn geschoben wurde und in der schäumenden Gischt unterging. Als er wieder an die Oberfläche kam, merkte er, dass der Druck auf seinen Arm allmählich nachließ. Mit dem anderen Arm befreite er sich und berührte dabei den seltsamen, sich windenden Körper, der ihn festgehalten hatte. Er war schlank und kalt wie eine Schlange, jedoch hart wie ein …

Sein Herz machte einen Satz. Das, was ihn am Arm erfasst und nach vorn gezogen hatte, war kein Tier gewesen, sondern eines der Stahlseile, die noch immer am Dach des Hauses hingen und weit ins Meer reichten.

Das Stahlseil saß nun nicht mehr stramm und löste sich von seinem Arm, doch Harold reagierte schnell und hielt sich mit aller Kraft daran fest. Ein durchdringender Schmerz in der Hand ließ ihn beim nächsten Ruck des Metalls aufschreien. Sein ganzer Körper wurde nach vorn gerissen, und er wurde mitgezerrt. Mitten in den tobenden Wellen zog Harold sich an dem Stahlseil entlang wie an einer Schnur und bewegte sich so Zentimeter für Zentimeter in Richtung des anderen Endes.

Auf diese Art kam er dem Haus immer näher, und die Sicherheit, mit ihm verbunden zu sein, machte ihm Mut. Er wusste, dass er sich beeilen musste, denn obwohl er sich an dem Seil festhielt, fürchtete er, dass doch noch ein Hai in der Dunkelheit auf ihn lauerte und den richtigen Moment abwartete, um ihn anzugreifen.

Einige unendlich scheinende Minuten später berührte Harold den Felsrand vor dem Haus. Genau wie jedes der Schiffe, die Harold gebaut hatte, knarrte das Holz des Hauses in den Wellen, die gegen die Tuffsteinfelsen schlugen, die es schützten und über Wasser hielten. Harold versuchte hinaufzuklettern, rutschte jedoch ab und fiel wieder ins Wasser.

Er war völlig erschöpft. Sein ganzer Körper bis auf seine Hände war taub. Vor allem die Wunde in seiner Hand brannte, wenn das Stahlseil darüberrieb. Als er sich erneut an dem Seil hochzog, um auf den Felsrand zu klettern, unterdrückte er einen Schmerzensschrei. Doch bevor er die Felsen unter seinem Körper spürte, überschwemmte eine Welle die Veranda, und in dem Wasserschwall rutschte er erneut nach unten.

Ohne das Seil loszulassen, streckte er den Kopf wieder aus dem Wasser und nahm noch einmal den Weg nach vorn in Angriff. Er durfte jetzt nicht aufgeben, da ihn nur noch ein paar Zentimeter von der Rettung trennten. Doch als er diesmal am Ende des Seils zog, merkte er, dass etwas nicht stimmte. Das Seil war schwer und nicht mehr fest gespannt. Mit Schrecken wurde ihm bewusst, dass die Halterung des Seils gebrochen war und ihn nun wieder nichts mehr mit dem Haus verband. Einen Moment später hatte der rettende Felsen sich schon wieder ein Stück von ihm entfernt.

Harold zögerte nicht eine Sekunde; er ließ das schlaffe Stahlseil los und schwamm. Das Adrenalin schoss durch seine Adern wie ein glühendes Feuer, das ihn unablässig nach vorn trieb.

Die Wellen gönnten ihm keine Pause, doch der Felsrand rückte wieder näher. Er war nur noch weniger als zwei Meter von ihm entfernt, als plötzlich die dunkle Flosse wieder vor ihm auftauchte.

Harold ließ sich davon nicht ablenken. Er würde nicht zulassen, dass das Tier wieder mit ihm spielte, nun, da seine Rettung in greifbarer Nähe lag. Er warf sich mit aller Kraft nach vorn, streifte dabei die dunkle Haut des Tiers, doch es gelang ihm, mit beiden Händen nach dem Felsen zu greifen. Er klammerte sich daran wie eine Schnecke an einen Stein und drückte sich nach oben, wobei er heftig mit den Füßen strampelte, doch seine Muskeln brannten, und seine Kraft reichte nicht aus. Und dann, gerade als er glaubte, dass er für immer untergehen würde, wurde sein Körper auf einmal schwerelos.

Eine aus den Tiefen des Meeres aufsteigende Kraft drückte sich von unten gegen ihn, und sein ganzer Körper wurde nach vorn geschoben, bis er über den Felsen vor der Veranda rollte.

EIN SCHLÜPFRIGER SCHATTEN

Harold fühlte, wie sein Körper zu einem Teil des nassen Felsens wurde, auf dem er ruhte. Er blieb lange dort liegen und schaukelte mit dem Haus im nachlassenden Wellengang. Dann öffnete er langsam die Augen und setzte sich im Zeitlupentempo auf. Er klammerte sich ans Geländer und zog sich zitternd die drei Stufen zur Veranda hoch. Ohne es zu merken, hinterließ er auf dem Holz des Geländers eine blutige Spur aus der aufgerissenen Wunde in seiner Hand. Auch sein rechter Arm blutete an der Stelle, wo das Stahlseil sich herumgeschlungen hatte, doch er spürte keinen Schmerz. Sein ganzer Körper war von der Kälte und dem Wasser betäubt. Immerhin war das unablässige Klappern seiner Zähne ein Zeichen, dass er noch lebte. Und trotz allem war er der glücklichste Mensch auf der Welt, als er jetzt die Holzplanken der Veranda unter seinen nackten Füßen spürte.

Harold näherte sich der Tür und schaute noch einmal auf das dunkle Meer zurück, wobei er sich fragte, woher jene seltsame Kraft gekommen war, die ihn auf den Felsen hochgedrückt hatte. Dann wandte er sich wieder der Tür zu, doch bevor er nach dem Knauf greifen konnte, wurde diese abrupt aufgerissen. Auf der Schwelle stand Mary Rose in ihren geblümten Morgenmantel gehüllt und mit einer Kerze in der Hand. Ihre grünen Augen blickten ihn fragend an.

»Darf man fragen, was, zum Teufel, du hier draußen machst?«, rief sie aufgebracht aus.

In der Dunkelheit konnte Mary Rose die Gestalt ihres Mannes kaum erkennen.

»Aber du bist ja klatschnass!«, schrie sie entsetzt auf, als er jetzt schwankend einen Schritt auf sie zumachte. »Und wo sind deine Schuhe? Und die Brille?«

»Ich bin auf der Veranda von einer Welle überrollt worden. Wahrscheinlich ist die Brille dabei runtergefallen, ohne dass ich es gemerkt habe«, sagte er und versuchte möglichst überzeugend zu klingen, damit sie sich keine allzu großen Sorgen machte.

Mary Rose griff nach Harolds Arm, den er instinktiv zurückzog, als er die Berührung an der Wunde spürte, die das Stahlseil verursacht hatte.

»Und du blutest ja wieder!«, sagte Mary Rose mit zitternder Stimme.

Harold ging in die Küche, und seine Frau schloss die Tür hinter ihm. Sie zog sich den Morgenmantel aus und legte ihn vorsichtig um Harolds nasse Schultern.

»Es geht mir gut«, war alles, was Harold über die Lippen brachte. Er zitterte am ganzen Körper, und seine Zähne schlugen gegeneinander.

Mary Rose band den Gürtel des Morgenmantels zu und sah Harold bestürzt an.

»Komm, wir gehen nach oben, und du erzählst mir, was passiert ist. Du musst die nassen Sachen ausziehen.«

Mit langsamen Schritten verließen sie die Küche und gingen durch den Flur zum Eingangsbereich hinüber. Mary Rose blickte besorgt auf Harolds blaue Lippen. Als sie die ersten Stufen der Treppe hinaufstiegen, blieb Harold plötzlich stehen.

»Alles in Ordnung?«, fragte Mary Rose.

Doch Harold schien ihre Frage nicht zu hören. Er ging zur Haustür und drehte langsam den Knauf um. Mary Rose trat neben ihn, und als ihr Mann die Tür öffnete, blendete ein helles Licht ihre kurzsichtigen Augen.

»Es funktioniert«, murmelte Harold.

Mary Rose sah, dass die kleine Lampe über der Veranda leuchtete. Sie starrte die Glühbirne an, als wäre es das erste Mal, dass sie elektrisches Licht sah. Sie realisierte es mit der gleichen Ungläubigkeit wie ein paar Tage zuvor die Tatsache, dass ihr Haus mitten auf dem Meer schwamm. Zu zweit traten sie auf die Veranda hinaus und badeten im Licht der schmiedeeisernen Lampe.

Harold schien genauso überrascht wie Mary Rose. Er war immer noch wie betäubt, doch nach und nach bekamen die Erschöpfung und die Schmerzen, die er inzwischen in jedem einzelnen seiner Knochen spürte, einen Sinn.

»Harold … Du hast es geschafft!«, sagte Mary Rose fassungslos.

Harold sah seine Frau an, als ob dieser Satz ihn langsam in die Wirklichkeit zurückbrächte. Sein ganzer Körper bebte – nicht nur wegen der Kälte und vor Erschöpfung, sondern auch, weil er realisierte, dass diese kleine leuchtende Glühbirne sie vor dem Tod bewahren würde.

»Wir werden überleben!«, schrie er.

Seine Erschöpfung und die Schmerzen schienen auf einmal wie weggeblasen. Es war, als ob auch er, sein Körper und sein Bewusstsein, an den Stromkreis des Hauses angeschlossen wäre; er merkte, wie er neue Energie bekam.

»Ich muss prüfen, ob die Anlage überall richtig funktioniert«, sagte er aufgeregt.

»Jetzt?«, fragte Mary Rose entsetzt. »Aber du kannst dich doch kaum noch auf den Beinen halten.«

Harold wusste, dass Mary Rose recht hatte, aber er wollte auf jeden Fall sicherstellen, dass die Entsalzungsanlage funktionierte und mit der Trinkwasserproduktion begann.

In diesem Moment ließ ein lautes Plätschern sie zusammenfahren. Die Grapes wandten gleichzeitig den Blick zu der Stelle auf dem Wasser, von wo das Geräusch kam, und trotz der undurchdringlichen Dunkelheit außerhalb des Lichtkreises konnten sie eine Flosse zwischen den Wellen erkennen.

»Da ist es!«, rief Harold aus und lief zum Felsrand vor.

»Was?«

»Das Tier, das die ganze Zeit bei mir war …«

Er verstummte, da er Mary Rose nicht beunruhigen wollte.

»Das Tier, das wir letztens vor der Veranda gesehen haben«, korrigierte er sich.

Mary Rose sah Harold argwöhnisch an, als das Wasser erneut aufspritzte. Nun ging auch sie die Verandastufen hinunter und stellte sich vorsichtig neben ihren Mann. Da die Lampe nur das Wasser direkt am Felsrand beleuchtete, konnten sie dahinter in der Dunkelheit nichts erkennen.

»Harold, lass uns reingehen, es ist sehr kalt, und du bist klatschnass«, sagte Mary Rose.

Doch kaum hatte sie die Worte ausgesprochen, zeichnete sich unter der Wasseroberfläche ein langer dunkler Schatten ab. Mary Rose machte einen Schritt zurück, wandte jedoch den Blick nicht vom Wasser ab. Der Schatten tauchte immer weiter nach oben, wurde immer deutlicher. Kurz vor dem Auftauchen, als Mary Rose bereits eine längliche Schnauze vor sich zu sehen meinte, verschwand die Silhouette wie Zaubertinte wieder im Wasser. Doch plötzlich, als sie schon dachten, dass das Tier abgetaucht wäre, spritzte das Wasser mit einem Schwall wie ein Geysir aus der Tiefe des Meeres auf, und das Tier schoss an die Oberfläche.

»Es ist der Hai!«, kreischte Mary Rose.

Sie sprang zurück, stieß mit dem Fuß gegen die unterste Stufe und landete mit dem Hintern auf der nassen Verandatreppe.

Als sie erneut den Blick hob und nach vorn schaute, konnte sie sehen, wie das Tier noch einmal aus den dunklen Wellen auftauchte und elegant durch die Luft sprang. Es war nur eine dunkle Silhouette, auf deren glänzender Haut sich das gelbe Verandalicht spiegelte.

»Es ist ein Delfin, Rose!«, rief Harold, dem noch gar nicht aufgefallen war, dass seine Frau nicht mehr neben ihm stand.

Mit der Anmut einer Meerjungfrau glitt das Tier wieder ins Wasser und sprang erneut heraus, noch kraftvoller, als wollte es die Sterne erreichen. Und da begriff Harold, dass dieser Delfin das Tier gewesen war, das ihn gerettet hatte. Ein Gefühl der Dankbarkeit überwältigte ihn, und obwohl der Gedanke ein wenig abwegig war, dachte er noch, dass ohne dieses Wesen die kleine Glühbirne, die gerade so hell hinter ihm brannte, vollkommen nutzlos geblieben wäre.

DIE LICHTER DER NACHT

Mary Rose erhob sich langsam von der Verandatreppe und trat wieder neben Harold. Sie zitterte nicht mehr, und auch ihr Herzschlag hatte sich wieder beruhigt. Ihr Blick war fest auf das wunderbare Geschöpf des Meeres gerichtet, das mit den Wellen zu tanzen schien. Sein Körper glitt über einen Wellenkamm, tauchte unter, um Schwung zu holen, und sprang dann in unglaubliche Höhen hinauf. Und genau in dem Moment, als es sich vor dem Himmel wölbte, erregte etwas, was sich noch oberhalb des Delfins abspielte, Mary Roses Aufmerksamkeit.

Zunächst hielt sie es nur für einen optischen Effekt, eine Täuschung, die durch die Lampe auf der Veranda verursacht wurde, doch als sie genauer hinsah, merkte sie, dass der Himmel noch durch etwas anderes erleuchtet wurde. Sie riss die Augen auf.

»Rose? Was hast du?«, fragte Harold.

Mary Rose griff sanft nach seinem Kinn, um seinen Blick in die Richtung zu lenken, in der ein schwaches, bizarres goldfarbenes Leuchten am Sternenhimmel erschien und wieder verschwand.

»Was ist das?«

»Ich glaube, das ist ein Polarlicht«, flüsterte Mary Rose.

Harold hatte das Gefühl, als ob er plötzlich nicht mehr hören, riechen und tasten könnte, sondern nur noch sehen. Der Blick aus seinen kurzsichtigen Augen erstarrte angesichts jenes irrealen Lichts, das einer anderen Welt zu entstammen schien. Er war wie hypnotisiert von den wechselnden Farben, die sich wie diffuse Vorhänge an einem verzauberten Ort an der Himmelskuppel wölbten. Doch dann riss ein helles Flackern ihn aus seinen Träumen.

Er sah sich um und stellte fest, dass es die Glühbirne war.

Er stieg die drei Stufen zur Veranda hinauf, und als er vor der Lampe stand, hörte er das unverwechselbare elektrische Knistern, das auftritt, wenn eine Glühbirne nicht richtig festgedreht ist.

Harold hob den Arm und schraubte die Birne fest. Er sah das Blut, das von der Wunde an seiner Hand herunterlief, und hatte plötzlich das Gefühl, dass das gelbliche Licht bleischwer auf seinen Schultern lastete. Er senkte seine zitternde Hand und spürte die Verletzungen durch das Stahlseil unter dem zerknitterten Morgenmantel seiner Frau und die feuchte Kälte der Holzplanken unter seinen nackten Füßen. Und trotz der Helligkeit, die ihn umgab, meinte er, erneut in der eisigen Dunkelheit zu ertrinken, in der er beinahe sein Leben gelassen hätte, sah er wieder Dylans Gestalt vor sich, verspürte er noch einmal die Angst, die er damals empfunden hatte, als er seinen Sohn in dem Unwetter verlor, und eben noch bei dem Gedanken, Mary Rose nie wiederzusehen. Er schaute zu ihr hinüber, doch das flackernde elektrische Licht blendete ihn derart, dass er ihre dunklen Umrisse, die mit dem Meer verschmolzen, kaum ausmachen konnte. Er richtete den Blick wieder auf die Lampe, hob langsam den Arm und drehte sanft an der leuchtenden Birne. Das Licht, das zu entzünden ihn so viel Kraft gekostet hatte und beinahe sein Leben beendet hätte, verlosch.

Als seine Augen sich wieder an die Dunkelheit gewöhnt hatten, konnte er Mary Rose im Schein des goldfarbenen Polarlichts vor sich sehen.

»Warum hast du das Licht ausgemacht?«, fragte sie.

»Hab ich nicht«, entgegnete Harold und wies in den Himmel. »Ich habe es angemacht.«

Mary Rose sah ihn verwundert an. Als sie wieder aufs Meer schaute, ergaben Harolds seltsame Worte plötzlich einen Sinn. Ohne das flackernde Licht der Glühbirne erstrahlte der Himmel viel intensiver, und auf einmal badete die ganze Nacht in dem diffusen gelblichen Leuchten. Der Delfin tauchte erneut aus dem Wasser auf, und für einen Moment dachte Mary Rose, dass er zu fliegen gelernt hätte. In dem goldenen Licht war sein Körper genau zu erkennen. Mary Rose meinte, sogar sein Lächeln sehen zu können, bevor er wieder ins Wasser glitt. Harold ging vorsichtig die Treppe hinunter und stellte sich wieder neben seine Frau, während die wellenförmigen Strahlen des Polarlichts immer wieder ihre Farben änderten.

Harold und Mary Rose hatten noch nie etwas so Schönes gesehen. Und trotz der nassen Kleidung und der eisigen Luft, die das Meer mit sich brachte, spürten sie die Kälte nicht. Jenes wellenförmige Licht, das von einer Seite des Himmels zur anderen wanderte, schien sie mit einer Vertrautheit zu umhüllen, die sie sich nicht erklären konnten. Harold und Mary Rose umarmten sich und schmiegten sich aneinander, wie sie es seit Jahren nicht mehr getan hatten, berauscht von einer tiefen Ruhe und einem Glück, die jemals empfunden zu haben sie sich kaum erinnern konnten.

DIE SCHWIMMENDE INSEL

Die Zeit verging beinahe unmerklich, und sie nahm das Ehepaar Grape ebenso gleichmütig mit wie die Meeresströmungen, die sie an einen unbekannten Ort brachten. Die unerschöpfliche Energie des Meeres war es auch, die die Trommel drehte und den Strom erzeugte. Der größte Teil der Haushaltsgeräte, Lampen und Steckdosen funktionierte wieder, so als hätten sie sich niemals vom Todesfelsen entfernt. Doch von allen Verbesserungen, für die Harolds Erfindung gesorgt hatte, stand die Trinkwassergewinnung an erster Stelle. Nachdem er eine Weile gebraucht hatte, um das Motorgetriebe zu trocknen und die Rinne zu reparieren, durch die das Meerwasser in die Maschine floss, war es ihm schließlich gelungen, die Entsalzungsanlage wieder in Gang zu bringen. Noch bevor der Wasserspeicher sich füllen konnte, trank das Ehepaar Grape riesige Mengen des kühlen geschmacklosen Wassers, das ihren Durst löschte und sie so glücklich machte wie nicht einmal der exquisite Traubenlikör, den sie wie ihren Augapfel hüteten, es vermocht hätte. Zum ersten Mal seit dem Absturz des Hauses konnten sie duschen, und auch wenn das Wasser nicht so warm war, wie sie es sich gewünscht hätten, ließ das Süßwasser, das über ihre Gesichter lief und das Salz, das Blut und den Schmutz von ihren Körpern wusch, sie sich für einen Moment so fühlen, als befänden sie sich in einem ganz normalen Zuhause.

Harold fand seine alte Brille wieder. Die entsprach zwar nicht genau seiner Sehstärke, war jedoch eine große Hilfe. Seine Verletzungen begannen zu heilen, und schließlich war kaum noch etwas davon zu sehen; nur in seiner Handfläche hatte sich eine lange Narbe gebildet, die schon bald von Wollhandschuhen bedeckt wurde. Denn das Polarlicht war die Vorhut der Kälte gewesen, die nach und nach ins Haus vordrang.

Harold und Mary Rose hatten keine andere Wahl, als die Winterkleidung aus den noch verschlossenen Umzugskisten zu nehmen und der Bettwäsche Wolldecken hinzuzufügen. Sie zogen mehrere Schichten Kleidung übereinander, die ihnen mit der Zeit immer weiter wurde. Mary Roses Wangenknochen standen deutlich hervor, und auch Harold musste jeden Tag seinen Gürtel ein wenig enger schnallen. Ihre wenigen Lebensmittelreserven waren so gut wie aufgebraucht, und der Fischfang wurde für sie zur einzigen Möglichkeit, sich zu ernähren.

Mithilfe eines zerbrochenen Besenstiels hatten sie zwei einfache Angeln gebastelt, an die sie ein Stück Schnur festbanden, die Harold normalerweise für seine Schiffsmodelle benutzte, und zu Angelhaken gebogene Nägel anhängten.

Am ersten Tag gelang es ihnen, ein paar sardinenähnliche silbrige Fischlein zu fangen. Dieser Appetithappen reichte jedoch nicht einmal für ein Abendessen, sodass sie mit knurrenden Mägen zu Bett gehen mussten. An den folgenden Tagen wurde es nicht besser, sodass sie kaum etwas zu essen hatten und Harold den Mut zu verlieren begann.

Mary Rose fertigte ein kleines Netz, das sie an einer Schnur ins Wasser hinabließen, in der Hoffnung, dass sich irgendein Fisch darin verfangen würde. Doch als sie es wieder hochzogen, waren nichts als ein paar Algen, ein Stück Plastik und ein mittelgroßer rötlicher Fisch darin. Als sie diesen brieten, verströmte er jedoch einen derart fauligen Gestank, dass sie beschlossen, sich lieber nicht zu vergiften.

Erst Tage später gelang es ihnen zum ersten Mal, einen nennenswerten Fang zu machen: einen dicken Kabeljau, den sie wie einen Schatz aus dem Meer zogen. Harold und Mary Rose schrien vor Freude, als ob der Fisch ein Geschenk des Meeres wäre, eines Meeres, das sie gerade so überleben ließ.

Dank dieses Fisches hatten sie ein paar Tage lang genug zu essen, wobei sie die Portionen streng rationierten und fleißig weiterfischten. Allerdings waren die langen Stunden, in denen sie mit der Angel am Wasserrand saßen und darauf hofften, dass irgendein Fisch anbiss, immer schwerer zu ertragen. Das Wetter verschlechterte sich, und obwohl sie sich in Mäntel und Decken gewickelt hatten, zog die Kälte bis in ihre Knochen. Je kälter es wurde, desto seltener ließ sich der Delfin sehen, der sich weiterhin in der Nähe des schwimmenden Hauses aufhielt, bis er schließlich ganz verschwand – genau an dem Tag, an dem die Windböen kleine lästige Regentropfen mitbrachten, die dort, wo sie hinfielen, zu Eis wurden.

Von da an beschlossen Harold und Mary Rose, sich abzuwechseln: Während der eine fischte, ging der andere ins Haus, um sich aufzuwärmen. Sie nutzten diese Zeit, um im Haus ein wenig aufzuräumen. Nach und nach reparierten sie die Stühle und die abgebrochenen Beine des Küchentischs, schoben die Sofas wieder auf ihren alten Platz, trockneten die Kleidung und die Teppiche und wischten die Pfützen am Boden auf. Den Umzugskisten entnahmen sie alles, was ihnen nützlich sein konnte, und füllten sie mit den kaputten und nutzlosen Dingen, die überall im Haus herumlagen. Das Besteck und einige Teller und Gläser, die wie durch ein Wunder nicht zerbrochen waren, räumten sie wieder in die Küchenschränke. Sie reinigten die Anrichte, fegten und wischten die Böden, und Mary Rose pflanzte die einzigen drei Hortensien, die überlebt hatten, in drei runde Töpfe, die sie ans Fenster stellte. Immer wieder trat sie zu den Blumen und strich sanft über die dichten Köpfe, die sie an so vieles erinnerten. Dann fühlte sie sich einen Moment wie zu Hause, doch wenn sie den Blick nach draußen richtete, sah sie dort Harold unter den schweren Decken in der Kälte zusammengekauert auf der Veranda sitzen, wo er aufs Wasser starrte und die Angel hielt. Mary Rose war immer wieder überrascht von der endlosen Weite des Meeres. Ein Teil von ihr bestaunte bewundernd dessen wilde Schönheit und unerschütterliche Kraft, doch wenn sie dann ihren leeren Magen spürte oder das Knarren des Holzhauses hörte, das wie eine Nussschale auf dem Ozean trieb, fühlte sie sich klein und wehrlos gegenüber jenem kilometerweiten Blau, das sich ins Unendliche auszustrecken schien, ohne dass in der grenzenlosen Einsamkeit irgendwo ein Schiff oder eine Küste zu sehen war.

Mary Rose blickte auf der Suche nach einem Sonnenflecken in den Himmel, sah jedoch nur das eintönige Grau, das sie schon seit Tagen begleitete. Ihr fiel auf, dass sich die Linie des Horizonts langsam verschob, was daran lag, dass das Haus sich durch den neu aufgekommenen Wind um sich selbst drehte.

Seufzend ging Mary Rose zu dem lädierten Kühlschrank hinüber und öffnete ihn. Das fluoreszierende Licht im Inneren beleuchtete ihr Gesicht und ließ ihre Wangen noch hohler erscheinen. Besorgt starrte Mary Rose auf die leeren Fächer, in denen sich nur ein angeschlagener Teller mit einem schlappen schillernden Fisch befand. Nicht gerade ein großer Fang, von dem sie sich höchstens noch einen Tag würden ernähren können. Einen Tag noch, dachte sie, während sie den Teller herausnahm, etwas misstrauisch an dem Fisch schnupperte und zur Anrichte hinüberging.

Sie warf einen Blick aus dem Fenster und sah, dass der Horizont sich immer noch drehte. Resigniert begann sie den Fisch aufzuschneiden. Winzige Regentropfen wurden an der Scheibe zu Eis, und Mary Rose blickte besorgt auf Harold, der unter den Decken völlig in sich zusammengesunken zu sein schien.

Und gerade als sie das Messer ablegte, um nach draußen zu gehen und ihm zu sagen, dass er hereinkommen und sich aufwärmen solle, erregte etwas am Horizont ihre Aufmerksamkeit. Ihr Herz machte einen Satz, als sie sah, dass dort etwas auf dem Wasser schwamm.

»Ein Schiff!«, rief sie, ohne darüber nachzudenken, dass niemand da war, der sie hören konnte.

Ein Schiff, das genau in ihre Richtung fuhr. Doch als das Haus sich noch ein Stück weiterdrehte, wurde ihr klar, dass das, was sie sah, zu groß war, zu unregelmäßig, zu weiß, um ein Schiff zu sein. Mary Rose erstarrte für einen Moment vor Schreck. Und dann erschütterte ein Schlag das Haus. Das Messer rutschte von der Anrichte und fiel scheppernd zu Boden. Mary Rose wurde zur Seite geschleudert und prallte mit den Rippen gegen die vorstehende Kante der Anrichte. Der Schmerz nahm ihr für einen Augenblick den Atem. Weitere Dinge fielen von den Regalen, von den Tischen und aus den Schränken, während das Haus heftig schaukelte. Zitternd vor Schmerz und Panik, richtete Mary Rose sich auf, öffnete die Haustür und trat auf die Veranda hinaus.

NICHTS IST, WIE ES SCHEINT

Harold hatte sich gerade noch an einer der Verandasäulen festhalten können, um nicht ins Wasser zu fallen. Als das Haus sich drehte, hatte er gemerkt, dass etwas nicht stimmte.

Zuerst hatte er kleine Eisstücke im Wasser gesehen, dann große, glatte Eisschollen und schließlich den riesigen Eisberg, der direkt auf sie zukam. Instinktiv hatte er die Angel losgelassen und war aufgestanden. Doch gerade, als er die Treppe hinaufgestürzt war, hatte eine der Schollen seitlich das Haus gerammt. Er hatte sich mit aller Kraft an die Säule geklammert, während der Stuhl, die Decken und die Angel ins Wasser fielen. Wenige Sekunden danach öffnete sich, während das Haus unaufhörlich auf und nieder schwankte, die Tür und Mary Rose trat heraus.

»Geh wieder rein!«, rief Harold, als er sah, dass seine Frau mit zögernden Schritten auf ihn zukam.

Mary Rose klammerte sich an Harolds behandschuhte Hand, während das ganze Haus heftig schaukelte. Harold hielt sie so fest er konnte, da er fürchtete, dass jeden Moment ein weiterer Schlag sie ins Meer befördern könnte, doch nach und nach ließ das Schaukeln nach. Während sie sich langsam beruhigten, hielten sie sich weiterhin fest und starrten stumm auf das Bild, das sich ihnen bot. Wo sie auch hinschauten, war das gesamte Meer voller Eis. Harold und Mary Rose fühlten sich, als wären sie in eine jener Reisereportagen hineingeraten, die sie sich an den monotonen Sonntagnachmittagen oft angeschaut hatten. Mit dem Unterschied, dass das hier absolut real war. Wie auf riesigen Flüssen schwammen die Eisschollen durch die unsichtbaren Wege, die die Meeresströmungen ihnen vorgaben; sie brachen auseinander, schoben sich übereinander und gingen zur Hälfte unter, wenn sie gegen den das Haus umgebenden Felsrand stießen.

Harold hatte das Gefühl, dass die ganze Kälte um ihn herum sein Herz gefrieren ließ, das dennoch rasend schnell schlug. Mary spürte, wie Harolds Hand zitterte, und drückte sie ganz fest. Sie war viel zu dünn angezogen, um dem eisigen Wind zu trotzen, und doch merkte sie, wie ihr der Schweiß den Rücken hinablief.

»Wie ist es möglich, dass mir das bis jetzt nicht aufgefallen ist?«, rief Harold mit bebender Stimme aus. »Ich habe all das Eis erst jetzt gesehen …«

Auch wenn das Haus nun nicht mehr schwankte, erzitterte es jedes Mal, wenn der Felsen, auf dem es stand, mit einer Eisscholle zusammenstieß.

Harold ließ die Säule los und zog Mary Rose mit sich zur Haustür, möglichst weit weg vom Wasser.

Als er dann den Blick wieder auf den Eisberg richtete, der ein Stück entfernt vor ihnen aufragte, schätzte er, dass dieser in jedem Fall drei oder vier Mal so hoch war wie das Haus und mindestens zehn Mal so breit. Noch nie hatten sie etwas so Großes und derart Bedrohliches gesehen. In diesem Moment wäre es Harold und Mary Rose bedeutend lieber gewesen, wenn der Anblick, der sich ihnen bot, wirklich Teil jener sonntäglichen Reisereportagen gewesen wäre. Sie hätten gern die Möglichkeit gehabt, das Programm zu wechseln, doch das war leider nicht möglich. Der riesige Eisberg kam unaufhaltsam auf sie zu.

»Er ist höchstens noch einen Kilometer von uns entfernt«, murmelte Harold.

Mary Rose war nicht sehr begabt darin, Entfernungen einzuschätzen, hatte jedoch das Gefühl, dass sich das riesige Monstrum wesentlich näher vor ihnen befand.

»Oh Harold, was sollen wir bloß tun?«, stammelte sie.

Harold blickte seiner Frau in die Augen und sah darin die gleiche Angst, die er selbst empfand. Eine Angst, die so immens war wie der Eisberg. Und so schwer es ihm auch fiel, es zuzugeben, hatte er auf diese Frage keine Antwort. Der Eisberg näherte sich ihnen mit einer Geschwindigkeit, die es unmöglich machte, irgendwelche Ideen zu entwickeln oder etwas zu bauen, um ihren Kurs zu ändern. Sie befanden sich an Bord eines auf dem Meer treibenden Hauses, das aus Schiffsteilen zusammengebaut worden war, aber eben nicht an Bord eines Schiffs. Hinter den grauen Wolken tauchte kurz die Sonne auf, verschwand jedoch gleich wieder hinter dem Eisberg, dessen monumentale bläuliche Silhouette sich vor dem Himmel abzeichnete und einen langen Schatten auf die Oberfläche des Meeres warf, der schon fast an ihr Haus heranragte.

»Wir können nur darauf hoffen, dass der Wind oder die Meeresströmungen die Richtung ändern«, murmelte Harold düster.

Mary Rose geriet in Panik.

»Das ist alles?«

»Rose, wir haben kein Steuer und keine Segel, die wir einsetzen könnten. Das ist ein Haus!«

»Aber es muss doch irgendetwas geben, was wir *tun* können!«, rief sie verzweifelt aus. »Ich kann nicht glauben, dass uns nichts anderes übrig bleibt, als auf ein Wunder zu hoffen!«

Harold schloss einen Moment die Augen. Dann starrte er wieder auf den Eisberg, der unaufhaltsam näher kam, ohne sich darum zu kümmern, was seinen Weg kreuzte, auch wenn es das Haus eines zitternden Rentnerpaars war, das verloren auf dem Meer trieb. Harold dachte, wie seltsam es war, dass sie praktisch den eigenen Tod leise auf sich zukommen sahen, ohne sich irgendwie vor ihm verstecken zu können. Er wusste, dass sie, selbst wenn sie den Zusammenstoß überlebten, im eiskalten Wasser in kurzer Zeit erfrieren würden. Allmählich wurde ihm schlecht.

In diesem Moment stieß eine weitere Eisscholle an der linken Seite gegen den Felsen, der das Haus umgab, und sie wurden gegen die Hauswand geschleudert. Draußen barst die Eisplatte mit einem Knirschen, und das Wasser, das über die Veranda schwappte, war voller Eisstückchen, die wie riesige Steinmurmeln über den Boden rollten.

Gerade als das wankende Haus sich wieder stabilisierte, wurde es von einer weiteren Eisscholle erschüttert. Diesmal erfolgte der Schlag von rechts, und das Ehepaar Grape prallte mit Wucht gegen das Verandageländer. Einer der Geländerstäbe zerbrach, und ein Holzsplitter bohrte sich durch den Stoff von Mary Roses Hose.

Mary Rose schrie vor Schmerz auf, während das Haus heftig schwankte und sich um die eigene Achse drehte. Harold stürzte zu seiner Frau hinüber und riss sie an sich. Erneut an die Säule geklammert, warteten sie, bis das Haus aufhörte, sich zu drehen. Einige Minuten später hatte sich alles wieder beruhigt, und die Grapes wurden von der Sonne geblendet.

»Wir müssen wieder reingehen, Rose!«, sagte Harold mit besorgtem Blick auf ihr blutendes Knie.

»Und warum?«, rief Mary Rose wütend aus.

Sie trocknete sich die Tränen und starrte zu dem riesigen Eisberg hinüber, der immer näher kam, ohne auch nur einen Millimeter von seinem Kurs abzuweichen. Doch irgendetwas hatte sich verändert.

»Weil du verletzt bist!«, entgegnete Harold und wies auf ihr blutiges Knie.

Doch seine Frau hörte nicht auf das, was er sagte, genauso wenig wie sie den bohrenden Schmerz in ihrer Kniescheibe spürte. Die Sonnenstrahlen drangen durch den Eisberg hindurch. Und Mary Rose konnte nicht glauben, was sie da sah.

»Da … das ist ein Loch …«, stammelte sie.

Harold sah sie verwirrt an, und dann verstand er.

»Das ist nicht möglich …«, flüsterte er.

Das Licht strahlte durch eine Öffnung im Eisberg, die einen natürlichen Durchgang bildete.

»Glaubst du, wir könnten da durchkommen?«, fragte Mary Rose mit neu erwachter Hoffnung.

Harold nahm die Öffnung in Augenschein. Er war sich sicher, dass das Haus hindurchpassen würde, doch dann fiel ihm auf, dass sich der Eisberg nicht genau synchron mit dem Haus drehte.

Ein weiteres Stück Eis stieß gegen den Felsrand. Harold und Mary Rose klammerten sich noch immer an die Säule, während das Haus auf und nieder schaukelte und die eisigen Windböen ihnen in die Haut schnitten.

»Wir drehen uns immer weiter von der Öffnung weg«, sagte Harold, ohne den Blick von dem Eisberg abzuwenden.

»Und es gibt keine Möglichkeit, das zu ändern?«

Harold wusste, dass sie schnell handeln mussten, wenn sie sich noch retten wollten; die Zeit arbeitete gegen sie, und wenn sie noch weiter überlegten, war es sicher, dass sie dies mit dem Leben bezahlen würden. Es blieb nur noch eine Möglichkeit, und die war nicht gerade so, dass er sie gern verkündete.

»Die einzige Möglichkeit, die wir haben, ist, das Haus zu verlassen …«

»Was?«, schrie Mary Rose.

»Je mehr Zeit wir hier vergeuden, desto schlimmer wird es, Rose.«

»Und wohin willst du? Es gibt nichts, wo wir hinkönnen!«, rief sie und wies auf das Meer. »Wir werden erfrieren, Harold!«

Eine Windböe besprühte sie mit eiskaltem Wasser, das Mary Rose den Atem nahm. Ihre blaugefrorenen Hände, die sich mit aller Kraft an das grobe Holz der Säule klammerten, spürte sie kaum noch. Inzwischen hatte der Schatten des Eisbergs das Haus erreicht und kroch wie ein Vorbote des Todes die Stufen herauf bis zu ihren Füßen.

»Nein!«, rief Mary Rose aus, während Harold sie verblüfft ansah. »Das macht alles keinen Sinn. Wir haben doch nicht bis jetzt überlebt, nur um im Meer zu erfrieren. Es muss etwas geben, was wir tun können!« Mary Rose nahm die Hand ihres Mannes und blickte ihn ruhig an. »Ich vertraue auf dich, Harold.«

In diesem Moment war es Harold, als würde er in das Gesicht seines kleinen Sohnes schauen. Genau so hatte Dylan ihn angesehen, bevor die Welle auf das Boot traf und es im Meer versinken ließ, und sein vom Licht der Glühwürmchen erleuchteter Blick war von einer eigenartigen Ruhe erfüllt gewesen. Bevor in einem Strudel schwarzer Luftblasen alles dunkel wurde. Doch diesmal durfte das nicht passieren.

Der kalte bläuliche Schatten des Eisbergs fiel schon über das ganze Haus, als Harold in seiner Verzweiflung eine Idee kam.

»Schnell, Rose, komm mit! Du musst mir bei etwas helfen!«, schrie Harold.

Sie liefen zusammen ins Haus. Vor der Treppe hielt Harold inne.

»Wir müssen die Fenster öffnen! Aber nur die auf der rechten Seite! Dann dreht sich das Haus vielleicht. Du hier unten und ich oben, okay?«

Mary Rose blieb nicht einmal Zeit zu nicken, denn Harold eilte bereits die Treppe hinauf. Auch sie lief automatisch los.

Das Adrenalin sorgte dafür, dass sie den Schmerz in ihrem Knie kaum bemerkte. Sie stolperte ins Wohnzimmer und riss die Fenster auf. Ein kalter Wind drang wie ein wütender Geist ins Zimmer und erfüllte die Luft mit eisigen Tropfen. Mary Rose humpelte wieder in den Eingangsbereich hinaus und lief durch den Flur in die Küche, um dort das einzige Fenster zu öffnen, das nach rechts hinausging. Doch als sie über die Schwelle trat, wurde das ganze Haus auf einer Seite hochgehoben, und Mary Rose fiel rücklings auf den Boden. Das Holz knackte, als würde es auseinanderbrechen, während die Möbel zur Seite rutschten. In diesem Moment erschien Harold in der Tür. Blut rann ihm von der Stirn.

»Keine Sorge, alles halb so wild«, sagte er.

Harold half seiner Frau beim Aufstehen, gemeinsam öffneten sie das Fenster, das sich verklemmt hatte, und traten wieder auf die Veranda hinaus, die mit Eisstücken bedeckt war. Der riesige Eisberg war nun keine zweihundert Meter mehr von der Fassade des Hauses entfernt, und aus der Nähe wirkte er noch überwältigender. Die Grapes wurden von einer eisigen Kälte erfasst, die geradewegs aus dem Eisblock zu kommen schien. Es fühlte sich an wie der kalte Hauch des Todes, wie der Atemzug eines Urzeitmonsters, das sich anschickte, sie zu verschlingen.

Der Wind blies kräftig, und die steil aufragende bläuliche Eiswand drehte sich wieder zur anderen Seite, sodass der Eingang des Tunnels im Eis sich immer weiter entfernte.

»Denkst du, dass wir es schaffen können?«, sagte Mary Rose, ohne den Blick von dem Eisberg abzuwenden.

»Die Öffnung ist ziemlich groß … Wir brauchen nur noch etwas Zeit«, sagte Harold und legte den Arm um seine Frau, während er auf die Eisschollen blickte, die seitlich vom Haus trieben. Sie konnten es vielleicht mit sehr viel Glück schaffen, doch Harald wusste, dass sie, wenn sie nun von einer weiteren

Eisscholle gerammt würden, unweigerlich an der Tunnelwand zerschellen würden. Doch Zeit für einen Plan B gab es nicht.

Sie waren nur noch etwa hundert Meter von dem Eisberg entfernt, achtzig … fünfzig … Harold spürte, dass das Haus sich kaum merklich in die andere Richtung drehte. Nur ein paar Grad fehlten noch zur optimalen Ausrichtung, die angesichts der kurzen Entfernung jedoch kaum erreichbar schienen. Er hielt den Atem an. Vierzig … fünfunddreißig … dreißig … Und dann geschah, was er befürchtete hatte: Eine Eisscholle stieß gegen den Felsen, und die Richtung, in die sie sich drehten, änderte sich abrupt. Harold hielt Mary Rose fest, stieß die Haustür auf, und während er sich mit aller Kraft an das Treppengeländer klammerte, krachte das Haus gegen den Eisberg.

DURCH DEN SPIEGEL

Die linke Seite des Hauses rammte die Innenwand des Tunneleingangs, wobei die Fenster regelrecht explodierten. Das ganze Haus erbebte, während das Eis, das sich über der Öffnung wölbte, Hunderte bläulicher Risse bekam. Eisstücke lösten sich von den Tunnelwänden und gingen wie ein Meteoritenregen nieder. Das Haus prallte nach dem Zusammenstoß heftig zurück. Am Felsrand spritzte das Wasser auf, überschwemmte die ganze Hauswand und schwappte durch die Fenster ins Innere. Plötzlich hallte ein lautes Knirschen durch die ganze Höhle, und der Eisberg brach an einer Seite auseinander. Es bildete sich ein riesiges Loch, und ein eisiger Luftstoß ließ die Atmosphäre gefrieren, während das Haus ungeschickt weiter in den eisigen Schlund glitt.

Das Licht, das durch die viele Tonnen schwere Eisschicht drang, färbte alles in einem perlmutternen Blauton. Die glänzenden Tunnelwände reflektierten für einen Moment wie ein Spiegel das ganze Haus. Doch dann krachte die rechte Seite des Gebäudes an einer anderen Stelle gegen die Wand. Der Felsen war an dieser Seite breiter und fing einen Teil des Stoßes ab, doch ein spitzer Vorsprung saphirblauen Eises bahnte sich einen Weg und traf die Fassade. Die gesamte Holzkonstruktion wankte, und je weiter der eisige Dolch die gelben Planken durchdrang, desto tiefer wurde die Wunde, die er hinterließ. Schließlich war der Druck der Hauswand so groß, dass das Eis zerbrach, woraufhin das ganze Haus mit einem Ruck nach vorne gedrückt wurde.

In den riesigen Eisplatten mit den spitzen Kanten, die die Höhle füllten, bildeten sich klirrende Risse, wobei eine feine Kristallschicht entstand, die die Luft gefrieren ließ.

Als der Felsrand erneut gegen die Tunnelwand stieß, fiel nur wenige Meter vom Haus entfernt ein großes Stück Eis ins Wasser, das so hoch aufspritzte, dass das Gebäude gefährlich hin- und herwankte. Die Rinne, die es entlangtrieb, war zu einem gefährlichen Strom geworden, den die Eisplatten, die nach und nach von der Höhlendecke ins Wasser stürzten, aufschäumen ließen.

Schließlich war das Ende des Tunnels nur noch wenige Meter entfernt. Das Licht wurde von den Eiswänden reflektiert und sorgte für einen tückisch funkelnden Schimmer auf dem Wasser. Und dann, kurz bevor das schwimmende Haus endlich das offene Meer erreichte, stieß der Fels, der es umgab, an einen Eisvorsprung, der daraufhin abbrach. Das Eisstück versank in der Tiefe, was an dieser Stelle das Wasser so heftig aufwühlte, dass das Haus ein Stück zurück in den Tunnel getrieben wurde. Die Risse im oberen Teil des Durchgangs verbreiterten sich und zogen sich über die Seitenwände, bis sie die größeren Spalten, die sich überall gebildet hatten, erreichten. Und schließlich war die ganze Höhle von einem ohrenbetäubenden Knarren erfüllt.

Der Tunnel zerbarst, und riesige Eisstücke von der Größe des Hauses lösten sich. Und dann stürzte ein Teil der Decke des Tunnels in einer Art Dominoeffekt ein. Eine Eisplatte streifte das Dach des Hauses und riss den gemauerten Schornstein mit sich, wobei die einzelnen Steine über den Dachvorsprung geschleudert wurden und ins Wasser klatschten.

Der Lärm der ins Wasser stürzenden Eisstücke war inzwischen unvorstellbar, er hallte wider in dieser Kathedrale aus Eis, die in sich selbst zusammenfiel. Als der Ausgang des Tunnels bereits greifbar nahe war, löste sich ein Stück Eis von der Decke, das doppelt so groß war wie das Haus. Direkt neben der Hauswand versank es langsam im Wasser und zog das schwimmende Gebäude in einem Strudel nach unten.

Im Inneren des Hauses klammerten Harold und Mary Rose sich zitternd an dem Treppengeländer fest, während im Flur Eis- und Glassplitter niedergingen und ihnen vor die Füße fielen. Sie wussten, dass sie nichts mehr tun konnten, um ihr Leben zu retten, und als die Haustür aufschlug und eine eisige Windböe durch das Haus jagte, drängten sie sich aneinander und schlossen die Augen, während sie auf das Ende warteten.

Die ganze Veranda war bereits mit Wasser überschwemmt. Doch genau in dem Moment, als das ganze Gebäude verschlungen zu werden drohte, hörte der gigantische Eisblock auf zu sinken und stieg wieder an die Oberfläche. Das führte zu einem titanischen Aufsprudeln des Wassers, welches das kleine Haus mit Schwung aus dem Tunnel katapultierte.

Eine Sekunde später fiel der Durchgang im Eis endgültig in einer himmelhohen Wolke aus Wasser und pulverisiertem Eis in sich zusammen. Eine breite Welle bäumte sich auf, die schnell auf das Haus zukam, es mitnahm und davontrug. Das Wasser um sie herum tobte, doch nach und nach entfernten sie sich immer weiter von den Resten des Eisbergs, der in der Ferne in einem weißen Nebel verschwamm.

NOCH MAL VON VORN

Harold löste langsam die steifen Finger von den Stäben des Treppengeländers und umarmte Mary Rose. Er schmiegte seinen Körper fest an den ihren und versuchte die Tränen zurückzuhalten. Mary Rose barg ihr Gesicht an Harolds Brust, und das heftige Zittern ihrer Körper wurde zu einem einzigen heftigen, beinahe im Gleichklang wahrzunehmenden Beben, das sich nur allmählich beruhigte.

»Wir leben noch«, sagte Mary Rose schließlich.

Harold öffnete langsam die Augen und erahnte das Meer, das sich unter dem Nebel und dem Schnee versteckte. Das beängstigende Getöse des brechenden Eises war nicht mehr zu hören, genauso wenig wie die schussartigen Geräusche der ins Wasser fallenden Eisstücke, und das Haus bewegte sich wieder in einem sanften Auf und Ab.

Er atmete tief ein und stieß dann einen langen Seufzer aus, während sich ein Lächeln auf seinem eiskalten Gesicht den Weg bahnte. Und nachdem er sich nun endlich nicht mehr zusammenreißen musste, begann er zu weinen. Dicke Tränen quollen unaufhaltsam aus seinen Augen und rannen seine Wangen hinunter, während das Lächeln zu einem immer lauter werdenden Lachen wurde.

Mary Rose sah ihn zunächst verwundert an, begann dann jedoch ebenfalls vor Glück zu lachen.

»Wir leben noch, Rosy!«, schrie Harold.

Und dann umfasste er seine Frau an der Taille, hob sie trotz all der Schmerzen und der Müdigkeit, die er empfand, hoch und drehte sich mit ihr einmal um sich selbst.

»Lass mich runter, Harold!«, sagte Mary Rose, die nicht aufhören konnte zu lachen.

Harold setzte sie sanft wieder auf dem Boden ab, und bevor sie noch irgendein Wort des Protests von sich geben konnte, küsste er sie. Mary Rose spürte ein Kribbeln im ganzen Körper, das stärker war als die Schmerzen in ihrem Knie und die Kälte um sie herum. Seit Jahren hatten sie sich nicht mehr so innig geküsst.

Weder die Schneeflocken, die durch die Luft wirbelten, noch das Wasser, das ihnen in die Schuhe drang, waren noch von Bedeutung. Langsam lösten sich ihre Lippen voneinander, und sie sahen sich lächelnd an, als ob das ganze Leben noch vor ihnen läge.

Dann sorgte eine Windböe dafür, dass sich die Haustür mit einem Knall schloss. Das Lächeln verschwand von ihren Gesichtern, und das Haus lag erneut in angespannter Stille.

Die Tür schlug wieder auf, und bevor sie von Neuem krachend zufiel, verriegelte Harold sie. Unter seinen Füßen knirschten Glasscherben, Eisstücke und die Überreste aller möglichen zerbrochenen Dinge, die in riesigen Pfützen lagen. Mary Rose betrachtete resigniert die Wasserlachen und folgte dann ihrer Spur in die Küche.

Teller, Gläser, Besteck, Möbel ... Alles lag wieder kreuz und quer auf dem Boden verteilt, als wären sie noch einmal von der Klippe gestürzt. Mary Rose spürte einen schmerzhaften Stich, als sie den Fisch, mit dessen Zubereitung sie am Morgen begonnen hatte, im Schmutz liegen sah. Sie bückte sich und befreite ihn vorsichtig von den größten Glasstücken, in der Hoffnung, ein paar Bissen retten zu können. Doch der Dreck und die vielen Glassplitter, die sich in das Fleisch gebohrt hatten, machten ihn ungenießbar.

»Mach dir darum jetzt keine Sorgen, Rose.«

Mary Rose nickte matt, und als sie sich wieder aufrichtete, spürte sie einen durchdringenden Schmerz in ihrem Knie. Mit einem Mal fühlte sie sich völlig erschlagen und war so erschöpft, dass sie kein Wort mehr herausbrachte.

Harold nahm ihren zitternden Körper in die Arme.

»Du bist eiskalt«, sagte er und drückte leicht ihren Arm. »Wir sollten hinaufgehen und uns ausruhen.«

Oben angekommen, stellten sie fest, dass es dort nicht viel besser aussah. Mary Rose setzte sich aufs Bett, und Harold nahm ein paar dicke Decken aus der Kommode, die er seiner Frau um die Schultern legte. Dann riss er ein altes Hemd in Streifen, um ihr das blutende Knie zu verbinden.

Genau wie die Küchenfenster waren auch die Fensterscheiben im Schlafzimmer größtenteils zerbrochen, sodass unaufhörlich Schneeflocken hereinwirbelten. Harold ging zu den Fenstern und hängte Decken davor, sodass der Raum nur noch durch das wenige Licht, das durch die Fensterläden und die Ritze unter der Tür hereindrang, erhellt wurde.

Als er versuchsweise den Lichtschalter betätigte, blieb es dunkel. Vorsichtig ging er durch die Glasscherben am Boden zum zweiten Schalter hinüber, doch auch dieser funktionierte nicht.

»Wir haben keinen Strom«, sagte er und starrte unglücklich auf die dunkle Glühbirne, die über ihren Köpfen hin- und herschaukelte.

»Lass es gut sein, Harold«, sagte Mary Rose.

Harold blickte zu seiner Frau hinüber, die mit blassem Gesicht und verbundenem Knie auf dem Bett saß, und spürte plötzlich das schwere Gewicht der Schuld auf seinen Schultern. Ohne noch etwas zu sagen, ging er zum Bett hinüber und kauerte sich neben sie. Doch trotz der Nähe ihrer Körper und der dicken Decken war die Kälte im Zimmer unerträglich. Ein eisiger Luftzug drang durch die Ritzen in den Fensterläden und den Spalt unter der Tür herein. In der Stille war außer dem Ächzen des Hauses nur das leise Knacken der Eisplatten zu hören, die draußen am schwimmenden Fels zerbrachen.

Sie saßen schweigend da, und neben der Kälte waren nun auch der Hunger und die Schmerzen immer deutlicher zu spüren. Doch nach und nach wurden sie von der Müdigkeit übermannt.

»Wir leben noch …«, murmelte Mary Rose.

Erst jetzt bemerkte Harold, dass sie eingeschlafen war und im Schlaf gesprochen hatte. Sanft löste er ihren Kopf von seiner Schulter und legte sie vorsichtig aufs Bett. Dann streckte er sich neben ihr aus und wandte den Blick nicht von seiner Frau, während seine Augenlider immer schwerer wurden. Im bleichen Licht des Zimmers wirkte ihr Gesicht noch ausgezehrter und blasser als sonst, und er nahm seine Angst um sie mit in den Schlaf.

IM NEBEL VERSTECKT

Im dichten Nebel setzte das Haus der Grapes seine unerbittliche Reise durch das eisige Nordmeer fort, in das es immer weiter vordrang, sodass es schien, als strebe es einem heimlichen Ziel entgegen. Als es Nacht wurde, nahm die Kälte noch zu, und der anhaltend fallende feine Schnee blieb auf dem Schieferdach und dem das Haus umgebenden Felsen liegen. Die Eisschollen verdichteten sich, wurden immer dicker und schoben sich schließlich am Felsrand übereinander. Unmerklich ging draußen eine Veränderung vor, ohne dass das Ehepaar Grape es bemerkte.

Mary Rose spürte einen Druck im Nacken und wurde wach. Das Bild des Schiffes, auf dem sie im Traum unterwegs gewesen war, verschwamm, bis es schließlich ganz verschwand. Träge öffnete sie die Augen und stellte fest, dass Harolds Ellbogen sich in ihren Nacken bohrte. Sie schob Harolds Arm zur Seite und das Druckgefühl verschwand. Dafür übermannte sie, je wacher sie wurde, ein viel stärkerer Schmerz. Auf einmal taten ihr sämtliche Knochen unsagbar weh, und ihr Gesicht brannte. Mühsam gelang es ihr, sich aus dem Knäuel an Decken, in das sie gewickelt war, zu befreien, und die extreme Kälte im Zimmer drang erneut in ihren Körper. Als sie aufstand, durchfuhr sie ein stechender Schmerz im rechten Knie, der sie zwang, sich sofort wieder hinzusetzen. Vorsichtig zog sie das Hosenbein hoch und nahm den Verband ab. Die Wunde hatte zwar aufgehört zu bluten, aber Mary Rose erschrak, als sie sah, dass ihr Knie auf die doppelte Größe angeschwollen war. Sie hatte gedacht, dass, wenn sie aufwachen würde, alles wieder gut wäre, doch sie fühlte sich so schwach und erschöpft wie nie zuvor. Sie drängte die Tränen zurück, die der Schmerz und die Verzweiflung ihr in die Augen trieben, schob das Hosenbein wieder hinunter und richtete sich vorsichtig auf.

Sie bemerkte, wie Harold sich unter den schweren Decken bewegte. »Geht es dir gut?«, murmelte er, als er die Augen öffnete.

Mary Rose beugte sich zu einem Stapel Kleidung auf dem Boden hinunter und musste, weil ihr schwindelig wurde, ein paar Sekunden warten, bis sie antworten konnte.

»Die Wunde blutet nicht mehr und tut kaum noch weh«, sagte sie schließlich, wobei sie die Schmerzen zu überspielen versuchte.

Harold stand auf und half Mary Rose, die Kleidung aufzuheben. Sie legten sie aufs Bett und griffen dann nach Wollpullovern, dicken Hosen und Jacken, die sie alle übereinander anzogen, um der Kälte zu trotzen, doch als sie die Tür öffneten, merkten sie, dass die Mühe umsonst gewesen war.

Harold und Mary Rose erstarrten, wenn auch nicht nur vor Kälte, sondern angesichts des Anblicks, der sich ihnen bot. Die Wände, der Boden, das Treppengeländer, die Stufen und sogar die Lampen, die noch an der Decke hingen, waren von einer weißen Eisschicht bedeckt, die in der Sonne glitzerte. Es sah aus, als wäre das ganze Haus das Werk eines Eisskulpteurs mit begnadeten Händen.

Mary Rose starrte verwirrt auf diesen Eispalast, der mit ihrem Zuhause gar keine Ähnlichkeit mehr hatte. Nichts davon strahlte mehr Geborgenheit aus, alles ängstigte sie.

Harold tat einen Schritt nach vorn und geriet ins Rutschen. »Wir müssen uns äußerst vorsichtig voranbewegen.«

Mary Rose betrachtete den glänzenden Boden argwöhnisch. Schon im Stehen pochte der Schmerz in ihrem Knie, und sie wollte lieber nicht daran denken, was geschehen würde, wenn sie einen falschen Schritt machte.

Langsam bewegten sich Harold und Mary Rose auf die oberste Stufe zu. Sie klammerten sich ans Geländer und stiegen unsicher die eisüberzogene Treppe ins Erdgeschoss hinunter. Vor den Fenstern mit den zerbrochenen Scheiben türmten sich Schneehaufen auf, und die Eisschicht auf dem Boden war hier noch dicker. Harold probierte alle Lichtschalter aus, an denen er vorbeikam, doch keine Lampe ging an und seine Hoffnung sank. Sicher war die Trommel des Trockners bei einem der Stöße gegen den Eisberg abgerissen worden.

Sie erreichten die Küche, wo alles in einer seltsamen Ruhe erstarrt war. Das Rauschen des Windes, der durch die kaputten Fenster hereinwehte, oder das leichte Schaukeln des Hauses im Wasser waren kaum wahrzunehmen.

Harold ging zur Haustür, und als er sie öffnete, fiel ihm ein Haufen Schnee auf die Füße. Doch anstatt zurückzutreten, machte er einen Schritt nach vorn.

»Wohin willst du?«

»Ich muss nachsehen, ob der Generator noch funktioniert.«

Mary Rose blickte auf die unversehrte Schneeschicht, die die Veranda bedeckte und in den dichten Nebel überging, der sie noch immer umhüllte. Es war schwer zu sagen, wo die Treppe begann.

»Harold, das ist zu gefährlich! Du könntest ausrutschen und ins Wasser fallen.« Sie richtete den Blick wieder in den dichten Nebel und fügte hinzu: »Wir sind für all das doch überhaupt nicht ausgerüstet.«

Harold wusste, dass sie recht hatte. Mit ganz normalen Halbschuhen über eine einen halben Meter dicke Schneeschicht direkt am eisigen Meer entlangzuspazieren war garantiert nicht die ideale Art, der Situation zu begegnen; das lag auf der Hand, doch: Was sollte er machen?

»Wir brauchen den Strom jetzt noch dringender als vorher, Rose. Ich bin gleich wieder zurück, das verspreche ich dir.«

Trotz des entsetzten Blicks seiner Frau wandte Harold sich um und tastete sich auf der glatten Schneeschicht voran. Als er das Geländer erreichte, blieb er kurz stehen, um festzustellen, wo unter dem Schnee sich die Stufen befanden. Als er die Treppe bewältigt hatte, ging er langsam an dem schmalen Felsrand entlang, wobei er sich gut von außen am Geländer festhielt, um nicht zu stolpern und in das eisige Meer zu fallen. Längst waren seine Schuhe durchnässt, und er spürte schmerzhafte Stiche in den Füßen. Obwohl er wusste, dass es gefährlich war, zwang er sich, schneller voranzukommen. Als er zur Hausecke kam, musste er weiter über die Felsen gehen, ohne sich irgendwo festhalten zu können. Ein paar Bretter standen vom Haus ab wie die Stacheln eines Igels und versperrten ihm den Weg. In dem Bemühen, das Gleichgewicht nicht zu verlieren, schob er sie zur Seite.

Als Harold aus Mary Roses Blickfeld verschwand, schloss sie die Haustür und ging, so schnell es der spiegelglatte Boden und ihr Knie es erlaubten, ins Wohnzimmer. Von den beiden Fenstern im Raum war nur eines zerbrochen, doch als sie sich dem anderen näherte, stellte sie fest, dass die Scheibe von Rissen durchzogen war, weshalb sie es nicht zu öffnen wagte. Also trat sie doch an das andere Fenster und streckte vorsichtig, um sich nicht an den scharfen Kanten der Glasscherben zu schneiden, die noch im Rahmen steckten, den Kopf durch die Öffnung, sodass sie ihren Mann sehen konnte.

Harold blieb stehen. Wenn sein Gedächtnis ihn nicht täuschte, musste sich die Trommel in etwa an dieser Stelle befinden. Er bückte sich und begann hastig im Schnee zu graben. Die oberste Schicht war weich, doch weiter unten wurde der Schnee immer härter, und seine Finger in den Wollhandschuhen waren bereits taub. Er musste die Hände kurz aus dem Loch ziehen und sie anhauchen. Die Wollhandschuhe waren eindeutig nicht für das Graben im Schnee gemacht.

Er musste sich beeilen.

Also grub er weiter. Mit viel Kraft gelang es ihm, sich durch die harte Schneeschicht zu arbeiten, und er stieß auf den Felsen. Doch keine Spur von dem Kabel oder der Platine. Er machte einen Schritt nach vorn und grub dort weiter, wo der Schnee ein paar Zentimeter unterhalb der Oberfläche ebenfalls hart wurde, doch die Trommel blieb verschwunden.

»Kannst du etwas sehen?«, rief Mary Rose.

Harolds Zähne klapperten so heftig, dass es ihm nicht möglich war, seiner Frau zu antworten. Er machte einen weiteren Schritt nach vorn, ohne zu wissen, wo unter dem Schnee der Felsen endete und das Wasser begann. Seine Finger waren inzwischen starre Klauen, die er nicht mehr zur Faust ballen konnte. Der Schnee, der unaufhaltsam vom Himmel fiel, setzte sich auf ihn, und die Kälte bohrte sich mit jedem Atemzug in seine Nasenhöhle. Dennoch gab er sich nicht geschlagen und wühlte weiter im Schnee. Plötzlich stieß er auf etwas, was noch härter war als der vereiste Schnee. Er zog seine halb gelähmten Finger aus dem Loch und sah hinein. Als er dabei ein Stück silberfarbenes Metall erblickte, tat sein Herz vor Freude einen Sprung. Mit neuer Kraft grub er weiter und legte die große silberfarbene Trommel frei, als handelte es sich um ein seltenes Fossil. Harold merkte, dass mit jeder Schneeschicht, die er entfernte, seine Hoffnung wuchs.

Schließlich lagen die Trommel und das Kabel, das sie mit dem Haus verband, vor ihm. Harold konnte nicht glauben, dass die Trommel nach all den Stößen, die das Haus davongetragen hatte, noch festsaß, wenn sie sich auch nicht drehen ließ.

Harold trat dichter an den Felsrand heran, wobei Mary Rose ihn nicht aus den Augen ließ. Er steckte die Hand nach unten und stellte fest, dass der untere Teil der Trommel in der Eisschicht auf dem Wasser feststeckte. Er wusste, dass es ohne Werkzeug unmöglich sein würde, die harte Eisschicht zu durchbrechen, daher richtete er sich wieder auf, um zu holen, was er brauchte.

Doch dabei geriet er ins Stolpern und verschwand im Nebel.

»Harold!«, schrie Mary Rose.

Plötzlich spürte sie weder die Kälte, noch die Schmerzen oder die Angst hinzufallen und stolperte auf die Veranda hinaus. Ohne darüber nachzudenken, stapfte sie durch den Schnee, ging die Stufen hinunter und wich den vom Haus abstehenden Brettern aus, bis sie zu der Stelle kam, an der Harold gefallen war. Doch ihr Mann war nicht da.

»Harold!«, rief sie in Panik.

Die eisige Luft drang beim Atmen schmerzhaft in ihre Lunge, während sie vor Angst bebte. Der Wind trug langsam einen Teil der dicken Schneeschicht ab, wobei Mary Rose nicht weiter als bis zum Felsrand gucken konnte.

»Harold, bitte! Sag etwas!«

Mary Rose beugte sich vor und tastete mit ihren ungeschützten Fingern im Nebel über den verschneiten Boden zwischen dem Haus und dem Meer. Sie streckte den Arm aus, sah jedoch nichts und hatte keine Ahnung, was sie nun tun sollte. Ob er ins Wasser gefallen war? Plötzlich hörte sie eine Stimme, die aus der Ferne zu kommen schien.

»Rose?«

Mary Rose wurde von heftiger Freude und Erleichterung ergriffen, als sie Harolds Stimme hörte.

»Harold, Harold, ich bin hier!«

Mary Rose streckte den Arm, so weit sie konnte, nach vorn in den Nebel, und plötzlich sah sie etwas, was sich undeutlich von der Schneeschicht abhob und langsam auf sie zukam.

»Harold, hier! Folge meiner Stimme!«

Doch plötzlich meinte Mary Rose, dass die unscharfe Gestalt, die sich ihr im Nebel näherte, viel zu weit entfernt war, um Harold zu sein.

Angst und Verwirrung griffen nach ihr.

Was war das, was da auf sie zukam? Und wo war Harold?

»Harold, sag doch was!«

Die Gestalt nahm in dem Maße, wie sie sich dem Haus näherte, immer deutlicher Form an. Doch sosehr Mary Rose sich auch anstrengte, konnte sie noch immer nicht ausmachen, ob es wirklich Harold war.

»Rose!«, hörte sie erneut seine Stimme, die seltsam weit weg klang.

»Harold, bitte beeil dich, da kommt etwas aufs Haus zu!«

Schließlich war die Gestalt nicht länger ein schemenhafter Umriss in der Landschaft, sondern klar zu erkennen. Was Mary Rose jedoch in höchstem Maß beunruhigte. Denn das, was sie da sah, konnte unmöglich wahr sein. Wahrscheinlicher war es, dass sie vor Erschöpfung bereits halluzinierte. Ja, es schien Harold zu sein, der da ging, doch … er lief über das Wasser!

»Rose?«

Eine kalte Windböe begleitete die Gestalt, die tatsächlich Harold war und zu ihr hinstolperte. Der Nebel, der das Haus umhüllte, verzog sich langsam und ließ eine bläuliche Eisschicht erkennen, die sich bis ins Unendliche zu erstrecken schien. Harold ging langsam, konzentriert darauf, wohin er seine Füße setzte, um nicht auszugleiten, doch als er nur noch wenige Meter vom Felsrand entfernt war, rutschte er aus und fiel aufs Eis. Die Eisschicht dröhnte dumpf unter Harolds Gewicht, doch sie hielt.

»Harold!«

Mary Rose machte einen Schritt nach vorn, trat aufs Eis und näherte sich vorsichtig ihrem Mann. Sie hielt ihm eine Hand hin, um ihm beim Aufstehen zu helfen, wobei auch sie ausrutschte und hinfiel. Auf dem Eis liegend, umarmten sie sich, während der Wind die letzten Schneereste fortblies. Im nächsten Moment riss der Himmel auf, und aus einer blauen Lücke traf ein gelblich leuchtender Sonnenstrahl auf die Erde. Und da sahen Harold und Mary Rose jenseits der letzten Nebelschleier die glänzende graue Spitze eines Berges.

AM FUSS DES BERGES

Harold und Mary Rose mussten unbedingt ins Haus zurück. Ihre Körper waren taub vor Kälte und sie zitterten nicht nur, weil sie froren, sondern auch vor Aufregung.

Sie traten ins Wohnzimmer und hängten eine Decke vor das zerbrochene Fenster. Dann setzten sie sich vor das Fenster, dessen Scheibe nur einige Risse hatte, und sahen glücklich zu, wie der Nebel sich immer weiter von der Bergkette zurückzog. Ihre Gedanken überschlugen sich.

Endlich, nachdem sie all diese Wochen auf dem Meer getrieben waren und nichts als das endlose Wasser gesehen hatten, erblickten sie Land. Und auch wenn der Berg vor ihnen Harold und Mary Rose ein bisschen an die Klippe erinnerte, auf der ihr Haus gestanden hatte, hatten sie noch nie ein so hohes Gebirge gesehen.

Der höchste Berg auf der Insel Brent war der erloschene Vulkan, aus dem sich vor Tausenden von Jahren die Insel gebildet hatte, doch im Vergleich zu dem, was nun vor ihnen lag, war er nicht mehr als ein kleiner Hügel.

»Was für ein eigenartiges Gefühl«, sagte Mary Rose, deren Blick sich in irgendeinem Winkel des Gebirges verlor. »Es kommt mir äußerst seltsam vor, plötzlich so nah vor uns Land zu sehen. Wie hoch diese Berge sind!«, rief sie lachend aus.

Harold betrachtete sie lächelnd, als er die Hoffnung und den Glanz in ihren grünen Augen sah.

»Ich habe wirklich geglaubt, dass ich nie wieder Land sehen würde, Harold«, fuhr sie fort, während sie entzückt auf die Landschaft starrte.

Auch Harold richtete den Blick wieder auf das Gebirge, das sich jenseits der Fensterscheibe erhob. Er war erleichtert, endlich festen Boden vor sich zu haben, und fühlte sich von dem riesigen Gebirge beschützt.

Sein Blick wanderte über die dicke Schneeschicht, die die im Halbdunkel liegende Bergflanke bedeckte, zur anderen Seite hinüber, wo sich breite Eiszungen zwischen schweren Felsen hinabstreckten. Er begann jeden Winkel nach einem Weg, einem Licht oder einem Gebäude abzusuchen. Sein Herz schlug schneller, je weiter oben er auf dem steilen eisbedeckten Abhang nach dem Ausschau hielt, was er so sehnsüchtig zu finden hoffte. Doch so angestrengt er die Landschaft auch absuchte, sah er nichts als Eis, Schnee und Felsen.

Die Stunden vergingen, ohne dass es Harold und Mary Rose bewusst war. Sie nahmen sich ein paar Decken und beobachteten weiterhin die Berge auf der Suche nach irgendeinem Zeichen, dass dieses Stück Land bewohnt sein könnte. Weder Hunger noch Durst, nicht einmal die Kälte oder die Müdigkeit konnten sie von dem vereisten Fenster wegbringen. Sie hatten Angst, etwas Wichtiges zu verpassen. Doch schließlich versteckte sich die Sonne hinter einer dicken Wolkenschicht, die schnell am Himmel aufgezogen war. Es begann zu schneien, und die dicht fallenden Schneeflocken schränkten ihre Sicht deutlich ein, dennoch verließ keiner der beiden seinen Platz. Harold verfolgte den immer länger werdenden Schatten den Abhang hinunter und stellte verzweifelt fest, dass die Silhouette des Berges langsam in der Dunkelheit verschwand. Doch dann, kurz bevor alles vollständig im Schatten lag, bewegte sich etwas.

Harold sprang auf und ging so nah ans Fenster, dass seine Nasenspitze die gesprungene Scheibe berührte.

»Was ist? Hast du etwas gesehen?«, fragte Mary Rose.

»Ich bin mir nicht sicher«, antwortete Harold und konzentrierte seinen Blick auf eine bestimmte Stelle.

Mary Rose starrte nun ebenfalls auf den Fleck, den Harold nicht aus den Augen ließ. So verharrten sie ein paar Minuten schweigend, bis die Dunkelheit die Berge komplett verschlungen hatte.

»Wahrscheinlich ist nur ein Brocken Schnee abgerutscht«, murmelte Harold, ohne den Blick abzuwenden, obwohl er nichts mehr sah.

Der Schnee fiel nun dichter, und die Dunkelheit dehnte sich bis in die Ebene aus. Und dann hallte ein lautes Heulen zu ihnen herein.

»Was war das?«, fragte Mary Rose.

Harold hatte es auch gehört, hatte jedoch keine Ahnung, wer oder was das Geräusch verursacht haben könnte. Durch den dichten Schneevorhang konnte er gerade noch ein paar Meter weit sehen.

»Es könnte der Wind gewesen sein.«

Das Heulen erklang erneut, viel lauter diesmal. Harold und Mary Rose sahen sich an, ohne zu wissen, was sie davon halten sollten.

»Lass uns nach oben gehen, vielleicht können wir von dort aus besser sehen«, sagte Harold.

So schnell, wie der glatte Boden es erlaubte, stiegen Harold und Mary Rose die Stufen bis zum Dachboden hinauf. Dabei konzentrierten sie sich derart auf das Geräusch, dass sie kaum auf das riesige Loch achteten, das der Eisberg ins Dach gerissen hatte und durch das nun der Schnee fiel. Sie eilten zu der großen runden Fensteröffnung hinüber und wickelten ihre Decken fester um sich.

Obwohl es immer dunkler wurde, hatten sie von dieser Höhe aus einen viel besseren Blick auf die Landschaft, die vor ihnen lag. Für einen Moment waren sie gebannt von den gigantischen Ausmaßen, von der weiten weißen Fläche, die sie umgab und mindestens so beeindruckend war wie das Meer, das sie durchquert hatten. Doch trotz der besseren Aussicht konnten sie nicht ausmachen, woher das Heulen gekommen war, das sie gehört hatten.

Es vergingen einige Minuten, in denen nur das Brausen des Windes zu vernehmen war, der den Schnee auf dem Dachboden von einer Seite zur anderen wehte, bis plötzlich ein weiteres, noch lauteres Heulen ertönte.

Die Grapes traten noch näher an die Fensteröffnung, doch der Wind blies immer heftiger und wehte ihnen dicke Schneeflocken ins Gesicht.

Mary Rose merkte, dass die Schneeschicht auf ihren Wimpern gefror; ihre Augen waren nur noch zwei schmale Schlitze, durch die sie sich bemühte, in der Dunkelheit und im dichten Schneetreiben irgendetwas zu erkennen.

Und dann tauchten mitten auf der Ebene zwei Gestalten auf.

»Harold … da!«

Harold schaute in die Richtung, in die Mary Rose zeigte, und spürte, wie sein Herz zu rasen begann.

»Wir sind gerettet!«, rief Mary Rose. »Schnell, lass uns runtergehen!«

Mary Rose stolperte zur Treppe hinüber, Harold jedoch blieb vor der Fensteröffnung stehen und beobachtete eindringlich die beiden Gestalten, die immer besser zu erkennen waren. Denn irgendetwas an dieser Szenerie stimmte nicht, und seine Freude wandelte sich in Argwohn.

»Robben …«, murmelte er schließlich.

»Was sagst du?«, fragte Mary Rose.

Als sie wieder neben Harold stand, erkannte sie nun auch deutlich die beiden Gestalten, die sich eilig über den Schnee bewegten. Allerdings waren es keine Menschen, sondern tatsächlich zwei Robben: eine ausgewachsene Robbe und ein Jungtier. Beide mit grauem Fell, beide mit dem gleichen schwarzen Flecken am rechten Auge. Mary Rose hatte noch nie eines dieser Tiere in natura gesehen, dennoch war ihre Enttäuschung deutlich größer als ihre Faszination.

Sie wandte sich ab, lehnte sich mit dem Rücken an die Wand und betrachtete traurig die dicke Säule, die sich in der Mitte des Raumes erhob. Trotz der verkohlten Stellen in der Maserung des Holzes hatte Mary Rose das Gefühl, dass dieser Mast das Einzige im ganzen Haus war, was allem noch standhielt. Sie wäre gern so stark gewesen wie diese Säule, doch sie spürte, dass ihre Hoffnung zerbröckelte wie das durchlöcherte Dach des Hauses. Sie konnte einfach nicht verstehen, wieso sie nicht wenigstens ein Mal Glück haben konnten.

»Das ist nicht das Ende«, sagte Harold, während er zu ihr trat und ihr sanft die Tränen aus dem Gesicht wischte. »Wenn es aufhört zu schneien und die Sicht wieder besser wird, wird uns schon jemand finden.«

Mary Rose nickte bekümmert, als plötzlich ein lautes Brüllen ihre Aufmerksamkeit erregte. Sie sahen wieder aus dem Fenster. Etwas tauchte in dem Schneetreiben auf: ein riesiger Eisbär.

Harold und Mary Rose hatten noch nie zuvor Robben gesehen und schon gar keinen Eisbären. Das Tier brüllte, und das Echo hallte mit furchterregender Kraft über die ganze Ebene, sodass sich ihnen die Haare im Nacken sträubten. Angesichts des Brüllens dieser Bestie, die aus dem Nichts gekommen zu sein schien, um sie zu verschlingen, klammerte sich Mary Rose mit zitternden Händen an den Fensterrahmen, voller Entsetzen über ihre Ohnmacht in dieser grausamen, wilden Landschaft, wo sie nicht hingehörten. Erstaunlich schnell rannte der Bär mit lautem Gebrüll auf die Robben zu, wobei unter seinen kräftigen Pfoten eine Schneewolke aufstob.

Und bevor die Grapes verstanden, was vor sich ging, stürzte sich der Bär in einer tödlichen Umarmung auf die rundlichen Robben. Mary Rose schrie auf und wandte genau in dem Moment den Blick ab, als die Bestie ein letztes Mal mit der Pranke zuschlug und das Blut seines Opfers auf die Schneedecke spritzte. Harold stand wie gelähmt am Fenster. Der kleinen Robbe gelang es, den todbringenden Pranken zu entwischen, und sie floh, so schnell sie konnte. Der Bär stieß ein derart wütendes Gebrüll aus, dass sich Harold erneut die Nackenhaare aufstellten. Doch anstatt dem kleinen Tier zu folgen, machte der Bär der größeren Robbe endgültig den Garaus, packte sie mit seinen Fangzähnen und verschwand mit ihr, auf der makellosen Schneefläche eine blutige Spur hinterlassend.

Voller Angst richtete Mary Rose den Blick auf ihren Mann.

»Harold, wo sind wir hier nur gelandet?«, fragte sie mit zitternder Stimme.

Harold wagte nicht, seiner Frau in die Augen zu sehen. Er starrte wie hypnotisiert auf die rote Schleifspur, die erstaunlich schnell von einer Schicht neu gefallenen Schnees bedeckt wurde, als ihm plötzlich ein schrecklicher Gedanke kam. Ein Gedanke, der ihm den Magen umdrehte und den er nicht laut auszusprechen in der Lage war.

Harold Grape fragte sich, ob das Land, an dem sie gestrandet waren, vielleicht ein noch gefährlicherer und noch einsamerer Ort war als das Meer, auf dem sie wochenlang getrieben waren.

DAS ZEICHEN

Es hatte aufgehört zu schneien, und die Sicht war wieder so klar, dass Harold und Mary Rose, vor dem Wohnzimmerfenster sitzend, allmählich jeden Winkel der Berge in- und auswendig kannten. Doch trotz der langen Stunden, die sie vor dem Fenster verbracht hatten, hatten sie keine weiteren Robben oder Eisbären mehr gesehen – geschweige denn eine menschliche Gestalt. Der Verdacht, an einem verlassenen Ort gestrandet zu sein, wurde immer drängender. Ihre Vorräte waren nahezu aufgebraucht. Sie hatten nur noch eine Handvoll Trockenfrüchte, eine Dose eingemachtes Obst und das Wasser im Dachboden, das zu einem steinharten Eisblock gefroren war. Sie wussten, dass in dieser eisigen Ödnis der Fischfang ihre einzige Möglichkeit war, an Nahrung zu kommen, doch bisher waren alle Versuche kläglich gescheitert. Das Eis dehnte sich in alle Richtungen aus und war zu dick, als dass sie es mit den Werkzeugen, die ihnen zur Verfügung standen, hätten durchdringen können.

Harold versuchte erst gar nicht mehr, die Anlage zur Stromerzeugung zu reparieren. Er wusste, dass es unmöglich war. Die Kälte draußen war unerträglich, und ohne die Meeresströmungen nutzen zu können, war jeder Versuch, Elektrizität zu erzeugen, zum Scheitern verurteilt. Um etwas gegen die Kälte zu tun, dichteten sie alle kaputten Fenster mit Brettern und Decken ab und entzündeten im Kamin im Esszimmer ein Feuer, das sie mit den Möbelstücken speisten, die überall herumlagen. Doch nur wenige Minuten nachdem das Feuer zu brennen begonnen hatte, erfüllte eine dichte schwarze Rauchwolke das ganze Haus. Harold und Mary Rose mussten das Feuer eilig wieder löschen und die Fenster frei räumen, um den Rauch abziehen zu lassen. Als Harold daraufhin in den Abzug sah, stellte er fest, dass er komplett mit den Ziegelsteinen des zerstörten Schornsteins zugeschüttet war. Daher nahmen sie mit einer wesentlich bescheideneren Feuerstelle vorlieb, die sie in dem von Harold leer geräumten Metallgehäuse des Trockners improvisierten, das sie an eines der kaputten Fenster stellten und mit einem selbst hergestellten Rohr versahen, damit der Rauch nach draußen abziehen konnte und sie nicht darin erstickten. Das kleine Feuer, das sie dort entfachten, erzeugte jedoch nur wenig Wärme, sodass sie das Wohnzimmer kaum noch verließen. So gingen sie zum Schlafen nicht mehr nach oben, sondern kauerten sich dicht nebeneinander auf den zerfetzten Sofas zusammen, schützten ihre kraftlosen Körper mit mehreren Decken und erlaubten sich nur einen leichten Dämmerschlaf, damit sie dafür sorgen konnten, dass das Feuer nicht ausging, das sie am Leben hielt.

»Das Feuer brennt kaum noch«, sagte Mary Rose.

»Das war der letzte kaputte Stuhl«, entgegnete Harold. »Als Nächstes werden wir die Möbel verfeuern müssen, die noch in gutem Zustand sind.«

Mary Rose seufzte und blickte voller Abneigung auf das dunkle Gebirge, das sich vor dem Fenster abzeichnete.

»Ob die wohl uns zum Gedenken eine schöne Beerdigungsfeier organisiert haben?«, fragte sie, mehr an sich selbst gerichtet.

»Ich denke, dass Beerdigungen nie schön sind.«

»Ja, du hast recht. Schöne Beerdigungen gibt es nicht«, wiederholte sie, während ihr kurz eine düstere Erinnerung in den Sinn kam.

»Und außerdem sind wir, soviel ich weiß, noch gar nicht tot.«

Die Flammen erloschen, und das warme Licht, das ihre Gesichter erhellt hatte, verschwand. Mary Rose richtete sich mühsam auf und lockerte die schwache Glut mit dem Feuerhaken auf.

»Glaubst du, dass man uns bald finden wird?«

»Nicht, wenn wir weiter hier drin bleiben und auf ein Wunder hoffen.«

Mary Rose wandte den Kopf und sah ihren Mann eindringlich an.

»Es wäre verrückt, nach draußen zu gehen.«

»Damit hast du sicher recht, aber ist es nicht genauso verrückt, es nicht zu tun?«

Mary Rose seufzte und sah zu, wie sich die Sonne hinter dem imposanten Berg versteckte.

»Denkst du nicht, dass wir draußen sterben werden?«

»Draußen haben wir zumindest eine Chance, Rose«, meinte Harold und wies aufs Fenster. »Vielleicht liegt auf der anderen Seite des Berges ein Dorf.«

»Und wenn nicht? Und wenn dort nur noch mehr Eis, mehr wilde Tiere und der sichere Tod auf uns warten?«

Sie stocherte in der Glut, und ein paar zornige kleine Funken sprangen aus dem improvisierten Kamin und landeten vor Harolds Füßen. Mary Rose ließ den Schürhaken los, der mit einem dumpfen Geräusch zu Boden fiel, und brach in Tränen aus.

»Warum sind wir nicht gestorben, als das Haus von der Klippe gefallen ist?«, schluchzte sie.

Harold hockte sich neben sie auf den Boden.

»Sag doch so was nicht«, sagte er und umarmte sie.

Doch in seinem Inneren spürte auch Harold die Verzweiflung wachsen. Mary Rose lehnte den Kopf an seine knochige Schulter, und ihr Schluchzen ebbte ab, bis sie wieder ruhig atmete. Harold küsste sie auf die Stirn und richtete den Blick erneut auf den Berg, der, vom Boden aus betrachtet, noch höher und steiler erschien. Die Sonne war hinter dem gespenstischen Nebel verschwunden, der über dem Gipfel hing und wie der Rauch aus einem Vulkan in langen durchscheinenden Tentakeln die Abhänge herunterkroch. Doch plötzlich bemerkte Harold, dass hinter einer dieser Nebelbänke etwas in den Himmel aufstieg. Er kniff die Augen hinter den alten Brillengläsern zusammen und konzentrierte den Blick auf diese Stelle.

Mary Rose schaute ebenfalls aus dem Fenster und trocknete sich mit dem Ärmel ihres Pullovers die Tränen, die ihr noch immer über die Wangen liefen. Mit zögerndem Schritt näherte sie sich dem Fenster. Harold folgte ihr und umfasste sie vorsichtig. Mary Rose schaute ihn an und sah den Glanz in seinen Augen. Dann fiel sie ihm in die Arme. Gleichzeitig weinend und lachend, hüpften sie vor Freude. Eine verschwommene graue Linie stieg gemächlich in den Himmel auf und verlor sich in Form einer Hoffnung versprechenden Rauchsäule zwischen den Wolken.

EIN KLEINER GELBER PUNKT

Sie wurden von der Kälte geweckt. Irgendwann in der Nacht war das Feuer ausgegangen. Träge schoben sie die schweren Decken, unter denen sie sich auf den Sofas zusammengekauert hatten, von ihren starren Körpern und näherten sich mit einer gewissen Unruhe dem Fenster. Der Hauch ihres Atems schlug sich gleich auf der Scheibe nieder, während die langen rosafarbenen Strahlen der Morgensonne durch den Nebel brachen, der noch die Gipfel der Berge verdeckte. Jedoch hielten die Grapes nicht nach den Umrissen der Berge Ausschau. Nach einigen bangen Minuten, in denen der Nebel sich weiter lichtete, entdeckten sie an einem der Hänge erneut eine dünne Rauchsäule. Mary Rose lächelte erleichtert.

»Wir dürfen keine Zeit mehr verlieren«, sagte Harold ruhig.

Mary Roses Lächeln verschwand, und sie merkte, wie sich ihr Körper verspannte. Sie ließ den Blick über die steilen, schroffen Felsen und die eisbedeckte Gebirgskette schweifen und richtete ihn schließlich auf den grauen Rauch, der sich unablässig in den Himmel hinaufwand.

»Wie viele Kilometer ist das Feuer deiner Meinung nach entfernt?«, fragte sie schließlich.

»Vielleicht acht oder zehn.«

»Acht oder zehn Kilometer?!«, rief Mary Rose aus.

Auf einmal erschien ihr der Berg noch steiler, noch kälter und noch weiter entfernt als vorher. Obwohl ihr Knie nicht mehr so wehtat wie am Vortag, mochte sie sich nicht einmal vorstellen, wie schwer ihr der Aufstieg fallen würde.

»Das ist gar nicht so weit, Rose.«

»Ich mache mir weniger Sorgen um die Entfernung als um das, was uns unterwegs begegnen könnte, Harold.« Und nach einer kurzen Pause fügte sie hinzu: »Und wenn wir es nicht schaffen?«

Harold blickte auf die beiden Rucksäcke, die sie am Vorabend gepackt hatten und die nun am Fuß des Sofas standen. Sie enthielten keine Überlebensausrüstung, keinen Proviant oder irgendwelche Hilfsmittel, um in Schnee und Eis voranzukommen. Das Einzige, was darin steckte, waren ein paar Decken, trockene Kleidung zum Wechseln, eine Taschenlampe, die letzte Handvoll Trockenfrüchte und eine Feldflasche mit Wasser. Das war alles, was sie hatten, um sich dem Abenteuer zu stellen, das sie erwartete.

»Bis jetzt haben wir uns doch gar nicht schlecht geschlagen«, meinte er schließlich, in dem Versuch, überzeugend zu klingen.

Dabei war er selbst alles andere als sicher, dass diese Expedition gut ausgehen würde. Er hatte keine Ahnung, was sich hinter dieser Gebirgskette verbarg, nicht einmal, ob sie es überhaupt so weit schaffen würden. Doch welche andere Möglichkeit hatten sie in ihrer Lage?

Als sie die Haustür öffneten, fegte eine eisige Windböe den Schnee auf der Veranda von einer Seite zur anderen. Die Grapes verließen das Haus, und Mary Rose schloss zögernd die Tür hinter sich, als könne sie sich nicht recht dazu entscheiden. Nachdem das Schloss eingerastet war, hielt sie einen Moment inne. Dann atmete sie tief durch und folgte den Fußspuren, die ihr Mann im unberührten Schnee hinterlassen hatte. Als Mary Rose die Treppe hinunterging, spürte sie einen leichten Stich im rechten Knie. Die Schwellung war beinahe vollständig zurückgegangen, und sie hatte Harold versichert, dass das Knie überhaupt nicht mehr wehtat, was jedoch nicht ganz der Wahrheit entsprach. Jedes Mal, wenn sie den rechten Fuß belastete, hatte sie Schmerzen, aber sie wollte nicht, dass sie deswegen auf ihre Expedition verzichteten.

»Gehen wir?«, fragte Harold mit dumpfer Stimme. Sein halbes Gesicht war hinter einem dicken Schal versteckt.

Mary Rose nickte nur und versuchte, sich den Schmerz und die Angst, die sie beim Anblick der öden eisbedeckten Fläche, die sich vor ihnen erstreckte, empfand, nicht anmerken zu lassen. Gleich darauf versanken ihre alten Gummistiefel tief im weichen Schnee, und sie kamen auf der weitläufigen Ebene, die sie vom Fuß des Berges trennte, nur schwer voran. Mit jedem Schritt schien der Schnee tiefer zu werden. Ihr Atem ging schneller, und die Kälte kroch durch die wollenen Schals.

Mary Rose machte einen falschen Schritt, wobei ihr Stiefel stecken blieb, sodass sie das Gleichgewicht verlor und in den Schnee fiel. Dabei durchzuckte ein derart heftiger Schmerz ihr Knie, dass sie den Sturz kaum mitbekam. Harold beeilte sich, ihr zu Hilfe zu kommen. Nach einigen vergeblichen Versuchen, bei denen er selbst im Schnee landete, gelang es ihm schließlich, seiner Frau wieder auf die Beine zu helfen.

Mary Rose bemühte sich, die Tränen zurückzuhalten, und Harold sah sie besorgt an. Er schüttelte sich den Schnee vom Mantel, der Hose und der Mütze.

»Noch können wir umkehren«, sagte er.

Mary Rose blickte zum Haus zurück, das keine fünfhundert Meter hinter ihnen lag. Unglaublich, dass diese kurze Strecke sie solche Mühe gekostet hatte. Sie fühlte sich ganz schwer und war bereits völlig erschöpft. Am liebsten wäre sie sofort umgekehrt, aber sie wusste, dass sie nur eine Chance hatten zu überleben; sie mussten dem sich in den Himmel schlängelnden Rauch folgen, bis sie zu den Menschen kamen, die dort Feuer machten.

»Mir geht es gut«, sagte sie. »Gehen wir weiter.«

Sie setzten sich erneut in Bewegung und arbeiteten sich durch den pappigen Schnee voran. Harold hielt sich jetzt dicht neben seiner Frau, achtete darauf, wo sie hintrat, und auf ihr Gesicht, das sich bei jedem Schritt schmerzhaft verzog.

Während sie sich dem Fuß des Berges näherten, wehte der Wind den eisigen Schnee auf, der sich in einer immer dicker werdenden Schicht auf ihrer Kleidung festsetzte.

Doch allmählich wurde der Schnee unter ihren Füßen fester, und schließlich erreichten sie den Fuß des Berges, wo der Boden zwischen den spitz herausragenden Felsen zunächst langsam anstieg. Zunächst freute sich Harold, dass er beim Gehen nicht mehr einsank, doch nach und nach verwandelte sich der Schnee in Eis, und seine Gummistiefel fanden kaum noch Halt.

Vorsichtig setzten sie Schritt vor Schritt. Mary Rose merkte, wie ihre Angst wuchs. Jeden Moment konnte einer von ihnen auf dem glatten eisbedeckten Abhang ausrutschen, doch wie durch ein Wunder kamen sie unversehrt voran.

Einige Stunden später wurde der Hang, den sie hinaufstiegen, steiler, und der Aufstieg wurde noch mühsamer. Harold blickte nach oben und entdeckte hinter dem schroffen Felsen, der neben ihnen aufragte, in der Ferne die dünne Rauchsäule, die hin und wieder verschwand und dann wieder zu sehen war. Irritiert stellte er fest, dass der Rauch noch genauso weit entfernt schien wie vorher, obwohl sie bereits ein gutes Stück des Weges hinter sich gebracht hatten.

Schließlich kamen sie an eine Felsspitze und blieben stehen, um sich auszuruhen. Sie setzten sich auf zwei große Steine, und während sie ein paar Trockenfrüchte aßen und etwas Wasser aus der Feldflasche tranken, blickten sie auf die Ebene zurück, die sich wie ein weißer Fächer vor ihnen ausbreitete. Und inmitten der weiten Eisfläche, die sich vom Fuß des Berges bis zum unter den Nebelbänken versteckten Meer erstreckte, zeichnete sich ein kleiner gelber Fleck ab. Ein sonnengelb gestrichenes Haus in einer weißen Unendlichkeit, die alles bedeckte.

Als Harold und Mary Rose das kleine Haus in der Ferne entdeckten, waren sie, trotz aller Erschöpfung, doch erstaunt, dass sie tatsächlich zu Fuß eine solche Strecke zurückgelegt hatten.

»Wie winzig es von hier oben aus aussieht«, sagte Harold.

Mary Rose hatte ihr Haus noch nie aus einer solchen Entfernung gesehen. Es wirkte wie ein kleiner gelber Punkt, der ihnen ihre eigene Bedeutungslosigkeit verdeutlichte, die Bedeutungslosigkeit einer Welt, die sie hinter sich gelassen hatten und die im absoluten Gegensatz zu der Weite dieses Ortes stand. Auf einmal fühlte sie sich so verletzlich wie nie zuvor. Und es war ihr völlig unverständlich, wie sie aus ihrem ruhigen Leben in San Remo herausgerissen werden konnten und in eine solche Lage geraten waren. Wäre der kalte Wind nicht gewesen, der ihr ins Gesicht schnitt, oder die Stiche in ihrem Knie, hätte Mary Rose gedacht, dass sie träumte – dass all das Teil eines seltsamen Albtraums war, wie man sie manchmal in schweren Nächten hat. Sie hob den Blick zu der Rauchsäule, die gerade noch als verschwommener grauer Strich zwischen all dem Weiß zu erkennen war. Und in diesem Moment wurde ihr klar, dass dies ein Weg ohne Wiederkehr war. Wenn sie es nicht schafften, das Feuer zu erreichen, bevor es erloschen war, würde es nichts geben, was sie noch retten konnte. Denn zum Haus zurückzukehren würde ihnen nicht mehr möglich sein.

Harold erhob sich von dem Stein, und schweigend setzten beide ihren Weg fort. Ihre Augen waren zwei schmale Schlitze, während sich Schneeflocken in ihren Wimpern verfingen und sich auf ihren Schultern und den Rucksäcken niederließen. Harold blickte zu Mary Rose hinüber und sah, dass sie immer langsamer und gebeugter ging. Und auch er selbst wurde mit jedem Schritt, den er tat, schwerfälliger. Seine Beine wurden schwerer, und als er jetzt hustete, brannte es in seiner Lunge. Allerdings hatte er bemerkt, dass der Rauch zwar immer diffuser wurde, aber auch nicht mehr so weit entfernt schien. Das gab ihm neue Kraft, und er wusste, dass sie diese Chance nicht verpassen durften. Sie mussten weitergehen.

Harold senkte den Blick wieder zu Boden und übersah den hervorstehenden spitzen Felsen, der aus der Wand ragte, an der sie gerade entlanggingen, bis ihn ein Ruck zwang, stehen zu bleiben. Harold hielt inne, ohne zu begreifen, was geschehen war.

»Was ist, Harold?«, rief Mary Rose beunruhigt aus.

Nach der ersten Schrecksekunde spürte Harold eine plötzliche durchdringende Kälte in der Rippengegend. Dann sah er den langen Riss im Stoff seines Mantels.

»Zum Glück hat es nur den Mantel erwischt«, erklärte er hustend.

Mary Rose blickte ihn besorgt an. Harolds Husten gefiel ihr gar nicht. Mühsam befreite sie sich von ihrem Rucksack und ließ ihn in den weichen Schnee sinken. Als sie sich bückte, spürte sie erneut einen schmerzhaften Stich im Knie. Sie atmete tief durch und nahm mit tauben Fingern die Decken heraus.

»Nimm«, sagte sie und hielt Harold eine der Decken hin, »wir sollten sie uns umlegen.«

Sie legten sich die Decken wie Capes um die Schultern und verknoteten vorn die Enden, damit sie im Wind nicht wegflogen. Dann machten sie sich wieder auf den Weg.

Der Schnee auf dem Boden wurde wieder tiefer, sodass ihre Stiefel darin versanken und ihre Schritte langsamer und schwerfälliger wurden.

Nach einer Weile mussten sie noch eine Pause einlegen. Der Wind blies heftig, und obwohl sie sich in den Schutz eines Felsens flüchteten, konnten sie den Schneeflocken nicht entkommen. Sie nahmen die Trockenfrüchte heraus, die ihnen noch geblieben waren, und beschlossen, die Hälfte davon zu essen. Dann öffneten sie die Feldflasche, und das mit Eisstücken durchsetzte Wasser brannte in ihren Kehlen. Sie sahen sich erschöpft an. Sie durften nicht aufgeben.

Harold konzentrierte sich auf die Rauchfahne, doch im Schneetreiben war es beinahe unmöglich, irgendetwas zu erkennen. Das Tageslicht ließ immer mehr nach, und nach ein paar Momenten der Panik, in denen er glaubte, die Rauchsäule verloren zu haben, entdeckte er sie wieder. Da war sie, nicht einmal einen Kilometer von ihnen entfernt!

WEG OHNE WIEDERKEHR

Harold wurde von einer Euphorie ergriffen, die wie ein Feuer durch seinen Körper loderte, seine erschöpften Muskeln neu belebte und ihm wieder Hoffnung gab. Mary Rose spürte die Schmerzen im Knie beinahe nicht mehr; sie war voll darauf konzentriert, so schnell wie möglich durch den Schneesturm voranzukommen, der den Hang hinunterfegte. Eine Windböe riss die Decke von Harolds Schultern, was ihn jedoch nicht innehalten ließ; seine Schritte folgten unbeirrt nur einer Richtung, der des Rauchs.

Um sie herum wurden die Felsen höher, hinter deren schroffen Silhouetten die diffuse Spur, der sie folgten, verschwand. Harold konnte zwischen den Schneeflocken, die ihn unentwegt im Gesicht trafen, kaum noch etwas sehen, doch er hatte keinen Zweifel, dass sie in die richtige Richtung gingen. Er wusste, dass sich die Rauchsäule hinter den letzten Felsen befand, die sie gerade umrundeten.

Und dann sahen sie sie. Die dünne Rauchfahne, der sie so viele Stunden über gefolgt waren, war nur noch wenige Hundert Meter von ihnen entfernt.

Harold nahm Mary Rose am Arm, und sie gingen noch ein wenig schneller. In den herumwirbelnden Schneeflocken und dem abnehmenden Licht war es schwer, etwas erkennen. Sie riefen laut, um auf sich aufmerksam zu machen, doch der Wind trug ihre Schreie mit sich fort.

Schließlich gelangte Harold an den Kreis aus Steinen, der die Feuerstelle abgrenzte und die sterbende Glut eines Feuers umschloss. Er sah ich um und spürte Verwirrung und Panik in sich aufsteigen. Wo waren die Menschen, die das Feuer entfacht hatten?

»Hallo?«, schrie er in das Schneetreiben. »Ist jemand hier?«

Eine Windböe erstickte Harolds Schrei und löschte die letzte Glut, die rot im Schnee leuchtete.

Mary Rose entfernte sich ein paar Schritte von der Feuerstelle und ging zu einem Steinvorsprung hinüber, in der Hoffnung, dort jemanden ausmachen zu können, doch unter dem Felsdach entdeckte sie nur eine halb unter dem Schnee begrabene Decke. Alles um sie herum war von Schnee bedeckt, einem wütenden Schnee, der ihr unaufhörlich ins Gesicht schneite und in ihren Ohren brauste. Auf einmal wurde ihr schwindelig in all dieser weißen Dunkelheit. Ihre Knie wurden weich, ihre Beine konnten ihr Gewicht nicht länger tragen.

»Wir sind zu spät«, brachte sie noch heraus, bevor sie zusammensank.

Vor Schmerz und Verzweiflung schrie sie noch einmal auf, während Harold über die Schneehügel zu ihr herüberstolperte. Er fiel auf die Knie und zog sie an sich und umarmte sie fest, während die Tränen aus seinen Augen liefen.

»Hallo? Ist hier jemand? Bitte! Wir brauchen Hilfe!«, rief er so laut er konnte. Doch dann schüttelte ihn ein weiterer Hustenanfall, der seine Brust zu zerreißen schien.

»Das war keine gute Idee«, murmelte er vor sich hin. »Ich weiß nicht, warum ich unbedingt das Haus verlassen musste.«

Harold versuchte Mary Rose aufzurichten, doch keiner von ihnen konnte sich länger als ein paar Sekunden auf den Beinen halten. Schwerfällig half Harold seiner Frau, sich unter dem Felsvorsprung zusammenzukauern, und beide verkrochen sich zwischen den kalten Felswänden. Harold ließ sich neben Mary Rose fallen; er war so erschöpft, dass er das Gewicht der Vorwürfe, die er sich machte, nicht mehr tragen konnte. Er hatte sich geschworen, nie wieder jemanden durch sein unverantwortliches Handeln in Gefahr zu bringen, und nun wurde ihm bewusst, dass er den gleichen Fehler wie damals gemacht hatte.

Ihre Expedition war gescheitert. Sie hatten all die Kilometer über das Eis und den Schnee zurückgelegt, um ein verlassenes Lager zu erreichen, und waren zu erschöpft, um zu ihrem Haus zurückzukehren. Harold blickte in den Himmel und sah, wie sich über ihnen die Dunkelheit zusammenzog. Er konnte nichts mehr tun. Er ließ sich entkräftet zurücksinken und bemerkte die zurückgelassene Decke, die unter einer Schneewehe auf dem Boden lag, und als er daran zog, erklang ein Quieken. Mary Rose öffnete die Augen, obwohl sie kaum noch wahrnahm, was um sie herum geschah. Harold zog erneut an der Decke und befreite sie aus dem Schnee. Er zog sie zu sich herüber und entdeckte darin den zusammengerollten Körper einer Baby-Robbe. Das Tier richtete sich mühsam auf und heulte kläglich. Es hatte einen schwarzen Fleck am Auge, und am Bauch zeichnete sich eine rötliche Wunde ab. Es war die kleine Robbe, die vor dem Eisbären geflohen war. Harold und Mary Rose bewegten sich kaum, als die Robbe über den Schnee watschelte und sich unter die Decke flüchten wollte, die auf Harolds Schoß lag.

»Hau ab!«, rief er und stieß sie weg.

Doch die Robbe kam zurück und rollte sich unter der Decke zusammen. Harold merkte, wie sehr ihr kleiner Körper zitterte, und plötzlich empfand er Mitleid und brachte es nicht mehr übers Herz, das Tier erneut von sich zu stoßen. Mary Rose sah ihn mit glasigem Blick an und schloss dann lächelnd die schweren Lider. Harold erschreckte sich, als er das bleiche Gesicht und die blauen Lippen seiner Frau sah. Er schüttelte sämtliche

Kleidung aus den Rucksäcken, breitete sie ungeschickt über ihr aus und schmiegte sich an sie. Er spürte, wie ihr Körper schwer gegen den seinen sank, und wurde von panischer Angst erfasst. Er rüttelte an Mary Rose, um sie zu wecken, doch sie bewegte sich nicht und hielt die Augen geschlossen. Harold versuchte zu rufen, doch er bekam keinen Ton mehr heraus. Sein Körper wurde von einer schweren, bitteren Müdigkeit ergriffen. Er schloss die Augen und gab sich geschlagen. Er hatte versagt, genau wie damals. Die schwarze Schuld, die sich über Jahre in seinem Inneren angesammelt hatte, breitete sich nun wie Gift in ihm aus und erstickte ihn in der Gewissheit, dass er sterben würde, ohne Mary Rose all das gesagt zu haben, was er ihr wirklich sagen wollte. Er dachte an all die Fehler, die er im Laufe seines Lebens gemacht hatte, und fühlte die Reue wie einen Schmerz.

Und schließlich hörte die Kälte auf, ihn zu quälen, und er spürte, wie das warme, helle Sonnenlicht des Nachmittags sein Gesicht streichelte. Mary Rose und Dylan neben sich, stand er auf dem frisch lackierten Deck ihres Schiffes und beobachtete schweigend, wie dieses Licht für immer in der unergründlichen Tiefe des Meeres versank.

EIN SCHIFF OHNE NAMEN

Harold spürte seinen schweren, nassen und beinahe leblosen Körper. Sosehr er sich auch bemühte, gelang es ihm nicht, die Augen zu öffnen oder seine Hände und Füße zu bewegen. Er nahm nur noch ein Gewirr an Geräuschen wahr, das sich mit dem Brausen der Wellen mischte. Die Lebensgeister verließen ihn, während er die Kälte immer weniger empfand. Sein Körper schien zu schweben. Dann sah er ein Gesicht vor sich.

»Dylan?«, flüsterte er.

Als er den Namen seines Sohnes aussprach, spürte er erneut, wie die Welle seitlich gegen das kleine Boot krachte, und die Trägheit seines Körpers, als er ins Wasser fiel. Wieder sah er Dylans Gesicht vor sich, das von dem warmen Licht erhellt wurde, während er ihm ruhig und voller Vertrauen in die Augen sah. Bevor eine Sekunde später seine ganze Welt von einer eisigen Schwärze bedeckt wurde.

Plötzlich tauchte wirres kastanienfarbenes Haar vor ihm auf und er sah in ein Paar gerötete grüne Augen, die durch ihn hindurchblickten. Er erkannte seine Frau, doch ihr Blick hatte nichts Lebendiges mehr. Es war ein leerer, toter Blick, der am unendlichen Schmerz erstickt war.

Das Bild verschwamm wieder vor seinen Augen, doch der Schmerz blieb umso klarer in seiner Brust zurück. Immer deutlicher spürte er jetzt die Bewegung seiner Arme beim Gehen, das feuchte Gras unter seinen Füßen. Gleichgültig streifte er die bräunlichen Blätter der Weinstöcke, die um ihn herum verwelkten und bei der kleinsten Berührung zu Boden fielen. Die Meeresbrise brachte eisige Tropfen mit sich, die auf seinen Körper trafen, ohne dass es ihn störte. Denn die Kälte war das Einzige, was er noch fühlte und was ihm sagte, dass er noch am Leben war.

Am grünen Rand der Klippe blieb er stehen. Dies war die Grenze zwischen Land und Meer, der Abgrund zwischen Leben und Tod. Angewidert hob er den Blick. Er sah das seelenlose Meer, das sich vor ihm erstreckte.

»Ich hasse dich!«, schrie er zornig.

Dann richtete er den Blick auf die alte Werft. Ein hoher Mast ragte aus dem zerfallenden Gebäude heraus, der Mast des Schiffes, dem zum Auslaufen nur noch der Name fehlte. Harold merkte, wie Übelkeit in ihm aufstieg, und er musste sich auf die modrige, mit totem Weinlaub bedeckte Erde setzen. Er streckte sich aus, schloss die Augen und wünschte, die verrottete Erde würde ihn verschlingen.

Die Wärme der Sonne weckte ihn. Als er jetzt die Augen öffnete, sah er, wie das Licht durch das verwitterte Holz des Werftgebäudes schien. Vor ihm erhob sich das unfertige Schiff, und der Schmerz durchzog seine Brust. Der Hammer und die Nägel lagen noch genauso da, wie er sie zurückgelassen hatte, genau wie die aufgestapelten Bretter und die Dosen mit dem Teer. Alles war mit einer feinen grauen Staubschicht bedeckt, die den Ort wie in der Zeit eingefroren erscheinen ließ, einbalsamiert, zu einer leeren, künstlichen Kopie dessen geworden, was es gewesen war. Die Freude, die Begeisterung, die Hoffnung eines Traums waren verschwunden. Diese Holzbretter dienten nur noch dazu, ihn zu foltern und ihn an das zu erinnern, was sie verloren hatten.

Er hörte ein Knarren, doch als er sich umdrehte, merkte er, dass er sich nicht mehr in der Werft befand, sondern in der kleinen Mietwohnung in San Remo. In der Tür erschien ein Mann mit dunklem, zurückgekämmtem Haar, der ihn düster und mit einer gewissen Genugtuung ansah.

»Das kann so nicht weitergehen«, sagte der Mann gereizt. »Wenn ihr die Miete nicht zahlt, muss ich euch rausschmeißen.«

»Das kannst du uns nicht antun!«, hörte Harold sich flüstern.

»Diese Wohnung gehört mir, und ich kann tun, was ich will!«, murmelte der Mann zwischen seinen hervorstehenden Zähnen hindurch.

»Wir brauchen nur noch etwas Zeit.«

»Versteh mich nicht falsch«, sagte der Mann. »Ich weiß, was ihr durchmacht, aber die Leute fangen an zu reden. Du verstehst schon ... Diese verrückte Idee, ein Schiff zu bauen, die Insel zu verlassen und um die Welt zu fahren! Das konnte doch sowieso nicht gut gehen! Ein solches Leben ist nichts für Leute wie dich und mich. Also bring das Gerede zum Schweigen, such dir eine Arbeit und bezahl deine Schulden! Und vergiss ein für alle Mal diese Spinnereien!«

Harold seufzte. Nachdem der Vermieter gegangen war, trat er ans Fenster und blickte zum Todesfelsen hinüber, der herausfordernd jedem Angriff des tobenden Meeres trotzte. Dieses schroffe Stückchen Land da oben war das Einzige, was er von seiner Familie geerbt hatte. Doch er wusste, dass es mit seinen verdorrten Weinstöcken zu weit vom Ort entfernt lag, als dass jemand es hätte kaufen wollen. Das Bild vor seinen Augen verschwamm, doch plötzlich war Harold klar, was er tun musste.

Aus den Tränen wurde Schweiß. Schweiß, der ihm den nackten Rücken hinunterlief. Als er nach oben schaute, zeichnete sich in der Mittagssonne der Rohbau eines halb fertigen Hauses ab. Die dicken Balken, die einmal den Rumpf des Schiffes zusammenhielten, dienten nun als Dachpfosten. Die Planken, aus denen das Deck bestand, bedeckten nun die Böden. Die Reling war zum Treppengeländer geworden, und der Hauptmast, der sich auf dem Schiff so stolz nach oben gereckt hatte, war nun der Pfeiler, der das ganze Haus durchlief und es zusammenhielt.

Harold legte den Hammer auf einem Stapel Bretter ab und ging zum Rand des Felsens hinüber. Das Haus war von einem Teppich aus violetten und pinkfarbenen Hortensien umringt, die Mary Rose überall im Garten gepflanzt hatte und die allmählich die verdrehten knorrigen Weinstöcke verdrängten. Als Harold schließlich am Abgrund stand, spürte er die leichte Brise, die vom Meer herüberwehte und seinen Schweiß trocknete. Mit einem gewissen Groll sah er zu den Häusern hinunter, die sich am Hafen dicht zusammendrängten. Dann streifte sein Blick kurz die alte Werft und richtete sich anschließend auf das weite Meer, das sich vor ihm erstreckte. Ein weißer Fleck fiel ihm ins Auge. Es war ein Schiff, auf dem langsam die Segel gehisst wurden, um es in den Wind zu drehen und sich von der Insel zu entfernen. Es war ein winziger Punkt auf einer unendlichen Fläche. Er stellte sich seine Familie auf diesem Boot vor, wie sie zu dritt an Deck standen, aufgeregt, und mit einem bisschen Heimweh auf die Insel zurückblickten, die immer kleiner wurde, während sie von der Vorfreude erfüllt waren, endlich ihren Traum wahrzumachen und die Welt zu sehen, die nun wie ein wunderbares Versprechen vor ihnen lag.

Harold schaute noch eine Weile dem Boot nach, das nun volle Fahrt aufnahm, während sich seine Segel unternehmungslustig im Wind blähten. Er wandte sich wieder dem Haus zu und fragte sich, ob der Preis, den sie bezahlt hatten, indem sie ihre Träume begruben, nicht zu hoch gewesen war. Und dann versank alles um ihn herum in blendendem Weiß.

DIE BEGEGNUNG

Harolds Augen gewöhnten sich erst allmählich an die extreme Helligkeit. Er machte einen weißlichen Flecken aus, der sich über ihm bewegte. Er wusste nicht, wo er sich befand, da er meinte, immer noch auf der Klippe zu stehen, während sein Körper ihm etwas anderes sagte. Er spürte einen stechenden, bohrenden Schmerz in den Schläfen. Sein Atem ging rasselnd, und er brachte kaum die Kraft auf zu blinzeln. Nach und nach erinnerte er sich an die Kälte, den Schnee, den Wind, der durch seine Kleidung gedrungen war, und er fragte sich, ob er vielleicht tot war.

Langsam drehte er den Kopf zur Seite. Er brauchte ein paar Sekunden, um zu erfassen, dass es Mary Rose war, die neben ihm lag. Ihr Gesicht war ganz eingefallen, und die kleine Nase ragte spitz heraus, ihre Lippen waren so blutleer wie ihre Haut. Harold konnte nicht erkennen, ob sie überhaupt noch atmete, und die Angst verlieh ihm die nötige Kraft, um an seiner Frau zu rütteln.

»Rose … Rosy …«

Sofort wurde er von einem Hustenanfall geschüttelt, und ein heftiges Brennen breitete sich in seiner Brust aus. Mary Rose öffnete die Augen und setzte sich benommen auf. Voller Angst blickte sie um sich, als wisse sie nicht, ob das, was sie sah, die Wirklichkeit oder Teil eines Traums war.

Harold rutschte näher an seine Frau heran. Sie sah ihn an, als wäre er ein Gespenst.

»Wo sind wir hier?«, fragte sie verwirrt.

Sie drehten die Köpfe und blickten sich um. Dicht über ihnen befand sich eine schmutzige weiße Plane, die an vielen Stellen geflickt war und sich im Wind bewegte. An ihren vier Enden erhoben sich vier dicke Holzpfähle, die in einer Mauer aus Eis und Schnee steckten, die sie an drei Seiten etwa einen halben Meter hoch umgab. Der Boden war kalt, doch ein paar grobe Bretter, die sich anfühlten wie Sperrholz, schützten sie vor dem Schnee. Harold und Mary Rose fiel der intensive Tiergeruch auf, der die Luft erfüllte und von den dicken Fellen ausging, auf denen sie lagen. Harold sah sich nach ihren Rucksäcken um, doch zwischen den schweren Decken war nichts außer ihren Mänteln und den Stiefeln zu entdecken.

Sie fühlten sich unglaublich schwach und waren doch erleichtert, sich an einem einigermaßen vor der Kälte, dem Wind und dem Schnee geschützten Ort zu befinden. Und auch wenn sie nicht wussten, wo sie waren oder wer sie hierhergebracht hatte, spürten sie, dass sie ihrem Ziel, auf die Insel zurückzukehren, noch nie so nah gewesen waren.

»Ich habe gedacht, das Ende wäre gekommen«, sagte Mary Rose mit zitternder Stimme.

»Zum Glück war das ein Irrtum«, murmelte Harold, dem das Atmen schwerfiel.

Mary Rose versuchte zu lächeln, doch ihre Gesichtsmuskeln brachten nur eine verzerrte Grimasse zustande. Harold hob mit Mühe seinen Arm und legte ihn um den Körper seiner Frau. So verharrten sie lange, zu müde, um etwas anderes zu tun, als sich gegenseitig festzuhalten und weiter zu atmen. Dann hörten sie ein Knirschen im Schnee.

»Was war das?«, flüsterte Mary Rose.

Die Grapes wandten sich auf den Fellen, auf denen sie lagen, ängstlich um und richteten den Blick auf die abgenutzte Plane, die sie umgab. Schließlich hörte das Knirschen auf.

Harold wollte gerade etwas sagen, als es erneut knirschte. Mary Rose sah ihren Mann aufgeregt an, was diesem jedoch nicht auffiel, da er den Blick nicht von der Plane abwandte und angestrengt nach draußen lauschte. Inzwischen knirschte der Schnee direkt vor ihnen, und als Mary Rose einen Schatten sah, der sich auf der alten Plane abzeichnete, krallte sie ihre Finger in Harolds Arm. Dann wurde die durchscheinende Plane mit einem Ruck angehoben.

Sie saßen da wie gelähmt. Mary Rose öffnete den Mund zu einem Schrei, doch es kam vor Schreck kein Ton heraus.

Vor ihnen erhob sich eine Gestalt. Es war der erste Mensch, den das Ehepaar Grape sah, seit ihr Haus von der Klippe gestürzt und wochenlang übers Meer getrieben war. Auf einmal hatten sie das Gefühl, ihr ganzes Leben lang ziellos und allein auf dem Wasser umhergetrieben zu sein.

Doch als sie jetzt nach dieser Ewigkeit die erste menschliche Gestalt sahen, überflutete sie ein warmes Gefühl von Nähe und Vertrautheit. Harold und Mary Rose konnten den Blick nicht von dem gebräunten, wettergegerbten Gesicht des Mannes abwenden, der jetzt vor der Plane stehen blieb. Mary Rose atmete tief ein und langsam wieder aus. Allmählich ließ der Druck nach, mit dem sie Harold umklammert hielt, und ihr Herz begann wieder normal zu schlagen.

»Wer …?«, stammelte Harold. »Wer bist du?«

Der Mann zog sich langsam die Kapuze seines dunklen Fellmantels vom Kopf, sodass seine markanten Gesichtszüge voll zu sehen waren. Seine Augen waren nur zwei Schlitze, aus denen er sie ungerührt ansah. Er antwortete nicht.

Mary Rose spürte, dass ihr Herz wieder schneller schlug.

»Wo sind wir hier?«, fragte sie mit rauer Stimme.

Eine Windböe wehte durch die Öffnung herein und brachte ein paar wirbelnde Schneeflocken mit in das kleine Zelt. Harold begann heftig zu husten, was den Mann völlig kaltzulassen schien. Er sah sie ohne irgendeine Regung vom Eingang aus an, während Mary Rose Harold stützte, der sich bemühte, den Hustenanfall zu überwinden.

Schließlich war die Attacke vorüber. Harold fühlte sich erschöpft, und in seiner Brust brannte der Schmerz, doch das brachte ihn nicht davon ab, herausfinden zu wollen, wo sie sich befanden.

»Sie sind derjenige, der uns gerettet hat, richtig?«, fragte er mit heiserer Stimme.

Der Mann schwieg weiter.

»Sie ahnen ja nicht, wie dankbar wir Ihnen sind«, fuhr Harold in der Hoffnung fort, ihm ein Lächeln entlocken zu können. »Wir sind lange Zeit hilflos übers Meer getrieben und brauchen Hilfe, um nach Hause zu …«

Er hustete erneut.

Mary Rose sah den Mann flehend an.

»Können Sie uns helfen, nach Hause zurückzukehren?«, murmelte sie, ohne den Blick abzuwenden.

»Ich glaube, dass …«, versuchte Harold zwischen zwei Hustenanfällen zu sagen, »… er uns nicht versteht.«

Mary Rose wandte sich wieder dem Mann zu und entdeckte etwas in seinem eisigen Blick, was sie nicht beschreiben konnte. Plötzlich machte der Mann Anstalten, etwas hervorzuholen, was er hinter seinem Rücken verborgen hielt. Harold und Mary Rose fühlten sich bedroht und zuckten instinktiv zurück. Diese Reaktion schien dem Mann nicht zu gefallen. Seine dichten schwarzen Brauen zogen sich zusammen, und er begann in einer fremden Sprache auf sie einzuschreien. Das Ehepaar Grape verstand nichts von dem, was er sagte. Sosehr sie sich auch bemühten, konnten sie keines seiner Worte entschlüsseln. Mary Rose spürte, dass ihr Herz immer schneller schlug, und die Erleichterung, die sie bis dahin empfunden hatte, wich der Angst.

Endlich schwieg der Mann, warf ihnen einen letzten missbilligenden Blick zu, nahm verächtlich das, was er bisher verborgen gehalten hatte, und stellte es schlecht gelaunt neben Harolds Füße. Es war etwas zu essen, eine graue Pampe, und eine Schale mit Wasser. Der Mann ließ den Grapes keine Zeit zu reagieren. Er hatte sich bereits halb umgedreht und die Öffnung in der Plane mit einem Ruck geschlossen. Einen Moment später verloren sich seine Schritte im Schnee, und in dem kleinen Zelt war es still. Mary Rose zitterte, allerdings nicht wegen der Kälte, die in das enge Zelt eingedrungen war, sondern weil sie sich so verloren fühlte. Schließlich brach sie in Tränen aus.

Harold schlang die schmerzenden Arme um seine Frau und hielt sie fest, bis sie nach und nach aufhörte zu zittern.

Ein fauliger Geruch erfüllte den kleinen Raum, in den man sie verbannt hatte. Harold blickte auf das Essen, das der Mann ihnen dagelassen hatte. Der seltsame Geruch schien von dort zu kommen. Er nahm es und betrachtete die modrige, unförmige Masse, woraufhin sein Mut noch tiefer sank.

Allerdings wusste er, dass ihre Mägen so leer waren, dass sie es sich nicht erlauben konnten, die Gelegenheit, sie zu füllen, nicht zu nutzen. Also versuchten beide, den Geruch nach Erbrochenem zu ignorieren, und aßen das seltsame Essen auf, bis der Teller so gut wie leer war. Das Wasser sorgte dafür, dass der schlechte Geschmack in ihrem Mund nicht mehr ganz so schlimm war, wobei sie wussten, dass dieser nicht nur von dem Essen kam. Harolds Brust brannte wie Feuer, und er versuchte, den Hustenreiz zu unterdrücken.

»Alles wird gut werden«, sagte er mit einem eindringlichen Blick in die Augen seiner Frau, in der Hoffnung, ihr ein wenig Mut zusprechen zu können.

Doch dann begann er erneut zu husten. Es dauerte mehrere Minuten, bis er sich wieder beruhigt hatte, und anschließend wütete der Schmerz noch heftiger in seiner Brust. Harold ließ sich wieder auf die Felle sinken. Er war erschöpft, und seine Augen brannten so heftig, dass er sie kaum noch offen halten konnte. Mary Rose sah ihn besorgt an und legte sich neben ihn. Sie schlang einen Arm um Harolds Mitte und konzentrierte sich darauf, die schmerzhaften Stiche in ihrem Knie auszublenden. Der Geruch des Essens hatte sich mit dem der Felle vermischt, und der Wind zerrte unaufhörlich an der abgenutzten Plane über ihren Köpfen.

Trotz aller unbeantworteten Fragen und wirren Gedanken, die ihnen durch den Kopf schossen, schliefen die Grapes schließlich ein.

IRGENDWO AM ENDE DER WELT

Das Geräusch der Plastikplane, die vom Wind hin und her gezerrt wurde, weckte Harold auf. Er hatte keine Ahnung, wie lange er geschlafen hatte, aber das Zelt war erfüllt von rötlichem Dämmerlicht. Als er sich aufrichtete, fühlte sich sein ganzer Körper taub an, doch der Schmerz in seiner Brust hatte nachgelassen. Plötzlich verspürte er den heftigen Drang zu pinkeln. Dafür würde er das Zelt verlassen müssen, aber er traute sich nicht so recht. Draußen pfiff der eisige Wind, der immer wieder an der Plane riss. Hin und wieder drangen Schneeflocken herein. Besorgt stelle Harold fest, dass einer der vier Pfähle, die das Zelt hielten, wankte; er konnte sich eh nicht erklären, wieso diese improvisierte Konstruktion nicht schon längst zusammengefallen war. Vorsichtig, um Mary Rose nicht zu wecken, schob er sich über die Felle zu der Stelle hinüber, wo der Mann die Plane geöffnet hatte. Harolds Beine waren so steif, dass er Schwierigkeiten hatte zu gehen. Als er an die Öffnung kam, war er so erschöpft, als hätte er einen langen Marsch hinter sich. Er schob die Plane ein wenig zur Seite und spürte eine eisige Brise, die ihn erschaudern ließ.

Seine Blase drückte, und er merkte, wie ihm der kalte Schweiß über die Stirn rann. Angespannt lauschte er nach draußen, doch da schien niemand zu sein. Ein erneutes Stechen in der Blase machte ihm klar, dass er nicht länger warten konnte. Er musste sich nach draußen wagen.

Also öffnete er die Plane, wobei er sich bemühte, möglichst kein Geräusch zu machen, doch das raue, steife Plastik knatterte bei jeder Bewegung. Harold wandte sich um und sah, dass Mary Rose sich kurz bewegte, jedoch weiterhin tief und ruhig atmete.

Er schob die Plane noch weiter zur Seite, und ein paar Schneeflocken wirbelten ins Zelt. Sofort wurde es kalt, und Mary Rose schreckte auf.

»Harold?«, murmelte sie schlaftrunken.

Harold ließ die Plane los, und die Plastikwand schloss sich wieder.

»Ich muss kurz raus auf die Toilette.«

Mary Rose richtete sich mühsam auf. Ihr Haar sah aus wie ein Vogelnest, das ihr in den Nacken gerutscht war, und ihre Augen waren so geschwollen, dass Harold kaum das Grün ihrer Iris sehen konnte.

»Es ist zu kalt, um rauszugehen«, sagte sie mit schwerer, dunkler Stimme

»Es dauert nur einen Moment.«

Harold machte sich erneut daran, die Plane zu öffnen.

»Und was ist mit diesem Mann?«, fragte Mary Rose und hielt ihn am Arm zurück. »Da war etwas Seltsames in seinem Blick, findest du nicht?«

Die Schneeflocken wehten durch den halb geöffneten Ausgang herein und ließen ihre malträtierten Körper erneut erschaudern.

»Rose, glaubst du, er hätte uns gerettet, wenn er böse Absichten hätte?«

Mary Rose sah ihren Mann zweifelnd an, dann nickte sie zögernd. Harold war sich selbst nicht ganz sicher, was er von dem Mann im Fellmantel halten sollte, aber sie hatten keine andere Wahl, als an das Gute zu glauben.

Entschlossen schlug er die Plane zurück. Als er den Kopf hinausstreckte, blies ihm eine Windböe winzige spitze Eispartikel entgegen, und er zuckte einen Moment zurück.

»Siehst du etwas?«, fragte Mary Rose hinter ihm.

Harold antwortete nicht. Es sah so aus, als wären sie allein an diesem gottverlassenen Ort. Als seine Blase sich erneut meldete, nahm er all seine Kraft zusammen, richtete sich auf und trat nach draußen. Einen Moment lang hielt er sich auf den Beinen, doch dann fegte der Wind über die Ebene, und er fiel auf die Knie.

»Harold!«, schrie Mary Rose.

Sie stolperte hinter ihm her, doch der Schmerz in ihrem Knie flammte erneut auf und ließ sie neben ihrem Mann in den Schnee sinken. Sie biss die Zähne zusammen, um einen Schmerzensschrei zu unterdrücken. Dann starrte auch sie auf die unwirtliche Ebene, die vor ihnen lag. Dort war nichts. Nichts als viele Kilometer kompaktes Eis, das sich bis zum gefrorenen Meer hin erstreckte.

Harold merkte wie ihm schwindelte, den Druck in seinem Unterleib spürte er kaum noch. Er verstand überhaupt nichts mehr.

»Wo ist denn jetzt dieser Mann?«, fragte Mary Rose, den Blick in die Ferne gerichtet.

Harold sah sie entgeistert an, verwirrt von der Frage und erschreckt von der Antwort.

»Ich glaube, er hat uns zurückgelassen.«

NACH DEM WIND

Wie zwei hölzerne Marionetten erhoben sich Harold und Mary Rose aus der dicken Schneeschicht, in der sie versunken waren. Der Wind jagte über die glatte, öde und menschenleere Fläche, die alles war, was vor ihnen lag. Nur mit größter Anstrengung konnten sie sich auf den Beinen halten. Das Einzige, was sie spürten, war die Kälte, die immer tiefer in sie eindrang und sogar ihre Worte und Gedanken einfror. Stumm ließen sie ihre Blicke über die Ebene schweifen, in der Hoffnung, dass doch noch irgendetwas die monotone Einsamkeit durchbrach. Doch da war nichts, nur Weiß auf Weiß. Mary Rose klammerte sich an Harolds Arm und machte einen Schritt nach vorn, um auch die Landschaft in ihrem Rücken zu betrachten. Als sie sich umdrehten, blies der Wind ihnen einen Schwall Eispartikel ins Gesicht, als wäre es sein einziges Ziel, sie und ihre erbärmliche Unterkunft fortzureißen. Mary Rose schloss die Augen. Jedes einzelne ihrer zerzausten grauen Haars schien zu gefrieren, und der Schnee um sie herum war wie eine Wand aus weißem Rauch.

»Warum hat er uns dann das Leben gerettet?«, fragte Mary Rose, und ihre Lippen waren ganz blau.

Harold zerriss es fast das Herz. Er umarmte seine Frau, ohne zu wissen, was er ihr antworten sollte. Es gab keine Antwort.

»Gehen wir wieder rein«, meinte er schließlich und hielt Mary Rose mit aller Kraft fest, damit sie nicht das Gleichgewicht verlor und auf das Zelt fiel.

Harold bückte sich und schlug die Plane am Eingang zur Seite. Mary Rose blickte sich kurz noch einmal um und meinte etwas zu sehen. Nur für einen Augenblick, in dem der Wind kurz nachließ und der Schnee sich legte.

»Harold!«, rief sie. »Da ist etwas!«

Harold richtete sich wieder auf und stellte sich neben Mary Rose. Doch die Minuten vergingen, und er sah nichts.

»Ich bin sicher, dass da etwas war«, wiederholte seine Frau, ohne den Blick von den Schneewehen zu nehmen, die immer wieder ihre Form veränderten.

»Das hast du dir sicher nur …«

Harold konnte seinen Satz nicht beenden, da ihn ein heftiger Hustenanfall überkam. Mary Rose hielt ihn mit aller Kraft fest und zog ihn an sich, bis er sich wieder beruhigte. Dann ließ der Wind plötzlich nach, und sie hoben langsam den Blick und sahen sich um.

Ein leuchtender rosafarbener Lichtstrahl drang durch die sinkenden Schneewolken und überzog die ganze Ebene mit einem rosafarbenen Schimmer. In der Ferne erregte ein vollkommener Kreis roten Lichts ihre Aufmerksamkeit. Es war die Sonne.

Plötzlich konnten die Grapes das warme Morgenlicht auf ihrer Haut spüren, und mit der Schneeschicht auf ihren Kleidern und Haaren schien auch die Verzweiflung zu schmelzen. Es war, als hätten sie endlich einen Leuchtturm erblickt, nachdem sie viele Nächte hilflos einem Unwetter ausgesetzt gewesen waren. Der Nebel lichtete sich, und vor dem intensiven roten Sonnenlicht hob sich eine Anzahl kleiner Wohnstätten ab, die wie Hölzer im Schnee lagen.

ISOLIERT

»Wo sind wir?«, fragte Mary Rose leise.

Harold wusste nicht, wie oft sie sich diese Frage schon gestellt hatten, seit sie aus San Remo fortgerissen worden waren, was er jedoch mit Sicherheit sagen konnte, war, dass die Antwort jedes Mal eine andere gewesen wäre, wenn sie sie denn gewusst hätten.

Was dagegen offensichtlich war, war, dass sie nicht allein waren. Ihre Unterkunft war, wenn sie auch ein wenig außerhalb lag, nur eine von vielen, die in dieser Ödnis errichtet worden waren. Die Zelte schmiegten sich aneinander, als ob sie sich auf diese Weise vor der Kälte schützen wollten, und unter der dicken Schneeschicht, die sie bedeckte, waren sie kaum zu sehen. Ein Sonnenstrahl fiel auf die Grapes. Harold legte seine Hand über die Augen, um weiterhin jene menschlichen Behausungen zu betrachten, als seine Blase sich mit einen Stechen zurückmeldete.

»Jetzt muss sich aber wirklich«, sagte er und entfernte sich ein paar Schritte von Mary Rose.

Ein leichtes Lächeln huschte über ihr Gesicht. Nicht nur angesichts des ungewöhnlichen Bildes ihres Mannes, der inmitten des Nichts nach Intimität suchte, sondern auch, weil sie endlich nicht mehr allein waren. Und auch wenn sie noch nichts über die Menschen, die hier lebten, wussten, hatte sie doch die Hoffnung, dass sie nun einen Weg finden würden, nach Hause zurückzukehren.

Kurz darauf kehrte Harold stolpernd und hustend an ihre Seite zurück.

»Gehen wir wieder rein«, sagte Mary Rose.

»Was?!«, brachte Harold zwischen zwei Hustenanfällen hervor. »Nein. Wir sollten rübergehen und sehen, wer dort wohnt.«

Mary Rose blickte zu den Zelten hinüber, wo keine Regung auszumachen war; alles schien unter der dicken Schneeschicht verborgen.

Das Geschrei des Mannes in ihrem Zelt kam ihr in den Sinn, und sie erschauderte bis ins tiefste Innere.

»Ich glaube nicht, dass das eine gute Idee ist, Harold. Wir sollten lieber warten, dass sie zu uns kommen.« Sie klang besorgt und Harold war sich einen Moment auch nicht so sicher, wie diese Fremden sie empfangen würden.

»Es macht keinen Sinn, noch länger zu warten«, sagte er dann. »Wir sollten unbedingt in Erfahrung bringen, ob diese Leute uns helfen können, Rose. Oder willst du nicht nach Hause zurück?«

»Wir wissen doch gar nichts über sie«, entgegnete seine Frau. »Das Beste, was wir tun können, ist, uns drinnen noch etwas auszuruhen.«

Harold runzelte die Brauen.

»Wenn du nicht mitkommen willst, kannst du hier auf mich warten, aber die einzige Möglichkeit, um herauszufinden, ob wir nach San Remo zurückkehren können, ist, mit diesen Menschen zu reden.«

Mary Rose starrte noch immer auf die im Schnee versteckten Behausungen. Sie seufzte und blickte Harold zweifelnd an. In einem hatte er sicher recht: Wenn sie nach Hause zurückwollten, mussten sie herausfinden, wo sie sich befanden, und um Hilfe bitten.

»In Ordnung«, sagte sie schließlich, wenn sie sich dessen auch nicht sicher war. »Aber wir schauen uns nur um. Bevor wir um Hilfe bitten, müssen wir erst etwas mehr über die Menschen wissen, die hier leben.«

Kurze Zeit später setzten sie sich mit ihren leuchtenden Gummistiefeln in Richtung der schneebedeckten Bauten in Bewegung. Mary Rose spürte, wie ihr Herz mit jedem Schritt schneller schlug. Sie hatte keine Ahnung, an welchem abgelegenen Ort der Welt sie sich befanden oder was für Menschen hier lebten. Genauso wenig wie sie hätte sagen können, ob das, was sie in den Augen jenes seltsamen Mannes gesehen hatte, Gastfreundschaft oder Feindschaft gewesen war. Dann hörte sie auf zu grübeln und konzentrierte sich auf ihre Schritte, um nicht das Gleichgewicht zu verlieren. Doch sie hatten gerade mal die Hälfte des Weges zurückgelegt, als sie bereits wieder stehen bleiben musste, um zu Atem zu kommen.

Harold trat auf sie zu und half ihr weiterzugehen, Schritt für Schritt, Meter für Meter. Mary Rose spürte einen Stich im Knie, doch sie ignorierte ihn und blickte konzentriert auf die Wohnstätten, die immer näher rückten.

Schließlich standen sie vor dem ersten Bau. Es war einer der kleinsten. Ein dunkler Punkt schwarzen Fells, der aus einem Schneehügel ragte. Sie schätzten, dass darin kaum ein einziger Mensch liegend Platz fand. Also gingen sie weiter, und die Wohnstätten wurden größer, einige sogar so groß, dass man darin herumlaufen konnte. Im Gegensatz zu der schmutzigen Plane ihres Zeltes waren diese robusten Holzgerüste mit Fellen unterschiedlichster Struktur und Farbe bedeckt. Es gab einige Unterkünfte, die so klein und niedrig wie die ihre waren und deren Holzgerüst lediglich aus drei langen Pfählen bestand, die wie bei Indianerzelten oben in der Mitte zusammengelegt waren; andere waren eher rund, und zwei ragten über all die anderen hinaus. Ihre Felldächer ruhten etwa zwei Mann hoch auf langen Pfählen, und sie waren so breit, dass sie eine ganze Familie beherbergen konnten.

Alle Zelte wiesen an vielen Stellen Flicken oder andere Ausbesserungen auf, bei einigen waren die Felle so abgenutzt, dass kaum noch Haar daran war. Die größten Zelte wurden zusätzlich durch stramm gespannte, im Schneeboden verankerte Seile stabilisiert. Dies erinnerte Harold an die Stahlseile, die er vor Jahren an ihrem Haus angebracht hatte.

Doch während Harold und Mary Rose zwischen den Zelten entlanggingen, fiel ihnen vor allem auf, dass nirgendwo ein Lebenszeichen zu entdecken war. Keine Stimme war zu hören, keine Schritte, kein brennendes Feuer war zu sehen. Das einzige wahrzunehmende Geräusch war das Quietschen ihrer Gummistiefel und das rhythmische Keuchen ihres Atems.

»Diese Stille gefällt mir gar nicht«, flüsterte Mary Rose mit unbehaglicher Miene.

Harold wollte gerade etwas darauf sagen, da spürte er einen heftigen Reiz in der Kehle, als krabbelten winzige Ameisen darin herum, und er begann so heftig so husten, dass Mary Rose erschreckt stehen blieb. Sie ging zu Harold hinüber und klopfte ihm auf den Rücken, in der Hoffnung, dass es ihm helfen würde.

»Ich habe dir ja gleich gesagt, dass es keine gute Idee ist, hierherzukommen, solange wir noch so angegriffen sind«, wisperte sie, während sie sich beunruhigt nach allen Seiten umsah.

Der Husten wollte nicht aufhören, und Harold musste sich auf seine Frau stützen, um nicht umzufallen.

»Besser, wir kehren wieder um«, flüsterte Mary Rose und legte Harold einen Arm um die Schultern.

Die Grapes machten sich auf den Rückweg, als sich in das Geräusch von Harolds Husten plötzlich ein Heulen mischte.

Sie blieben abrupt stehen, und ihre Nackenhaare sträubten sich.

»Was war das?«, murmelte Mary Rose entsetzt.

Hinter einem der Zelte schoss ein perlmuttgraues Wesen hervor und kam direkt auf sie zu. Mary Rose machte erschreckt einen Schritt zurück und stieß mit dem Absatz gegen die Verankerung einer der Wohnstätten. Harold versuchte, sie aufzufangen, dabei verlor er das Gleichgewicht, und sie fielen beide rücklings auf den Boden.

Mary Rose spürte ein heftiges Stechen im Knie, als sich plötzlich das gräuliche Bündel auf ihre halb mit Schnee bedeckten Körper stürzte.

»Nimm das Vieh weg, Harold!«, schrie Mary Rose voller Angst.

Harold richtete sich auf, so weit es ihm möglich war. Der Husten hatte aufgehört, und nun musste er sich zusammenreißen, um beim Anblick der Panik im Gesicht seiner Frau nicht zu lachen.

»Das ist nur eine kleine Robbe, Rose.«

Mit Harolds Hilfe stand Mary Rose auf und biss fest die Zähne zusammen, um nicht an den Schmerz zu denken, den sie erneut im Bein spürte. Sie sah zu Boden und betrachtete die kleine Robbe, die heulend zwischen ihren Füßen herumrutschte.

»Schhh, sei still!«, sagte Harold.

Doch das Tier dachte gar nicht daran, still zu sein, im Gegenteil: Es wirkte immer aufgeregter und heulte nur noch lauter.

»Lass uns gehen, Harold!«, sagte Mary Rose. »Bei dem Lärm, den wir hier veranstalten, wird jeden Moment jemand kommen.«

Harold jedoch starrte fasziniert auf das Tier, das unaufhörlich um sie herumrobbte.

»Das gibt's ja nicht«, sagte er. »Das ist die kleine Robbe.«

Mary Rose sah Harold verblüfft an. Sie war viel zu nervös, um so genau auf diese kleine Robbe zu achten, und erwartete jeden

Moment, dass ein Bewohner dieser Zelte auftauchen könnte. Doch schließlich blickte sie auf das Tierchen und entdeckte den schwarzen Flecken am rechten Auge sowie die blutverkrustete Wunde an der Seite.

»Na, so was! Es ist tatsächlich wieder diese kleine Robbe, die den Angriff des Eisbären überlebt hat«, wiederholte sie ungläubig.

»Und die auf meinen Schoß gekrochen ist, bevor wir das Bewusstsein verloren haben.«

Mary Rose dachte an den Moment, als sie sich in den Schnee gelegt hatten, sie beide allein, völlig erschöpft und sicher, dass dies das Ende wäre. Sie hatte das haarige hellgraue Fellknäuel neben sich bemerkt, jedoch nicht einmal mehr die Kraft gehabt, sich davor zu fürchten. Und dann war es dunkel um sie geworden.

Mary Rose richtete die Aufmerksamkeit wieder auf das kleine Tier, das wie eine Katze, die gestreichelt werden wollte, um ihre Gummistiefel herumstrich. Doch dann hörten sie Schritte im Schnee und fuhren hoch.

Harold und Mary Rose drehten sich um und blickten verblüfft auf das Mädchen, das vor ihnen stand. Die Kleine stand da wie gelähmt und starrte sie an. Genau wie der Mann, der ihnen das Essen gebracht hatte, hatte sie schmale Augen, doch in den ihren war nun Furcht zu lesen. Sie trug eine Kapuze aus weißem Fell, das sich von ihrer dunklen Haut deutlich abhob. Sie war in dicke Kleidung gehüllt, die aus den gleichen Fellen bestand wie die Wände der Wohnstätten, und hielt einen kleinen Korb in den Händen. Mary Rose schätzte, dass sie nicht älter als sechs Jahre sein konnte.

Die Grapes sahen sich an und wagten kaum, sich zu bewegen. Sie hatten keine Ahnung, was sie tun sollten.

»Hallo«, sagte Mary Rose schließlich und zwang sich zur Ruhe.

Das Mädchen riss die schmalen Augen auf. Es machte einen Schritt zurück, wobei der Korb aus seinen Händen rutschte, aus dem ein paar kleine silbrige Fische in den weichen Schnee fielen sowie eine einfache Holzangel, die, so klein, wie sie war, nur ein Spielzeug sein konnte. Als die Robbe die Fische sah, stürzte sie sich sofort darauf und schlang sie gierig hinunter. Mary Rose machte einen Schritt nach vorn und hob vorsichtig, damit ihr Knie nicht allzu sehr schmerzte, den Korb und die Angel auf.

»Wir wollen dir nichts tun«, sagte sie, woraufhin das Kind aufschrie und dorthin zurückfloh, woher es gekommen war. Mary Rose sah Harold ratlos an und ging dann der Kleinen hinterher.

»He! Warte doch!«, rief sie atemlos.

Mary Rose stapfte durch den Schnee voran, gefolgt von ihrem Mann. Nachdem sie um ein paar niedrige Fellzelte herumgegangen waren, kamen sie zu einem kleinen Platz, an dem eine der beiden größten Behausungen stand. Vorsichtig umrundeten sie das Zelt, wobei sie darauf achteten, nicht über die Seile zu stolpern, die die Holzkonstruktion stabilisierten. Sie folgten dem kleinen Mädchen, das immer noch ängstliche Schreie ausstieß, bis sie verwundert stehen blieben.

Dem Zelt gegenüber stand ein großer Schlitten, vor dem sich mehrere Hunde drängten, die jetzt aufgeregt zu bellen anfingen. Ein paar Einwohner sahen sie erschreckt an. Das kleine Mädchen rannte zu einer Frau mittleren Alters, die einen hellen Fellmantel trug. Ihr schwarzes Haar quoll an beiden Seiten wasserfallartig aus der Kapuze. Neben dem Schlitten stand, fest die Zügel in den Händen haltend, ein Jugendlicher mit beginnendem Bartwuchs. Oben saß der Mann mit dem strengen Blick, der ihnen am Vorabend das Essen gebracht hatte. Alle hatten sie die gleichen Züge: dunkle Haut, schmale Augen und runde Gesichter, die von dicken Fellkapuzen gerahmt wurden. Harold und Mary Rose waren nicht besonders groß, doch gegen diese Menschen waren sie riesig.

Das nicht enden wollende Bellen und Jaulen der Hunde mischte sich mit dem Heulen der kleinen Robbe, die nun auch über den Platz vor dem Zelt auf die Menschen zurobbte. Das Mädchen rief dem Tier etwas zu und versuchte es heranzulocken, doch stattdessen stürzte es erneut zu Harold und Mary Rose. Der Mann warf dem Jungen einen scharfen Blick zu, damit dieser die Hunde beruhigte, und kurz darauf breitete sich eine angespannte Stille aus. Auch aus den anderen Zelten kamen jetzt noch ein paar Menschen hervor: Erwachsene, alte Leute und Kinder, die sich neugierig und mit misstrauischen Blicken langsam um sie scharten. Harold schätzte, dass es insgesamt um die zwanzig Leute waren.

Schließlich fiel Mary Rose auf, dass sie immer noch den Korb und die kleine Angel in den Händen hielt. Sie spürte, dass sie kurz davor war, zusammenzubrechen, ging aber trotzdem auf die Kleine zu. Der Mann auf dem Schlitten runzelte die Augenbrauen.

»Wir wollten das Mädchen nicht erschrecken«, rief Harold. Er breitete die Hände in einer hilflosen Geste aus und suchte in den runden Gesichtern nach einer freundlichen Regung. »Wir haben nach euch gesucht. Wir brauchen Hilfe.«

Mary Rose blieb zwei Meter vor dem Mädchen stehen und streckte den Arm aus, um dem Kind die Angel zu übergeben. Die Kleine blickte die Frau mit den langen schwarzen Haaren an, die offensichtlich ihre Mutter war, und klammerte sich ängstlich an deren Fellmantel. Schließlich sagte die Frau etwas in ihrer Sprache, und das Mädchen machte ein wenig zögernd einen Schritt nach vorn und nahm dann mit einer flinken Bewegung die Angel, die Mary Rose ihr entgegenhielt. Mary Rose machte einen Schritt zurück, dann bückte sie sich unter dem aufmerksamen Blick aller, um den Korb auf dem Boden abzustellen. Als sie sich wieder aufrichtete, knackste ihr Knie, und Mary Rose sank mit einem leisen Aufschrei im Schnee zusammen.

»Rose!«, rief Harold und eilte zu ihr.

Die Mutter des Kindes machte Anstalten, zu Hilfe zu kommen, doch ihr Mann hielt sie mit ein paar harschen Worten zurück. Eine Sekunde später war Harold bei seiner Frau und kniete sich neben sie, um sie zu stützen. Die kleine Robbe glitt ebenfalls herbei und watschelte unangenehm heulend um sie herum.

»Was ist?«, fragte Harold besorgt.

Mary Rose atmete schwer und versuchte, den unerträglichen Schmerz, der in ihrem Knie wütete, aus ihrem Kopf zu verbannen.

»Es ist nichts«, sagte sie und wandte ihr schmerzverzerrtes Gesicht ab. »Mir ist etwas schwindelig.«

»Lass mich dein Knie sehen«, sagte Harold und half ihr, sich aufzusetzen.

»Es ist wirklich nichts weiter ...«

Harold krempelte vorsichtig das Hosenbein seiner Frau nach oben und starrte entsetzt auf das rote entzündete Knie. Er hob den Blick und sah für einen Moment in die Augen der fremden Frau, die auf ihm ruhten. Es war nur eine Sekunde, aber Harold meinte, in ihren dunklen Augen Besorgnis und Verständnis zu sehen.

»Bitte, können Sie uns helfen?«, rief er mit zitternder Stimme.

Die Frau bewegte sich. Sie sagte leise ein paar Worte in ihrer Sprache und wandte den Kopf. Dann verschwand sie im Inneren des großen Zelts. Auch die anderen Bewohner zogen sich schweigend, wie sie gekommen waren, zurück. Übrig blieben nur das kleine Mädchen, der Junge und der Mann auf dem Schlitten. Harold schaute den Mann an, in der Hoffnung, so etwas wie Mitleid in seinem Blick zu entdecken, doch da war nur Kälte. Er fühlte, wie eine ohnmächtige Wut in ihm aufstieg.

»Wir wollen doch nur wieder zurück nach Hause!«, schrie er und spürte, wie ein neuer Hustenanfall ihn übermannte.

Der Mann sagte etwas im Befehlston, woraufhin das Mädchen sich neben ihn in den Schlitten setzte. Unter seiner Fellkapuze warf er dem fremden Ehepaar einen letzten abschätzigen Blick zu, dann stieß er, ohne ein weiteres Wort, einen lauten Pfiff aus, und die Hunde zogen an dem Schlitten. Der Schnee knirschte unter den langen Kufen, und der Schlitten setzte sich träge in Bewegung. Der Junge schob von hinten und rannte hinter dem schneller werdenden Schlitten her. Schließlich sprang er wendig hinein und setzte sich zu dem Mann und dem Mädchen, während sich das Gefährt rasch über die Ebene entfernte.

Harold und Mary Rose blieben allein zurück und blickten stumm dem Schlitten nach, der immer kleiner wurde und schließlich in der weißen Steppe verschwand. Haralds Hustenanfall legte sich, und Mary Rose gelang es, aufzustehen. Das Heulen der kleinen Robbe brachte sie in die Wirklichkeit zurück, und mit langsamen, müden Schritten machten sie sich auf den Rückweg zu ihrer winzigen Unterkunft, wobei die Enttäuschung schwer auf ihnen lastete. Sie fühlten sich einsamer und isolierter als auf dem Meer – ein Gefühl, das dem, das sie all die Jahre über auf der Insel empfunden hatten, nur allzu ähnlich war.

UNVERHOFFTER BESUCH

»Dein Knie sieht schlimm aus.« Harold legte einen seiner Handschuhe mit Schnee gefüllt auf Mary Roses Knie. »Und ich kann hier nichts für dich tun. Nichts!«, schloss er unglücklich.

»In ein paar Tagen ist das wieder gut.«

Harold sah sich in dem winzigen Zelt, in das man sie verbannt hatte, um und fühlte Verzweiflung in sich aufsteigen.

»Und wie soll das passieren?«, fragte er. »Du denkst doch nicht etwa, dass diese Leute bereit sind, uns zu helfen?«

Mary Rose sah ihren Mann an, und im Bemühen, ihr Bein so wenig wie möglich zu bewegen, setzte sie sich neben ihn.

»Wir müssen eben darauf vertrauen, dass sie es tun«, sagte sie ruhig.

Harold seufzte. Er hätte den Worten seiner Frau gern geglaubt. Doch dann erinnerte er sich wieder an den kalten, gefühllosen Blick des Mannes, und erneut stieg Wut in ihm auf.

»Diese Leute mögen uns nicht«, brachte er zwischen den Zähnen hervor.

»Diese Leute haben uns das Leben gerettet, Harold«, entgegnete Mary Rose, wobei sie ihrem Mann übers Gesicht strich.

»Und warum? Um uns dann wie zwei räudige Hunde unserem Schicksal zu überlassen?«, rief Harold zornig aus.

Mary Rose schnaubte und versuchte, ihre eigenen Gefühle unter Kontrolle zu halten.

»Diese Wilden haben uns zum Tode verurteilt, Rose! Wenn das so weitergeht, werden wir in ein paar Tagen nicht mehr leben!«

»Und was, glaubst du, wäre mit uns geschehen, wenn wir im Haus geblieben wären? Dann wären wir jetzt schon erfroren oder verhungert. Oder beides. Wäre dir das lieber?«, rief sie mit zitternder Stimme aus.

Harold biss die Zähne zusammen und sah auf den mit Schnee gefüllten Strickhandschuh, der auf Mary Roses Knie lag.

»Ja, vielleicht wäre es besser gewesen!«, meinte er heiser.

Mary Rose hatte das Gefühl, plötzlich nicht mehr atmen zu können. Sie spürte den Druck in ihrer Brust, und bevor es noch schlimmer wurde, zog sie Harolds Kopf an sich und umarmte ihn.

»Sag das nie wieder«, sagte sie.

Lange blieben sie so sitzen. Das eindringende Sonnenlicht wurde schwächer, während der Schnee sich wie Wüstensand auf dem schiefen Zeltdach ansammelte und ab und zu herunterrutschte.

Nach einer Weile bewegte sich Harold. Vorsichtig hob er den mit Schnee gefüllten Handschuh an, um nachzusehen, ob die Entzündung zurückgegangen war. Der Anblick, der sich ihm bot, versetzte ihn in Panik. Das Knie war noch weiter angeschwollen. Die Haut war flammend rot und glänzte, als wäre sie aus Plastik, und dazwischen sah man ein paar tiefviolette Flecken, die sich wie Tintenkleckse ausbreiteten.

Nur wenige Male hatte Mary Rose eine solche Besorgnis in Harolds Gesicht gesehen.

»Das wird schon wieder«, sagte sie. »Ich muss nur etwas ausruhen.«

Harold legte behutsam den Handschuh wieder auf ihr Knie zurück, half ihr, sich hinzulegen, und gab ihr einen Kuss. Dann legte er sich neben sie, doch obwohl er unglaublich müde war, wusste er, dass er nicht würde schlafen können.

Das Zelt erschien ihm immer kleiner und stickiger. Es war kaum möglich, sich zu bewegen, ohne dass der Kopf oder die Füße an die Wände oder an die kleine Robbe stießen, die zu ihren Füßen schlief. Ein eiskalter Wind pfiff durch die Nähte wie böse Geister, und das Knattern der Plane wurde immer unerträglicher. Harold starrte auf die Wände, die die Konstruktion hielten, in der ständigen Angst, dass der ganze Bau über ihnen zusammenbrechen würde.

Dann sah er plötzlich ein warmes flackerndes Licht, das sich oberhalb der Plane abzeichnete. Harold wischte sich die Tränen ab und richtete sich auf. Dabei versetzte er der Robbe unabsichtlich einen Tritt, die aufschreckte und sofort ihr charakteristisches Geheul ausstieß. Er hatte ihre Anwesenheit völlig vergessen. Das Tier war ihnen bis zum Zelt gefolgt, und sie hatten keine andere Wahl gehabt, als ihm Unterschlupf zu gewähren.

»Was ist?«, fragte Mary Rose und stemmte sich hoch.

Dann sah sie auch das flackernde Licht. Gleich darauf hörten sie das unverwechselbare Knirschen von Stiefeln, die näher kamen. Der Lichtkreis wurde größer, bis er die ganze Vorderseite der Plane beleuchtete, und eine Sekunde später erschien ein Pelzhandschuh in der Öffnung und die Plane wurde zur Seite geschoben.

Für einen Moment waren sie von dem Licht, das nur einen Meter vor ihrem Gesicht leuchtete, geblendet, doch nach und nach zeichnete sich eine schwarze Silhouette ab, die eine Fackel in der Hand hielt. Es war die Mutter des kleinen Mädchens.

Harold und Mary Rose spürten, wie sich ihre Muskeln anspannten. Der überraschende Besuch war ihnen nicht geheuer. Die Frau bückte sich, steckte die Fackel in den Schnee und stellte einen Korb vor die Tür. Eine weitere Sturmböe fegte über die Ebene und ließ das Feuer geräuschvoll flackern wie eine Fahne im Wind. Der kalte Luftzug sorgte dafür, dass Harold erneut zu husten begann, allerdings war der Anfall nach wenigen Sekunden wieder vorüber. Die Frau nahm jetzt zwei dampfende Holzschüsseln aus dem Korb, die eine dicke graue Suppe enthielten, sowie einen Krug mit Wasser und eine weitere Schale mit rohen Fischstücken, die endlich die Robbe zum Schweigen brachten. Harold und Mary Rose nahmen die Schüsseln entgegen wie einen Schatz. Die Wärme des Holzes drang schnell in ihre eiskalten Finger und ließ sie wohlig erschaudern.

»Vielen Dank«, sagte Mary Rose und sah der Frau dabei in die Augen.

Die Frau vermied ihren Blick und schaute sich nervös um, als ob sie fürchtete, dass jeden Moment noch jemand auftauchen könnte. Sie griff noch einmal in den Korb und nahm einen kleinen Tontopf heraus sowie einen Stapel grober Binden, die sie Mary Rose in die Hände drückte. Diese nahm alles entgegen und blickte ratlos auf die braune dickflüssige Pampe, die der Tontopf enthielt. War das auch etwas zu essen? Die Frau wies auf ihr Knie, dann griff sie hastig nach dem Korb, zog die Fackel aus dem Schnee und verschwand in der Nacht.

Die Öffnung in der Plane schloss sich wieder, und sogleich füllte sich der enge Raum mit dem warmen, seltsam riechenden Dampf, der aus den Schalen zu ihren Füßen aufstieg. Harold richtete den Blick auf seine Frau, deren Mundwinkel sich zu einem leicht triumphierenden Lächeln verzogen hatten. Und plötzlich schämte er sich für das, was er kurz zuvor gesagt hatte.

Mary Rose führte die Schüssel mit der Suppe an den Mund und trank die dickliche Flüssigkeit mit vorsichtigen Schlucken. Harold tat es ihr nach und war dankbar über die angenehme Wärme, die seinen ausgekühlten Körper durchzog. Als die

Schüsseln leer waren, hatten sie immer noch Hunger, doch die wohlige Schwere, mit der ihre Mägen dank der Suppe und dem Wasser nun gefüllt waren, ließ sie sich etwas besser fühlen.

Mary Rose nahm den mit Schnee gefüllten Handschuh von ihrem Knie und hielt Harold die kleine Schüssel mit der Salbe hin. Der steckte einen Finger in die schlammige Masse und verteilte sie dann vorsichtig auf der entzündeten Haut von Mary Roses Knie. Sogleich legte sich ein frischer Duft, der an Minze erinnerte, über den Gestank, den die Suppe verbreitet hatte, und auch wenn Harold keine Ahnung hatte, um was es sich bei der Paste handelte, hoffte er inständig, dass es das Knie seiner Frau heilen würde. Anschließend verband er die Wunde, wobei er sich bemühte, so wenig Haut wie möglich zu berühren, und beide legten sich wieder auf ihre Felle.

Mary Rose schlief sofort ein. Harold drehte sich zu ihr um und betrachtete ihr Gesicht, über dem ein paar Haarsträhnen hingen. Es war so blass und schmal, dass er sich einfach nicht daran gewöhnen konnte. Er schmiegte sich an sie und umarmte sie, um ihr Wärme zu geben. Er musste an die letzten Tage in ihrem gestrandeten Haus denken, als sie aneinandergekauert auf dem Sofa gesessen hatten, um sich zu wärmen, genau wie jetzt. Und dann hörte er wieder Mary Roses mahnende Worte.

Und was, glaubst du, wäre mit uns geschehen, wenn wir im Haus geblieben wären? Dann wären wir jetzt schon erfroren oder verhungert. Oder beides. Wäre dir das lieber?

Harold fühlte sich dumm. Schämte sich für das, was er in jenem Moment blind vor Wut und Hoffnungslosigkeit gesagt hatte. Die Tränen stiegen ihm in die Augen, als er sich vorstellte, was passiert wäre, wenn sie in ihrem Haus geblieben wären. Sie hätten, aneinandergeschmiegt auf dem Sofa sitzend, zusehen müssen, wie die glänzende Eisschicht, die die Wände, die Böden, die Fenster und sogar ihre Erinnerungen bedeckte, allmählich auch sie eingehüllt hätte. Atemzug für Atemzug hätten sie ihr Leben ausgehaucht und wären in einen tiefen Winterschlaf gefallen, für immer eingefroren in einer letzten Umarmung.

WEIT WEG VON ZU HAUSE

Ein schrilles Heulen riss Harold und Mary Rose aus dem Schlaf. Für einen Moment waren sie desorientiert, doch gleich darauf brachte die Robbe, die zwischen ihren Füßen herumkrabbelte, sie in die Wirklichkeit zurück. Harald richtete sich träge auf und öffnete die Plane, damit das Tier hinauskonnte. Die schneidende Kälte des heraufziehenden Morgens schlug ihm entgegen und machte ihn mit einem Schlag munter. Vor ihm streckte sich die endlose weiße Fläche aus. Es hatte aufgehört zu schneien. Die einzigen Geräusche, die zu hören waren, waren das der Robbe, die über den lockeren Schnee glitt, und das leise Knattern der Plane. Mary Rose setzte sich ebenfalls auf.

»Du solltest besser liegen bleiben«, sagte Harold und legte prüfend eine Hand auf den Verband. »Dein Knie ist immer noch ziemlich angeschwollen.«

»Aber der Schmerz hat deutlich nachgelassen«, entgegnete Mary Rose mit einem schwachen Lächeln.

In diesem Moment kam die Robbe aufgeregt zurück ins Zelt und kroch unter die Decken. Harold streckte den Kopf aus der Öffnung, um nachzusehen, was los war.

Im ersten Moment konnte er nichts Auffälliges entdecken. Doch nach ein paar Sekunden sah er hinter der Nebelbank, die den Horizont verhüllte, eine gespenstische Silhouette auftauchen, die sich mit großer Geschwindigkeit näherte.

Harold erstarrte, dann nahm die Silhouette langsam Gestalt an, und er erkannte in der Ferne einen Schlitten, der von einem Rudel Hunde gezogen wurde. Gleich darauf hallte das Gebell der Tiere über die ganze Ebene, und ein schrilles Pfeifen sorgte dafür, dass sie ihren Schritt verlangsamten. Mary Rose rückte ebenfalls an die Öffnung heran und starrte nach draußen. Wie zwei Spione in ihrem Versteck beobachteten sie, was geschah.

Der Schlitten hielt in einiger Entfernung an, und drei Gestalten stiegen aus. Sie erkannten sofort den Mann, den älteren Jungen und das Mädchen. Der Mann legte die Zügel aus den Händen, und nachdem er irgendetwas gebrüllt hatte, verschwand er mit den Hunden im Nebel. Daraufhin trat der Junge zu dem Schlitten und lud einige der Taschen und Kisten ab, die sich darauf befanden. Dann folgte er dem Mann. Das Mädchen blieb wartend neben dem Schlitten stehen.

Als der Nebel auch den Jungen verschluckt hatte, sprang die Kleine auf den Schlitten und lud wankend zwei Kisten ab. Die Kisten waren größer als sie, und sie konnte augenscheinlich kaum etwas sehen. Schwer beladen stolperte sie in dieselbe Richtung wie ihr Vater und ihr Bruder, fiel jedoch schon nach wenigen Schritten in den Schnee, wobei sich der Inhalt der Kisten auf dem Boden verteilte.

Harold und Mary Rose zuckten zusammen und stießen einen Schreckenslaut aus.

»Ich glaube, sie hat sich verletzt«, sagte Mary Rose mit Blick auf das Mädchen, das noch immer im Schnee lag.

»Bleib du hier, ich gehe nachsehen, ob alles in Ordnung ist«, sagte Harold.

»Und wenn der grimmige Mann zurückkommt?«, fragte Mary Rose ängstlich, doch Harold war bereits draußen und stiefelte mit energischen Schritten auf der Schneefläche voran. Das Geräusch seiner Stiefel verlor sich, während das Mädchen im

Schnee kniete und mit hektischen Bewegungen versuchte, den Schaden wieder in Ordnung zu bringen. Sie hatte Harold noch nicht bemerkt.

Als er sich der Kleinen weit genug genähert hatte, sah er, dass die Kisten Fische enthielten: viele Dutzend Fische, die wie glänzende blaue und silbrige Edelsteine auf dem Schnee verteilt herumlagen. Das Mädchen fuhr erschreckt zusammen, als es Harold nun direkt vor sich sah. Es rutschte von den Kisten weg und blickte sich hilflos um.

»He, ganz ruhig«, sagte Harold freundlich. »Ich will dir nur helfen.«

Er kniete sich neben eine der Kisten und begann, die Fische einzusammeln, die im Schnee lagen. Nach kurzem Zögern gesellte sich das Kind zu ihm und tat es ihm gleich, ohne ihn aus den Augen zu lassen.

Aus dem Inneren des Zelts heraus beobachtete Mary Rose die beiden und hoffte ängstlich, dass der Mann nicht so schnell zurückkommen würde.

Das Mädchen hatte seine Kiste wieder gefüllt, und als es nun aufstand und sie anhob, fiel es erneut hin. Jetzt erst sah Harold das Blut, das dem Kind über die Hand lief. Er sah sich nach dem Mann oder dem Jungen um, konnte sie jedoch nirgendwo entdecken. Also packte er beide Kisten übereinander und hob sie an. Eigentlich fühlte er sich noch etwas zu schwach für eine solche Anstrengung, doch er bemühte sich, es sich nicht anmerken zu lassen. Er sah die Kleine an, lächelte ihr zu, und ohne ein Wort zu wechseln, machten sie sich auf den Weg und folgten den Spuren des Mannes und des Jungen. Schließlich verlor Mary Rose sie aus den Augen.

Harold spürte ein unangenehmes Kribbeln in seinen schlaffen Muskeln, doch Schritt für Schritt gingen sie im Schnee voran, bis sie die Zelte erreichten. Ein paar Sonnenstrahlen hatten sich einen Weg durch die dichte Wolkenschicht gebahnt und fielen direkt auf den kleinen Platz. Von dem Mann und dem Jungen war nichts zu sehen, und auch sonst zeigte sich keine Menschenseele. Die Spuren endeten vor einem kleinen halbkugelförmigen Zelt. Harold bückte sich, um die schwere Last abzustellen. Für einen Moment hatte er das Gefühl, als hätte ihm jemand die Arme ausgerissen. Als er sich wieder aufrichtete, sah er aus dem Augenwinkel, dass sich hinter ihm etwas bewegte. Er wandte sich um und sah den Mann und den Jungen. Beide starrten ihn mit düsterem Blick an.

»Die Kleine hat sich an einer der Kisten verletzt«, sagte Harold und wies dabei auf die blutende Hand des Mädchens, um so deutlich zu machen, was geschehen war. »Ich habe nur geholfen, den Fisch herzubringen.«

Auf Unterstützung hoffend, blickte Harold wieder auf das Mädchen, das, seitdem der Mann aufgetaucht war, jedoch den Kopf gesenkt hielt und auf den Schnee starrte. Als der Mann die blutende Hand seiner Tochter sah, wurde sein Blick noch finsterer. Anstatt dass sich die Lage entspannte, geschah genau das Gegenteil. Harold wusste nicht, was er noch tun oder sagen sollte, da ihn sowieso keiner verstand. Hilflos zuckte er die Achseln.

Da wandte sich der Mann mit seiner tiefen Stimme an das Mädchen. Sie hob langsam den Kopf und begann nach kurzem Schweigen eilig zu sprechen. Harold verstand nichts von dem, was sie sagte, ging jedoch davon aus, dass sie erklärte, was geschehen war. Er hoffte nur, dass sie die Wahrheit sagte. Ein paar Minuten später richtete der Mann den Blick wieder auf Harold, und dann passierte etwas Seltsames: Er erbleichte, und sein strenger Blick wurde auf einmal panisch. Harold wurde klar, dass er nicht ihn, sondern etwas anderes sah, was in seinem Rücken lag. Mit einem beklommenen Gefühl wandte er sich um.

Allerdings konnte er nichts entdecken. Da war nichts außer der weiten weißen Ebene, die sich deutlich von dem strahlend blauen Himmel abhob. Die Wolken und der Nebel hatten sich aufgelöst, und in der Ferne lag die dunkle Gebirgskette, die sie gesehen hatten, als sie mit ihrem Haus im Eis gestrandet waren. Ein breiter dunkelblauer Streifen zeichnete sich dort ab, wo die Eisfläche auf das Meer stieß. Unzählige Eisschollen und Eisplatten trieben träge von der riesigen Eisfläche weg ins offene Meer.

Harold suchte die öde Eislandschaft verwirrt weiter ab, ohne zu verstehen, was den Mann derartig erschreckt hatte. Und dann sah er es auch. Es wurde ihm ganz eng in der Brust, als er in der unendlichen Weite aus Weiß und Blau einen kleinen gelben Punkt entdeckt hatte, der wie ein tapferer Leuchtturm in der Sonne leuchtete. Ihr Haus.

Auf einmal hatte Harold das Gefühl, dass eine riesige Hand seine Lunge zerquetschte, und er begann zu husten. Es war noch nicht viel Zeit vergangen, seit sie das Haus verlassen hatten, doch als er es jetzt in der felsigen, vereisten Landschaft sah, kam es ihm vor wie eine Ewigkeit. Hinter ihm knirschten Schritte im Schnee und ließen ihn aus seinen Gedanken aufschrecken. Als er sich wieder umdrehte, sah er, dass auch die anderen Einwohner herbeigekommen waren. Sie redeten aufgeregt miteinander und zeigten ängstlich und argwöhnisch auf das im Eis gestrandete Haus in der Ferne. Harold wandte sich dem Mann zu, der sich inzwischen wieder gefangen hatte. Doch statt Überraschung lagen nun ein Hass und eine Kälte in seinem Blick, die Harold mehr zusetzten als der heftig blasende Wind. Eine drohende Stille setzte ein. Harold wusste nicht, was das alles zu bedeuten hatte, und spürte eine heftige Angst in sich aufsteigen. Er fühlte sich wie das umzingelte Opfer einer hungrigen Wolfsmeute, und bevor er irgendetwas tun oder sagen konnte, packten einige Männer seine Arme und hielten ihn fest.

OHNE WORTE

Mary Rose lag unruhig unter den Decken in ihrem Zelt und wartete auf Harolds Rückkehr, als die Plane am Eingang plötzlich so heftig zur Seite gezogen wurde, dass sie an einer Stelle einriss. Erschrocken fuhr Mary Rose hoch und starrte zur Öffnung. Im selben Moment platzte Harold herein, wobei sich der ganze Schnee, der an seiner Hose und seinen Stiefeln haftete, überall im Zelt verteilte.

»Mein Gott, Harold, hast du mich erschreckt! Wo warst du denn so lange? Ich habe mir schon Sorgen gemacht!«, sagte Mary Rose, während sie zu ihm hinüberrückte.

Harold blickte auf den Verband, der ihr Knie schützte. Auf seiner Stirn zeichneten sich tiefe Sorgenfalten ab. Eine Sekunde später hob er den Kopf und sah seiner Frau fest in die Augen. Mary Rose erschauderte, als sie den seltsamen Ausdruck in seinem bleichen Gesicht sah. Aus weit aufgerissenen Augen blickte er hektisch von einer Seite zur anderen, als ob er etwas suche.

Dann hörte sie draußen den Schnee knirschen und sah drei kräftige, in Felle gehüllte Gestalten, die sich vor dem Eingang abzeichneten. Mary Rose hob den Blick und sah den starren Ausdruck in den Augen des Mannes. Sie spürte, wie langsam Panik in ihr aufstieg.

»Was ist passiert, Harold?«, fragte Mary Rose mit zitternder Stimme.

»Er hat das Haus gesehen«, murmelte Harold. »Sie alle haben es gesehen.«

»Das Haus?«, wiederholte sie verständnislos.

»Und bevor ich irgendetwas sagen konnte, war es schon vorbei«, fuhr Harold fort. »Sie haben mich angesehen, als wäre ich eine Bedrohung für sie, Rose. Dann haben sich mich an den Armen gepackt und hergebracht. Ich glaube, sie wollen, dass wir mit ihnen zu den Zelten gehen.«

Der Anführer erhob seine tiefe Stimme und machte mit der Hand eine brüske Geste, um ihnen deutlich zu machen, dass sie herauskommen sollten. Harold und Mary Rose sahen sich an, wagten jedoch nicht, die Männer länger warten zu lassen. Sie stolperten aus dem Zelt, da ihnen klar war, dass sie keine Alternative hatten. Weder konnten sie fliehen noch irgendetwas erklären; das Einzige, was sie tun konnten, war, ihnen zu folgen.

Unterwegs versuchte Harold die Angst, die ihn erfasst hatte, nicht zu zeigen. Er stützte Mary Rose, damit sie ihr verletztes Knie nicht allzu sehr belastete.

»Alles wird gut werden«, flüsterte er ihr zu, während sie sich von ihrem Zelt entfernten, doch Mary Rose entging das leichte Zittern in seiner Stimme nicht.

Je weiter sie voranschritten, desto angespannter wurde Harold. Noch nie hatte er sich so hilflos gefühlt wie in diesem Moment, da er keine Chance hatte, sich irgendwie verständlich zu machen. Die ganze Zeit auf dem Meer waren sie allein gewesen, und nun, da sie endlich auf Menschen gestoßen waren, waren sie so isoliert wie nie zuvor.

Während er vorwärtsstapfte, musste er plötzlich daran denken, dass dieses Gefühl der Isolation dem nicht ganz unähnlich war, das sie empfunden hatten, als sie noch auf der Klippe wohnten. Sie hatten sich stets gesagt, dass sie die kleine Wohnung verlassen hatten, um vor dem Schmerz zu fliehen, dass sie ihr

Schiff zerlegt hatten, um das Haus zu bauen, doch tief in ihrem Inneren wussten sie beide, dass das nicht stimmte. In Wahrheit hatten sie sich bewusst entschieden, auf dieser gottverdammten Insel zu bleiben, die sie so sehr hassten. Sie hatten sich in der Nähe des Dorfes niedergelassen, aber doch weit genug weg, um nicht ständig dem Gerede der Leute ausgesetzt zu sein. Mit dem Blick auf den fernen Horizont, den sie so gern erreicht hätten, und doch fest verankert in diesem starren Felsen, der dafür sorgte, dass sie sich nicht mehr wegbewegen konnten. Harold wusste sehr gut, dass sie sich ihre Einsamkeit selbst auferlegt hatten, und er fragte sich, ob der Abstand zu den vorwurfsvollen Blicken der Dorfbewohner ihnen wirklich geholfen hatte, ihrem Schmerz zu entkommen, oder ob er sie noch tiefer in die Isolation getrieben hatte.

»Was, glaubst du, wollen sie von uns?«, stammelte Mary Rose neben ihm.

Ihre Stimme riss Harold aus der seltsamen Lethargie, in die er verfallen war, und er stellte überrascht fest, dass sie schon bei den Zelten angekommen waren. Er blickte seine Frau aus dem Augenwinkel an und zuckte mit den Schultern. Dann musterte er jedes einzelne Zelt auf der Suche nach irgendetwas Auffälligem.

Die Leute, die sich eben noch um ihn geschart hatten, waren verschwunden, und Harold fragte sich, ob sie vielleicht still in ihren Behausungen lauerten und auf irgendein Signal warteten.

Die drei Männer lenkten ihre Schritte nun zu einem der großen Zelte. Dem Ehepaar Grape fiel auf, dass dichter Rauch aus dem einfachen Dach aufstieg und sich vor dem wieder bewölkten Himmel abhob. Erste Schneeflocken fielen bereits auf ihre ungeschützten Köpfe.

Der Mann, den sie bereits kannten und der offensichtlich der Anführer war, blieb vor dem Zelt stehen, während die beiden anderen Männer sich langsam entfernten. Dann hob er an einem seitlichen Griff das Fell auf einer der Zeltseiten an und legte eine dunkle Öffnung frei. Mit einer Kopfbewegung machte er ihnen deutlich, dass sie eintreten sollten. Mary Rose sah Harold bedrückt an und verzog angstvoll das Gesicht. Harold drückte ihr leicht die Hand, um sie zu beruhigen, obwohl er wusste, dass es vergeblich war. Er hatte keine Ahnung, wohin sie gebracht wurden oder was sich hinter diesen Fellen verbarg. Er nahm all seinen Mut zusammen und wandte sich noch einmal dem Mann zu, um ihm herausfordernd einen ebenso strengen Blick zuzuwerfen wie der, mit dem er sie anstarrte. Doch der Mann blieb ungerührt. Also schaute Harold in die dunkle Öffnung und schritt nach kurzem Zögern hindurch.

Nachdem der Mann hinter ihnen hereingekommen war, wurde die Öffnung wieder geschlossen, und es wurde dunkel. Doch dann erklang die harsche Stimme des Mannes in dieser schwarzen Stille. Mary Rose klammerte sich an Harolds Arm fest, und gemeinsam folgten sie der Stimme, die sich in der Tiefe des Zeltes verlor.

Je weiter sie vordrangen, desto deutlicher stieg ihnen ein intensiver, herber Geruch in die Nase, während herunterhängende Wäschestücke ihre Gesichter streiften. Der Boden war weich, äußerst weich, ohne dass sie sagen konnten, wieso.

Vor ihnen tauchten noch weitere Stoffe und Felle auf, die ihnen den Weg versperrten und den Raum in kleine Parzellen aufteilten. Irgendwo im Hintergrund leuchtete ein schwaches rötliches Licht. Ansonsten war der Raum leer, keine Möbel oder anderen Dinge befanden sich darin.

Schließlich blieb der Mann vor einem dicken Vorhang aus dichtem Fell stehen. Seine Gestalt war nur ein gesichtsloser Schatten, der sich vor dem roten Schein abzeichnete, der hinter dem Vorhang hervordrang. Harold und Mary Rose drängten sich dicht nebeneinander und warteten mit schreckgeweitetem Blick.

Der Mann schien einen Moment zu zögern. Dann öffnete er mit einem Ruck den Zugang zu dem Raum mit dem roten Licht und verschwand. Mary Rose machte unwillkürlich einen Schritt zurück, und Harold ging kurz der Gedanke durch den Kopf, den unbewachten Moment zur Flucht zu nutzen. Doch er wusste, dass die Männer sie, auch wenn sie es aus dem Zelt hinausschafften, eingeholt haben würden, bevor sie die Siedlung verlassen hätten. Sie holten tief Luft, sahen sich im roten Lichtschein noch einmal kurz an und traten in den Raum hinter dem groben Stoff.

Für einen Moment waren sie geblendet, doch dann erkannten sie vor sich die lodernden Flammen eines Feuers, das in der Mitte eines großen runden Raums mit hoher Decke brannte, der an ein Zirkuszelt erinnerte. Genau wie in ihrer winzigen Unterkunft war auch hier der Boden mit Fellen bedeckt, wenn diese auch größer und dichter waren. Der starke Rauchgeruch mischte sich mit dem Gestank, der einem schwarzen über dem Feuer hängenden Kessel entstieg. Nur das Knistern der Flammen und das Knacken des Holzes waren zu hören. Trotz der Wärme, die im Raum herrschte, zitterten die Grapes wie Espenlaub. Ihre Blicke nahmen weder die groben Fischernetze wahr, die an dem Holzgerüst des Zeltes hingen, noch die riesigen Messer, die im Schein des Feuers glänzten. Sie sahen wie gebannt auf die Menschen, die um das Feuer herumsaßen und sie so neugierig anstarrten, als wären sie zwei exotische wilde Tiere.

Der Mann durchquerte den Raum und setzte sich neben den Jungen, der beim Entladen des Schlittens dabei gewesen war. Ihm gegenüber erkannten sie die Frau, die ihnen die Salbe und das Essen gebracht hatte, und an ihrer Seite befand sich das kleine Mädchen, das sie mit großen Augen ansah. Sie alle hatten ihre dicken Fellmäntel und Kapuzen abgelegt und trugen jetzt Kleidung aus dünnerem Fell oder gewebtem Stoff.

Obwohl es Harold und Mary Rose unangenehm war, von diesen Menschen derart inquisitorisch und misstrauisch gemustert zu werden, mussten sie doch zugeben, dass sie sich, am Eingang stehend, auch nicht anders verhielten.

Schließlich durchbrach der Anführer die allgemeine Erstarrung mit einer brüsken Geste, die sie dazu aufforderte, am Feuer Platz zu nehmen. Vorsichtig gingen sie über die am Boden liegenden Felle durch den Raum. Sie spürten, dass die Wärme der Flammen ihre Wangen rötete, und sie fühlten sich seltsam fiebrig. Trotz des strengen Geruchs der herben, dickflüssigen grauen Pampe, die im Kessel vor sich hin köchelte, knurrte ihnen der Magen.

Umsichtig ließen sie sich in einer Lücke direkt neben dem kleinen Mädchen nieder. Die Blicke der Grapes wanderten unruhig über die prasselnden Flammen. Sie wagten es nicht, die Leute, die um das Feuer saßen, anzusehen, da sie fürchteten, es könne sie irgendwie beleidigen. Umgekehrt starrten diese sie weiterhin schweigend an. Der Anführer, der wie alle anderen auf den Felldecken saß, rührte sich plötzlich, und Harold und Mary Rose waren auf einmal so angespannt wie zwei Mäuse, die kurz davor sind, in die Falle zu gehen.

Der Mann räusperte sich, bevor er zu sprechen begann.

»Wer seid ihr?«, fragte er mit donnernder Stimme.

DIE GESCHICHTE VON HAROLD UND MARY ROSE

Als Harold den nächsten Hustenanfall endlich überwunden hatte, lastete wieder jene schwere Stille im Raum. Die Grapes waren wie betäubt angesichts der ungeheuerlichen Erkenntnis, dass dieser Mann ihre Sprache sprach. Sie wagten kaum zu atmen. Unzählige Fragen brannten ihnen auf der Zunge. Mary Rose hörte ihren Herzschlag überlaut und fragte sich, ob die anderen im Raum ihn auch hören konnten. Der Anführer sah sie mit seinem stechenden Blick an, als wollte er sie aufspießen. Ohne auch nur einmal mit den Lidern zu zucken, fixierte er sie in Erwartung einer Reaktion.

»Wer seid ihr?«, wiederholte er mit seltsamem Akzent.

»Mein Name ist Harold Grape«, stammelte Harold. »Und das ist meine Frau Mary Rose.«

Der Mann kniff die Augen zusammen und ließ seinen forschenden Blick über ihre Gesichter schweifen, als wolle er damit feststellen, ob dies auch der Wahrheit entsprach. Als er das schlecht versteckte Zittern von Mary Roses Händen sah, runzelte er die Augenbrauen.

»Was wollt ihr hier?«, fragte er streng.

Harold versuchte, sich ein wenig zu entspannen.

»Wir sind auf dem Meer bis hierher getrieben.«

Im selben Moment wurde Harold bewusst, dass dies als Antwort zu vage war. Er fühlte sich wie gelähmt, und seine Sinne waren von der Hitze der Flammen und der Anspannung abgestumpft. Gerade als er seine Aussage näher ausführen wollte, ergriff der Mann wieder das Wort.

»Und das Gebäude, das ihr auf dem Eis errichtet habt?«, zischte er zwischen den Zähnen hervor, als könne er seine Wut kaum im Zaum halten.

»Gebäude? Wir haben kein Gebäude errichtet!«, stieß Harold mit gerötetem Gesicht hervor. »Wir sind an Bord dieses Hauses übers Meer gefahren.«

Der Mann runzelte erneut die Stirn, und Harold merkte, dass er einen Fehler gemacht hatte.

»Das ist ein Haus. Kein Boot!«, rief der Mann aus und beugte sich mit vom Feuer und vor Zorn gerötetem Gesicht zu ihnen vor.

Harold wollte ihm gerade antworten, besann sich jedoch. Er musste Ruhe bewahren und die Situation unter Kontrolle halten. Musste seine Antworten genau abwägen, damit diese Leute nicht glaubten, er wolle sie hereinlegen.

»Ja, es ist ein Haus«, meldete sich Mary Rose da mit brüchiger Stimme. »Mehr als fünfunddreißig Jahre lang haben wir darin gewohnt. Nicht auf dem Meer, sondern auf einer Felsklippe, die zu einer weit entfernten Insel gehört.« Sie machte eine Pause, um ihre Gedanken zu ordnen, und fuhr fort: »Dann gab es ein Unwetter, und das Stück der Klippe mit dem Haus brach ab. Als wir am nächsten Tag aufwachten, stellten wir fest, dass wir mitten auf dem Meer schwammen, und seitdem sind wir …«

»Sie lügen!«, fiel der Junge ihr ins Wort. »Sie erzählen uns irgendeine verrückte Geschichte, damit wir Mitleid mit ihnen haben!«

Der Anführer wandte leicht den Kopf zur Seite und brummte etwas, was den Jungen zum Schweigen brachte. Er senkte den Blick und sah missmutig ins Feuer. Die Stille wurde noch drückender, und schließlich forderte der Mann mit einer kurzen Geste seines Kinns Mary Rose auf, weiterzusprechen.

»Wir wissen, wie sich das anhört«, fuhr sie vorsichtig fort, »aber es ist die Wahrheit.«

»Das ist unmöglich!«, entfuhr es dem Mann. »Kein Gebäude würde den Sturz von einer Klippe heil überstehen!«

Mary Rose wagte nicht, Harold anzusehen, da sie wusste, dass dies ein Zeichen von Unsicherheit wäre. Und das konnten sie sich nicht erlauben. Also atmete sie tief durch, und ohne dem Blick des Mannes auszuweichen, fuhr sie mit ihrer Erzählung fort.

»Unser Haus stand auf einem Felsen aus Tuffstein …«, begann sie.

Doch die Grenze war überschritten. Der Mann konnte seinen Ärger nicht länger im Zaum halten.

»Genug! Ich will keine weiteren Lügen hören von zwei Fremden, die mir und meiner Familie keinen Respekt erweisen.«

Er stand auf, und das flackernde Feuer ließ seine Miene noch drohender erscheinen. Harold wusste, dass sie schnell reagieren mussten, wenn sie verhindern wollten, dass ihre Lage sich noch weiter verschlimmerte. Ihm war klar, dass diese Leute ihnen ihre Geschichte nicht glauben würden, selbst wenn sie die unwahrscheinlichen Einzelheiten und die besonders kuriosen Erlebnisse ausließen. Doch wenn sie diesen Raum unversehrt verlassen wollten, mussten sie sie irgendwie davon überzeugen, dass ihre unglaubliche Reise der Wahrheit entsprach. Er hob die Hand, und alle starrten ihn an.

»Hört euch erst die ganze Geschichte an«, bat er. »Und wenn ihr uns am Ende immer noch nicht glaubt, könnt ihr entscheiden, was ihr mit uns machen wollt. Aber hört uns erst an. Bitte!«

Bevor der Anführer etwas sagen konnte, erhob seine Frau die Stimme.

»Wir hören euch an«, erklärte sie ruhig, aber entschieden.

Der Mann wandte sich brüsk um und sah sie wütend an, doch sie hielt seinem Blick stand. Ihr rundes Gesicht war weder zornig noch freundlich. Es wirkte ganz ausdruckslos.

»Worauf wartet ihr?«, fragte sie nun gleichmütig.

Harold und Mary Rose sahen sich an. Obwohl sie kein Wort wechselten, wussten sie genau, was der andere dachte. Sie waren sich bewusst, wie unglaubwürdig die abenteuerliche Geschichte war, die sie erlebt hatten. Sie hatten keine Ahnung, wie sie beginnen sollten, ohne dass das Ganze völlig verrückt klang, von vorne bis hinten erlogen. Die ganze Zeit über hatten sie keinen Kontakt zu anderen Menschen gehabt. Sie hatten sich nur darauf konzentriert, am Leben zu bleiben. Und nun schafften sie es kaum, ihre sich überschlagenden Gedanken zu ordnen, um überzeugend eine Geschichte vorzutragen, die so unwahrscheinlich war, dass plötzlich nicht einmal sie selbst sich sicher waren, ob alles, was sie gesehen, getan oder erlebt hatten, tatsächlich passiert war.

»Siehst du? Sie sind nur Schwindler!«, sagte der Anführer in abschätzigem Ton.

In diesem Moment hatte Mary Rose das Gefühl, als ob ihr wirrer Geist wieder von Licht erfüllt wäre, und die ungeordneten Gedanken fügten sich zu einem Puzzle zusammen, das ihre Geschichte darstellte. Sie atmete noch einmal tief durch, schloss die Augen, um sich zu konzentrieren, und für den Bruchteil einer Sekunde meinte sie noch einmal den Salzgeruch zu riechen, der vom Meer kam und ihren Garten durchzog.

»Wir sind die Grapes oder, besser gesagt, das Ehepaar Grape«, begann sie mit fester Stimme. »So wurden wir jedenfalls überall genannt.«

Mary Rose hielt einen Moment inne, als sie das leise Rauschen der Wellen zu hören glaubte, die gegen den porösen Felsen schlugen, und die durchdringenden Schreie der Möwen, die über ihr Haus flogen. Es war, als ob sie plötzlich die Geräusche vernähme, die in einer jener wunderbaren Muscheln gefangen waren, die sich wie ein vergessener Schatz im Sand finden ließen. Doch als Mary Rose die Augen wieder öffnete, sah sie nur den inquisitorischen Blick des Anführers auf sich ruhen.

»Anders als die Häuser und Geschäfte, die sich unten am Hafen drängten«, fuhr sie fort, »lag unser Haus mehr als einen Kilometer vom Dorf entfernt am Rand der höchsten Klippe der ganzen Insel: dem Todesfelsen.«

Harold nahm sanft die Hand seiner Frau, die nun zu der Stelle in der Geschichte kam, als sie den Brief mit der angekündigten Zwangsräumung erhalten hatten. In diesem Moment veränderte sich der gleichmütige Ausdruck im Gesicht der fremden Frau ein wenig. Mary Rose entging ihr irritierter Blick nicht, und ihr wurde bewusst, dass diese Leute wahrscheinlich gar keine Ahnung hatten, was eine Zwangsräumung war. Also versuchte Mary Rose, es, so gut sie konnte, zu erklären, und da sie sah, dass die Frau sich wieder entspannte, erzählte sie weiter. Als Mary Rose nun zu der letzten Nacht kam, die sie in ihrem alten Haus verbracht hatten, merkte sie, dass ihre Konzentration nachließ und ihr Herz schneller klopfte. So genau wie möglich beschrieb sie den Moment, als der Blitz in das Haus eingeschlagen war, das riesige schwelende Loch in ihrem Garten, den herunterprasselnden Regen und die Windböen, die an ihnen gezerrt hatten. Und schließlich kam sie zu der Stelle, die sie so sehr fürchtete, weil die Geschichte dort eine große Lücke aufwies, da sie im Schlaf nicht mitbekommen hatten, was geschehen war.

»An dieser Stelle können wir nur ahnen, wie es weiterging«, fuhr sie in ernstem Ton fort. »Wir denken, dass durch den Blitzeinschlag in dem Felsen, in dem unser Haus verankert war, tiefe unterirdische Risse entstanden sind, die zusammen mit dem Wind und dem Regen schließlich dazu geführt haben, dass der Teil der Klippe, auf dem unser Haus stand, abbrach und ins Wasser stürzte.«

Der Anführer, der immer noch neben dem Feuer stand, verschränkte die Arme vor der Brust, und seine Miene verhärtete sich wieder.

»Das ist unmöglich!«, schnaubte er.

»Wir wissen, dass kein Haus einen solchen Sturz überstehen kann«, wiederholte Mary Rose. »Bei unserem aber ist es so gewesen.«

Der Mann löste die verschränkten Arme und beugte sich leicht zu den Grapes vor.

»Angenommen, dass das Haus wirklich von diesem Felsen gefallen ist«, knurrte er, »und angenommen, dass es bei dem Aufprall auf das Wasser tatsächlich nicht zerstört worden ist. Wie ist es dann möglich, dass es nicht unterging?«

Harold merkte, dass der Blick der Frau sich ebenfalls verdüsterte. Mary Rose stammelte etwas, kam aus dem Konzept und schwieg dann. Das war für Harold der Moment, einzugreifen.

»Dank des Felsens, auf dem das Haus steht«, sagte er entschieden.

Der Anführer verzog wütend das Gesicht. Doch bevor er etwas sagen konnte, beeilte sich Harold, mit seiner Erklärung fortzufahren, und erzählte von dem Vulkangestein der Insel, das über die Eigenschaft verfügte, schwimmen zu können. Ihm war klar, dass es sich dabei nur um eine Theorie handelte, eine reine Annahme, doch er brachte sie mit einer Überzeugung vor, die keinen Raum für Zweifel ließ. An den Gesichtern der Zuhörer – zumindest der meisten – erkannte Harold, dass sie noch nicht bereit waren, an die Geschichte des übers Meer schwimmenden Hauses zu glauben. Das kleine Mädchen war die Einzige, die sie so begeistert ansah, als ob sie ein Märchen erzählten, in dem die unglaublichsten Dinge geschahen. Harold fragte sich inzwischen selbst, ob ihre Geschichte nicht vielleicht genau das war. Doch bevor er den Faden verlor, fuhr er fort. Er beschrieb den Moment, als sie die Tür geöffnet hatten, um auf die Veranda hinauszutreten, und festgestellt hatten, dass sie plötzlich vom Meer umgeben waren. Dann berichtete er von den Schäden, die das Haus davongetragen hatte, und als er zu der Stelle kam, wo er sich die Hand verletzt hatte, nutzte er die Gelegenheit, um seine Narbe zu zeigen. Auch wenn das Gesicht des Anführers keine Reaktion zeigte, war Harold sich doch sicher, einen Anflug des Erstaunens in seinen skeptisch blickenden Augen gesehen zu haben.

Anschließend erzählte er von dem furchtbaren Moment, als sie in den Keller hinuntergegangen waren und festgestellt hatten, dass durch ein Loch in der Wand Wasser eindrang. Von ihrer Angst und den Schwierigkeiten, das Loch abzudichten, bevor das ganze Haus unterging. Er erwähnte die vielen Stunden, in denen sie das Wasser aus dem Keller geschöpft hatten. Ihre Verzweiflung, als sie gesehen hatten, dass der Wasserspeicher kaputt und kein Trinkwasser mehr vorhanden gewesen war. Und wie es ihnen letztlich gelungen war, die Entsalzungsanlage wieder in Gang zu setzen.

»Die Entsalzungs… Was?«, unterbrach ihn der Junge.

»Entsalzungsanlage«, wiederholte Harold langsamer.

Doch der Junge sah Harold noch immer fragend an. Offensichtlich reichte die Wiederholung des Wortes zur Erklärung nicht aus.

»Eine Maschine, die mithilfe von Elektrizität dem Meerwasser das Salz entzieht, sodass man es trinken kann«, erklärte Harold.

Der Junge riss erstaunt die Augen auf, als könne er nicht glauben, was er gehört hatte.

»Und wie ist es dir mitten auf dem Meer gelungen, Elektrizität zu produzieren?«, wollte er wissen.

Harold sah den Jungen überrascht an. Zum ersten Mal hatte sich sein zorniges Gesicht entspannt. Nun blitzte ein kleiner Funken Neugier in seinen Augen. Daher erlaubte sich Harold, in allen Einzelheiten zu erklären, wie es ihm gelungen war, mithilfe der Trommel des Trockners einen Stromgenerator zu bauen. Er erzählte, wie er in dem Moment, als er bei der Installation seiner Erfindung durchs Fenster steigen wollte, von einer Welle ins Wasser gespült worden war. Er beschrieb seine Panik, als er gesehen hatte, wie das Haus in den großen Wellen davongetrieben war, die ihn immer wieder unter Wasser gedrückt hatten, und wie er sich dank des Stahlseils und der Hilfe eines Delfins hatte retten können. Und als er dann von der Erleichterung erzählte, die ihn überkam, als er endlich wieder den Boden der Veranda unter seinen Füßen gespürt hatte, räusperte sich Mary Rose. Harold sah sie an und wurde sich des Fehlers bewusst, den er begangen hatte.

»Mir hast du gesagt, dass du so nass bist, weil eine Welle über die Veranda geschwappt ist«, murmelte Mary Rose aufgebracht.

»Ich habe es dir verschwiegen, weil ich nicht wollte, dass du dir unnötig Sorgen machst, Rose.«

Mary Rose wandte den Blick wieder nach vorn und schaute in die unwilligen Gesichter ihrer Zuhörer. Und bevor Harold den Faden der Geschichte wieder aufnehmen konnte, ergriff sie das Wort. Sie begann mit der Beschreibung der Polarlichter, die plötzlich am Himmel erschienen waren, als kämen sie aus einer anderen Welt, und der Kälte, die in alle Winkel des Hauses eingedrungen war. Sie erzählte von dem eindrucksvollen Moment, als sie den riesigen Eisberg am Horizont gesehen hatten, von ihrer Panik, als ihnen klar wurde, dass er sie gnadenlos zermalmen würde. Sie erzählte, wie es ihnen dann doch gelungen war, diesen Giganten aus Eis zu durchqueren, und von den Schäden, die das Haus dabei erlitten hatte.

In diesem Moment bemerkte Mary Rose, dass der Anführer, der bis dahin gestanden hatte, sich unauffällig wieder am Feuer niederließ. Mary Rose ließ ihren Blick über die Zuhörer schweifen und lächelte, als sie die großen Augen des Mädchens sah, das voller Konzentration jedem ihrer Worte lauschte. Doch als Mary Rose mit der Geschichte fortfuhr, wurde ihr Gesichtsausdruck wieder ernst. Denn sie beschrieb den Hunger, den Durst und die ständige Angst zu erfrieren. Und als sie zu der Stelle kam, wo das Haus auf dem Eis gestrandet war, erwähnte sie nur kurz, wie der Eisbär die Robbe getötet hatte, und erzählte dann von der Freude, die sie empfunden hatten, als sie die Rauchsäule über den Bergen entdeckt hatten, und von der schwierigen Entscheidung, das Haus zu verlassen und zu versuchen, die weite Strecke zurückzulegen und die Menschen zu finden, die das Feuer entzündet hatten.

»Was ihr gesehen habt, war der Rauch bei dem Lager, das meine Kinder und ich aufgeschlagen haben, um dort die Nacht zu verbringen«, warf der Anführer ein, der nun nicht mehr ganz so grimmig aussah. »Ihr hattet großes Glück, dass wir in den südlichen Bergen auf der Jagd waren und euch gefunden haben«, fuhr er fort, »oder besser, dass meine Tochter Kirima euch gefunden hat.«

Harry und Mary Rose richteten den Blick auf das kleine Mädchen, das überrascht errötete und leicht den Kopf senkte. Sie lächelten.

»Dann danken wir dir«, sagte Mary Rose ruhig. »Du hast uns das Leben gerettet.«

Das Mädchen lächelte schüchtern und hob den Blick.

»Es war nicht schwer, euch zu finden«, sagte es mit heller Stimme, »Nattiq hat so laut geschrien, dass man es schon von Weitem hören konnte.«

»Nattiq?«, fragte Mary Rose.

»›Nattiq‹ bedeutet ›Robbe‹«, erklärte der Junge.

»Als wir euch gefunden haben, lag die Robbe auf euren Beinen«, fuhr der Mann fort. »Ich weiß nicht, wie sie dorthin kam, aber ich versichere euch, dass ihre Wärme euch einige Minuten länger am Leben gehalten hat.«

Wieder trat eine allgemeine Stille ein. Die Geschichte war zu Ende, und weder das Knacken der Glut noch das Blubbern im Topf konnte diese Stille füllen. Allerdings war es eine andere Stille als zuvor. Diese Stille hielt an, weil alle versuchten, die Geschichte zu verarbeiten, und sich immer wieder fragten, ob sie die Wahrheit gehört hatten oder in ein Netz von Lügen geraten waren.

Harold und Mary Rose wussten, dass sie nun nichts mehr tun konnten. Sie hatten ihre Geschichte erzählt.

Ein paar Sekunden später sah der Anführer zu seiner Frau hinüber und erhob erneut die Stimme. Er sprach in seiner Sprache, damit die Grapes seine Worte nicht verstanden. Die Frau antwortete etwas. Harold und Mary Rose warteten ängstlich ab. Harold drückte die Hand seiner Frau, als er merkte, dass sie zitterte, und wandte auf der Suche nach ihrem Blick leicht den Kopf. Mary Rose hätte Harold zu gern etwas gesagt, doch sie wusste, dass es besser war zu schweigen.

Der Mann und die Frau diskutierten jetzt, und auch wenn die Grapes kein Wort verstanden, signalisierte der Ausdruck ihrer Gesichter, dass sie nicht der gleichen Meinung waren. Mary Rose ließ den Blick langsam über die Gesichter des Jungen und des Mädchens schweifen, doch keiner von beiden sah sie direkt an. Plötzlich wurde der Mann lauter, und Mary Rose zuckte zusammen. Unbewusst drückte Harold die Hand seiner Frau fester, was diese nicht einmal bemerkte. Ihre Augen erflehten eine Antwort, ein Signal des Einverständnisses.

Dann lehnte die Frau sich vor. Harold und Mary Rose sahen sie furchtsam an. Die Frau streckte die Arme aus und hielt ihnen zwei Schüsseln hin, die etwas von der dickflüssigen Mixtur aus dem Kessel enthielten. Diese kleine Geste sorgte dafür, dass die Atmosphäre im Raum sich entspannte. Und in dem Moment wussten die Grapes, dass diese Menschen ihnen glaubten.

EIN DUNKLER SCHLEIER

In dieser Nacht machten Harold und Mary Rose kaum ein Auge zu. Sie froren, denn trotz der Erleichterung, die sie empfunden hatten, als ihnen klar wurde, dass man ihnen ihre ungeheuerliche Geschichte glaubte, waren sie sich immer noch nicht sicher, was nun mit ihnen geschehen würde. Als schließlich vor dem Zelt der Schnee knirschte, horchten sie auf, und kurz darauf erschien in der Öffnung der Plane Kirimas kleines Gesicht. Sie sah sie mit einer Mischung aus Schüchternheit und Neugier im Blick an und bat sie, ihr zu folgen.

Harold und Mary Rose machten sich erneut in Richtung der Zelte auf den Weg und spürten vor Aufregung ein leichtes Kribbeln im Magen. Grauer Rauch stieg von den Dächern der großen Zelte auf, und in der Ferne war das Bellen eines Hundes zu hören.

Doch anders als sie geglaubt hatten, führte Kirima sie nicht zu den Wohnstätten. Mit entschiedenem Schritt geleitete die Kleine sie am Rand der Ansiedlung vorbei, und die Grapes strengten sich an, mitzuhalten. Mary Rose kam noch immer nicht wirklich schnell voran, aber die Stiche in ihrem Knie waren deutlich seltener geworden.

Das Hundegebell wurde lauter, und Harold und Mary Rose blickten unsicher um sich. Sie hatten keine Ahnung, wohin das Mädchen sie führte, denn als sie es gefragt hatten, hatte es keine Antwort gegeben.

Schließlich blieb die Kleine, nachdem sie die letzten Zelte hinter sich gelassen hatten, vor einem runden Bau stehen, der von einer dicken Schneeschicht bedeckt war, sodass er aussah wie ein riesiges Baiser. Er befand sich genau am anderen Rand der Siedlung. Kirima trat an den Eingang und sagte leise ein paar Worte, die Harold und Mary Rose nicht verstanden.

Dann bewegte sich die Felltür am Eingang, und zwei in grobe Fellmäntel gehüllte Gestalten traten heraus. Es waren der Mann und die Frau.

Harold und Mary Rose sahen sich überrascht an, und bevor sie irgendwie reagieren konnten, ergriff der Mann das Wort.

»Das ist euer neues Zelt«, sagte er und wies mit der behandschuhten Hand darauf.

Die Grapes betrachteten den Bau. Im Unterschied zu dem armseligen Zelt mit der geflickten Plane war dieses aus dicken dunklen Fellen gefertigt, hatte einen robusten Unterbau, war hoch genug, um darin zu stehen, ohne mit dem Kopf an die Decke zu stoßen, und breit genug, um darin zu schlafen, ohne die Wände zu berühren.

»Darin findet ihr auch bessere Kleidung«, fügte die Frau mit einem schrägen Blick auf ihre befleckten und halb zerrissenen Mäntel hinzu.

Und bevor Harold und Mary Rose irgendetwas sagen konnten, gaben der Mann und die Frau dem Mädchen ein Zeichen, und alle drei verschwanden hinter den großen Zelten, die sich nur ein paar Meter von ihnen entfernt erhoben. Die Grapes wandten sich ihrem neuen Heim zu und traten leicht unschlüssig ein.

Als sie in den Raum kamen, nahmen sie den gleichen herben Geruch wahr wie in dem großen Zelt, aber das störte sie nicht. Dank einer Kerze, die auf einem Stück Keramik auf dem Boden brannte und ihr sanftes Licht verbreitete, war es nicht so dunkel in dem Zelt, wie es sonst gewesen wäre. Dicke Felle bedeckten den Boden, auf dem auch noch ein paar Fellkissen lagen. In der Wärme wurden ihre blassen Wangen rot. Der ganze Raum strahlte Sicherheit und Behaglichkeit aus.

Sie machten ein paar Schritte und kamen zu dem einzigen Möbelstück, das im Zelt stand. Es war eine grob gearbeitete Ledertruhe, die so dunkel war, dass sie beinahe schwarz erschien. Sie öffneten die Truhe und fanden die Kleidung darin, von der die Frau gesprochen hatte: zwei grobe helle Pelzmäntel mit Kapuzen, deren grauer Fellrand äußerst weich war, zwei Hosen aus dem gleichen Fell wie die Mäntel, zwei Paar robuste, mit Fell gefütterte Stiefel, zwei Paar Fäustlinge und ihre Rucksäcke. Letztere hatten sie völlig vergessen. Sie öffneten sie und stellten fest, dass darin immer noch je ein Paar Strümpfe, Unterwäsche zum Wechseln, zwei dünne Pullover, die abgewetzte Decke, die Taschenlampe und die Feldflasche lagen. Die Taschenlampe funktionierte nicht mehr, und die Feldflasche war leer, was nun jedoch keine Rolle mehr spielte.

Bis zu diesem Moment war ihnen gar nicht bewusst gewesen, wie viele Tage sie schon dieselben Sachen trugen, die einzigen Kleidungsstücke, die sie noch hatten. Erschöpft, wie sie waren, zogen sie sich langsam aus. Schon dabei gerieten sie außer Atem. Zum ersten Mal nach all den Tagen voller Hunger und Entbehrungen hatten sie ein vollständiges Bild ihrer versehrten, ausgemergelten Körper vor sich. Schlüsselbeine und Rippen stachen hervor, und ihre fast durchsichtige Haut war mit Hämatomen und Kratzern überzogen.

Ergriffen strich Rose über einen riesigen blauen Fleck auf Harolds Schulter. Langsam trat sie näher zu ihrem Mann, und dann, als hätte sie die Macht, alle Verletzungen und Blessuren auf eine magische Art zu heilen, drückte sie zärtlich ihre Lippen auf seine Schulter. Harold spürte, wie sich an seinem Körper sämtliche Härchen aufrichteten, und er zog Mary Rose zärtlich an sich, um sie vorsichtig zu umarmen. Eine ganze Weile verharrten sie so, sie hielten sich nackt und bloß, wie sie waren, in den Armen und spürten das Klopfen ihrer Herzen und die Wärme ihres Atems. Schweigend sahen sie sich in die Augen, die im flackernden Schein der Kerze dunkel glänzten, in dem Wissen, dass sie, auch wenn ihre Körper das Gegenteil zu sagen schienen, noch am Leben waren.

STILLE

Zum ersten Mal seit langer Zeit schreckten die Grapes in der Nacht nicht aus dem Schlaf, weil sie irgendein seltsames Geräusch hörten, weil ihre hungrigen Mägen sie nicht schlafen ließen oder weil eine eisige Windböe sie geweckt hatte. Zum ersten Mal nach vielen Monaten spürten Harold und Mary Rose, dass der harte Panzer, den sie bisher zum Überleben gebraucht hatten, Risse bekam und aufbrach. Und zum ersten Mal fühlten sie sich sicher und geborgen in ihrem warmen Zelt und der Stille, die in ihrem Inneren Einzug hielt.

DIE EISNOMADEN

Die Tage vergingen langsam und träge. Genau wie die Schneeflocken, die unmerklich die weite Eisfläche immer dicker werden ließen, sorgten viele Stunden Schlaf, die Wärme im Zelt und das fetthaltige Essen dafür, dass Harolds und Mary Roses ausgezehrte Körper sich nach und nach erholten. Ihre knochigen Gesichter wurden weicher, ihre Arme und Beine kräftiger, und nur die Narben erinnerten noch an ihre Wunden und Verletzungen. Harolds rauer Husten verschwand fast vollkommen, und Mary Rose konnte wieder ein paar Schritte über den Schnee gehen, ohne dass ihr Knie schmerzte.

Auch das Verhalten der Bewohner der Siedlung veränderte sich, sodass sich die Grapes nicht länger wie Aussätzige vorkamen. An den Blicken der Leute erkannten sie, dass ihre Geschichte sich mit der Leichtigkeit des Windes, der den Schnee über die Ebene wehte, auch im letzten Winkel der Siedlung verbreitet hatte. Niemand sah sie mehr ablehnend, ängstlich oder drohend an, und auch wenn kaum einer es wagte, sie anzusprechen, wichen die Menschen ihnen doch nicht mehr aus.

Kirima hatte es sich zur Aufgabe gemacht, die beiden Fremden innerhalb der Siedlung zu begleiten. Zunächst hatten Harold und Mary Rose gedacht, sie wäre dazu beauftragt worden, doch nach ein paar Tagen wurde ihnen klar, dass sie es tat, weil sie es so wollte. Jeden Morgen erschien ihr schüchternes Gesicht in der Öffnung zwischen den Fellen im Eingang ihres Zelts, um ihnen einen guten Morgen zu wünschen. Sie brachte immer zwei Schalen mit Wasser und ein paar winzige silbrige Fische mit. Das Essen war nicht für die Grapes gedacht, sondern für die Robbe oder »Nattiq«, wie sie inzwischen auch von ihnen genannt wurde. Die kleine Robbe war ganz selbstverständlich mit umgezogen, und wenn sie die Schritte des kleinen Mädchens hörte, löste sie sich eilig aus ihrer knäuelartigen Schlafposition und schoss wie eine Rakete nach draußen. Während vor dem Zelt Kirimas Lachen erklang, nutzten Harold und Mary Rose die Zeit, um ihre voluminösen Mäntel anzuziehen, bevor auch sie das Zelt verließen.

Die Entfernung des Zelts der Grapes zu dem von Kirimas Eltern war nicht besonders groß, doch nach einigen Tagen fiel dem älteren Ehepaar auf, dass Kirima jedes Mal langsamer ging, als wolle sie auf diese Weise Zeit gewinnen, um ihnen noch mehr Fragen stellen zu können. Die kurzen Spaziergänge mit dem Mädchen wurden mit der Zeit für Harold und Mary Rose zum Höhepunkt des Tages; es war ihr morgendliches Ritual, um munter zu werden. Die Kleine wollte alles über den Ort wissen, an dem sie gelebt hatten, und ob alle dort so große Augen hatten wie sie, was sie gegessen hatten und wie die Landschaft aussah. Harold und Mary Rose wussten, dass ihr Leben in San Remo de Mar alles andere als aufregend gewesen war, doch für das Mädchen schien jede ihrer Antworten eine exotische Rarität zu beschreiben, die es erstaunt und nachdenklich zurückließ.

»Und es gibt keine Eisbänke, wo man fischen kann?«, fragte sie mit leicht gerunzelter Stirn.

Beim Anblick von Kirimas irritiertem Gesichtsausdruck konnten die Grapes ein Lachen nicht zurückhalten, was die Kleine nur noch mehr verwirrte. Kirimas Schüchternheit verlor sich, während sie versuchte, das Leben der Grapes zu verstehen, und unter all ihren Fragen waren die über die Zeit, während der sie in ihrem Haus über das Meer getrieben waren, die, die sie am meisten zu interessieren schienen. Auf jede ihrer Erklärungen, jede Anekdote, die sie erzählten, reagierte die Kleine mit noch viel mehr Fragen. Ihre Neugier war unersättlich, was die Grapes jedoch nicht störte. Sie mochten es, wenn sie ihre schmalen Augen aufriss, als ob sie auf diese Art und Weise noch mehr Wissen aufsaugen könnte. Kirima hatte einen so unschuldigen und lebendigen Blick, der in der Lage zu sein schien, jedes Geheimnis der Welt zu ergründen. Ein Blick, wie sie ihn schon einmal gesehen hatten, bei Dylan. Und dann spürten sie, wie ihre Herzen sich schmerzlich zusammenzogen, tief in ihrem Inneren, wo das Unglück ihres Lebens verborgen saß, zu tief, als dass man es hätte durchschimmern sehen, es sei denn, man hätte auf das verräterische Glitzern in ihren Augen geachtet. Doch wenn sie in das große Zelt von Kirimas Familie eintraten, hatte sich das Unglück bereits wieder versteckt.

Genau wie Kirimas Schüchternheit ließ auch die Anspannung der Grapes immer mehr nach, und wenn sie jetzt über den Fellteppich des großen Zeltes schritten, taten sie das mit immer größerer Selbstverständlichkeit. Beinahe unmerklich war die Hitze des Feuers für sie zur Normalität geworden, und auch wenn sie sich einfach nicht an den penetranten Geruch und Geschmack des Essens gewöhnen konnten, verursachte es ihnen zumindest keinen Brechreiz mehr.

Auch Kirimas Vater hatte sich verändert. Sein eisiger Blick und seine harsche Stimme hatten sich mit der Zeit genauso verflüchtigt, wie im Frühling das harte winterliche Eis schmolz. Ohne die Zornesfalten auf der Stirn war sein Gesichtsausdruck wesentlich milder, und Harold und Mary Rose stellten überrascht fest, dass er viel jünger war, als sie zunächst gedacht hatten.

Am Feuer sitzend, stellte das Mädchen immer wieder dieselbe Frage, die sie beim ersten Mal völlig unvorbereitet getroffen hatte.

»Und kehrt ihr irgendwann auf diese Insel zurück?«, erkundigte es sich unschuldig.

Harold und Mary Rose sahen sich an, da sie nicht wussten, was sie antworten sollten. Sie selbst hatten sich diese Frage seit dem Moment, als sie festgestellt hatten, dass ihr Haus auf dem Ozean schwamm, immer wieder gestellt. Nachdem sie von den Nomaden gerettet worden waren, hatten sie gedacht, endlich eine Antwort darauf zu finden, was jedoch nicht der Fall gewesen war. Obwohl sie nun schon einige Zeit in der Siedlung lebten, hatten sie noch immer keine Ahnung, wie weit dieser Ort von San Remo entfernt war und ob es auch nur die geringste Möglichkeit für sie gab, dorthin zurückzukehren. Harold und Mary Rose wussten inzwischen, dass ihre neuen Nachbarn ihre Sprache durch den Warenaustausch gelernt hatten, den sie offenbar praktizierten, allerdings war ihnen bisher kein solcher Kontakt aufgefallen.

Harold merkte, dass Kirimas Vater sie anschaute, als könne er die Unruhe in ihren Augen sehen, und schließlich brachte er das Thema als Erster zur Sprache.

»Ich hätte diese Sache schon längst erwähnen sollen«, sagte er mit seltsam ruhiger Stimme.

Dann machte er eine Pause und sah sie prüfend an. Harold und Mary Rosse merkten, dass sie unruhig wurden, und für eine Sekunde fühlten sie sich an den Moment erinnert, in dem sie dieses Zelt zum ersten Mal betreten hatten.

»Ich weiß, dass es euch beunruhigt, nicht zu wissen, ob und wann ihr zu eurer Insel zurückkehren könnt«, fuhr der Nomade fort. »Aber es ist noch zu früh, um euch diese Frage zu beantworten. Ihr müsst erst zu Kräften kommen und darauf warten, dass sich das Wetter ändert.«

Nach diesen Worten fühlten sich Harold und Mary Rose seltsam erleichtert. Sie waren wie von einem Druck befreit, den sie viele Monate über hatten ertragen müssen. Sie wussten nicht, wie lange sie noch auf die Antwort würden warten müssen, doch zum ersten Mal konnten sie damit rechnen, dass es überhaupt eine Möglichkeit gab zurückzukehren. Sie vertrauten vollkommen auf das Urteil dieses rauen Mannes und die Aufrichtigkeit dieser Menschen. Daher nahmen sie sich die Zeit, ihre Wunden heilen zu lassen und die Nomaden besser kennenzulernen.

Der Name des Mannes war Amak. Wie Harold und Mary Rose bereist vermutet hatten, war er so etwas wie der Anführer dieser kleinen Gemeinschaft, die auf diesem einsamen und abgelegenen Teil des Eisschilds lebte. Amak war ein nüchterner Mensch, allerdings verstanden Harold und Mary Rose nach einer Weile, dass seine Härte mit der Verantwortung zu tun hatte, seine Familie und die anderen Siedlungsbewohner beschützen zu müssen. Beinahe jeden Tag ging er fischen oder auf die Jagd. Manchmal kam er erst drei Tage später zurück, wenn er auch nie allein ging. Er erklärte den Grapes, dass das Eisfischen ihre Haupternährungsquelle darstellte, aber auch eine äußerst gefährliche Unternehmung war, da das Eis manchmal brach. Und wenn man erst einmal in das kalte Wasser gefallen war, war man zum Tode verurteilt, da man nicht schnell genug gerettet werden konnte. Daher machte Amak sich immer in Begleitung auf den Weg, entweder in Gesellschaft von Ukluk, seines bereits fast erwachsenen Sohnes, oder eines der Männer aus der Siedlung. Kirima wollte jedes Mal mitkommen, wenn sie loszogen, doch nicht immer konnte sie ihren Vater überzeugen. Das Mädchen wollte viel lieber fischen gehen als mit den anderen Kindern in der Siedlung spielen. Sie hatte die gleichen klaren Vorstellungen wie ihr Vater, der, so lange es auch dauerte, niemals mit leeren Händen zurückkehrte. Er brachte Dutzende glänzende Kabeljaus mit und manchmal sogar ein Rentier, das Harold dann zusammen mit den anderen Männern abzuladen half.

An einem kalten, windigen Morgen hatten die Grapes ihr erstes Rentier gesehen. Auf ihrer alten Insel hatte es nicht viele Tiere gegeben. Und von allen, die sie je gesehen hatten, waren die Hirsche, die sich in der Nacht manchmal aus dem Schutz des Waldes wagten, um in den Müllresten zu schnuppern, den Rentieren noch am ähnlichsten. Wobei das Rentier natürlich viel größer, sein Fell viel dichter und sein Geweih massiver und schwerer war als das eines Hirsches. Mehrere Männer mussten mit anfassen, um ein Rentier vom Anhänger des Schlittens herunterzunehmen. Und sie konnten alle mehrere Tage von seinem Fleisch satt werden.

Die größte Überraschung jedoch erlebten Harold und Mary Rose ein paar Abende später. Sie hatten es sich gerade in ihrer Unterkunft bequem gemacht, als sie wilde Schreie hörten. Zuerst hatten sie sich erschreckt, aber als sie ihr Zelt verließen, sahen sie, dass alle Bewohner der Siedlung sich mit Fackeln und Laternen in den Händen um Amaks Schlitten scharten und ein Triumphgeheul ausstießen. Als es den Grapes schließlich gelang, sich bis zur Mitte vorzukämpfen, blieben sie staunend stehen und rissen die Augen auf. Auf dem schneebedeckten Boden lag die riesige Schwanzflosse eines Wals. Wie es schien, hatten die Männer den Wal nicht gejagt, sondern er hatte tot zwischen den Schollen vor dem Eisschild gelegen. Das Einzige, was sie von dem bereits halb geplünderten Tier noch hatten retten können, war die Schwanzflosse, die für die Menschen in der Siedlung jedoch von großem Wert war, wie Harold und Mary Rose bald feststellten. Die riesige Schwanzflosse wurde unter allen aufgeteilt, und noch am selben Abend wurde das

Fleisch von der Frau, die Mary Rose die Salbe gegeben hatte, zubereitet. Ihr Name war Aga, und sie war Amaks Frau. Beide waren die Eltern von Ukluk und Kirima. Inmitten der allgemeinen Euphorie saßen Harold und Mary Rose auf den Fellen und sahen zu, wie Aga mit breitem Lächeln das fettige Fleisch des Wales briet. Das Fett war gelb wie Butter und verbreitete einen strengen Geruch, der ihnen Übelkeit verursachte. Als Aga ihnen schließlich von dem Fleisch anbot, zögerten sie kurz, aber schließlich wussten sie, dass für diese Menschen das Gericht etwas ganz Besonderes war. Zu besonders, um es abzulehnen und sie zu beleidigen. Also probierten sie es, und überraschenderweise schmeckte es ihnen. Es schmeckte ihnen sogar sehr.

Allerdings war Aga nicht nur eine gute Köchin. Im Laufe der Zeit erkannten die Grapes, dass ihre Aufgabe in der Gemeinschaft der einer Heilerin ähnlich war. Eines Abends, als die Grapes nach dem Essen aufgestanden waren, um sich in ihr Zelt zurückzuziehen, stolperte Mary Rose über eines der Felle und fiel auf das verletzte Knie. Sie konnte ein leichtes Stöhnen nicht unterdrücken und musste sich wieder hinsetzen. Aga kam zu ihr und begutachtete das Knie, wobei sie die Kniescheibe vorsichtig von rechts nach links bewegte und aufmerksam Mary Roses Reaktionen beobachtete.

»Schmierst du es noch immer mit der Salbe ein?«, fragte sie.

Mary Rose schüttelte den Kopf. »Vor einigen Wochen habe ich damit aufgehört, weil es nicht mehr wehgetan hat.«

Aga presste nachdenklich die Lippen aufeinander. Am nächsten Morgen, als die Grapes wieder in Begleitung von Kirima eintrafen, saß Aga in einer Ecke des Raums auf einer breiten Schlafstelle, wo sie in einem einfachen Mörser mehrere Zutaten mischte. Seit Harold und Mary Rose in dieser öden Landschaft angekommen waren, hatten sie nicht eine Pflanze wachsen sehen, doch in der Truhe aus dunklem Holz, die neben Aga stand, befanden sich kleine Fläschchen mit allen möglichen getrockneten Blättern, spiralförmigen Hornstücken und gallertartigem Knorpel. Wenig später gab Aga Mary Rose einen neuen Topf mit Salbe, und nach ein paar Tagen war von der Verletzung tatsächlich nichts mehr zu spüren.

Kirima ihrerseits begann sie ein paar Worte in ihrer Sprache zu lehren.

»›Irnik‹ heißt ›Sohn‹ und ›Panik‹ heißt ›Tochter‹«, erklärte sie ihnen, wobei sie auf zwei Hundewelpen zeigte.

Harold und Mary Rose wiederholten geduldig jedes Wort und versuchten, sich die Aussprache zu merken, doch wenn sie das Gelernte dann dem Rest der Familie gegenüber anwendeten, ernteten sie stets großes Gelächter, was sie erröten ließ.

Und so vergingen die Tage beinahe unmerklich, immer schneller, immer leichter, und allmählich verspürten Harold und Mary Rose ein leichtes Schuldgefühl. Sie fühlten sich schuldig, weil sie diesen Menschen nicht vergelten konnten, was sie für sie taten. Dieser Gemeinschaft, die, obwohl sie beinahe nichts hatte, keinen Moment zögerte, das Wenige mit ihnen zu teilen. Im Vergleich zu dem Dasein der Nomaden erschien ihnen ihr Leben in San Remo opulent und frivol.

Die Gebäude, in denen diese Menschen lebten, waren nicht mit schweren Möbeln vollgestopft, die man nirgendwohin mitnehmen konnte. Ihre Wände waren nicht mit in Öl gemalten idyllischen Landschaften geschmückt, und sie besaßen nichts, was nicht irgendeine lebenswichtige Funktion hatte. In der ganzen Siedlung gab es keinen Strom und kein fließendes Wasser. Das Wasser, was sie zum Trinken, Kochen und Waschen brauchten, schmolzen sie aus dem Schnee, und anstatt Elektrizität nutzten sie das Feuer in ihren Zelten und Fackeln.

In der Dunkelheit seines Zeltes musste Harold daran denken, dass er fast einmal sein Leben riskiert hatte, um eine kleine

Glühbirne zum Brennen zu bringen. Eine Glühbirne mitten im Nichts, die er ausgemacht hatte, als am Himmel die schönsten goldfarbenen Lichter erstrahlten, die er jemals gesehen hatte.

In diesem Moment klang eine schüchterne Stimme durch die Öffnung im Zelt. Es war Kirima, die wie jeden Morgen kam, um sie zu wecken.

DIE GROSSE LÜCKE

Harold und Mary Rose betraten in Begleitung von Kirima das große Zelt. Die Kleine hüpfte über die Decken und Felle, die auf dem Boden lagen, und setzte sich schwungvoll hin. Amak, Aga und Ukluk saßen bereits im Halbdunkel um das Feuer herum.

Harold und Mary Rose traten zu ihnen, grüßten und ließen sich dann in der Lücke zwischen dem Mädchen und Amak am Feuer nieder. Der Geruch nach gebratenem Kabeljau ließ ihre Mägen knurren. Aga bot jedem von ihnen eine Schale mit dem Fisch an, und sie begannen schweigend zu essen, nur begleitet von dem unablässigen Knistern der Flammen, die an dem hängenden Topf hochzüngelten. Zu dieser Zeit am Morgen wurde nie viel gesprochen, dennoch hielt die Stille diesmal länger als üblich an.

Harold blickte aus dem Augenwinkel zu Amak hinüber und stellte fest, dass er nichts aß. Sein Blick war starr aufs Feuer gerichtet, und seine Stirn war von tiefen Falten zerfurcht. Amak seufzte, und bevor ihm auffiel, dass er beobachtete wurde, richtete Harold den Blick wieder auf seinen Teller.

»Heute Nacht brechen mein Sohn und ich zum Eisfischen auf«, sagte Amak schließlich langsam.

Als Kirima dies hörte, rutschte sie aufgeregt auf ihrem Kissen hin und her.

»Darf ich mitkommen?«, fragte sie mit vollem Mund.

Amak seufzte erneut und sah sie an, während er die Antwort abwog.

»Du störst doch nur«, murmelte der Junge.

Kirima schluckte eilig das Essen hinunter und sah ihren Bruder mit gerunzelten Augenbrauen an.

»Nur, weil ihr mich nie etwas machen lasst!« Sie richtete den Blick auf ihren Vater. »Bitte! Es ist so lange her, dass ich mit euch gehen durfte!«

Harold und Mary Rose sahen, dass die Augen des Mädchens erwartungsvoll glänzten, während es, auf eine Antwort wartend, abwechselnd die Mutter und den Vater anschaute.

»Du weißt, dass das Eisfischen sehr gefährlich ist, Kirima«, sagte Aga ruhig. »Ich glaube nicht, dass es die richtige Beschäftigung für ein kleines Mädchen …«

Kirima rollte mit den Augen und warf den Kopf nach hinten, als könne sie diesen Satz nicht mehr hören.

»Ich bin schon sieben Jahre alt! In meinem Alter hat Ukluk dir schon geholfen, das Loch in das Eis zu schlagen!«

»Ich war aber doppelt so stark wie du!«, rief ihr Bruder aus.

Die Grapes konnten ein Lächeln nicht unterdrücken, als sie sahen, dass das Gesicht der Kleinen die gleiche rote Farbe annahm wie das ihres Vaters an dem Tag, als sie sich kennengelernt hatten. Es gab keinen Zweifel, dass Kirima das hitzige Temperament ihres Vaters geerbt hatte, doch schien sie auch über die Fähigkeit ihrer Mutter zu verfügen, sich unter Kontrolle zu halten. Die Kleine atmete tief durch und tat so, als hätte sie die Worte ihres Bruders nicht gehört.

»Es ist nicht richtig, dass ihr mich, nur weil ich ein Mädchen bin, anders behandelt«, erklärte sie, wobei sie versuchte, das Zittern in ihrer Stimme zu unterdrücken.

Amak seufzte und sah seine Tochter stirnrunzelnd an, doch das Lächeln des Kindes und die sprühenden Augen schienen jeden zum Schmelzen zu bringen. Selbst er musste lächeln. »Du gibst wohl nie auf, was?«, fragte er und sah Kirima eindringlich an.

Das Lächeln des Mädchens wurde breiter, und es schüttelte entschieden den Kopf. Amak sah Aga aus dem Augenwinkel an, die schließlich nickte, obwohl ihr der Gedanke offensichtlich nicht gefiel.

»Na schön, du gehst mit uns«, sagte Amak. »Aber nur unter der Bedingung, dass du nach unserer Rückkehr deiner Mutter hilfst, die Sachen für die Reise einzupacken.«

Harolds und Mary Roses Lächeln verschwand abrupt, als sie das Wort »Reise« hörten, doch bevor sie eine Frage stellen konnten, meinte Amak:

»Der Moment ist gekommen.« Er sah die Grapes ernst an. »In ein paar Tagen brechen wir die Zelte ab und ziehen weiter nach Norden.«

Mary Rose spürte plötzlich ein heftiges Kribbeln im Bauch und wagte kaum zu atmen. Die Grapes sahen sich unsicher an. Ihr Gesichtsausdruck ähnelte dem von Kirima, wenn sie ihr eine Antwort gaben, die sie nicht verstand.

»Nach Norden?«, murmelte Harold.

»Zu dieser Jahreszeit beginnt der Eisschild zu schmelzen. In ein paar Monaten wird hier nur noch Wasser sein«, erklärte Amak und wies auf den Zeltboden. »Wir müssen nach Norden ziehen, wo das Eis dann noch fest ist und wir sicher sind.«

Während die Grapes sich bemühten, seinen Ausführungen zu folgen, wandte sich Amak seiner Frau zu, als wolle er sie um Hilfe bitten. Als diese sich jedoch nicht regte, seufzte Amak und fuhr mit seiner Erklärung fort:

»Es gibt zwei Routen, die nach Norden führen. Die eine geht über die Berge, wo wir normalerweise diese Monate verbringen. Die andere führt zu der Großen Lücke.«

Harold und Mary Rose starrten ihn immer noch verständnislos an. Das, was Amak ihnen zu sagen versuchte, beunruhigte sie. Mary Rose spürte, wie ihr Herz plötzlich schneller klopfte.

»In der Zeit der Schneeschmelze«, fuhr Amak fort, »bildet sich im Eisschild ein mehrere Kilometer breiter Spalt, der ›die Große Lücke‹ genannt wird. Dadurch entsteht eine Art Kanal, der nur ein paar Monate offen ist und die beiden Meere verbindet, die den Rest des Jahres über durch das Eis voneinander getrennt sind.« Er schwieg für einen Moment und richtete den Blick aufs Feuer. »Auf diese Weise entsteht eine Wasserroute, die jeden Tag von Schiffen durchfahren wird, Schiffen, die zu den … Städten unterwegs sind.«

Als Harold und Mary Rose das hörten, verstanden sie endlich. Ihre Herzen begannen zu rasen, während ihre Gedanken aus irgendeinem Grund seltsam langsam waren.

»Beide Reisen sind lang und beschwerlich, und deshalb muss ich euch diese Frage stellen …« Amak holte tief Luft und sah Harold und Mary Rose eindringlich an. »Wollt ihr mit uns in die Berge ziehen und dort bleiben, oder wollt ihr zu der Großen Lücke, um nach Hause zurückzukehren?«

Nachdem Amak diese Frage ausgesprochen hatte, lastete die Stille schwer im Raum.

Die Grapes sahen sich an und dachten wohl beide das Gleiche. Nach all der Zeit, in der sie das Meer und den Himmel vergeblich nach einer Möglichkeit abgesucht hatten, gerettet zu werden, nach all den gefährlichen Abenteuern, die sie wie durch ein Wunder gemeinsam bestanden hatten, nach all dem Leid und den Entbehrungen und nachdem sie Tausende von Kilometern durch Wasser, Schnee und Eis geirrt waren, bot Amak ihnen nun eine Möglichkeit, nach San Remo, zu ihrer Insel, nach Hause zurückzukehren; dies würde wahrscheinlich für lange Zeit ihre einzige Gelegenheit sein.

»Aber ihr Haus ist doch hier, Papa!«, sagte Kirima in die Stille. »Wir haben es schließlich selbst am Rand des Eisschilds gesehen!« Sie klang verärgert, so als hätte ihr Vater völligen Unsinn von sich gegeben.

Alle sahen die Kleine für eine Sekunde an, ohne ihren Worten irgendeine Bedeutung zuzumessen. Tränen liefen über Mary Roses gerötetes Gesicht, doch diesmal waren es keine bitteren Tränen, sondern Freudentränen. Harold umarmte seine Frau so stürmisch, dass ihr die Luft wegblieb. Ihre Körper zitterten, jedoch nicht vor Kälte oder Schwäche, sondern vor Glück. Nachdem sie all diese Monate ums Überleben gekämpft und gehofft hatten, war endlich der Moment gekommen, nach Hause zurückzukehren. Auch Kirima stand lachend auf und hüpfte herum, in einer Freude, die sie nicht verstand, die sie aber an alle weiterzugeben schien, und ohne darüber nachzudenken, warf sie sich von hinten auf die Grapes und drückte sie. Und plötzlich merkten Harold und Mary Rose, dass sie das Mädchen jetzt schon vermissten.

Es wurde bereits dunkel, als die Grapes das Zelt von Amak und Aga verließen. Eine dünne Schneeschicht bedeckte die Zeltdächer in der Siedlung, doch zum ersten Mal machte es Harold und Mary Rose kaum etwas aus, die kalten Schneeflocken auf ihren Gesichtern zu spüren. Sie lächelten, lauschten auf das Knirschen des Schnees unter ihren Stiefeln und sahen den kleinen Dunstwolken nach, die aus ihren Mündern kamen.

Alle Mitglieder der Nomadengemeinschaft hatten sich in den Schutz ihrer heimeligen Zelte begeben. Träge stieg Rauch über einer der letzten Hütten am Rand der Siedlung auf, während sich an einer anderen ein abgenutztes Fell von der Wand gelöst hatte und geräuschvoll im Wind flatterte. Kurze Zeit später kamen auch die Grapes zu ihrem Zelt, dem warmen Zufluchtsort, der ihnen eine Ruhe und eine Bequemlichkeit bot, wie sie sie lange nicht mehr empfunden hatten.

Doch dann, kurz bevor sie den Eingang erreichten, verlangsamte Harold seinen Schritt und blieb schließlich stehen. Die Sonne hatte sich schon vor einer Weile hinter den dicken Schneewolken versteckt, doch das zarte Licht des Sonnenuntergangs sorgte noch für relativ klare Sicht.

Mary Rose griff nach Harolds Hand und hielt sie fest. Dann legte sie den Kopf an seine Schulter und spürte durch das Fell ihrer Mäntel die Wärme seines Körpers.

Vor ihnen breitete sich ein Meer an riesigen Eisschollen und -platten aus, die sich am Rand des Eisschilds übereinanderschoben. Nun war die Zeit gekommen, diesen Ort am Ende der Welt zu verlassen. Harold drückte Mary Roses Hand ein wenig fester und sah zu, wie das Eis sich still und unablässig in Richtung des unbekannten Meeres bewegte. Doch wonach die Grapes wirklich Ausschau hielten, war nicht das Eis oder das Meer, sondern ein Punkt in der Ferne, der im Dunst aufgetaucht war, direkt an der Kante, an der der Eisschild gebrochen war. Ein gelber Punkt, dessen Farbe in dem ihn umgebenden Weiß kaum zu sehen war. Es handelte sich um ein Haus, das dort zwischen Tonnen an Eis und Schnee lag, wo sich ihm ein Meer an Möglichkeiten bot, die sich bis ins Unendliche auszudehnen schienen, und das sie in wenigen Tagen für immer zurücklassen würden. Harold und Mary Rose hielten sich in den Armen, während die letzten Lichtstrahlen des Tages langsam verschwanden und sich der Schleier der Nacht über alles legte. Bald war der kleine gelbe Punkt nicht mehr zu erkennen, und sie verstanden, dass dies der Moment des Abschieds war, von dem Haus und von allem, was es für sie bedeutete. Sie mussten plötzlich an den Tag ihres Einzugs denken. Noch einmal meinten sie das Echo ihrer Schritte in den leeren Zimmern zu hören und ließen sich von einer seltsamen Sehnsucht berauschen. Jener Sehnsucht, die sie überkommen hatte, als sie die Teile des Schiffes wiedererkannten, aus denen ihr wertvolles kleines Haus, das sie auf der Spitze der Klippe errichtet hatten, zusammengebaut war.

Eine Windböe wehte ihnen eisig ins Gesicht, und Harold begriff, dass dieses Haus, sosehr es sie auch schmerzte, nun kein Haus mehr war, sondern eine eisige, leere, leblose Hülle. Wahrscheinlich würde es schon bald in sich zusammenfallen. Harold stellte sich vor, wie das harte Eis es langsam zerdrückte. Er stellte sich vor, wie der Tuffstein unter dem Druck knirschen und einem zerbrechlichen Stück Zucker gleich zerbröseln würde, wie das Holz dem Gewicht des Schnees nachgab und gleich einem alten Baum zerbarst.

Früher oder später würde nur noch Staub zurückbleiben, der vom Wind davongetragen wurde, sodass so wenig von dem Haus übrig blieb wie von dem Schiff, das es einmal gewesen war.

Nämlich nichts.

DER AUFBRUCH

Zum ersten Mal wurden Harold und Mary Rose am Morgen nicht von der fröhlichen Stimme Kirimas am Zelteingang geweckt. Harold tastete in der Dunkelheit herum, fand ein Streichholz und zündete eine Kerze an. Das schwache gelbliche Licht beleuchtete ihre Gesichter, denen nach einer Nacht, in der sie wegen des Windes, der ständig an den Fellwänden des Zelts gerissen hatte, kaum geschlafen hatten, die Müdigkeit anzusehen war. Sie reckten sich und kleideten sich an. Als sie das Fell zur Seite schoben, wehte mit einem klagenden Heulen eine eisige Windböe herein, die sofort die Kerze ausblies. Mary Rose spürte einen unangenehmen Schauder, der ihren ganzen Körper durchfuhr.

Sie traten nach draußen und schauten instinktiv in die Richtung, in der sie am Abend noch einmal ihr Haus gesehen hatten, doch eine dichte Nebelbank bedeckte den gesamten Eisschild unter dem herumwirbelnden Schnee. Langsam gingen sie über die dicke Schneeschicht, leicht nach vorn gebeugt, um sich vor den spitzen Eiskristallen zu schützen, die der Wind in ihre Gesichter schleuderte. Es kam ihnen seltsam vor, derart wortlos über den Schnee zu gehen, ohne dass Kririma sie mit ihrer fröhlichen Stimme nach den Fischen fragte, die sie auf Brent gegessen hatten, oder nach der Form ihrer Häuser. Harold und Mary Rose wurde ganz anders, wenn sie daran dachten, dass sie sich bald für immer von der Kleinen verabschieden würden, um nie wieder die Freude in ihren Augen zu sehen oder ihr unschuldiges Lachen zu hören. In wenigen Tagen würden sie zum letzten Mal über diese endlose weiße Fläche gehen und die extreme Kälte an ihren Ohren spüren, doch sie würden auch die behagliche Wärme der Hütten der Nomaden verlassen müssen, nie wieder ihre seltsamen Gerichte essen oder ihre unverständliche Sprache hören.

Sie ließen das Zelt hinter sich und stellten ihre Grübeleien ein. In der Siedlung herrschte viel Betrieb, was für diese Uhrzeit und das schlechte Wetter ungewöhnlich war. Dutzende Männer und Frauen eilten wie Ameisen zwischen den Wohnstätten umher, während ein paar frei herumlaufende Hunde bellten. Eine Gruppe Kinder ging, mit langen Pfählen und umsichtig gefalteten Fellen beladen, an ihnen vorbei, um ihre Last auf einen großen Schlitten abzuladen. Einige der kleinsten Zelte waren bereits verschwunden. Die Siedlung wurde schneller abgebaut, als sie es erwartet hatten, und sie spürten ein unangenehmes Kribbeln im Leib, das einerseits durch die Freude verursacht wurde, dass sie tatsächlich bald wieder in die Heimat zurückkehren würden, andererseits aber auch durch die Traurigkeit, diese Gemeinschaft zu verlassen, mit der sie inzwischen so eng verbunden waren, wie es mit den Bewohnern von San Remo nie der Fall gewesen war. Als sie die auf den Schlitten gestapelten Holzkisten sahen und das Gestänge einiger halb abgebauter Zelte, erinnerte sie das an den Umzug, den sie vor Monaten vorbereitet hatten. Sie dachten an die vielen Wochen, die sie gebraucht hatten, um ihre Sachen zu verpacken, die vielen Kisten voller Besteck, Kleidung und Bücher; die Menge an Luftpolsterfolie, die sie gebraucht hatten, um die zerbrechlichen Flaschenschiffe zu umwickeln, oder das Quietschen des Klebebandabrollers, den sie ununterbrochen benutzt hatten.

Wie schwerfällig und unbeweglich ihr Leben doch gewesen war im Vergleich zu dem dieser Leute, die ihren Wohnort mit der Leichtigkeit einer Feder wechselten, die sich vom Wind tragen ließ. In wenigen Stunden würden die Nomaden diesen Ort verlassen, ohne irgendeinen Abschiedsschmerz zu empfinden oder von Zwangsräumungen oder alten Erinnerungen und Vorwürfen belastet zu sein. Und die wärmende Oase, die diese Gemeinschaft errichtet hatte, würde wieder zu einer eisigen, unbewohnten Steppe werden. Die Grapes hofften darauf, einen neuen Ort zu finden, den sie ihr Heim nennen konnten. Denn in dieser unfruchtbaren Ödnis würde ein altes Holzhaus zurückbleiben, mit allem, was dazugehörte, mit schwerwiegenden Erinnerungen, die in den Fluten dieses Eismeeres untergehen würden, ohne dass irgendjemand, einschließlich ihnen selbst, etwas dagegen tun konnte.

Harold und Mary Rose gingen langsam weiter bis zu der Stelle, wo sich die großen Zelte befanden. Diese standen immerhin noch, und über dem Weiß ihrer Dächer stiegen silbrige Rauchfahnen auf, die der Wind hin und her zerrte. Das beruhigte sie ein wenig, und sie gingen zu dem Zelt von Amak und Aga hinüber. Als sie zum Eingang kamen, blieben sie stehen. Bisher waren sie jedes Mal von Kirima in das Zelt geführt worden. Nie waren sie einfach so hineingegangen.

Als sie den großen Raum betraten, sorgten die Wärme des Feuers und der Duft nach süßem Brei dafür, dass sie für einen Moment die intensive Kälte vergaßen. Sie sahen sich um und stellten fest, dass niemand da war. Auch die wenigen Dinge, die sich normalerweise in dem kargen Raum befanden, waren verschwunden. Die dicken Felle, die den Boden bedeckt hatten, fehlten und hatten einem dünnen, abgenutzten, an mehreren Stellen geflickten Isolierboden Platz gemacht; auch die beiden Truhen und das Brett, auf dem Aga ihre Heilmittel zubereitete, waren nicht mehr da. Die langen Stangen, die das Zelt zusammenhielten, schwankten ohne die Fischernetze, die Messer und die vielen Seile, die an Haken daran gehangen hatten. Nur ein paar Küchenutensilien lagen noch neben dem brodelnden Kessel, der über den Flammen der Feuerstelle hing und die Illusion nährte, dass alles so war wie immer. Doch Harold und Mary Rose wussten, dass es nicht so war. Ihre Zeit an diesem Ort ging zu Ende, und die Leere des Raumes erfüllte sie mit einem Gefühl von Einsamkeit, das dem ähnlich war, das sie empfunden hatten, wenn sie in San Remo durch die gepflasterten Gassen gegangen waren.

Die Inselbewohner hatten im Gegensatz zu den Menschen hier kein sehr ausgeprägtes Zusammengehörigkeitsgefühl. In San Remo zogen sich alle in ihre Häuser zurück, ohne sich um ihre Nachbarn zu kümmern, es sei denn, es gab Anlass zu Klatsch und Tratsch in deren Leben. Inzwischen war den Grapes klar, dass nicht einmal der Bürgermeister ein wirklicher Freund gewesen war. Er hatte sie zwar immer mit Respekt behandelt, war dabei jedoch stets distanziert geblieben. Mitleidsbekundungen hatte es genug gegeben, doch das tiefe Verständnis, um Trost zu spenden, hatte gefehlt. Bei der Gemeinschaft der Eisnomaden war das ganz anders. Sie brauchten sich nicht hinter den Mauern der Konventionen zu verstecken oder Interesse zu heucheln. Ihre Beziehung untereinander war authentisch und aufrichtig. Auch den Grapes gegenüber hatten sie weder ihre anfängliche Abneigung versteckt noch die Wertschätzung, die mit jedem Tag größer wurde.

Es raschelte und plötzlich erschien Aga, mit Schnee bedeckt und einer leeren Holzkiste in den Händen.

»Ich habe nicht erwartet, dass ihr so früh aufsteht«, sagte sie überrascht.

»Entschuldige, wir wussten nicht, ob wir eintreten sollten oder nicht«, meinte Mary Rose leicht beschämt.

Aga stellte die leere Kiste auf den Boden und setzte umsichtig die Kapuze ab, damit der Schnee nicht auf ihrem langen schwarzen Haar landete.

»Fühlt euch wie zu Hause«, entgegnete sie lächelnd. »Aber geht doch näher an das Feuer heran, heute ist es sehr kalt.«

Aga eilte zur Feuerstelle hinüber, zog ihren dicken Mantel aus und setzte sich darauf, da die weichen Kissen, die normalerweise um das Feuer herumlagen, nicht mehr da waren. Harold und Mary Rose taten es ihr nach und spürten schon bald, wie die Flammen ihre Gesichter wärmten und der Duft des Breis um ihre kalten Nasen strich. Wie sehr würden sie dieses Gefühl vermissen!

»Die meisten Zelte sind bereits leer«, erklärte Aga, während sie die Holzschalen füllte. »Nun müssen wir nur noch warten, bis Amak heute Abend mit den Kindern zurückkommt, um morgen früh die letzten Zelte abzubauen und uns auf den Weg Richtung Norden zu machen.«

Als Mary Rose diese Worte hörte, verspürte sie ein seltsames Ziehen im Bauch. Schon in wenigen Tagen würde sie vielleicht wieder auf einem Stuhl mit verchromten Beinen an einem Tisch mit Tischdecke sitzen, wo ihr auf einem Porzellanteller neben einem Glas und glänzendem Besteck unterschiedlicher Größe das Essen serviert würde. Und jetzt nahm sie die von Aga freundlich angebotene einfache Holzschale mit Brei entgegen und hatte das Gefühl, über alles zu verfügen, was sie brauchte. Die angenehme Wärme der vom jahrelangen Gebrauch abgenutzten Schale breitete sich in ihren Händen aus. Mary Rose sah in Agas sanfte Augen, und ohne groß darüber nachzudenken, stellte sie die Schale kurz ab und umarmte sie.

»Danke«, flüsterte Mary Rose.

Aga wirkte überrascht, gab die Umarmung jedoch gleich zurück. Obwohl Mary Rose wusste, dass sie noch ein paar Tage mit diesen Menschen zusammen sein würden, hatte sie das Gefühl, dass dies der Moment des Abschieds wäre.

Eine heftige Windböe erfasste das Zelt, und ein paar Schneeflocken gelang es, durch die Fellschichten am Eingang hindurch in den Raum zu dringen. Aga und Mary Rose lösten sich aus der Umarmung, und alle drei begannen sie, den Brei zu schlürfen und sich angeregt über die Reisevorbereitungen zu unterhalten.

»Habt ihr schon alles eingepackt?«

Harold und Mary Rose blickten sich irritiert an, als ob die Frage nicht an sie gerichtet gewesen wäre. In ihrem Zelt gab es nichts außer den alten Rucksäcken mit der leeren Feldflasche, einer kaputten Taschenlampe und der zerrissenen Kleidung, in der sie hier angekommen waren.

»Alles, was wir haben, ist noch in unserem alten Haus oder verloren gegangen«, erklärte Harold traurig. »Uns ist nichts geblieben.«

Aga nickte langsam. Sie nahm eine lange Eisenstange und schürte das Feuer, das auszugehen drohte.

»Wisst ihr, dass das Zelt, in dem wir gerade sitzen, erst etwas mehr als ein Jahr alt ist?«, sagte sie und legte die Stange zur Seite. »Die Kälte, der Wind und vor allem der Auf- und Abbau alle paar Monate setzen den Zelten sehr zu. Immer wieder müssen wir sie reparieren oder neue errichten. Es ist eine langweilige und harte Arbeit, aber wisst ihr was?«, fragte sie und sah das Ehepaar Grape an. »Es macht uns nichts aus.«

Harold stellte die leere Schale zur Seite und betrachtete den kargen, von allen Dingen befreiten Raum, der so völlig anders war als die mit Möbeln und allen möglichen Geräten vollgestopften Wohnungen von dort, wo sie herkamen.

»So ist euer Leben«, sagte Harold. »Ihr seid Nomaden.«

Aga sah Harold ernst an und lächelte dann leicht.

»Wir alle sind Nomaden, Harold.«

Dieser Satz verwirrte die Grapes.

»Wir glauben, dass ein Heim nicht zwischen vier Wänden liegt oder sich an einem bestimmten Ort befindet«, erklärte Aga. »Ein Heim entsteht aus unseren Erfahrungen, aus den

Menschen, denen wir unterwegs begegnen, und vor allem in der Art und Weise, wie wir in unserem Leben vorankommen. Das Leben ist Bewegung. Ein empfindliches Gleichgewicht, das sich jeden Moment ändern kann.«

Agas letzte Worte brachten eine gewisse Kälte mit sich. Die Grapes wussten sehr gut, dass das Leben sich von einem Moment auf den anderen ändern konnte, dass in einer einzigen Sekunde sämtliche Pläne vernichtet werden konnten.

»Aber manchmal geschehen Dinge, die es unmöglich machen, voranzukommen«, murmelte Mary Rose, den Blick auf das Feuer gerichtet.

Sie dachte an ihren Sohn, und das Atmen fiel ihr schwer, als sie sich daran erinnerte, wie er sie mit seinen großen blauen Augen angesehen hatte, mit dem gleichen lebendigen Gesichtsausdruck wie der Kirimas. Tränen stiegen Mary Rose in die Augen, und sie hatte plötzlich das Gefühl, dass sie Aga von Dylan erzählen musste. Sie sollte wissen, was der Grund für den Schmerz war, der ihre Seele für immer verdunkelt hatte.

Aga sah sie an, ohne zu verstehen, was vor sich ging, und dann, gerade als Mary Rose das Wort ergreifen wollte, drang eine eisige Windböe durch die Lücke zwischen den Fellen am Eingang und blies das Feuer aus. Der ganze Raum schien für einen Moment von einer blutroten Farbe erfüllt. Eine Sekunde später war ein Durcheinander an Schreien, Heulen und Bellen zu hören. Aga sprang auf und verließ das Zelt, ohne sich den Mantel anzuziehen. Mary Rose erschauderte genauso wie in jenem Moment, als der Topf mit der Hortensie auf dem Boden ihrer kleinen Wohnung in San Remo zersprang. An jenem Tag, als Dylan ertrank.

WEISSE DUNKELHEIT

Sie traten aus dem Zelt. Der Wind wirbelte Schneeflocken auf. Harold griff nach der Hand seiner Frau, und gemeinsam gingen sie über den Platz. Sie konnten kaum etwas sehen. Der Wind schien die Schreie und das Hundegebell von allen Seiten heranzutragen. Harold sah einen dunklen Fleck, der sich vor ihnen zwischen den Zelten bewegte. Es war Aga, die durch den Schnee zu den Stimmen hinüberlief. Einige Leute stolperten ihr entgegen. Und plötzlich zerriss ein hoher Schrei die Luft. Ihre Körper erstarrten, als wären sie aus Glas. Das Heulen der Hunde wurde stärker, und vor ihnen ragten drei Gestalten auf, die sich langsam näherten. Harold und Mary Rose wurden von einer panischen Angst ergriffen, doch sie gingen weiter. Dunkelheit durchdrang sie, als sie sahen, dass in Amaks zitternden Armen der bleiche leblose Körper Kirimas lag.

Eine Dunkelheit, die so weiß war wie Schnee.

DIE SCHLIMMSTE KÄLTE ÜBERHAUPT

Harold und Mary Rose wurden von einem unerträglichen Schmerz erfasst. Das traurige Geheul der Hunde und das Rauschen des Windes drangen kaum noch bis zu ihnen vor. Harold nahm nur noch Agas Schreie und ihr verzweifeltes Schluchzen wahr, in das sich Mary Roses und sein eigenes Weinen mischte. Er wurde von einer dunklen Flut ergriffen; derselben Flut, die ihn auch damals verschlang, die bis in sein tiefstes Innerstes drang und seine Gedanken für immer vergiftete. Harold spürte die Atemnot von damals, das Brausen der Wellen, die gegen seinen hilflosen Körper schlugen, die undurchdringliche Dunkelheit, die alles verschluckte. Er fiel im Schnee auf die Knie, während die Tränen lange Spuren auf seinen Wangen hinterließen. Unter seinen bloßen Händen fühlte er erneut das Deck des Fischerbootes, das ihn aus dem Meer gerettet hatte, die heftige Umarmung der Seeleute, die ihn daran hinderten, gleich wieder ins Wasser zu springen, um nach seinem Sohn zu suchen. Doch diesmal war es Mary Rose, die ihn umarmte. Nun weinten sie zusammen, und ihr Schluchzen war wie ein Echo der Verzweiflung und des Schmerzes, die Aga und ihre Familie übermannten. Ein Echo, das sich in den letzten fünfunddreißig Jahren unablässig wiederholt hatte und sie von innen zerfraß, wie das Meer den Todesfelsen ausgehöhlt hatte.

Harold hob den Blick vom Boden, und durch den Tränenschleier sah er Kirimas kleine bloße Hand zwischen den Decken hervorschauen. Sie lag wie ein verletztes Vögelchen in den Armen ihres Vaters. Amak wiegte sie unablässig hin und her. Er betrachtete das ruhige Gesicht seiner Tochter mit verlorenem Blick, als ob ihre geschlossenen Lider nur ein Zeichen dafür wären, dass sie in seinen starken Armen eingeschlafen war. Nur das, richtig? Sie schlief nur. Doch Harold wusste, dass das nicht stimmte. Die entspannten Züge des Mädchens waren von Agas zitternden Händen umrahmt, die das leblose Gesicht ihrer Tochter zärtlich streichelte. Schnee und Eis bedeckten ihr schwarzes, vom Wind zerzaustes Haar und ihre bloßen Arme, als ob die Kälte ihre Haut nicht durchdringen könnte. Nichts schützte sie vor der furchtbaren Kälte, nichts linderte sie. Agas Schluchzen war zu einem Flüstern geworden; sie flüsterte ins Ohr ihres Kindes, als ob sie so versuchte, es sanft zu wecken, wie nur eine Mutter es konnte. Ohne es zu merken, hatte Harold Kirimas kleine Hand genommen. Er würde sie nicht loslassen, diesmal nicht, trotz der Kälte ihrer Haut, einer Kälte, die viel durchdringender war als die des Schnees und des Windes, der an ihnen zerrte. Es war die schlimmste Kälte überhaupt. Und doch – was war sein Schmerz gegen den unmenschlichen Schmerz, den die anderen empfanden.

Harold sah noch einmal auf Kirima, die in den Armen ihres verzweifelten Vaters lag, sah die Tränen ihres Bruders, sah ihre Mutter, die sie mit Küssen bedeckte und mit Worten salbte. Mit tauben Fingern öffnete er seinen dicken Mantel und zog ihn aus. Für einen Moment fing sein ganzer Körper an, unkontrolliert zu zittern. Und dann nahm er den weichen Mantel und legte ihn behutsam um Agas bloße Schultern.

KIRIMA

Das Bestattungsritual dauerte mehrere Tage, in denen die Gesänge, das Klagen und eine lange Zeit der Stille den Aufbruch gen Norden verzögerten. In der ganzen Zeit hörte es nicht einen Moment auf zu schneien. Der Schnee war schwerer als üblich, er fiel fast senkrecht zu Boden und ließ sich auch vom Wind nicht abbringen.

Kirimas kleiner Körper wurde in ein Rentierfell gehüllt, das Aga mit viel Liebe wunderbar bunt bestickt hatte, und auf den Schlitten gehoben. Anschließend fuhr Amak mit dem Schlitten aus der Siedlung, dem sämtliche Bewohner in schweigender Prozession folgten, bis diese in der Ferne nicht mehr zu sehen war.

Amak und sein Sohn Ukluk nahmen jeder eine Schaufel und hoben im unberührten Schnee der Ebene das Grab aus, bis das Metall auf den saphirblauen Eisschild traf, auf dem sie alle sich befanden. Dann ging Amak zum Schlitten hinüber und hob vorsichtig das Bündel heraus, in dem das Kind ruhte. Aga und Ukluk traten zu ihm und streckten ihre Arme aus, um Amak beim Tragen zu helfen. Harold und Mary Rose traten ein paar Schritte zurück zu den anderen Siedlungsbewohnern, um der Familie mehr Intimität zuzugestehen, doch Amak sah ihnen in die Augen und gab ihnen zu verstehen, dass sie näher kommen sollten. Mary Rose merkte, dass Harold ihren Blick suchte, doch sie sah zur Seite. Denn sie wusste, dass sie, wenn sie ihren Mann jetzt ansehen würde, die Tränen nicht mehr würde zurückhalten können, die sie mit aller Kraft zu unterdrücken versuchte, um nicht haltlos zu weinen. Kein Familienmitglied und niemand von den anderen weinte, und sie wollte nicht die Einzige sein. So traten sie schweigend nach vorn und gingen zu der Familie hinüber.

Mary Rose zwang sich, das Schluchzen, das wie bittere Galle in ihrer Kehle aufstieg, hinunterzuschlucken. Sie musste sich zusammenreißen. Sie durfte nicht die Nerven verlieren. Also ging sie noch einen Schritt nach vorn, hob die Arme und legte sie neben die von Harold, Amak, Aga und Ukluk unter das dunkle Rentierfell, in das der leblose Körper des Mädchens eingewickelt war. Mary Rose spürte das leichte Gewicht des Bündels auf ihren Händen und flüchtete sich in die Vorstellung, dass dieses Bündel nichts als Decken enthielt und dass zwischen den Leuten, die ihnen zusahen, jeden Moment Kirimas lebendiges, lächelndes Gesicht auftauchen würde. Doch dem war nicht so, denn sie würde nie mehr da sein. Mary Rose wusste, dass sie nie wieder ihre fröhliche Stimme hören würde, die sie am Morgen weckte, dass sie nie wieder über das verblüffte Gesicht der Kleinen lachen würde, wenn sie ihr von der Farbe der Hortensien erzählte, dass sie sie nie mehr mit Nattiq durch den Schnee tollen sehen würde. Nie wieder würde sie diesem Blick begegnen, der sie jedes Mal für sich eingenommen und jene Sehnsucht in ihr ausgelöst hatte … Sie spürte eine Welle des Schmerzes, die sie erzittern ließ, in ihrer Kehle wurde es ganz eng. Sie konnte die Vorstellung nicht ertragen, dass diese glänzenden Augen, die mit jedem Wimpernschlag die Welt zu erobern schienen, nun von diesem Fell bedeckt waren und nichts mehr sehen würden als ewige Dunkelheit. Mary Rose fühlte einen Hass auf die Ungerechtigkeit des Lebens. Die gleichen Fragen, die sie all die

Jahre über immer wieder gequält hatten, kamen erneut an die Oberfläche, wie ein altes Schiffswrack, das in der Dunkelheit des Meeres unter glitschigen Algen verborgen gewesen war. Wie war es möglich, dass eine alte traurige Frau wie sie noch am Leben war und dieses quirlige kleine Kind voller Hoffnung nicht größer werden durfte, nicht stolpern und wieder aufstehen durfte, nicht lernen, reifen, sich verlieben, seine Träume erfüllen, nicht mehr leben durfte? Mary Rose verspürte einen Schmerz, der sie genauso quälte wie der in jener Gewitternacht, den Schmerz, ein Kind zu verlieren, den Schmerz, zu wissen, dass es nie wieder die Augen öffnen würde. Ihre Muskeln verkrampften sich, ohne dass sie irgendetwas dagegen tun konnte; ihr war, als wäre dieses Bündel plötzlich tonnenschwer, sodass sie es nicht mehr tragen konnte. War das Dylan, den sie mit aller Kraft zu halten versuchte?

Mary Rose sank zu Boden. Doch da in diesem Augenblick alle auf die Knie gingen, um das kleine Bündel in die Grube zu legen, fiel es niemandem auf.

Harold half seiner Frau beim Aufstehen, die nun die Tränen zuließ, die sie nicht länger zurückhalten konnte. Amak trat zu ihnen und hielt ihnen eine Schaufel hin. Harold wurde von Panik ergriffen, als er die kleine Metallschaufel vor sich sah. Doch als er dem Mann, der ihm nun gegenüberstand, in die Augen blickte, fand er darin nichts anderes als das Spiegelbild seines eigenen Schmerzes, sodass er die Schaufel, ohne länger zu zögern, entgegennahm. Unter dem aufmerksamen Blick aller stieß er sie in den unberührten Schnee und ging mit der vollen Schaufel zu der Grube hinüber. Er hatte das Gefühl, als wären die Schneeflocken, die er trug, viel schwerer als sonst. Einige Sekunden lang hielt er die Schaufel über der Grube, ohne es zu wagen, den Schnee hinunterzukippen. In dieser Grube lag etwas, was er sich nicht zu begraben traute. Amak trat zu ihm und sah ihn traurig an. Harold fühlte sich schuldig. Müsste nicht er eigentlich diesen Mann trösten?

Der Nomade legte die Hände auf den Griff der Schaufel, die Harold hielt, und nickte. Endlich drehte Harold die Schaufel, und der Schnee, der die Last der Vergangenheit in sich trug, fiel auf das kleine Bündel. Harold wusste, dass nicht nur Kirimas Leichnam in dieser bläulichen Grube lag, sondern auch sein Sohn, den er niemals hatte begraben können.

DIE ALTE FRAU

Harold und Mary Rose folgten der Prozession zurück zum Zelt von Amak und Aga. Sämtliche Bewohner der Siedlung setzten sich um das schwache Feuer herum, das in der Mitte des Raums unruhig flackerte. Trotz der vielen Menschen war es kalt im Zelt, doch niemand kümmerte sich darum, Holz nachzulegen oder die Glut zu schüren. Harold und Mary Rose ließen sich neben einer alten Frau nieder, die sie nur sehr selten in der Siedlung gesehen hatten. Ihre dunkle Haut hatte die Farbe von Asche, und ihr Gesicht war derart von Falten durchzogen, dass man kaum ihre Augen erkennen konnte. Sie saß gebeugt unter mehreren Decken, und ihr Blick verlor sich im Feuer, sodass es den Eindruck machte, als nähme sie niemanden um sich herum wahr.

Auch alle anderen starrten in die Flammen, vor allem Amak, Aga und Ukluk, die sich den Grapes gegenüber ans Feuer gesetzt hatten und in einer dunklen Welt versunken schienen, die nur von dem rötlichen Licht des Feuers erhellt wurde. Harold und Mary Rose hatten keinen Zweifel, woran sie gerade dachten, denn sie wussten ganz genau, was ihnen durch den Kopf gehen musste. Mary Rose spürte erneut, wie ihr die Brust eng wurde, als sie jetzt an den Moment dachte, in dem das kleine Fellbündel unter dem Schnee verschwunden war. Das Grab war mit keinem Symbol versehen worden; nichts wies darauf hin, dass an dieser Stelle Kirimas Leichnam ruhte. Der Schnee fiel darauf und machte den Ort, wo Kirima begraben lag, dem Rest der weißen Ebene gleich.

Als sie wieder zurückgegangen waren, hatte Mary Rose sich noch einmal umgesehen und bereits nicht mehr ausmachen können, wo Kirimas kleiner Körper begraben war. Sie war einfach verschwunden, von dem riesigen gefrorenen Meer verschlungen, demselben Meer, in dem auch ihr Sohn für immer verschwunden war. Mary Rose spürte plötzlich, mit welcher Kraft sie sich an Harolds Hand klammerte, und ließ ihn abrupt los. Harold sah sie an, doch sie richtete den Blick auf die tanzenden Flammen und hielt die Tränen zurück, die ihr über die Wangen zu rinnen drohten.

In diesem Moment drang ein kaum hörbarer gutturaler Klang an ihr Ohr. Zunächst dachte sie, dass es sich um das Heulen des Windes handelte, allerdings hielt der gleichbleibende Ton, der unmerklich lauter wurde, dafür zu lange an. Sie wandte langsam den Kopf und stellte fest, dass der Ton von der alten Frau kam. Ihre Lippen bewegten sich nicht, dennoch gab es keinen Zweifel, dass das Geräusch ihrem leicht geöffneten Mund entwich. Dann sah sie ein goldfarbenes Glitzern in den wie versteinert scheinenden Augen. Es war eine Träne, eine Träne, die in ihrem Inneren ein gelbliches Licht zu bergen schien, das Mary Rose durchaus vertraut war. Der gutturale Ton wurde lauter und füllte schließlich den ganzen Raum. Mary Rose spürte, wie sich die Blicke sämtlicher Anwesender in die Richtung der Alten wandten. Einen solchen Gesang hatte sie noch nie gehört. Ihr war klar, dass es sich dabei nicht um irgendeinen Gesang handelte, wie sie ihn in der Siedlung schon gehört hatte; es war mehr eine Resonanz von etwas, ein seltsamer ursprünglicher, von innen kommender Ton, der den Tiefen der Seele entstieg. Mary Rose fühlte sich plötzlich eingelullt von diesem hypnotisierenden gleichbleibenden Ton, der in ihren Körpern widerhallte, als wären sie aus Glas. Sie spürte, wie all das, was sie mühevoll unter einer harten Schale zu verbergen versucht hatte, herausbrach, etwas Starres, Dunkles, nach all der Zeit des Grolls Verfaultes. Ihr ganzer Körper bebte, und sie merkte, dass sie nicht in der Lage war, das Zittern zu unterdrücken. Harold versuchte sie zu beruhigen, doch als er sie berührte, wurde das Zittern nur noch stärker.

Plötzlich mischte sich Agas Stimme in den Gesang der alten Frau. Ihre Stimme schien perfekt mit der der alten Frau zu verschmelzen, und noch immer war der Klang rau, guttural und dunkel. Auch Amaks Stimme kam hinzu, und nach und nach ließen die drei Stimmen den Ton anschwellen. Ukluk stimmte ein, dann zwei Frauen, die neben ihm saßen. Der Klang wurde lauter, füllte den Raum mit dem tiefen Hall der Stimmen, denen sich nun alle anderen anschlossen. Er wurde beklemmend, eindringlich, monoton, er war wie das Klopfen eines riesigen Herzens, das immer heftiger schlug. Er war wie das Brausen der Wellen, der Wind, der die Blätter von den Bäumen riss, der Regen, der gegen die Fensterscheiben prasselte, der Donner, der immer wieder in ihren Ohren hallte. Mary Rose wurde schwindelig, kalter Schweiß rann ihr den Nacken hinunter. Ihre Brust wurde eng, sie fühlte sich gefangen, eingekreist von diesem Getöse, von diesen Stimmen, die das Ziel zu haben schienen, etwas in ihr zu zerstören oder sie in einen dunklen Abgrund zu stürzen. Sie musste weg von diesem Ort.

Mary Rose stand abrupt auf und lief nach draußen. Ihre Stiefel versanken im Schnee, der klebrig zu sein schien wie Teer. Sie ließ die Siedlung hinter sich und lief über die weiße Ebene, bis ihr schwarz vor den Augen wurde und sie in den Schnee fiel. Sie hatte das Gefühl, nicht mehr atmen zu können. Voller Verzweiflung knöpfte sie sich den Mantel auf, um ihre Lungen mit frischer Luft zu füllen. Sie musste sich von allem lösen, was sie bedrückte. Und dann sah sie es. Sah sie in der Ferne das Haus. So einsam, so dunkel, so leer wie sie selbst.

Und sie schrie.

Der Schrei löste sich aus ihrer Kehle, brachte aus ihren Eingeweiden eine Dunkelheit zutage, die sie nicht länger zurückhalten konnte, einen Schmerz, der zersplitterte wie ein Blumentopf auf dem Fliesenboden. Tränen stürzten ihr aus den Augen, endlich dem Schmerz nachgebend, den sie zurückgehalten hatte, glühende Tränen, die aus dem Feuer gemacht schienen, das die einsame Träne der alten Frau enthalten hatte.

Mary Roses Hände gruben sich ins Eis. Kälte und Feuchtigkeit drangen in ihre Knochen, doch nichts war mit dem Schmerz in ihrem Herzen vergleichbar. Gegen ihren Willen hörte sie immer wieder das Echo des Donners in jener Nacht, der durch die dünnen Fensterscheiben ihrer kleinen Wohnung schallte, sah sie das blendende Licht der Blitze, die den mit Scherben, Erde und Blättern übersäten Boden erhellten. Sie roch den Gestank der Erde, gemischt mit dem Geruch des Meeres, verfault, feucht und salzig. Jemand umarmte sie fest, genau wie in jener Nacht, in der ihre Welt explodierte, und sie spürte die Kälte ihrer durchnässten Kleidung, roch das Salz des Meeres und der Tränen. Es war Harold; wieder war es Harold, der sie umarmte. Und plötzlich spürte sie, wie all die Wut, die sie jahrelang zu bezähmen versucht hatte, aus ihr herausbrach.

»Weg!«, schrie sie. »Lass mich mit ihm gehen!«

Mary Rose riss heftig am Mantel ihres Mannes und hämmerte ihm voller Wut mit den Fäusten gegen die Brust.

»Ich habe dich gehasst! Weißt du das eigentlich? Ich habe dich dafür gehasst, dass du ohne ihn nach Hause gekommen bist!«

Harold blieb stark wie damals in der Wohnung. Ertrug die Schläge ihrer Fäuste, ihre Schreie, ihren Schmerz, wie er im Meer die gegen ihn prallenden Wellen ertragen hatte.

»Ich kann es nicht ertragen!«, sagte sie schluchzend. »Er war doch noch so klein!«

Mary Rose hatte keine Kraft mehr, Harold noch weiter zu schlagen. Für einen Moment war sie wieder in ihrer alten Wohnung in San Remo. Sie kauerte auf dem Holzboden, und ihr ganzer Körper zitterte im Tosen des Gewitters, im Klang jenes Gesangs, der ihr die Dunkelheit zu entreißen schien, die all die Jahre über an ihr genagt hatte, die sie mit einer tiefen, beißenden Wut beschmutzt hatte, die nun unter Schmerzen durch die leuchtenden Tränen, die aus ihren Augen rannen, entwich.

Harold spürte, wie der Körper seiner Frau in den Schnee sank, und umarmte sie nur noch fester. Endlich wurde Mary Rose ruhig, und ihre Tränen hinterließen eisige Spuren auf ihrem Gesicht. Sie schloss die Augen.

DAS GLÜHWÜRMCHEN

Mary Rose versuchte ihre schweren Lider zu öffnen, doch ihre Augen schienen wie von einem dicken Stoff verhüllt, der sie nichts als Dunkelheit sehen ließ. Dann merkte sie, dass ihr Körper rhythmisch und sanft von einer Seite zur anderen schaukelte. Sie hörte das Plätschern von Wasser, und das Knarren des Holzes, auf dem sie saß, wurde deutlicher. Mary Rose wusste, dass sie sich auf einem Schiff befand, auf dem Weg zu einem Ort, den sie nicht kannte, doch seltsamerweise machte ihr das keine Angst. Ein absolutes blindes Vertrauen ließ sie Ruhe bewahren, und sie verspürte keinen Drang, die Binde von ihren Augen zu entfernen.

Das Schiff glitt immer langsamer vorwärts und hielt schließlich an. Jemand bewegte sich um sie herum und brachte das Boot beinahe zum Kentern. Dann spürte sie eine Hand, die nach ihr griff und ihr half, aus dem Boot zu steigen. Sie fühlte wieder festen Boden unter den Füßen, und kurz darauf wurde ihr die Binde von den Augen genommen. Das helle Licht blendete sie.

Langsam wurde das Bild vor ihren Augen klarer, und sie sah Harolds Gesicht vor sich. Sein dichtes schwarzes Haar verriet, dass er nicht älter als fünfundzwanzig Jahre war, und er blickte sie mit seinen tiefblauen Augen an, die das ganze Meer zu enthalten schienen. Die junge Mary Rose stellte fest, dass sie sich auf einem alten Anlegesteg an irgendeiner ihr unbekannten Stelle der Insel befanden, von der aus die Häuser von San Remo aussahen wie eine Anzahl winziger Muscheln, die sich auf einem schwarzen Felsen im Meer drängten.

»Wo sind wir?«, fragte Mary Rose und blickte überrascht auf ein großes verfallenes Gebäude, das sich am Ende des Kais erhob.

»Das ist die alte Werft«, sagte Harold und griff nach ihrer Hand. »Komm mit, ich will dir etwas zeigen ...«

Mary Rose war verwirrt, ließ sich jedoch von ihrem jungen Ehemann in das verfallene Gebäude führen. Als sie in der Mitte des Raums angekommen waren, blieb Harold stehen, bat sie, sich auf einen Holzstapel zu setzen, und ging etwas holen.

Als er zurückkam, hielt er eine lange Papierrolle in der Hand, die von einem gelben Band zusammengehalten wurde.

Harold beugte sich zu seiner Frau hinunter und gab ihr einen sanften Kuss auf die Lippen. Mary Rose spürte, dass ihr ein angenehmer Schauder den Rücken hinablief. Sie liebte den Geruch nach Meer und Holz, den Harold immer zu verströmen schien.

»Herzlichen Glückwunsch zum Geburtstag, Rosy«, flüsterte er und gab ihr die Papierrolle.

Mary Rose knotete vorsichtig das Band auf und breitete das Papier auf dem Holzstapel, auf dem sie saß, aus. Schließlich sah sie einen großen Plan voller Zeichnungen, Anmerkungen und Maßangaben vor sich.

»Das ist der Plan eines Schiffs«, murmelte sie verwundert.

»Genau«, bestätigte Harold zufrieden. »Aber mein Geschenk für dich ist nicht das Schiff, Rose. Sondern die Möglichkeit, uns mit diesem Schiff unseren Traum zu erfüllen. Den Traum, über den wir immer wieder reden, den Traum, die Insel zu verlassen und um die Welt zu reisen, das Unbekannte zu erkunden und Abenteuer zu erleben.«

Mary Rose sah dieses Glänzen in seinen Augen, das sie so sehr mochte und das ihr sagte, dass er alles erreichen konnte, was er wollte.

»Du weißt, wie gern ich das möchte«, sagte sie und griff sanft nach seinem Arm, »aber wir haben nicht genug Geld, um so etwas zu bauen, Harold.«

»Ich weiß«, entgegnete er und setzte sich neben sie, »aber mein Chef in der Werft hat mir versprochen, dass ich, wenn ich Überstunden mache, die alte Werft nutzen und aus dem übrig gebliebenen Holz ein Schiff bauen darf.«

»Das heißt, du meinst das ernst? Werden wir wirklich von hier weggehen?«

»Na ja, vorher liegt noch viel Arbeit vor uns, aber wir haben ja keine Eile …« Zärtlich strich er seiner Frau über den Bauch.

Mary Rose schaute nach unten und stellte fest, dass ihr Bauch in dem grünen Kleid etwas hervorstand. Sie streichelte vorsichtig über die Rundung und Harolds Hände, wobei sie eine leichte Bewegung in ihrem Bauch spürte. Mary Rose blickte wieder auf und merkte, dass sich das Licht, das sie umgab, verändert hatte. Vor ihr waren weder Harold noch das alte Werftgebäude zu sehen, sondern eine Tür, die mehrfach weiß überstrichen worden war. Sie öffnete sie und trat in einen Raum, der nur von einem gespenstischen gelblichen Licht erhellt wurde.

»Sei ganz leise, Mama«, flüsterte eine Stimme auf der anderen Seite des Zimmers.

Mary Rose ging auf die Gestalt eines Kindes zu, das vor einem Fenster stand, und spürte, dass die leichte Meeresbrise der warmen Nacht hereindrang und die violetten und pinkfarbenen Hortensien sanft bewegte, die sie wenige Tage zuvor in hängende Blumenkästen gepflanzt hatte.

Als Mary Rose bei dem Kind anlangte, gab sie ihm einen Kuss auf den Kopf. Der Junge umarmte sie, ohne die großen

Blüten der Hortensien aus den Augen zu lassen, die von einem Dutzend Glühwürmchen umschwirrt wurden, die wie die Glut eines Feuers leuchteten.

»Ich habe herausgefunden, was sie mögen«, flüsterte das Kind.

Mary Rose sah den Jungen verwirrt an.

»Was sie mögen?«

»Die Blumen«, erklärte er und schaute sie an, als hätte er ihr gerade ein großes Geheimnis verraten. »Sonst sind sie immer gleich weggeflogen, wenn ich sie aus dem Glas befreit habe, doch seit du die Hortensien gepflanzt hast, bleiben sie die ganze Nacht hier und leisten uns Gesellschaft.«

Mary Rose lächelte, als sie bei ihrem Kind die gleiche unschuldige Freude erkannte, wie sie auch manchmal in Harolds Augen stand. Sie setzte sich auf den Rand des Bettes und zeigte ihrem Sohn ein großes Glas, das sie in den Händen hielt.

»Gerade heute Morgen hat dein Vater das Marmeladenglas geleert«, sagte sie und hielt es ihrem Sohn hin. »Ich habe mir gedacht, dass du es vielleicht haben möchtest, um noch mehr Glühwürmchen zu fangen.«

Überrascht setzte sich der Junge neben sie und streckte die Hände aus, um vorsichtig nach dem Glas zu greifen, als wäre es ein zerbrechlicher Schatz.

»Da passen doppelt so viele Glühwürmchen hinein wie in das alte Glas, Mama!«, rief der Junge aus und hob es über seinen Kopf. »Morgen Nachmittag helfe ich Papa in der Werft und bringe ganz viele Glühwürmchen mit! Und wenn wir erst mit unserem Schiff in See stechen, machen wir auf unserer Reise selbst die dunkelsten Nächte hell!«

Mary Rose lächelte, als sie die Freude in den Augen ihres Sohnes sah. Vorsichtig stellte der Junge das Glas auf den kleinen Nachttisch und umarmte seine Mutter, um dann ihr ganzes Gesicht mit Küssen zu bedecken.

»Aber das ist doch nur ein leeres Marmeladenglas, mein Schatz!«, meinte sie lachend.

Der Junge hörte auf, sie zu küssen, und sagte nach einem tiefen Seufzer:

»Ich hab dich lieb.«

Mary Rose umarmte ihn und spürte das Kitzeln seines kurz geschnittenen kastanienbraunen Haars an ihrer Wange. Und sie genoss das Glück dieses Moments, von dem sie sich wünschte, dass er ewig andauern sollte.

»Ich hab dich auch lieb, Dylan.«

Mary Rose schloss die Augen und umarmte ihn noch fester, doch anstatt des kleinen Körpers spürte sie plötzlich nur Leere. Eine Leere, die weit über das Physische hinausging.

Auf ihrem Gesicht spürte sie eine nach Salz riechende regnerische Kälte, und als sie die Augen wieder öffnete, stellte sie fest, dass sie von vielen Leuten umgeben war, die sie ansahen. Sie gingen an ihr vorbei, und sie erahnte nur, um wen es sich handelte. Intuitiv nahm sie den ein oder anderen mitleidigen Blick und das einheitliche Schwarz ihrer Trauerkleidung wahr, während sie den schlammigen, mit welkem Weinlaub bedeckten steilen Abhang in den Ort hinuntergingen. Es war Dylans Beerdigung. Eine Beerdigung ohne Leichnam, ohne sich von ihm verabschieden zu können. Schließlich blieb Mary Rose allein zurück, zumindest glaubte sie das. Dann bemerkte sie, dass Harold bei ihr war. Sie ging an ihm vorbei, ohne ihn anzusehen, auf den Rand des kargen, schroffen Felsens zu. Vor ihr erstreckte sich das Meer ohne eine Spur des Blaus, das in den Augen ihres Sohnes geglänzt hatte. Mary Rose wusste, dass Dylan irgendwo unterhalb dieses schwindelerregenden Abgrunds begraben war. Sie spürte, wie die Tränen in ihren Augen brannten, und dann eine zärtliche Berührung. Es war Harold, der liebevoll nach ihrer Hand gegriffen hatte. Doch anstatt sich von seiner Geste getröstet zu fühlen, empfand sie einen schmerzhaften Stich und Widerwillen. Sie konnte seine Nähe nicht ertragen und entzog ihm abrupt ihre Hand.

»Wir dürfen nicht einfach aufgeben«, hörte sie Harold sagen.

Mary Rose wandte ihm den Blick zu, blind von Tränen und vor Wut. Der gleichen Wut, die die Wellen anzutreiben schien, die unaufhörlich an der Insel leckten.

»Er wird nicht mehr zurückkommen!«, schrie sie aus voller Kehle. »Niemals!«

Das Echo ihrer Stimme bohrte sich wie ein Messer in die steile Wand der Klippe, und sie merkte, wie ihr Körper von heftigem Weinen geschüttelt wurde. Harold wollte sie umarmen, doch sie stieß ihn von sich, sodass er rücklings auf den matschigen Boden fiel, wobei er einen der Weinstöcke mitriss.

»Und du bist schuld daran! Du allein!«

Danach rannte sie ziellos bergab in dem Versuch, vor dem Schmerz und ihren vergifteten Worten zu fliehen, die sie zu verfolgen schienen wie hungrige Wölfe. Das Regenwasser, das in ihre Kleidung eingedrungen war, trocknete, und sie fühlte, dass sich die Wut irgendwo an einem tief verborgenen, unzugänglichen Ort ihres Seins versteckte und sie mit einem durchdringenden Geruch nach aufgewühlter Erde berauschte. Dann sah sie Dutzende dicht belaubte violette und pinkfarbene Blumen vor sich, die ein großes ungestrichenes Holzhaus umstanden und wie in einer Umarmung umschlossen.

»Welche Farbe gefällt dir am besten?«, hörte sie eine Stimme hinter sich. Als sie sich umdrehte, sah sie Harold neben ein paar Farbeimern stehen. Er sah anders aus. Seine Augen glänzten nicht mehr, und ein paar graue Strähnen durchzogen sein schwarzes Haar. Mary Rose blickte auf die Farben in den Eimern: Himmelblau, Olivgrün und leuchtendes Gelb. Letzteres war das gleiche Gelb wie das, das Dylans Zimmer wie einen

Leuchtturm, der die Dunkelheit erhellte, erstrahlen ließ. Mary Rose dachte an die Glühwürmchen, die die Hortensien umschwirrt hatten, die gleichen Hortensien, wie sie sie in den Garten ihres Hauses in San Remo gepflanzt hatte. Und das nahm ihr jeglichen Zweifel. Diese Farbe musste es sein.

Mary Rose ging zu dem Farbeimer hinüber, und als sie ihn berührte, löste er sich auf und wurde zu Hunderten von Glühwürmchen, die wie aufstiebende Funken um sie herumflogen. Mary Rose taumelte. Die winzigen gelben Punkte verschwanden, und vor ihr erstand ein weites Meer, das sich nur für sie öffnete. Eine wilde, unangetastete und unerforschte Landschaft. Sie hob den Blick und sah zwei große weiße Segel, die sich vor dem strahlend blauen Himmel abzeichneten und sich wie riesige Lungen aufblähten. Mary Rose holte tief Luft und spürte, wie ihr langes graues Haar im Wind wehte. Unter ihren bloßen Füßen erstreckte sich ein lackierter Holzboden, und sie wusste sofort, wo sie sich befand. Sie war an einem Ort, den sie niemals betreten hatte, einem Ort, der nicht zu ihren Erinnerungen gehörte, sondern zu ihren Träumen. Sie befand sich auf dem Schiff, das sie gebaut hatten, dem namenlosen Schiff, das niemals ausgelaufen war, und obwohl sie wusste, dass nichts davon wahr sein konnte, war sie glücklich.

Mary Rose spürte, dass die Kraft des Schiffs sie vorwärtsbrachte, und plötzlich hallte ein lautes Geräusch in ihrem ganzen Körper wider. Erneut hörte sie den Gesang der alten Frau, deren Klang aus dem Holzboden zu kommen schien, mit einem Druck, der alles zu zerquetschen drohte. Mary Rose sah, dass sich ein paar Meter von ihr entfernt ein Steuerrad unkontrolliert hin- und herdrehte, und als sie gerade danach greifen wollte, hörte sie ein fernes Lachen. »Kirima?«, rief sie. Das Schiff schwankte heftig, Wasser spritzte auf ihre bloßen Füße. Mary Rose schrie erneut, obwohl sie das Lachen nun nicht mehr hörte. Alles schien von dem Hall des Gesangs und dem Geräusch des zersplitternden Holzes verschluckt zu werden. Erneutes Getöse ließ das Schiff knirschen, und unter ihren Füßen tat sich ein Riss auf. Tausende Luftblasen stiegen durch die Spalte auf, und das Wasser nahm schnell an Höhe zu. Dann hörte Mary Rose erneut dieses Lachen und spürte, dass ihr Körper für einen Moment wie gelähmt war. Es war nicht Kirimas Lachen, sondern das von … »Dylan!«, kreischte sie. Das Schiff neigte sich zur Seite, und Mary Rose klammerte sich an das Steuerrad. »Dylan, ich bin hier!«, schrie sie verzweifelt. Ein Glühwürmchen umschwirrte sie, und sie fühlte, wie sich eine angenehme Wärme in ihren Armen, ihrer Brust und auf ihrem Gesicht ausbreitete. Diese Wärme schien die Kälte, den Schmerz und die Wut mit einem Mal aufzulösen. Sie fühlte sich stark, sicher und in der Lage, jedes Ziel zu erreichen. In ihren Händen, die kraftvoll das Steuerrad umfassten, hielt sie die Freiheit. Die Wärme wurde stärker, und das gelbliche Licht begann sie zu blenden. Zu viel Licht, zu viel Wärme. Und eine Sekunde später kam sie wieder zu sich.

Mary Rose setzte sich abrupt zwischen den Decken auf, unter denen sie gelegen hatte, ohne zu wissen, ob sie wach war oder noch schlief. Ein starker Lichtstrahl blendete sie.

»Entschuldigt, dass ich euch wecke«, hörte sie eine tiefe Stimme sagen.

Das störende Licht leuchtete Mary Rose nicht länger ins Gesicht, und sie machte am Eingang Amaks dunkle Gestalt aus, der eine Fackel in der Hand hielt. Seine schmalen Augen waren düster umschattet.

»Ist alles in Ordnung?«, fragte Harold und näherte sich dem Eingang.

»Ich weiß, dass es noch sehr früh ist«, sagte Amak, »aber ich wollte dich fragen, ob du mich zum Fischen begleiten möchtest.«

Harold zögerte nicht eine Sekunde.

»Ja, ich komme mit«, antwortete er.

Mary Rose spürte einen heftigen Schmerz in ihren Schläfen, und obwohl sie noch völlig benommen war, brachten diese Worte sie wie eine Ohrfeige in die Realität zurück.

»In einer Viertelstunde brechen wir auf«, sagte Amak.

Er trat aus dem Eingang, der sich gleich wieder schloss, sodass der Raum von Neuem im Dunkeln lag.

»Das hast du doch nicht ernst gemeint, oder?«, fragte Mary Rose in die Finsternis.

Harold seufzte und setzte sich neben seine Frau. In der Dunkelheit konnten sie sich nicht ins Gesicht sehen.

»Ich muss gehen«, murmelte er.

»Du *musst* gehen?«, wiederholte sie verächtlich. »Erst vor wenigen Tagen …«

Sie hielt einen Moment inne und versuchte den Gedanken an Kirimas starren, von winzigen Schneeflocken bedeckten Körper in den zitternden Armen ihres Vaters zu verdrängen. In ihrem Kopf hallte noch der Klang ihres Lachens auf dem Deck des Schiffes wider.

»Glaubst du denn, dass Amak es vergessen hat?«, meinte Harold. »Genau deswegen muss ich gehen, Rose. Das ist das Mindeste, was ich für einen Vater, der sein Kind verloren hat, tun kann.«

Er stand auf und verschwand durch die Lücke am Eingang. Mary Rose blieb allein zurück, eingehüllt in eine Dunkelheit, die sich immer mehr ausweitete, während das Bellen der Hunde und das Geräusch der Schlittenkufen auf dem Schnee sich in der Ferne verlor.

EIN LOCH IM EIS

Die Hunde hechelten und wurden schneller, je weiter sie sich von der Siedlung entfernten. Harold drehte sich um und blickte auf ihr Zelt zurück, das nach und nach im vom Schlitten aufgewirbelten Schnee verschwamm. Plötzlich sah er vor dem Zelt eine Gestalt. Es war nur ein gräulicher Fleck, aber er hatte keinen Zweifel, dass es sich um Mary Rose handelte. Eine Sekunde später wurde die ganze Siedlung vom Nebel verschluckt, und Harold fühlte sich schuldig, da er sie so einfach zurückgelassen hatte.

Er wandte sich wieder nach vorn und stellte fest, dass sich absolut nichts in ihrer Umgebung befand, woran man sich hätte orientieren können. Alles war weiß; eine unendliche Schicht, in der Himmel und Erde in einer diesigen Umarmung verschmolzen und keine Grenze erkennbar war.

Der Wind blies heftig über die weite Ebene, nahm Harold den Atem und schnitt ihm ins Gesicht, er fuhr in das dichte graue Fell der Hunde und setzte dem Schlitten zu, dessen Holz knarrte. Harold verkroch sich noch tiefer in seinen Mantel und die Decken, die Amak über seine Beine gebreitet hatte, doch die Kälte drang durch alle Ritzen, obwohl nur ein schmaler Spalt zwischen Kapuze und Schal unbedeckt war.

Das raue Klima schien Amak nichts auszumachen. Der ernste Blick aus seinen schmalen Augen war unbeweglich auf den nebligen Horizont gerichtet, wobei er genau auf die Löcher und

Risse achtete, die manchmal neben den Kufen des Schlittens zu sehen waren und die die Hunde mit erstaunlicher Geschicklichkeit umgingen. Harold fragte sich, woran dieser Mann wohl dachte. Die ganzen letzten Tage über hatte er ihn nicht eine Träne vergießen sehen, nicht eine Klage oder einen Vorwurf von ihm gehört, wenn in seinen dunklen Augen auch eine unendliche Trauer stand. Harold wollte etwas sagen, doch Amak kam ihm zuvor.

»Wir erreichen jetzt den Bereich, wo der Eisschild am dünnsten ist«, sagte er und zog leicht an den Zügeln, damit die Hunde ihr Tempo verlangsamten. »Gleich sind wir da.«

In diesem Moment tauchte die schmale Linie des Meeres vor ihnen auf. Ein beinahe schwarzes Meer, das sich über den ganzen Horizont erstreckte. Der Boden wirkte nun eher milchig und war von Rissen überzogen, denen sie auswichen.

»Hier ist es!«, rief Amak aus und zog kräftig an den Zügeln.

Die Hunde wurden langsamer und blieben schließlich neben einer breiten blauen Lücke im Eis stehen. Harold fühlte sich ganz steif. Sein Schal, der die Nase und das Kinn bedeckte, war hart geworden, wie versteinert von seinem eigenen Atem. Eilig schlug Amak die Decken zur Seite und sprang vom Schlitten. Harold folgte ihm.

»Von hier aus müssen wir zu Fuß gehen«, erklärte Amak und löste die Geschirre der Hunde.

Sie waren sehr dicht am Meer, das von Hunderten Eisschollen und Eisbergen bedeckt war, die sich von dem riesigen Eisschild gelöst hatten, auf dem sie standen. Amak ging zur Hinterseite des Schlittens und entlud ein paar große Taschen, Kästen und Eimer. Harold trat zu ihm und wuchtete sich eine der Taschen auf den Rücken. Sie war schwer, aber er schaffte es. Und so schritten sie übers Eis, begleitet von den Hunden, die frei um sie herumsprangen.

Harold stellte fest, dass der Boden unter ihren Füßen anders war als der in der Umgebung der Siedlung. Hier war die Oberfläche viel härter, denn es lag kaum Schnee darauf. Die heftige Meeresbrise, die über den Eisschild wehte, legte das rutschige, glänzende Eis frei, das darunter lag.

Nach einer halben Stunde blieb Amak stehen.

»Hier ist es«, sagte er und trat heftig mit dem Absatz aufs Eis.

Das Eis bebte unter ihren Füßen, und Harold erschauderte bei dem Gedanken, was passieren könnte, wenn das Eis in diesem Moment brechen würde.

Amak nahm eine kleine Schaufel aus seiner Tasche und begann die dünne Schneeschicht um sie herum zu entfernen. Daraufhin suchte auch Harold in der Tasche, die er getragen hatte, nach einer Schaufel, um es Amak nachzutun.

Kurz darauf lag das Eis frei und wie eine große gemaserte Marmorplatte vor ihnen. Amak schlug noch einmal auf das Eis, und mit einem dumpfen Geräusch zerplatzte die große sich unter dem Eis befindende Luftblase und wurde zu Hunderten kleinen Luftblasen, die nach oben perlten.

»Geh besser ein Stück zur Seite«, meinte Amak und nahm eine kleine Axt aus der Tasche. »Jetzt kommt der gefährlichste Teil.«

Harold ging ein paar Schritte zurück und gesellte sich zu den Hunden, die sich im Schnee niedergelassen hatten. Amak hob die Axt und schlug dann so fest in das Eis, dass der ganze Boden vibrierte. Die Hunde schreckten auf und begannen nervös zu heulen. Und Harold merkte, wie ihm der Schweiß den Rücken hinabrann. Plötzlich wurde ihm bewusst, dass er keine Ahnung hatte, was er tun sollte, wenn Amak ins Wasser fallen würde. Eilig ging er auf die Knie und überzeugte sich davon, dass sich unter den vielen Werkzeugen in seinem Rucksack auch ein dickes Seil befand. Das beruhigte ihn ein wenig. Ein zweiter Schlag ins Eis ertönte, und ein paar Eissplitter spritzten auf. Harold trat mit dem Seil in der Hand etwas näher. Amak holte noch einmal Schwung, und endlich drang die Axt in den dicken Eisschild ein, der an dieser Stelle brach. Sofort floss Wasser in das Loch, das kurz darauf komplett angefüllt war. Vorsichtig verbreiterte Amak das Loch, bis es etwa einen Meter Durchmesser hatte, was, wie er sagte, ausreichte, um dort zu zweit zu fischen, ohne sich gegenseitig im Weg zu stehen. Harold legte das Seil zur Seite und nahm die Schaufel, um seinem Freund dabei zu helfen, die großen Eisstücke zu entfernen, die in dem Loch schwammen.

»Jetzt können wir loslegen«, sagte Amak schließlich.

Beide nahmen die Angelruten aus den Taschen, die wie Spielzeuge aussahen, und Harold musste kurz an die kleine Angel denken, die Kirima, an dem Tag, an dem sie sich kennengelernt hatten, aus dem Korb gefallen war. Dann setzten sie sich auf umgedrehte Eimer und spießten jeder einen klebrigen, aus Walfischfett hergestellten Köder an ihrem Haken auf, die Amak, in einen Lappen eingewickelt, mitgebracht hatte. Anschließend versenkten sie die Angelschnüre im Wasser.

Die Stunden, während derer ein heftig blasender Wind an ihnen zerrte und sie versuchten, die Angeln ruhig zu halten, vergingen langsam. Das Wasser, das in dem Loch zu sehen war, war so dunkel, dass es Harold nicht gelang, darin einen der Köder auszumachen. Es war eine düstere, unbekannte Tiefe, groß genug für jedes Wesen, das man sich vorstellen konnte. Er stellte sich Kirima vor, wie sie auch auf einem solchen Eimer gesessen hatte, während ihre unruhigen Augen nach einem Fisch Ausschau hielten, der vertrauensselig genug war, um nach dem bläulich schimmernden Köder zu schnappen. Harold erinnerte sich an das erste Mal, als er Dylan mit zum Angeln genommen hatte. Damals war sein Sohn knapp fünf Jahre alt gewesen. Ein

Lächeln stahl sich in Harolds Gesicht, als er daran dachte, dass sein Sohn kaum stark genug gewesen war, ein paar Minuten lang die kleine Angel zu halten, die er ihm gebaut hatte; daher hatte der Junge lieber ihm beim Fischen zugesehen. Harold hatte noch gut seine kleinen Hände im Gedächtnis, die den Bootsrand umfasst hielten, während seine großen Augen, die exakt die Farbe des Meeres hatten, nach dem Umriss eines riesigen Fisches Ausschau hielten.

Die Angel in Harolds Hand zuckte. Er blickte in das Loch und suchte nach dem Fisch, der sie bewegt hatte, doch es war wohl nur eine Windböe gewesen. Harold spürte, dass der Eimer unter seinem Körper bebte. Oder war es umgekehrt? Er dachte an das Unwetter, das in Kirimas Todesnacht durch die Siedlung getobt war, und stellte sich vor, wie heftig der Wind erst über diese leere Fläche gefegt sein musste. Harold wusste nicht, wie Kirima gestorben war, und er wagte nicht, Amak diese Frage zu stellen. Er selbst hatte sehr darunter gelitten, als die Bewohner von San Remo ihn mit ihren Fragen gequält hatten, die er nicht hatte beantworten können und durch die er sich noch schuldiger und schlechter gefühlt hatte. In dem Moment begann Amak zu sprechen:

»Es war zu spät, um sie zu retten.«

Amak schien in die unmerkliche Bewegung des Wassers versunken.

»Sie hat den ganzen Weg über darauf bestanden, dass sie das Loch ins Eis schlagen darf, weil sie schon groß ist. Ich habe gelacht und ihr geantwortet, dass sie dafür noch nicht genug Kraft in den Armen habe.«

Ein leichtes Lächeln schlich sich auf Harolds Lippen, als er an den Tag dachte, an dem Kirima die Kisten mit den Fischen vom Schlitten gefallen waren, da sie es ihrem Vater und ihrem Bruder hatte gleichtun wollen.

»Nachdem wir vom Schlitten gestiegen waren und die Hunde freigelassen hatten, blies der Wind heftig, sodass wir eilig das Material abluden, um mit dem Fischen beginnen zu können. Als wir an der Stelle angekommen waren, wo wir angeln wollten, fiel mir auf, dass ich die Köder im Schlitten vergessen hatte. Ich habe Ukluk gebeten, mitzukommen, und als wir gerade den Rückweg zum Eisloch antreten wollten, haben wir das Bellen der Hunde gehört. Wir sind so schnell gerannt, wie wir konnten, doch als wir ankamen, war sie schon nicht mehr da. Stattdessen tat sich genau an dieser Stelle ein breiter Riss auf«, sagte er und wies auf das Loch, in dem ihre Angelschnüre hingen. »Das Eis war direkt unter ihren Füßen eingebrochen, und zwischen den losen Eisstücken trieb sie im Wasser und hatte die Axt noch in der Hand. Ich bin sofort ins Wasser gesprungen, aber es war bereits zu spät. Als ich ihren Körper aus dem Wasser gezogen habe, hat ihr Herz schon nicht mehr geschlagen. Sie war tot.«

Harold spürte einen Kloß im Hals, und ohne darüber nachzudenken, kamen die Worte plötzlich aus seinem Mund.

»Auch ich habe mein Kind verloren«, sagte er.

Amak schrak zusammen. Er hob den Blick und schaute Harold eindringlich an. Harold sah, dass seine schmalen Augen gerötet waren, dass Tränen darin standen, wie er sie bisher nicht bei Amak gesehen hatte. Plötzlich kam er sich dumm vor; schuldig, diese Worte ausgesprochen zu haben.

»Ich hätte das nicht sagen sollen«, meinte er und blickte wieder auf das dunkle Loch.

»Wie ist es passiert?«, fragte Amak mit rauer Stimme.

Harold seufzte und wagte nicht, Amak in die Augen zu sehen. Sein Blick war fest auf das Wasser gerichtet und verlor sich in der dunklen Tiefe, in der auch seine Angelschnur verschwand.

»Es ist schon viele Jahre her«, begann Harold und schloss die

Finger fest um den Griff der Angelrute. »Aber es vergeht kein Tag, an dem ich nicht an jene Nacht denke. Immer wieder spüre ich, wie die Welle gegen das Boot kracht, das kalte Wasser, das mich nach unten zieht, und diese unerträgliche Dunkelheit, die mich umgibt, wenn ich wieder auftauche. Es lag nicht am Meer, sondern an meiner Naivität, mit der ich seine Kraft unterschätzt habe, an meiner Dummheit, in der ich geglaubt habe, dass Dylan bei mir immer sicher ist. Es war meine Schuld, dass er in jener Nacht gestorben ist. Und ich quäle mich jeden Tag damit, was er deswegen alles verpasst hat. Er konnte niemals mit mir das Schiff fertigstellen, das wir zusammen gebaut haben, konnte niemals die Reise unternehmen, die wir uns so sehr gewünscht haben.«

»Und ihr? Habt ihr dieses Schiff bestiegen?«, fragte Amak.

Harold sah ihn irritiert an.

»Ohne Dylan konnten wir das doch nicht tun«, stammelte er.

Amak runzelte leicht die Brauen, und seine Augen wurden noch schmaler.

»Sieh dir all das an, was uns umgibt«, sagte er dann und richtete den Blick in den Himmel. »Die über unseren Köpfen entlangziehenden Wolken, das unablässige Blasen des Windes, das zerbrechende Eis, das Meer, das unter unseren Füßen entlangfließt … Alles ist in Bewegung.«

Amak senkte langsam den Kopf und schaute wieder Harold an, dem plötzlich schwindelig geworden war angesichts all der Bewegung um ihn herum.

»Das Leben ist ein Nomadenpfad«, fuhr Amak fort, »ein Weg ohne Bäume, in deren Schutz wir uns flüchten können, um im Regen nicht nass zu werden, ohne Ränder, durch die wir verschwinden können, ohne Leuchttürme, die uns zeigen, welcher Weg der richtige ist und welcher uns ins Verderben führt. Ich darf das Leben, das mir zugedacht ist, nicht verschwenden, indem ich nichts tue und über die Vergangenheit jammere, bis auch meine Tage gezählt sind. Ich muss aufstehen und kämpfen, muss den Rest meiner Familie ernähren, muss vorankommen, nicht nur meinetwegen, sondern auch für meine Tochter und für alle, die nicht mehr da sind, um weiterzuleben.«

Auf dem dunklen Wasser in dem Eisloch blitzte ein kleines Licht auf. Harold sah, dass eine der Wolken aufgerissen war und einen langen Sonnenstrahl hindurchließ. Und plötzlich spürte er einen Ruck an seiner Angel. Der erste Fisch hatte angebissen.

JENSEITS DES HORIZONTS

Es wurde bereits dunkel in der Siedlung, als Mary Rose sich entschloss, ihr Zelt noch einmal zu verlassen. Sie hatte den größten Teil des Tages im Halbschlaf unter den wärmenden Decken verbracht. Nun ging sie durch den Schnee und entfernte sich von der Siedlung, um nachzuschauen, ob der Schlitten bereits zu entdecken war. Dabei wurde sie von dem seltsamen Klang begleitet, mit dem sie am Morgen aufgewacht war und der seitdem in ihren Ohren summte. Schließlich kam sie zu einer Anhöhe und blieb stehen. In der Siedlung brannten ein paar Feuer, und die Zelte mit ihrem unsteten gelblichen Licht kamen ihr vor wie Glühwürmchen. Wieder sah sie das lächelnde Gesicht ihres Sohnes vor sich, und es wurde ihr schwer ums Herz. Mary Rose schloss die Augen für einen Moment und versuchte, all die Bilder zu verdrängen, die ihr durch den Kopf schwirrten.

Dann öffnete sie die Augen wieder und wandte den Zelten den Rücken zu. Sie schaute in die Richtung, in der Harold und Amak im Morgengrauen mit dem Schlitten verschwunden waren, um zum Eisfischen zu gehen. Noch einmal kam ihr das dunkle Fellbündel in den Sinn, in das Kirima eingewickelt worden war; Kirima, die so zerbrechlich und unbeweglich dort gelegen hatte und langsam unter dem Schnee auf der riesigen eisigen Ebene verschwunden war. Erneut fühlte Mary Rose, wie schwer der Verlust wog, fühlte die Leere in ihrem Leben. Sie blickte in den Himmel, damit die Tränen nicht über ihre Wangen rannen, und sah, dass die dicken Wolken, die den Himmel bedeckten, in Hunderte kleine Fetzen zerrissen, die nach und nach einem mondlosen Himmel freigaben, an dem die Sterne funkelten. Da hörte sie hinter sich Schritte im Schnee. Es war Aga, die ihren Fellmantel trug und das Haar in die Kapuze gesteckt hatte.

»Mach dir keine Sorgen«, sagte sie mit Blick auf den fernen Horizont, »sie werden bald zurück sein.«

Mary Rose schüttelte den Kopf und trocknete sich unauffällig die Tränen. Sie wollte nicht, dass Aga sie weinen sah.

»Du musst dich nicht schämen«, flüsterte Aga.

»Ich müsste dich trösten und nicht du mich«, entgegnete Mary Rose, ohne Aga in die Augen zu sehen.

Aga seufzte und legte leicht eine Hand auf Mary Roses Schulter. Mary Rose schaute sie an und stellte fest, dass trotz der dunklen Schatten unter ihren Augen eine ungewöhnliche Ruhe, eine ungewöhnliche Stärke in ihrem Blick lag. Überrascht fragte sich Mary Rose, wie sie die Kraft gefunden hatte, nach draußen zu kommen. Sie erinnerte sich noch gut daran, dass es ihr noch lange nach Dylans Tod nicht möglich gewesen war, ihre Wohnung zu verlassen. Monatelang hatte sie sich im Schlafzimmer verkrochen. Sie war kaum aus dem Bett gekommen. Mary Rose wusste noch, dass zu schlafen damals das Einzige war, was ihr ein wenig Linderung gebracht hatte; das Einzige, was den Schmerz von ihr fernhielt, der sofort wieder da war, wenn sie die Augen öffnete. Sie hatte nur noch schlafen, sich in den Träumen verlieren wollen, in denen sie das fröhliche Gesicht ihres kleinen Sohnes vor sich sah wie jeden Nachmittag, wenn er seinen zerzausten Schopf durch die Tür des Blumenladens steckte und die Tasche mit dem Abendessen abholte, um eilig zur Werft gehen zu können, wo sein Vater auf ihn wartete. Jene Monate waren so unwirklich gewesen – ein Tag verschwamm mit dem nächsten, ein konfuser Wirrwarr aus Weinkrämpfen, Schluchzen, Vorwürfen und Stille.

Aga nahm sanft die Hand von Mary Roses Schulter und ging ein paar Schritte nach vorn zum Rand der schneebedeckten Anhöhe. Sie ließ den Blick über die weite, vereiste Ebene schweifen, bis er schließlich an einem fernen Punkt auf dem Eisschild hängen blieb.

»Morgen werden wir die Vorbereitungen für unsere Reise in den Norden wieder aufnehmen«, sagte sie, ohne den Punkt aus den Augen zu lassen. »Das wird ein paar Tage dauern, daher haben Amak und ich uns überlegt, dass uns noch etwas Zeit bleibt, um eine letzte Sache zu erledigen. Etwas, was wir für euch tun wollen, bevor wir diesen Ort hier für immer verlassen.«

Mary Rose spürte, wie die Kälte in die Falten ihrer Kapuze eindrang, wagte es jedoch nicht, sich zu rühren. Sie blieb unbeweglich ein paar Schritte hinter Aga stehen und versuchte zu begreifen, was diese ihr sagen wollte.

»Amak und mein Sohn werden euch morgen zu eurem Haus begleiten, damit ihr die Dinge, die für euch wichtig sind, daraus retten könnt.«

Im ersten Moment war Mary Rose überrascht und verwirrt von diesem Angebot. Bisher hatten sie diese Möglichkeit, noch einmal zu dem alten Haus zurückzukehren, nicht in Erwägung gezogen. Sie dachte an die vielen Gegenstände, Bilder und Möbel in den leeren, vereisten Zimmern des Hauses, ohne auch nur einem davon irgendeinen Sinn oder Wert beimessen zu können. Die umsichtig verpackten Flaschenschiffe in den Kisten, alte Kleidung, die sich über Jahre in den Schränken und Kommoden angesammelt hatte, all das war nicht mehr von Bedeutung. Doch dann, beim Gedanken an eine Sache, schlug ihr Herz plötzlich schneller. Etwas Kleines, was unter den Pyjamas in der Kommode versteckt war. Das einzige Ding im ganzen Haus, das einen unschätzbaren Wert für sie darstellte, die einzige Erinnerung an ihren Sohn, die sie aufbewahrt hatten: das Foto von der Werft. Doch als Mary Rose den Blick jetzt wieder auf die dunkle Silhouette des Hauses richtete, das in der Ferne am Ufer des schmelzenden Eismeeres lag, dachte sie, dass sie, so gerne sie es auch gehabt hätte, keinem zumuten konnte, diesen weiten Weg zu gehen nur wegen eines alten verblichenen Fotos.

»Das ist wirklich sehr großherzig von euch, aber …«, begann sie mit einem bitteren Geschmack im Mund.

»Nehmt es als ein Geschenk für alles, was ihr für uns getan habt«, unterbrach Aga sie. »Danach gibt es keinen Weg mehr zurück. Es ist euer endgültiger Abschied.«

Mary Rose sah Aga gerührt an, und sie fragte sich, wie es möglich war, dass eine Frau, die gerade ihre kleine Tochter verloren hatte, in der Lage war, ihr Trost zu spenden, indem sie ihr eine letzte Heimreise anbot. Dabei waren es doch Harold und sie, die Amak und Aga Dank schuldeten, weil sie ihnen das Leben gerettet hatten, weil sie sich um sie gekümmert hatten, weil sie ihnen die Möglichkeit gaben, nach San Remo zurückzukehren. Mary Rose trat an den Rand der Anhöhe neben Aga und blickte in die gleiche Richtung wie sie. Sie sah eine ungastliche, vereiste Ödnis, die in kurzer Zeit schmelzen und wieder ein Teil des riesigen Meeres sein würde. Desselben Meeres, in dem ihr Haus für immer zurückbleiben würde; desselben Meeres, das ihnen vor so vielen Jahren einen kleinen Jungen genommen hatte und nun ein kleines Mädchen.

Doch in Agas dunklem Blick lag weder ein Vorwurf noch grenzenlose Wut, sondern lediglich jene seltsame Stärke, die ihrem tiefsten Schmerz entsprang, so wie der Gesang der alten Frau oder das Leuchten eines Glühwürmchens, das sich bemühte, ein wenig Licht in die Dunkelheit zu bringen. Dies war etwas, was ihr nie gelungen war. Sie hatte sich einfach nur vom Schmerz mitreißen lassen, hatte nicht gekämpft, hatte sich darein geflüchtet, Harold Vorwürfe zu machen und das Leben zu hassen.

»Wie machst du das?«, fragte Mary Rose leise.

Der Himmel wurde dunkler und war mit kleinen leuchtenden Punkten übersät, eine alles überspannende funkelnde Kuppel, in die die kleinen weißen Wolken ihres Atems aufstiegen.

»Gegen den Tod können wir nichts ausrichten«, sagte Aga in die Stille. »Er befindet sich außerhalb unserer Reichweite. Solange wir am Leben sind, ist das Einzige, was wir tun können, das Leben zu leben.«

Die Entschiedenheit von Agas Worten beeindruckte Mary Rose zutiefst. Sie sah auf den Eisschild, der sich vor ihr erstreckte, doch eigentlich sah sie das kalte Meer, das unterhalb der Klippe schäumte. Das Meer, das ihr den Sohn genommen hatte. Den Sohn, den Harold nicht hatte beschützen können.

»Aber wie schaffst du es nur, niemandem die Schuld daran zu geben?«

Mary Rose hatte die Worte ausgesprochen, ohne darüber nachzudenken.

Aga wandte sich zu ihr um und sah sie überrascht an.

»Schuld?«, fragte sie.

Eine eisige Windböe wehte pfeifend zwischen den beiden Frauen hindurch, und nur Mary Rose wusste, dass sie gar nicht von Aga sprach, sondern von sich selbst.

»Wem sollte ich denn die Schuld daran geben?«, sagte Aga gedankenverloren. »Amak, weil er Kirima ein paar Minuten allein gelassen hat? Oder mir selbst, weil ich erlaubt habe, dass sie ihn begleitet? Dem Eis, weil es eingebrochen ist, oder meiner Tochter, weil sie unvorsichtig war? Vorwürfe und Schuld dienen nur dazu, uns einzusperren und nicht weiterkommen zu lassen.«

Agas Worte trafen Mary Rose bis ins Mark. Plötzlich spürte sie wieder dieses seltsame Beben, das sie überkommen hatte, als die alte Frau ihre gutturalen Gesänge anstimmte. Noch einmal hörte sie ihre Schreie auf dem Felsen, spürte Harolds Hand, die sich vorsichtig auf ihre Schulter legte, und die heiße, ohnmächtige Wut, mit der sie ihn von sich gestoßen hatte. Mary Rose schwankte leicht, und dann stellte Aga die Frage, vor der sie sich so sehr gefürchtet hatte.

»Wie war sein Name?«, flüsterte sie.

Mary Rose zuckte zusammen. Sie erinnerte sich an die Schreie und das Bellen der Hunde, als sie zusammen am Feuer gesessen hatten und sie Aga gerade von Dylan hatte erzählen wollen. Sie war erleichtert gewesen, dass es dazu nicht gekommen war. Sie hätte es sich nie verziehen, Aga wenige Momente, bevor sie vom Tod ihrer Tochter erfuhr, erzählt zu haben, wie ihr Sohn gestorben war. Nun fühlte sie sich so nackt und wehrlos, als ob jemand ihr den Brustkorb geöffnet hätte und ihre intimsten und schmerzhaftesten Erinnerungen offen dalägen. Sie versuchte zu sprechen, doch ihre Lippen waren nicht in der Lage, den Namen ihres Sohnes zu formen. Sie hatte Angst, dass sie damit eine Tür öffnen würde, die sie nicht mehr würde schließen können.

»Das gehört der Vergangenheit an«, sagte sie, wandte den Blick ab und richtete ihn wieder auf das Haus.

»Die Vergangenheit kann zu einer schweren Last werden«, sagte Aga.

»Und wie kann man diese Last loswerden?«, fragte Mary Rose mit verhangenem Blick.

»Gar nicht«, antwortete Aga. »Aber wir können dafür sorgen, stärker zu werden, damit sie unserer Reise nicht im Weg steht.«

»Unserer Reise«, wiederholte Mary Rose bitter.

»Das ganze Leben ist eine Reise«, erklärte Aga. »Wir reisen von einem Ort zum anderen, weil es das ist, was einen Fisch von einem Stein unterscheidet, die Bewegung von der Starre, das Licht von der Dunkelheit, das Leben vom Tod.«

Mary Rose erinnerte sich an den hohen Mast, der aus der alten Werft aufragte, als sie entschieden hatten, nicht nur ihren Traum, sondern ihr ganzes Leben aufzugeben. Das war der Tag, als sie beschlossen hatten, den Fisch in einen Stein zu verwandeln und das Schiff in ein Haus.

Eine eisige Windböe riss ihr die Kapuze vom Kopf und wirbelte ihr offenes Haar auf. Für einen Moment hatte Mary Rose das Gefühl, wie in ihrem Traum auf dem Deck ihres Schiffs zu stehen. Sie dachte an das Lachen ihres Sohnes in der Werft, die Freude in Harolds Augen, als er ihr zum ersten Mal den Plan des Schiffes gezeigt hatte. Sie spürte, wie sie am ganzen Körper zitterte, dann atmete sie tief durch und sagte:

»Er ist zwei Monate, bevor wir mit dem Schiff auslaufen wollten, das wir gebaut hatten, ertrunken.«

Aga nickte. Dann sah sie Mary Rose an, als hätte sie den Sinn dieses Satzes nicht ganz begriffen.

»Und was habt ihr mit dem Schiff gemacht?«

»Wir haben es auseinandergebaut.« Mary Rose schwieg einen Moment. »Und daraus …« Sie machte eine hilflose Handbewegung zu dem Haus in der Ferne, das inmitten der Eismassen gestrandet war und dessen Umrisse sich vor dem bleichen Licht der Sterne abhoben. Aga folgte ihrer Bewegung und verstand.

»Aber ein Fisch in der Form eines Steins ist immer noch ein Fisch, oder nicht?«, sagte sie plötzlich.

Mary Rose runzelte die Stirn. Sie verstand nicht, was Aga damit sagen wollte, doch bevor sie sie danach fragen konnte, erregte das Funkeln eines goldfarbenen Lichts ihre Aufmerksamkeit, eines Lichts, das ihr seltsam vertraut war, eines Lichts, das sich am Himmel abzeichnete.

»Schau«, sagte Aga und wies nach oben.

Mary Rose schaute in den Himmel, wo zwei goldene Lichtstreifen aufschimmerten, die zwischen den Sternen am dunklen Firmament zu tanzen schienen.

»Kennst du das Polarlicht?«, flüsterte Aga, ohne den Blick abzuwenden.

Eines der Lichter war von einem intensiven Rot und leuchtete wie Feuer, das andere war goldgelb und warm. Die Schönheit der sich anmutig bewegenden Polarlichter ließ Mary Rose ganz ruhig werden und erinnerte sie an jenen Moment absoluten Friedens, den sie mit Harold erlebt hatte, als sie die Polarlichter mitten auf dem Meer gesehen hatten. Sie beide allein, an Bord ihres Hauses ziellos umhertreibend.

Die beiden Polarlichter kreuzten sich. Sie strahlten eine Wärme aus, die Mary Rose einhüllte und beschützte.

»Mein Volk glaubt, dass der Himmel eine riesige Kuppel ist, die aus dem härtesten Material im ganzen Universum besteht«, sagte Aga. »Und jenseits des Horizonts liegt die Unendlichkeit, das Reich der Toten; ein Ort aus Licht, von dem wir nur einen Schimmer wahrnehmen, wenn die Seelen langsam zu ihm aufsteigen, einem Schimmer, der uns mit seiner Vollkommenheit erfreut, unser Leid beendet und uns an die Schönheit erinnert, die es in unserer Welt gibt.«

Mary Rose spürte, wie ihr die Tränen in die Augen stiegen. Doch diesmal waren es Tränen der Rührung, die sie erfüllte, als sie diese beiden Lichter am Himmel in vollkommener Harmonie miteinander tanzen sah. Als sie sah, wie sich ihre wunderbaren Farben mischten und ihre Schönheit sie von allem Leid befreite, von allem Schmerz und allem Hässlichen.

»Er hieß Dylan«, sagte Mary Rose lächelnd. »Ich glaube, Dylan und Kirima haben sich gerade kennengelernt.«

RÜCKKEHR UND AUFBRUCH

Mary Rose schlief schon eine ganze Weile, als sie von einem kalten Luftzug geweckt wurde. Gleich darauf spürte sie Harolds Körper, der unter die Decken glitt und sich neben ihr zusammenrollte. Das ganze Zelt war mit einem Mal von einem intensiven Fischgeruch erfüllt. Doch das machte ihr nichts aus – im Gegenteil. Mary Rose fühlte sich erleichtert und geborgen, als er sie umfasste. Ihr Körper wärmte ihn, und nachdem er ihr einen Gutenachtkuss in den Nacken gegeben hatte, schliefen sie ein.

Gleich nach dem Aufstehen nahmen sie ihre Rucksäcke und traten nach draußen, während die kleine Robbe zwischen ihren Beinen herumturnte. Der Wind hatte alle Wolken vertrieben und ein derart strahlendes Blau zurückgelassen, dass sie geblendet die Augen schlossen. Es war vollkommen windstill, und auf dem Weg zu Amaks und Agas Zelt spürten sie die Sonne auf ihren kalten Wangen.

Wie Aga es Mary Rose angekündigt hatte, hatten an diesem Morgen alle erneut mit den Vorbereitungen zum Aufbruch begonnen. Wieder wurden gefaltete Zelte zu den Schlitten getragen, doch trotz des guten Wetters schienen sich alle recht langsam fortzubewegen. Niemand rannte oder schrie, und selbst die Kinder schwiegen. Sie alle wussten, dass dieser Aufbruch gleichzeitig ein schmerzhafter Abschied sein würde. Der endgültige Abschied von Kirima.

Harold und Mary Rose blickten über die weite Ebene, wo irgendwo in der Ferne der Körper eines kleinen Mädchens zur Ruhe gebettet worden war. Das Licht spiegelte sich so gleißend auf dem weichen Schnee wider, dass sie das Gefühl hatten, direkt in die Sonne zu blicken. Das Einzige, was sie in all dem Weiß ausmachen konnten, war ein dunkler Punkt, der sich vor der schmalen Linie des Horizonts erhob, die von einem derart intensiven Dunkelblau war, dass es sich nur um das Meer handeln konnte. Es war ihr Haus. Auch das würde ein endgültiger Abschied sein.

Sie gingen weiter, und als sie zu dem kleinen Platz kamen, sahen sie, dass Amak und Ukluk ein paar Kisten auf einen Schlitten luden. Die Robbe beschnüffelte die großen Hunde, die bereits angeschirrt warteten, und verschwand dann eilig in einem der nahen Zelte. Amak wandte sich um, und als er sie sah, erschien ein breites Lächeln auf seinem Gesicht.

»Harold ist einer der besten Fischer, die ich kenne!«, sagte er und schlug Harold freundschaftlich auf die Schulter.

Mary Rose zog die Augenbrauen hoch und fragte sich, ob Amak das im Scherz gesagt hatte. Als ob Amak ihre Gedanken erraten hätte, wies er auf eine Seite des Schlittens, wo sich ein halbes Dutzend großer Holzkisten stapelten, die mit dicken, glänzenden Kabeljaus gefüllt waren.

»Das alles habt ihr gefangen?«, rief sie staunend aus.

Überrascht stellte Mary Rose fest, wie fröhlich ihre Stimme klang.

»Das ist ja genug für die nächsten Monate«, fügte Ukluk hinzu und grinste.

Harold strahlte. Es war lange her, dass er so stolz gewesen war. Er war nicht nur glücklich darüber, dass er dabei hatte helfen können, so viele Fische zu fangen, dass die ganze Siedlung sich mehrere Tage davon ernähren konnte, sondern auch, dass er

Amak hatte begleiten dürfen. Er wusste, dass diese Tour sie beide auf eine ganz besondere Art verbunden hatte. Es war der Bund einer Freundschaft, wie er sie lange Jahre nicht erlebt hatte.

In diesem Moment trat Aga mit einem kleinen dampfenden Bündel aus dem Zelt. Ihr langes Haar fiel ihr über die Schultern und glänzte in der Sonne wie Seide.

Mary Rose nahm das Bündel freudig entgegen und sog begeistert den Duft ein, den es verströmte. Sie öffnete das Tuch vorsichtig und fand ein paar kleine helle Brote darin.

»Vielen Dank«, sagte sie.

Anschließend half Ukluk den Grapes in den hinteren Teil des Schlittens und stieg selbst vorn ein, wo er auf seinen Vater wartete. Amak trug eine der mit Kabeljau gefüllten Kisten, und bevor er auf den Schlitten stieg, ging Aga auf ihn zu und umarmte ihn. Sie barg ihr Gesicht in dem weichen Fall von Amaks Mantel und atmete tief durch. Als Mary Rose sah, wie die beiden sich dort umarmten, direkt vor ihren Augen, vor den Augen sämtlicher Siedlungsbewohner, verstörte sie dies ein wenig. Langsam lösten sich Aga und Amak aus der Umarmung, und Aga gab ihrem Mann einen Kuss auf den Mund. Niemals zuvor hatten Harold und Mary Rose eine solch vertrauliche Geste bei dem Paar gesehen, und es berührte sie sehr.

Schließlich stieg Amak auf den Schlitten, und nach einem kurzen Gruß, der den Bewohnern der Siedlung galt, die sich um sie herum versammelt hatten, stieß er einen lauten Pfiff aus, und mit einem leichten Knarren setzte sich der Schlitten in Bewegung. Die Hunde legten gleich ein zügiges Tempo vor, und auch wenn die Siedlung schon bald weit hinter ihnen lag, war Rose mit ihren Gedanken immer noch dort. Immer wieder musste sie an die innige Umarmung von Aga und Amak denken, die sie kurz zuvor gesehen hatte. Genau wie sie und Harold hatten diese Eltern ihr Kind verloren, dennoch lag in ihren Blicken keine

Spur von Vorwürfen oder Schuldzuweisung. In ihren Gesten lag weder Wut noch Ablehnung. Dann erinnerte sie sich wieder an die bitteren Vorwürfe, die sie ihrem Mann gemacht hatte, an das hasserfüllte Geschrei und die Schuldzuweisungen, die ihre Ehe vergiftet hatten, an die schweigende Distanz, die über all die Jahre wie eine Mauer zwischen ihnen gestanden hatte. Und mit einem Mal wurde ihr klar, dass nichts davon ihr geholfen hatte, ihren Schmerz zu vertreiben. Es hatte sie nur von dem einzigen Menschen entfernt, der sie wirklich liebte, und verhindert, dass ihre Wunden heilen konnten. Sie spürte, wie ihr Herz sich zusammenzog, und in einer zärtlichen Geste griff sie nach Harolds Hand, so wie er es vor vielen Jahren auf Dylans Beerdigung bei ihr getan hatte.

DAS EISHAUS

»Wir sind gleich da«, rief Amak laut.

Harold und Mary Rose waren unterwegs eingeschlafen, und sein Ruf riss sie abrupt aus ihren Träumen. Als sie die Augen öffneten, merkten sie, dass die Landschaft und das Licht sich verändert hatten: Damals war die Sonne komplett hinter dem schwarzen Berg versteckt gewesen, den sie als Erstes gesehen hatten, als sie an diesem ungastlichen Ufer gestrandet waren, nun tauchte sie das Eis und das Meer in einen dunklen Goldton.

Mary Rose reckte sich und stellte überrascht fest, wie nah sie dem Haus schon waren. Der gelbe Farbton der Holzwände glänzte im Licht des Nachmittags und bildete einen deutlichen Gegensatz zu dem Weiß auf den Dächern des Hauses und der Veranda. Als sie noch näher an das Haus herankamen, fiel ihnen auf, dass es sich irgendwie in der Form verändert hatte. Das Dach setzte sich nicht mehr aus zwei mit schwarzem Schiefer gedeckten schrägen Hälften zusammen, sondern war eher ein unförmiges Durcheinander aus Dachbalken und Schieferfragmenten, die aus dem Schnee herausragten, der auf dem Haus lastete.

Die Hunde verlangsamten ihr Tempo, bis Amak den Schlitten mit einem schrillen Pfiff etwa fünfhundert Meter von ihrem Ziel entfernt anhielt.

»Ukluk«, rief Amak seinem Sohn zu, während er auf das Eis sprang, »du bleibst hier beim Schlitten und den Hunden und baust die Zelte für die Nacht auf. Wir werden zum Abendessen zurück sein.«

Dann trat er hinten an den Schlitten und nahm zwei Säcke heraus, die er sich über den Rücken warf. Harold und Mary Rose stiegen ebenfalls aus. Ihre Knochen waren steif von der Kälte und der Fahrt, was ihnen jedoch nichts ausmachte. Nachdem sie sich von Ukluk verabschiedet hatten, der bereits mit dem Zeltaufbau begonnen hatte, folgten sie Amak über das brüchige Eis.

Je weiter sie sich dem Haus näherten, desto breiter wurden die Risse und desto deutlicher war das Meer zu hören, das große Eisstücke mit sich riss. Als sie endlich vor dem Gebäude standen, wirkte es wie in das Eis gemeißelt, das es umgab. Die Verandastufen waren von Schutt bedeckt, der vom Dach gefallen war, die Säulen hatten tiefe Kratzer, das Holz der Außenwände war an vielen Stellen beschädigt und der Türknauf war mit einer dicken Eisschicht überzogen.

Amak hielt sich hinter den Grapes, und seine schmalen Augen schienen etwas weiter geöffnet als sonst. Harold erkannte erneut jene Mischung aus Überraschung und Furcht darin – wie in dem Moment, als sie das Haus von der Siedlung aus zum ersten Mal gesehen hatten.

Sie blieben ein paar Sekunden schweigend stehen und hörten nur das Knacken des Eises. Harold und Mary Rose blickten sich an, als wären sie plötzlich unsicher, ob sie wirklich hineingehen sollten. Fast hatten sie das Gefühl, die Ruhe einer alten Tempelruine zu stören. Doch schließlich streckte Harold die Hand aus und drehte mit Mühe den vereisten Türknauf. Das Eis, das das Metall bedeckte, brach, und als er die Tür aufdrückte, löste sich das Eis im Türrahmen und ging wie ein Glasregen auf den Boden nieder.

Harold hatte erwartet, dass die Luft im Haus wärmer und stickiger wäre, was jedoch nicht der Fall war. Drinnen war es genauso eisig kalt wie draußen. Die Böden, die Wände, die Treppe und die Lampen waren von einer Eisschicht bedeckt.

Als sie in den Eingangsbereich traten, hatte Harold das Gefühl, in ein verzaubertes Haus zu kommen, das voll von in der Zeit gefangenen Erinnerungen war. Amak trat hinter Mary Rose als Letzter über die Schwelle und schloss vorsichtig die Tür. Er bewegte sich langsam, doch sein Blick wanderte rasch von einer Seite zur anderen, da er offenbar nicht wusste, worauf er seine Aufmerksamkeit konzentrieren sollte.

»Faszinierend«, murmelte er, als er mit der Hand über das kaputte Treppengeländer strich.

Harold und Mary Rose entdeckten in Amaks ansonsten unerschütterlichem Gesichtsausdruck einen Anflug von Neugier und Staunen, genau wie sie ihn bei Kirima gesehen hatten, wenn sie ihr von ihrer Reise erzählt hatten. Mary Rose lächelte, als sie an all die Fragen dachte, die die Kleine mit ihrer fröhlichen Stimme sicher gestellt hätte, wäre sie nun bei ihnen gewesen.

Sie gingen in die Küche, und Amak legte die beiden Säcke auf den glänzenden Tisch. Die ganze Küche schien von einem warmen, funkelnden Licht überzogen.

»Darf ich mich ein wenig umsehen, während ihr die Sachen zusammensucht, die ihr mitnehmen wollt?«, fragte Amak, der gerade mit den Fingern ehrfürchtig der Biegung des Wasserhahns folgte.

»Fühl dich wie zu Hause«, entgegnete Harold in Erinnerung an Agas Worte. »Und wenn du irgendetwas siehst, was du gebrauchen kannst, nimm es mit; bei dir ist es sicher besser aufgehoben als bei den Fischen im Meer.«

Dann nahm er einen der Säcke vom Tisch, in dem sich nur eine Decke befand, und trat zusammen mit Mary Rose in den Flur. Als sie an der offenen Kellertür vorbeikamen, blickte Mary

Rose hinunter. Es fiel nur wenig Licht durch die Bullaugen, sodass die untersten Treppenstufen nicht zu sehen waren. Sie spürte einen Luftzug, der wie ein Gespenst die Treppe hinaufkam, und erinnerte sich an den bedrückenden Albtraum, in dem sie in diesem Haus gefangen gewesen war. Harold trat zu ihr und wurde von einem Schauder erfasst, als er den eisigen Luftzug spürte.

»Dort unten ist es zu dunkel. Man kann kaum die Hand vor den Augen sehen«, meinte er und machte einen Schritt zurück. »Außerdem glaube ich nicht, dass wir im Keller irgendetwas Wichtiges finden könnten.«

Mary Rose zwang sich, nicht länger an irgendwelche beunruhigenden Albträume zu denken, und folgte Harold ins Wohnzimmer. Sie kamen an ein paar Umzugskisten vorbei, von denen jede Menge im Flur standen, ohne sich näher mit dem Inhalt zu beschäftigen. Als sie ins Esszimmer traten, hatten sie das Gefühl, sich in einem Trödelladen voller kaputter Gegenstände zu befinden. Mary Rose ging zu dem großen Vitrinenschrank hinüber und fragte sich, welchen Sinn dieses riesige Möbelstück eigentlich hatte, das nur dazu diente, Gläser und Teller zur Schau zu stellen. Harold hielt den Sack in den Händen und verspürte keine Veranlassung, ihn mit irgendeinem der Dinge zu füllen, die hier in Massen vorhanden waren. Er blieb vor einem Bild stehen, das über der improvisierten Feuerstelle hing, an der sie sich gewärmt hatten, um nicht zu erfrieren. Eine dünne Rußschicht bedeckte den Glasrahmen, und Harold wischte mit der Hand darüber, um sie zu entfernen. Doch zum ersten Mal seit Jahren gelang es ihm nicht, in der maritimen Landschaft, die darauf dargestellt war, auch nur einen Funken Realität zu entdecken. Die Farbe des Sonnenuntergangs, die Lichtreflexe auf den Wellen oder die Form der Wolken erschienen ihm übertrieben kitschig und künstlich, ohne an die wahre Schönheit der Natur heranzureichen. Harold dachte an die Farbe der Sonnenauf- und untergänge, die sie während ihrer Fahrt auf dem Meer betrachtet hatten, an die ätherischen Formen der Polarlichter, die über ihnen am Himmel getanzt hatten, und die Perfektion der akrobatischen Sprünge des Delfins. Dieses Bild fing nichts davon ein, und Harold fragte sich, warum er es überhaupt aufgehängt hatte. Kopfschüttelnd verließ er den Raum.

Mary Rose wartete bereits am Treppenaufgang. Harold sah sie an und erahnte an ihrem Blick den wahren Grund, warum sie an diesen Ort gekommen waren. Vorsichtig stiegen sie die vereisten Stufen hinauf und betraten das Schlafzimmer.

Sie ließen die Kisten, die überall im Zimmer herumstanden, links liegen. Die Teppiche, Bilder und Bücher darin erschienen ihnen wie altes Gerümpel, das nur dazu diente, Platz wegzunehmen und Staub anzusammeln. Vorsichtig traten sie ans Fenster und blickten durch die zerbrochenen Fenster auf die vereiste Landschaft, die sie umgab. Die Aussicht hatte sich, seit sie auf der Suche nach Hilfe aufgebrochen waren, deutlich verändert. Die ebene Eisfläche, an der ihr Haus gestrandet war, war nun nicht mehr so einheitlich, wie sie sie in Erinnerung hatten, sondern voller Spalten, durch die das Wasser heraufschwappte. Das Geräusch, wenn das Eis brach, war sogar durch die Fenster deutlich zu hören. Allmählich wurde es dunkel, doch nicht weit entfernt entdeckten sie ein Licht. Sicher hatte Ukluk in dem kleinen provisorischen Lager, in dem sie die Nacht verbringen würden, ein Feuer angezündet. Sie wussten, dass sie nicht mehr viel Zeit hatten, dass sie sich beeilen mussten, um den einzigen Gegenstand im ganzen Haus, der für sie noch von Bedeutung war, an sich zu nehmen.

Als Harold und Mary Rose vor der sperrigen Kommode mit den drei Schubladen standen, erinnerten sie sich an den letzten Abend vor der angekündigten Zwangsräumung. Langsam öffnete Mary Rose die oberste Schublade, in der ihre alten, inzwischen tiefgefrorenen Pyjamas lagen. Sie hob den Kleiderstapel an, und gut geschützt unter all der Wolle und Baumwolle tauchte das kleine quadratische Stück Papier auf. Harold streckte die Hand aus und nahm das Foto vorsichtig heraus. Dieses Stück Papier war der größte Schatz, den sie aufbewahrt hatten, das einzige Erinnerungsstück an jene Zeit, in der sie glücklich gewesen waren. Harold drehte es um, um sich das Bild anzusehen, das sich auf der Vorderseite befand, hielt jedoch inne, als plötzlich ein krachendes Geräusch ertönte, das wie der Blitzeinschlag in der Nacht vor der Zwangsräumung klang. Nur dass es kein Blitzschlag war. Plötzlich fing das Haus an zu beben und neigte sich zur Seite, sodass sie zur anderen Ecke des Schlafzimmers rutschten, bevor es mit einem zweiten heftigen Ruck wieder in eine horizontale Position kippte. Im selben Moment hörten sie Amak von unten rufen:

»Beeilt euch! Das Haus löst sich vom Eisschild!«

Harold steckte das Foto in den Sack, den er noch immer in den Händen hielt, und dann stolperten sie die glatten Stufen hinunter. Unterdessen war das Geräusch von eindringendem Eis und Wasser durch die vielen Öffnungen des Hauses zu hören. Die Stufen knarrten unter ihren Schritten und eine brach wie ein morsches Brett ein, als Harold darauf trat. Mary Roses Eingreifen verhinderte gerade noch, dass er das Gleichgewicht verlor, und schließlich kamen sie heil unten an.

Amak erwartete sie mit einer bedrohlich schwankenden kleinen Laterne an der offenen Haustür. Ohne einen letzten Blick auf das Haus zu werfen, rannten sie über die Veranda.

Als sie auf das Eis traten, spürten sie, dass der ganze Eisschild wankte. Die Eisplatten verschoben sich mit einem lauten Quietschen. Das Licht der Laterne schaukelte mit Amaks hektischen Schritten, der den Rissen im Eis auswich oder darübersprang. Ihre Körper bewegten sich zusammen mit den

Eisplatten, auf denen sie standen, auf und ab. Erst als sie sich in sicherer Entfernung befanden, wagten sie einen Blick zurück, um zu sehen, wie das Holzhaus sich vom Eisschild löste.

In der Dunkelheit gelangten sie ins Lager. Die schmale Silhouette des Mondes wirkte wie ein Fremdkörper zwischen den vielen hundert Sternen, die einer unerreichbaren silbernen Glut gleich am Himmel leuchteten. Ukluk erwartete sie zusammen mit den Hunden, die wegen der ungewöhnlichen Geräusche äußerst unruhig waren, an dem Feuer, das er zwischen den beiden Zelten angezündet hatte.

Die Grapes aßen nur wenige Bissen von dem Kabeljau, den Ukluk gebraten hatte. In dem improvisierten Lager herrschte angespanntes Schweigen, das nur durch das beunruhigende Knacken des Eises, das in der Ferne zu hören war, gestört wurde.

Wenig später löschten sie das Feuer und legten sich schlafen. Am nächsten Morgen würden sie früh aufstehen müssen, um zur Siedlung zurückzukehren und die Reise nach Norden anzutreten. Als Harold und Mary Rose in ihr Zelt krochen, sahen sie sich noch einmal nach dem Rand des Eisschilds um. Das Licht war in dieser Nacht so spärlich, dass gerade mal die graue Linie zu sehen war, wo das Eis an das dunkle Meer stieß. Die Grapes warfen einen letzten Blick auf ihr Haus in dem Wissen, dass es, wenn sie aufwachten, sicher nicht mehr da sein würde. Dies war der Abschied, der endgültige Abschied, auf den sie sich lange vorbereitet hatten. Das Haus wartete nur noch darauf, endlich aus dem Eisgefängnis befreit zu werden. Einem Gefängnis wie das, in dem all die Jahre über auch sie eingesperrt gewesen waren.

DIE UNVOLLENDETE REISE

Im Schutz des winzigen Zelts zündeten Harold und Mary Rose eine Kerze an und rollten sich in dem warmen Licht zusammen. Ihre Mäntel hatten sie nicht ausgezogen, da die improvisierte Behausung nicht so hermetisch geschlossen war wie ihr Zelt in der Siedlung.

»Glaubst du, es wird noch lange dauern, bis wir wieder in San Remo sind?«, murmelte Mary Rose, während sie, in Gedanken versunken, auf die golden leuchtende Flamme der Kerze blickte.

»Amak sagt, dass der Weg zur Großen Lücke weit ist, dass es dort aber jede Menge Schiffe gibt, von denen uns sicher schon bald eines zurück auf die Insel bringen wird.«

»Ach so.« Mary Rose nickte abwesend.

»Möchtest du nicht zurückkehren?«, fragte Harold.

»Nein, das ist es nicht«, sagte sie und sah zum Zeltdach auf, das im Wind hin- und herschwankte. »Ich kann mir nur nicht vorstellen, unser altes Leben wieder aufzunehmen.«

»Ja, daran habe ich auch schon gedacht.«

»Bis eben habe ich noch geglaubt, dass ich mich, wenn ich das Haus betrete und unsere Sachen sehe, danach zurücksehne, wieder in einem Haus zu wohnen. Ich dachte, dass ich mich, nachdem ich monatelang auf dem Boden geschlafen und direkt aus dem Topf gegessen habe, nach der alten Bequemlichkeit zurücksehnen würde. Doch stattdessen hat mich all das völlig kaltgelassen. Wozu brauchen wir all das Besteck, wenn man doch auch mit einem einzigen Löffel leben kann? Dieser Sack könnte jetzt voll sein«, meinte sie mit einem Blick auf das Bündel, das sie mit im Haus gehabt hatten. »Voller Bücher, Kleidung, Tagesdecken, Flaschenschiffe oder blinkender Gabeln.«

»Jetzt ist es zu spät, um diesen Dingen nachzutrauern.«

»Ich trauere den Dingen nicht nach, Harold. Ich bin froh, dass der Sack leer ist. Als wir hier angekommen sind, dachte ich, dass die Leute hier zu bemitleiden sind, weil sie ständig von einem Ort zum nächsten weiterziehen müssen und ihr einziges Ziel das Überleben ist. Und jetzt wird mir bewusst, dass wir diejenigen sind, deren Leben traurig und erbärmlich ist. Ich wünschte, es gäbe Menschen wie Amak und Aga auf unserer Insel! Ich werde sie sehr vermissen.«

Harold nickte langsam.

»Auch ich werde sie vermissen, Rose«, sagte er dann, »obwohl ich mich noch immer nicht an den Gedanken gewöhnt habe, dass dieser herumschreiende Mann mit dem düsteren Blick uns ein so guter Freund geworden ist!«

»Ich werde den Tag nie vergessen, an dem du von Amak und den beiden anderen Männern zu unserem Zelt geführt worden bist«, gestand Mary Rose. »Du hättest mal dein ängstliches Gesicht sehen sollen!«

Harold zog die Augenbrauen zusammen.

»Wenn sie dich so angefahren hätten wie mich, hättest du dafür vollstes Verständnis.«

Mary Rose lachte übermütig.

»Ja, wir hatten wirklich Glück, dass Aga uns eine Chance gegeben hat und wir unsere Geschichte erzählen durften.«

»Hmmm ... Ich sehe noch genau ihre argwöhnischen Gesichter vor mir. Ich glaube, dass Kirima die Einzige war, die uns nicht für völlig verrückt gehalten hat.«

In dem Moment, als der Name des Mädchens erklang, wehte der Zelteingang auf und eine eisige Böe drang herein, die die Flamme der Kerze flackern ließ. Harold sorgte dafür, dass der Eingang wieder fest schloss, während Mary Rose nach dem Sack griff und die Decke herausholte, um sie über sie beide auszubreiten. Dabei fiel das Foto auf ihren Schoß. Mary Rose nahm es vorsichtig in die Hand und drehte es um, sodass sie das Bild mit den verblassten Farben sehen konnte. Beide betrachteten entzückt das Foto, das sie sich all die Jahre über so oft angesehen hatten, und in dem warmen flackernden Licht der Kerze hatten sie das Gefühl, als wäre es das erste Mal.

»Ich glaube, dass es keinen so warmen Sommer wie damals mehr gegeben hat«, murmelte Mary Rose, wobei sie mit dem Finger über den Bildrand strich.

Harold seufzte und nickte. Es schien, als ließe die Erinnerung an das Geräusch der Zikaden in dem alten Werftgebäude, an den Schweiß, der ihm von der Stirn tropfte, und die angenehme Meeresbrise, die die stickige Luft ein wenig erträglicher machte, die Kälte im Zelt verschwinden.

»Ich weiß noch, dass wir den ganzen Tag über das Deck lackiert haben«, sagte Harold.

»Ich habe gedacht, dass wir nie fertig werden. Ihr habt so lange gebraucht!«

Harold richtete seine Aufmerksamkeit auf den kleinen Ausschnitt des Decks, der auf dem Foto zu sehen war. Die Nachmittagssonne fiel auf das frisch gestrichene Holz, dass es glänzte wie spiegelndes Glas.

»Ich meine, immer noch spüren zu können, wie der Pinsel über die Planken streicht, und den Lackgeruch wahrzunehmen«, sagte Harold wie zu sich selbst. Dann hielt er inne und ein Lächeln stahl sich in sein Gesicht. »Was haben wir gelacht, als du dich aus Versehen auf eines der frisch gestrichenen Bretter gesetzt hast.«

»Ach. Das hatte ich vollkommen vergessen«, sagte Mary Rose mit einem sehnsüchtigen Lächeln.

»Wirklich?«, meinte Harold überrascht. »Aber wir haben doch noch Tage danach über den Flecken auf deinem Kleid gelacht.«

In diesem Moment brachen beide in ein lautes Gelächter aus. Mary Rose fiel wieder ein, wie Harold und Dylan in dem alten Werftgebäude losgeprustet hatten und sie überrascht feststellen musste, dass es sich nicht um einen Scherz von ihnen handelte. Sie erinnerte sich auch wieder an den Klang ihres eigenen Lachens.

»Ich habe das Kleid gleich ausgezogen und im Wasser auszuwaschen versucht, was das Ganze nur noch schlimmer gemacht hat«, erklärte sie, ohne mit dem Lachen aufhören zu können.

»Und schließlich sind wir alle im Wasser gelandet«, fügte Harald hinzu und betrachtete sehnsüchtig ihr nasses Haar auf dem Foto.

Mary Rose wusste noch, wie angenehm das Bad in der Hitze gewesen war und wie Dylan ungeschickt versucht hatte, einen der kleinen Fische zu fangen, die ihn an den bloßen Füßen gezupft hatten.

Ihr Blick blieb an Dylans großen blauen Augen hängen, der lachend und voller Lebensfreude in die Kamera schaute, und sie dachte wieder an Kirima.

»Diese Geschichte hätte Kirima sicher auch gefallen«, sagte Mary Rose.

Sie stellte sich den überraschten Gesichtsausdruck der Kleinen vor und die vielen Fragen, die sie beim Anblick der alten Fotografie gestellt hätte.

»Das wir heute hier sind, haben wir nur ihr zu verdanken«, meinte Harold.

Mary Rose nickte langsam, während sie an Kirimas Lächeln dachte. Und anstatt Schmerz oder Trauer zu empfinden, fühlte sie nur Dankbarkeit. Dankbarkeit dafür, die Gelegenheit gehabt zu haben, das Mädchen kennenzulernen und gemeinsame Zeit mit ihm zu verbringen.

»Sie hat unserem Leben eine zweite Chance gegeben«, flüsterte sie.

Harold war klar, dass dieser Satz einer von denen war, die ihre gute Laune auf einen Schlag beenden konnten, so wie die Sonne das Eis schmelzen ließ, doch Mary Rose war zu sehr auf das Bild konzentriert, das sie in der Hand hielt.

»Gestern Abend habe ich mit Aga über Dylan gesprochen«, sagte Mary Rose. »Sie kannte die Geschichte natürlich nicht, schien sich aber etwas in dieser Art gedacht zu haben. Zuerst wusste ich nicht, was ich sagen sollte. Denn ich wollte eine Mutter, die gerade selbst ihr Kind verloren hat, nicht damit belasten. Aber sie hat die Sache ganz anders gesehen als ich. Viel gelassener, ruhiger irgendwie. Sie hat nichts und niemandem die Schuld gegeben. Ihre Sichtweise ist viel tapferer, sie hat den Schmerz und die Leere, die der Tod ihrer Tochter verursacht hat, einfach zugelassen.«

Mary Rose machte eine Pause, während Harold sie aufmerksam ansah und das leichte Flackern der Flamme in ihren großen grünen Augen betrachtete.

»Ich habe mich dir gegenüber ungerecht und dumm verhalten, Harold«, sagte sie schließlich mit gesenktem Blick. »Als ich Agas Worte hörte, habe ich begriffen, dass all die Wut, die sich über die Jahre in mir angesammelt hat, nur dazu geführt hat, mich mit meinem Schmerz zu isolieren und von deinem Trost fernzuhalten. So habe ich unbewusst dafür gesorgt, dass ein Graben von der Breite eines Meeres zwischen uns entstanden ist.« Sie sah wieder auf und blickte Harold in die Augen. »Ich bitte dich um Verzeihung. Ich hatte nicht das Recht, dir die Schuld an Dylans Tod zu geben. Als hättest du nicht auch deinen Sohn verloren. Es war ein großer Verlust für uns beide. Und keiner hat daran Schuld.«

Harold atmete auf, und ihm fiel eine riesige Last vom Herzen. Er griff nach dem Foto und betrachtete es nachdenklich.

»Ich habe mich schuldig gefühlt, Rose, aber nicht, weil du oder die Leute mir die Schuld gegeben haben, sondern … ich selbst.«

Harold hielt einen Moment inne, sodass nur das Rascheln der Felle und das leise Knistern der Flamme zu hören waren.

»Gestern, beim Angeln, hat Amak mir eine Frage gestellt, die mich völlig verblüfft hat«, sagte er schließlich leise. »Er hat mich gefragt, warum wir entschieden haben, nicht mit dem Schiff in See zu stechen. All die Jahre über habe ich geglaubt, dass es richtig war, das Schiff auseinanderzubauen, weil unser Traum ohne Dylan keinen Sinn mehr hatte.«

Harold machte erneut eine kurze Pause, als wolle er noch einmal durchatmen, bevor er einen in der Tiefe verborgenen Ort zu erreichen versuchte.

»Aber jetzt habe ich begriffen, dass all diese Argumente nur vorgeschoben waren, Rose. Wir haben dieses Haus gebaut, weil wir Angst hatten. Nicht Angst, Dylan zu vergessen, sondern Angst, unser Leben weiterzuführen, Angst, uns unsere Träume zu erfüllen. Wir hatten Angst, ohne ihn wieder glücklich zu sein.«

In diesem Moment brach Harold in Tränen aus, und Mary Rose nahm ihn weinend in die Arme.

»Es tut mir leid, dass ich versagt habe«, stammelte Harold.

Mary Rose löste sich aus der Umarmung und sah Harold mit tränenverschleiertem Blick an.

»Wir haben beide versagt, Harold«, sagte sie, »wir haben versagt, weil wir zugelassen haben, dass unser Schmerz sein strahlendes Licht ausgelöscht hat, weil wir die Erinnerung an ihn zu dem Anker gemacht haben, der all unseren gemeinsamen Träumen ein Ende setzte.«

Das Fell am Eingang wurde wieder von einer heftigen Windböe zur Seite geweht, und die Kerze ging flackernd aus. Auf einmal war es vollkommen dunkel im Zelt, und der durchdringende Geruch nach verbranntem Docht füllte den engen Raum. Harold tastete über den Boden und fand gleich darauf die Schachtel mit den Streichhölzern. Er nahm eines heraus und strich damit über die Zündfläche. Sofort sprühten Funken auf, und das Streichholz brannte, und die kleine Flamme brachte die Tränen auf Mary Roses Wangen zum Glänzen. Sie spürte, dass beim Anblick der kleinen Streichholzflamme, die sich in Harolds Blick genauso spiegelte wie damals die leuchtenden Glühwürmchen in Dylans blauen Augen, etwas, das all die Jahre wie ein eiserner Ring um ihre Brust gewesen war, plötzlich zerbrach. Mit träumerischem Blick sah sie jenen Sommernachmittag vor sich, als sie ihrem Sohn das Marmeladenglas geschenkt hatte. Sie hörte sein Lachen und spürte die vielen kleinen Küsse auf ihrem Gesicht. »Und wenn wir erst mit unserem Schiff in See stechen, machen wir auf unserer Reise selbst die dunkelsten Nächte hell!«, sagte er, während er vor Freude um sie herumsprang. Und in diesem Augenblick bekamen die Worte, denen sie bisher überhaupt keine Bedeutung beigemessen hatte, endlich einen Sinn für sie – so als hätte sie schließlich das fehlende Stück in einem unvollständigen Puzzle gefunden. Und da kam ihr ein erschreckender Gedanke, der ihr bis zu diesem Moment niemals gekommen war.

Mary Rose schloss die Augen und versuchte, diesen Gedanken aus ihrem Kopf zu verbannen, doch er hatte sich bereits mit einer Hartnäckigkeit festgesetzt, gegen die sie machtlos war. Denn dieser Gedanke, so schmerzhaft er auch war, war die Wahrheit. Der Wind riss an dem kleinen Zelt, und als sie die

Augen wieder öffnete, sah sie in Harolds Augen, die sie anblickten, als ob er sie bitten würde, das auszusprechen, was sie beide in ihrem tiefsten Inneren bereits wussten.

»Vielleicht …«, begann sie, und es fiel ihr so schwer, als ob jedes ihrer Worte gegen sie selbst gerichtet wäre, gegen ihr ganzes Leben.

Die Flamme des Streichholzes flackerte erneut und ging langsam aus. Mary Rose nahm ihren ganzen Mut zusammen.

»Vielleicht haben wir einen großen Fehler gemacht, Harold.«

»Ja«, entgegnete er. »Das haben wir wohl.«

Er schaute in das ruhige Licht der Kerze und schwieg betroffen. Auch ihn schien es unendlich viel Kraft zu kosten, den Irrtum ihres Lebens zu akzeptieren.

»Wir sind nicht erst in den letzten Monaten ziellos umhergetrieben«, sagte er dann. »Sondern seit dem Tag, an dem wir zugelassen haben, dass sein Tod unsere Träume beendete. Seit dem Tag, an dem wir der Angst und der Wut zugestanden haben, die Leere zu füllen, die er in unserem Leben zurückgelassen hat. Seit dem Tag, an dem wir das Licht, das uns geleitet hat, haben ausgehen lassen. In jener Nacht haben wir nicht nur unseren Sohn verloren, Rose, sondern auch uns selbst.«

Eine Träne fiel auf das Foto. Mary Rose betrachtete das Bild mit den drei lachenden Personen, hinter denen sich der glänzende Rumpf des Schiffes erhob, und nickte. Und plötzlich meinte sie auf der verblichenen Fotografie ein paar helle Lichtpunkte zu sehen, die wie Glühwürmchen eine glückliche Familie umtanzten. Aber vielleicht bildete sie sich das auch nur ein.

»Es war nicht unsere Bestimmung, dieses Haus zu bauen«, fuhr Harold fort, »sondern dieses Schiff zu besteigen.«

Sein Blick heftete sich auf das Gesicht seines Sohnes, der mit seinen großen Augen so voller Lebensfreude in die Kamera sah.

»Dylan hätte jedenfalls nicht gewollt, dass wir unser Leben in einem Meer an Vorwürfen ertränken. Wir dürfen jetzt nicht weiter die gleichen Fehler machen wie all die Jahre über. Wir müssen wieder ein sinnvolles Leben führen. Das sind wir ihm und uns schuldig.«

Er schaute Mary Rose an, und sie bemerkte, dass der Blick seiner tiefblauen Augen sich verändert hatte. Er sah sie auf eine Art an, die sie schon lange vergessen zu haben glaubte, aber gleich wiedererkannte. Es war der gleiche Blick wie der, der Dylans Gesicht erstrahlen ließ, wenn er am Fenster die Glühwürmchen in die Freiheit entließ, oder mit dem Kirima ihre wissensdurstigen Fragen stellte. Es war der gleiche Blick wie der jener drei Menschen auf dem Foto. Es war ein unschuldiger, starker Blick ohne den Ballast der Vergangenheit oder der Angst vor der Zukunft. Ein Blick voller Freude und Zuversicht von jemandem, der bereit war, das Leben mit all seinen Konsequenzen zu leben. Ein Blick voller Licht.

Nach fünfunddreißig langen Jahren voller Schmerz und Verbitterung sah sich das alte Ehepaar endlich wieder so an, als ob alles möglich wäre. Sie waren bereit, den schweren Anker zu lichten und in See zu stechen. Die Grapes schmiegten sich aneinander und hielten sich in einer innigen Umarmung.

»Es ist Zeit, wieder mit dem Leben zu beginnen«, sagte Harold.

TAUWETTER

Die Hunde begannen hysterisch zu bellen. Amak öffnete die Augen in der Dunkelheit seines Zelts und setzte sich abrupt auf. Er spürte, wie der Boden leise bebte. Rasch weckte er Ukluk und stürzte aus dem Zelt. Gerade setzte die Morgendämmerung ein, und als Amak auf das Eis trat, wusste er sofort, was los war. Die Eisplatte, auf der sich ihr Lager befand, war im Begriff, zu brechen und sich vom Eisschild abzulösen.

»Spann die Hunde an den Schlitten!«, schrie Amak seinem Sohn zu, der mit vor Schreck aufgerissenen Augen aus dem Zelt stolperte. »Wir müssen weg hier, bevor alles untergeht!«

Amak machte einen Schritt nach vorn und rutschte aus. Die Eisplatte schwankte wie ein Boot in den Wellen. Er rappelte sich wieder auf und rannte zu dem Zelt hinüber, in dem die Grapes schliefen. Im selben Moment erklang ein Dröhnen von unten, und direkt neben ihm tat sich eine gezackte Spalte auf, aus der Eissplitter und Wasser aufstoben.

»Harold! Mary Rose!«, schrie Amak, so laut er konnte.

Er rannte weiter über die Eisplatte, die sich bedrohlich neigte. Als er zurückblickte, sah er, dass Ukluk die Hunde bereits angeschirrt hatte.

»Bring sie weg von hier!«, schrie er. »Wir kommen gleich!«

Ukluk wirkte unschlüssig, widersetzte sich jedoch nicht dem Befehl seines Vaters. Auch das Eis, auf dem der Schlitten stand, begann zu brechen, und er durfte keine Zeit verlieren. Amak sprang über die Spalte und landete vor dem Zelt der Grapes.

»Harold! Mary Rose!«, schrie er wieder.

Er riss das Fell am Eingang des Zelts zurück und erstarrte. Harold und Mary Rose waren nicht mehr da. Auf dem Boden zwischen den Fellen entdeckte er ein Stück Papier. Er hob es auf und sah, dass eine Nachricht darauf geschrieben stand:

Vielen Dank, dass Du uns an das Ziel unserer Reise erinnert hast, Amak. Wir werden es nie wieder vergessen. Und Euch auch nicht.
Harold und Mary Rose Grape

Amak drehte das Stück Papier um und stellte fest, dass sich auf der Rückseite eine Zeichnung befand. Nein, keine Zeichnung, es war eine Fotografie. Darauf waren ein Mann, eine Frau und ein kleiner Junge mit braunem Haar und blauen Augen zu sehen, die vor einem fast fertigen Schiff standen; die Haarfarbe des Kindes war die gleiche wie die der Frau und seine Augenfarbe war die gleiche wie die des Mannes. Amak erkannte das junge Paar sofort wieder und stürzte aus dem Zelt, bevor eine Sekunde später die Eisplatte, auf der es stand, abbrach und von dem kalten Wasser des Meeres verschluckt wurde. Er rannte mit großen Sprüngen den Rissen ausweichend los und erreichte schließlich den rettenden Schlitten, wo Ukluk und die Hunde schon auf ihn warteten.

Als Amak sich noch einmal umdrehte, sah er, wie ein schneebedecktes Holzhaus, das im rosafarbenen Licht des Sonnenaufgangs leuchtete, auf das offene Meer hinaustrieb.

EIN LETZTER ABSCHIED

Harold und Mary Rose standen auf das Geländer der Veranda gestützt und sahen zu, wie der Abstand zwischen ihnen und der aus Eis geformten Landschaft, von der sie sich entfernten, immer größer wurde. An beiden Seiten wurden sie von Eisstücken begleitet, als wären es ruhige, treue Wachleute, die wie sie die Sicherheit des festen Bodens verließen, um sich aufs offene Meer zu begeben. Am Himmel erschien ein bleiches Licht, das die nächtlichen Sterne nach und nach verblassen ließ. Sie schauten hinüber zu den beiden kleinen Fellzelten, die Ukluk für die Nacht errichtet hatte. Noch waren die Glut des Feuers und der Schlitten mit den schlafenden Hunden auszumachen. Und plötzlich kam es ihnen eigentümlich vor, dass sie nur wenige Minuten zuvor noch ein Teil dieser kleinen Welt gewesen waren, die sie nun für immer hinter sich ließen.

Sie sahen die Gestalten von Amak und Ukluk aus den Zelten kommen, sahen, wie Amak über die Eisplatten sprang und wieder zum Schlitten zurückstürzte, sahen, wie sich Vater und Sohn zum Meer wandten und in ihre Richtung blickten. Harold und Mary Rose begannen, heftig zu winken. Die beiden Gestalten verharrten zunächst unbeweglich, doch dann schwenkten auch sie die Arme zu einem letzten Gruß.

Der Wind blies heftiger, doch Harold und Mary Rose blieben auf der Veranda stehen. Sie winkten, bis die Gestalten von Amak und Ukluk immer kleiner wurden und ein schriller Pfiff über die Eisfläche hallte. Das unverwechselbare Zeichen zum Aufbruch, mit dem die Schlittenhunde sich in Bewegung setzten. Doch diesmal waren es Harold und Mary Rose, die sich auf den Weg machten.

Der Wind ließ sie schnell auf den Wellen vorantreiben. Harold sah dem Schlitten nach und wurde erfasst von einer tiefen Dankbarkeit für alles, was er von dem Nomaden gelernt hatte. Er wusste, dass er Amak niemals wiedersehen würde, doch er war sich sicher, dass, so unterschiedlich ihre Wege auch waren und so viele Kilometer auch zwischen ihnen lagen, seine Freundschaft zu diesem Mann nicht enden würde. Die rötliche Sonne sandte ihre ersten Strahlen über die Gipfel der Berge, und hinter einem der eisbedeckten Abhänge sahen sie eine graue Rauchsäule in den Morgenhimmel aufsteigen.

Mary Rose folgte dem sich nach oben windenden grauen Rauch mit dem Blick und dachte an Aga. Daran, dass sie sicher gerade aufgestanden war, um den Brei zu kochen, den sie all die Monate über am Feuer sitzend zum Frühstück gegessen hatten. Sie verspürte ein leichtes Bedauern, dass sie sich nicht von dieser wunderbaren Frau hatte verabschieden können, doch schnell verwandelte sich dieses Gefühl in jene Ruhe, die Agas Augen ausstrahlten. Und auch wenn Mary Rose wusste, dass es mehr als unwahrscheinlich war, dass jemand in der Siedlung sie sehen konnte, winkte sie noch einmal zu den Bergen hinüber, um sich von Aga zu verabschieden und all denen, die wahrscheinlich gerade die letzten Sachen auf ihre Schlitten luden und nur noch auf sie warteten, um gen Norden zu ziehen. Mary Rose lächelte bei dem Gedanken an die überraschten Gesichter, wenn Amak und Ukluk ohne sie zurückkamen und sie erfuhren, dass die beiden seltsamen Fremden, die sie in den letzten Monaten beherbergt hatten, zu dem Entschluss gekommen waren, lieber mit ihrem alten Haus in See zu stechen, anstatt mit ihnen Richtung Norden zu reisen, um auf ihre Insel zurückzukehren.

»Auf die Insel zurückkehren«, wiederholte Mary Rose für sich, während sie zusah, wie der Rauch sich auflöste. Und sie dachte daran, wie sie Monate zuvor diese Rauchsäule gesehen hatten, nachdem sie am Eisschild gestrandet waren. Als es nach der Irrfahrt, die sie lebend überstanden hatten, ihr einziges Ziel gewesen war, gerettet zu werden und nach San Remo zurückzukehren.

Schließlich verlor sich die riesige Ebene aus Felsen und Eis in der Ferne. Harold und Mary Rose hatten schon vor einer Weile aufgehört, ihre Arme zu bewegen, innerlich jedoch winkten sie weiter. Sie verabschiedeten sich von diesem kargen, vereisten Stück Land und dachten an Kirima, die dort zurückbleiben würde. Doch sie sahen nicht mehr das dunkle Fellbündel, das unter dem Schnee begraben lag, sie sahen nur noch Kirimas Lächeln, ihr fröhliches Lachen, wenn sie hinter der lustigen Robbe hergelaufen war, all die unermüdlichen Fragen, die sie ihnen jeden Morgen auf dem Weg zum Zelt ihrer Eltern gestellt hatte, ihre schmalen Augen, die so voller Leben waren. Es war Kirima gewesen, die sie damals gefunden hatte, die sie vor dem Erfrieren gerettet und ihrem Leben eine zweite Chance gegeben hatte. Eine Chance, die sie diesmal nutzen würden.

DAS MARMELADENGLAS

Harold wurde von einem leisen Klirren geweckt. Als er die Augen öffnete, war er für einen Moment verwirrt. Er wähnte sich in dem dunklen Fellzelt, in dem sie über Monate geschlafen hatten, doch stattdessen blickte er an die Decke seines Schlafzimmers. Er schloss noch einmal die Augen und hörte das Rauschen des Meeres, spürte das sanfte Auf und Ab der Wellen. Dann hörte er erneut das leichte Klirren von Glas. Er schlug die Augen auf und blickte zum Fenster hinüber, das noch immer mit einer Decke verhängt war, die in der leichten Meeresbrise flatterte. Neben sich nahm er den gleichmäßigen Atem seiner Frau wahr, die noch schlief. Das rötliche Licht der Morgendämmerung hatte ihr schönes Gesicht mit einer rosigen Patina überzogen, und ihr graumeliertes Haar leuchtete goldfarben auf und erinnerte an das warme Kastanienbraun früherer Zeiten. Gerührt strich Harold eine Strähne aus ihrem Gesicht und küsste sie sanft auf die Stirn. Mary Rose seufzte wohlig, und ihre Lippen umspielte ein leichtes Lächeln.

Harold schlüpfte leise aus dem Bett, um sie nicht zu wecken. Dann trat er ans Fenster. Er zog die Decke ein wenig zur Seite und blickte durch die zerbrochene Scheibe. Vor ihm stieg die Sonne wie ein riesiger roter Feuerball über dem Meer auf und überzog das Wasser und den Himmel mit einem sanften Schimmer, der sich bis ins Unendliche zu erstrecken schien. Die großen Eisplatten waren verschwunden, kleine Eisreste trieben funkelnd im Wasser. Auch das Haus hatte einen großen Teil des Eises verloren, das wie eine dicke Kruste die beschädigten Außenwände überzogen hatte. Der Tuffstein, auf dem das Haus schwamm, war nur noch mit einer feinen Schneeschicht bestäubt, die aussah wie Puderzucker. Erneut hörte Harold das leise Klirren von Glas und merkte nun, dass es nicht von dem kaputten Fenster kam, aus dem er gerade hinausschaute, sondern von unten heraufklang.

Vorsichtig ging er die wackeligen Treppenstufen hinunter ins Erdgeschoss. Hier war das Geräusch noch deutlicher zu hören; ein helles Klingeln, das ihn an das Klirren eines Kronleuchters erinnerte, wenn die Kristallelemente aneinanderstießen. Er folgte dem Geräusch bis zur Kellertür. Harold öffnete sie und nahm den Geruch nach Feuchtigkeit wahr, der ihm entgegenschlug. Langsam ging er die Treppe hinunter und spürte kurze Zeit später das eiskalte Wasser an seinen Füßen. Doch im Gegensatz zu jenem Morgen, als sie sich so unversehens auf dem Meer wiedergefunden hatten, als der ganze Keller unter Wasser stand und sie unterzugehen drohten, empfand Harold keine Angst. Wenn er jetzt an diesen Morgen dachte, erinnerte er sich vor allem daran, wie seine Frau unter Wasser mit aller Kraft das Brett an die Wand gedrückt hatte, damit er die Nägel hineinschlagen konnte, und wie er anschließend stolz und zufrieden Luft geholt hatte, weil sie in der Lage gewesen waren, Ruhe zu bewahren, und zusammen diese Aufgabe bewältigt hatten, die ihnen das Leben gerettet hatte.

Harold stieg weiter nach unten. Das Wasser reichte ihm bis über die Knie, und dann entdeckte er in dem schwachen Licht, das durch die Bullaugen hereinfiel, den Ursprung des klirrenden Geräuschs.

Dutzende Flaschen in verschiedenen Größen, in deren Innerem sich die winzigen Schiffe befanden, die er in all den

Jahren gebastelt hatte, schwammen auf der Wasseroberfläche, stießen aneinander, gingen einen Moment schwankend unter und tauchten dann wieder auf. Eine der Flaschen berührte sein Bein – er nahm sie in die Hand, und in dem rötlichen Licht, das durch die runden Fenster hereinschien und das mehrfach gesprungene Glas beleuchtete, fiel ihm auf, dass das, was er in der Hand hielt, keine Flasche war, sondern ein großes Marmeladenglas. Es war das Glas, das sein Sohn benutzt hatte, um die Glühwürmchen darin zu fangen. Dasselbe Glas, das er aus dem Meer geborgen hatte und in dem sich die perfekte Nachbildung seines wertvollsten Schiffes befand, des Schiffes, das er in der alten Werft von San Remo gebaut hatte und das niemals einen Namen bekam.

Harold betrachtete das Schiff ein Weile und lächelte stolz, als er die getreue Nachbildung des Rumpfes begutachtete, der durch ein Meer aus blau gefärbtem Kunstharz fuhr, die winzigen Seilwinden, mit deren Hilfe die Segel gespannt waren, die sich in einer imaginären Brise blähten. Harold erinnerte sich noch gut an den Moment, als er mit dem Bau dieser Schiffsminiatur begonnen hatte, der ersten von vielen Flaschenschiffen, die folgen sollten. Doch dann verschwand das Lächeln aus seinem Gesicht, und bei dem Gedanken, dass alle diese Schiffe nun schon so viele Jahre hier in diesem dunklen Keller eingesperrt waren, um einer fiktiven Welt zu dienen, die von ihm selbst geschaffen worden war, hatte er plötzlich das Gefühl, ersticken zu müssen.

Er griff nach einer leeren Holzkiste und füllte sie mit den Flaschenschiffen, die im Keller herumschwammen. Dann stieg er langsam die Treppe hinauf und trat nach draußen. Er setzte sich auf die Verandatreppe und stellte die schwere Kiste auf seine Knie.

Harold atmete die frische Meeresbrise ein, die den Kellergeruch vertrieb, den er noch in der Nase hatte. Behutsam nahm er das Schiff, das ganz oben auf dem Flaschenberg lag, und warf es ins Wasser. Das Flaschenschiff verschwand in den Wellen, tauchte eine Sekunde später mit Schwung wieder auf und schaukelte wie ein echtes Boot auf und ab.

So warf Harold ein Flaschenschiff nach dem anderen ins Meer, bis sich nur noch eines in der Holzkiste auf seinen Knien befand. Gerade, als er danach griff, hörte er, dass hinter ihm das Holz knarrte. Er wandte sich um und sah seine Frau, die sich, ohne ein Wort zu sagen, neben ihn setzte. Mary Rose strich über das glänzende Marmeladenglas und lächelte, als sie die winzige Nachbildung ihres Schiffes darin sah.

»Lass es uns gemeinsam tun«, sagte sie leise.

Sie packten das gesprungene Glas und warfen es wie auf ein stilles Zeichen hin gemeinsam ins Wasser. Das kleine Schiff verschwand in den Wellen, um gleich darauf wieder aufzutauchen und sich schaukelnd seinen Weg durch das Meer zu suchen.

Harold nahm Mary Roses Hand zwischen die seinen, und beide blieben eine Weile schweigend sitzen und sahen zu, wie die Flaschenschiffe sich langsam entfernten. In diesen Flaschen hatte Harold viele Jahre über seine Träume eingeschlossen. Doch nun würden sie endlich frei sein – genau wie die kleinen Schiffe, die abenteuerlustig zwischen den Wellen auf und ab hüpften, als ob sie es nicht erwarten könnten, die Welt zu erkunden.

WEINSTÖCKE UND HORTENSIEN

Mary Rose stand von dem Stuhl auf, den sie auf die hintere Veranda gestellt hatte, und trat ans Geländer. Sie ließ den Blick über die Gewitterwolken wandern, die dem Meer eine graue Farbe gaben, und spürte das Auf und Ab der Wellen und das Knarren der Holzplanken unter ihren Füßen. Der Wind war frisch, aber nicht kalt. Allmählich war es wärmer geworden, und sie hatten die dicken Fellmäntel, die Amak und Aga ihnen geschenkt hatten, ablegen können. Das Fischen war nun, da das Meer nicht mehr vereist war, kein Problem mehr, und die Schneeschicht auf dem Tuffsteinfelsen war geschmolzen und hatte die Trümmerhaufen freigelegt, all den Schutt, der vom Dach gefallen war und die trockenen Weinstöcke zermalmte.

Ein leuchtender Blitz erhellte die dichte Wolkendecke, und kurz darauf hörte Mary Rose den Donner, der über dem silberfarbenen Meer dröhnte. Sie dachte an die Unwetternacht in San Remo de Mar. Als der Blitz in das Dach ihres Hauses eingeschlagen war und ein großes Loch in den Garten gerissen hatte, bevor ihr Haus ins Meer gestürzt war. Doch im Gegensatz zu jener Nacht war Mary Rose nun weder beunruhigt noch besorgt.

Sie spürte einen kalten Regentropfen auf ihrer Wange, und nachdem sie ein letztes Mal die frische Meeresbrise eingeatmet hatte, die ihr Haar aufwehen ließ, ging sie ins Haus.

Als sie die Tür hinter sich geschlossen hatte, hörte sie den Wind wie einen unruhigen Geist heulend durch die Ritzen jagen. Mary Rose ging durch das gräuliche Licht des Eingangsbereichs und hörte die kleinen Gipsstücke, die von der Decke gefallen waren, unter ihren Füßen knirschen. An der Schwelle zum Flur blieb sie stehen. In die klare, feuchte Gewitterluft mischte sich noch ein anderer, seltsamer Geruch, ein Geruch, der sie verwirrte. Mary Rose ging in die Küche und blieb stehen. Der Geruch schien von dem kaputten Fenster über der Anrichte zu kommen. Mary Rose ließ den Blick über den Schutt auf dem Küchenboden wandern, bis er an einem Regal hängen blieb, das dort mit der Vorderseite nach unten lag. Als sie sich dem umgekippten Regal näherte, wurde der Geruch intensiver. Mary Rose hob das Regal an einem Ende an und legte es vorsichtig zu Seite. Ein erdiger, fauliger Geruch stieg ihr in die Nase. Ein paar Sekunden verharrte sie unbeweglich in ihrer Verblüffung. Vor ihr lagen die drei Töpfe mit den Hortensien, die sie unter dem hölzernen Sargdeckel zutage gefördert hatte.

Es waren die drei einzigen Hortensien, die nach dem Absturz des Hauses neben den toten Weinstöcken verblieben waren, und Mary Rose hatte sie später in die Töpfe gepflanzt. Sie war sich sicher, dass diese Pflanzen schon vor längerer Zeit abgestorben waren, denn die Kälte auf dem Eisschild konnten sie nicht lange überstanden haben. Diese Kälte schien die Pflanzen wie eine einbalsamierte Mumie konserviert zu haben, sodass sie erst mit der zunehmenden Wärme zu faulen begonnen hatten. Mary Rose trat näher an die Hortensien heran und stellte fest, dass ihre ehemals festen Stiele nun schlapp nach vorne hingen und gar nicht mehr in der Lage gewesen wären, die üppigen Blütenköpfe von einst zu tragen, die nun welk und schwarz waren und unter ihrer Berührung zerbröselten wie Ruß.

Mary Rose ließ die kompostierten Überreste auf der toten Erde liegen und dachte an den Tag, an dem sie die ersten Hortensien um das gerade gebaute Haus herum angepflanzt hatte.

Es waren jene Hortensien, die vorher in dem Blumenkasten vor Dylans Fenster blühten, und sie hatte sie ausgepflanzt und in ihren Garten mitgebracht. Jahrelang hatte Mary Rose geglaubt, dass die strahlenden Farben der Hortensien ihr geholfen hatten, den Verlust Dylans besser zu ertragen, aber nun wusste sie, dass das nicht stimmte. Die bunten Büsche überwucherten alles, und sie hatten die Weinstöcke bis zum letzten Tropfen ausgetrocknet, genau so, wie die Vergangenheit Mary Rose die Lebensfreude genommen hatte. Diese Hortensien hatten niemals eine andere Farbe gehabt als die des Todes, sie waren die Beerdigungsblumen, die sie immer wieder vor dem riesigen Grab ihres Sohnes gepflanzt hatte, dem Meer.

Mary Rose blickte ohne Bedauern auf die toten Blumen – die letzten von all den Hortensien, die sie im Laufe ihres Lebens gepflanzt hatte –, und es kam ihr so vor, als ob der wahre Grund ihres Sterbens nicht die Kälte oder der Mangel an Wasser und Licht gewesen wäre. Diese Blumen waren daran zugrunde gegangen, dass sie nicht mehr den Schmerz und das vergebliche Sehnen in sich trugen, das sie fünfunddreißig Jahre über genährt hatten.

Sie warf einen letzten Blick auf die verfaulten Pflanzen und riss sie entschieden aus den Töpfen. Dann richtete sie sich auf und warf die stinkenden Überreste der Stängel und Blüten zum Fenster hinaus.

Die verfaulten Blumen fielen auf die Erde und vermischten sich mit dem Schutt, der vom Dach gefallen war. Kurz darauf setzte der Regen ein. Es war ein feiner, frischer Regen, der die letzten Spuren der welken Blumen verwischte und zwei kleine grüne Triebe zutage brachte, die an einem der knorrigen Weinstöcke tapfer ums Überleben kämpften. Sie waren nicht die Einzigen, die fünfunddreißig Jahre lang darauf gewartet hatten, wiedergeboren zu werden.

DAS ABENTEUER EINES GANZEN LEBENS

Die Grapes hatten die ganze Nacht über kein Auge zugetan. Der Regen, der am Nachmittag eingesetzt hatte, war schnell zu einem heftigen Gewitter angewachsen, sodass sie die ganze Nacht damit zugebracht hatten, Wasser zu schöpfen, Fenster abzudichten und darauf zu achten, nicht von einem der Möbelstücke, die in den Zimmern hin- und herrutschten, getroffen zu werden. Erst als zwischen den dicken Wolken die ersten Sonnenstrahlen zu erahnen waren, hatten die Grapes sich erschöpft aufs Bett fallen lassen und waren sofort eingeschlafen.

Es war bereits Mittag, als Harold und Mary Rose endlich erwachten. Als sie aufstanden, merkten sie, wie sehr die Anstrengung der Nacht ihre nicht mehr ganz jungen Körper geschwächt hatte. Draußen war es warm, und sie suchten in den Kisten nach leichterer Kleidung, wobei sie bei jeder Bewegung das Gefühl hatten, tausend Nadelstiche in ihren ermüdeten Muskeln zu spüren.

Harold fand schließlich eine kurze Hose und ein kurzärmeliges Hemd. Er stellte sich vor den zerbrochenen Spiegel und knöpfte sich das Hemd zu, als er plötzlich innehielt und seiner Frau zusah, die sich gerade ein Kleid überstreifte.

»Ich habe gedacht, du hättest es gar nicht mehr«, sagte er.

Mary Rose lockerte den Stoff des leichten Kleides mit den kleinen gelben Blumen und schaute ihren Mann lächelnd an.

»Ich auch.« Sie drehte sich um und fasste an eine Stelle am Rock des Kleides. »Und schau mal, der Lackfleck ist auch noch zu sehen.«

Harold lächelte, als er sich an jenen Sommertag in der Werft erinnerte. Damals war es genauso warm wie heute, dachte er, als er aus dem Zimmer trat und die warme Luft spürte, die durchs Treppenhaus heraufzog. Als sie die Haustür öffneten, glänzte die noch regennasse Terrasse in der Sonne. Geblendet traten sie hinaus, gingen barfuß bis zum Rand des Holzbodens und genossen den Ausblick, der sich ihnen bot.

Am Himmel war nichts mehr von dem Gewitter zu sehen, nicht eine Wolke. Das Meer breitete sich ruhig vor ihnen aus und spiegelte auf perfekte Weise den azurblauen Himmel und die glänzenden Sonne. Es war, als wären der Himmel und das Meer zwei Hälften einer Einheit, bei der sich kaum feststellen ließ, was das Original und was das Spiegelbild war.

Harold und Mary Rose beugten sich über den Rand der Veranda und betrachteten ihr eigenes Abbild auf der nun makellos glatten Oberfläche des Meeres. Harold in seiner alten kurzen Hose und dem hellblauen Hemd und Mary Rose in dem luftigen Kleid mit den kleinen Blümchen und dem Farbfleck. Es war wie an jenem Sommertag in der Werft, als das Foto entstanden war. Doch außer der Kleidung und dem wolkenlosen Himmel, der sich über ihnen wölbte, hatte das Spiegelbild nichts mehr von dem jungen Ehepaar, das sie einmal waren.

Harold hatte statt des dichten glänzend schwarzen Haars nur noch einen zerzausten weißen Haarkranz auf dem Kopf. Seine glatte, von der Arbeit auf der Werft gebräunte Haut war nun von Falten überzogen. Und die gestählten Muskeln eines Schiffsbauers waren mit den Jahren erschlafft. Und auch Mary Roses ehemals so dichtes kastanienbraunes Haar hatte an Glanz verloren und war von grauen Strähnen durchzogen, die es ein wenig staubig aussehen ließen. Ihre schlanke anmutige Gestalt war formloser geworden und ihre Wangen hatten die rosige Farbe der Jugend verloren.

Den Grapes wurde mit einem Mal bewusst, dass zwischen den beiden jungen Leuten, die sie einst gewesen waren, und dem Spiegelbild, das sie nun betrachteten, mehr als fünfunddreißig Jahre lagen. Fünfunddreißig Jahre, in denen sie kaum gemerkt hatten, wie die Zeit verging und ihnen zwischen den Fingern zerrann.

»Wenn man unser Spiegelbild sieht, merkt man erst, wie viel Zeit wir verloren haben«, sagte Mary Rose nachdenklich, während sie mit dem Fuß das Bild auf dem Wasser zerstörte.

Harold hob den Blick von ihren sich spiegelnden Gestalten, die nun in vielen kleinen Wellen auseinanderliefen, und sah sie ernst an.

»Nein, Rose, es zeigt nicht die Zeit, die wir verloren haben, sondern die Zeit, die uns noch bleibt und was wir in ihr alles noch tun können«, erwiderte er.

»Du hast recht«, meinte Mary Rose und tauchte ihren bloßen Fuß wieder in das angenehm kühle Wasser.

»Warum also nicht das Hier und Jetzt genießen?«

Mary Rose sah ihren Mann irritiert an, als dieser sie nun hochhob.

»Harold!«, rief sie. »Du wirst doch nicht …«

Sie fielen zusammen ins Wasser, und für einen Moment blieb ihnen in der plötzlichen Kühle des Meeres der Atem weg. Doch gleich darauf spürten sie das angenehme Kitzeln der Luftblasen auf ihren Gesichtern und das Streicheln ihrer Kleidung, die sich in sich windenden Bewegungen um sie schlang. Als sie wieder an die Oberfläche kamen und lachend nach Luft schnappten, hatten sie das Gefühl, viele Jahre nicht richtig durchgeatmet zu haben.

Harold betrachtete Mary Rose lächelnd, während er spürte, wie ihm das Wasser vom Gesicht tropfte. Mary Rose strich sich das nasse Haar zurück und sah Harold mit zusammengezogenen Augenbauen an, um ihm dann einen Schwall Wasser ins Gesicht zu spritzen.

»Da, du Scheusal! Das ist dafür, dass du mich ins Wasser geworfen hast!«, rief sie.

Und dann, bevor Harold etwas sagen konnte, schwamm sie zu ihm hinüber und gab ihm einen Kuss.

»Und das ist dafür, dass du dafür gesorgt hast, dass ich mich endlich wieder lebendig fühle. Danke, dass du uns das Leben gerettet hast.«

»Aber das habe ich doch gar nicht«, entgegnete er zweifelnd.

»Doch, das hast du«, widersprach sie und zog ihn an sich. »Ohne deine Beharrlichkeit wären wir verdurstet, und ohne deine Tapferkeit wären wir im Haus erfroren. Harold, ohne dich wäre all das nicht möglich gewesen.«

Harold spürte, wie die Worte in sein Herz drangen. Der letzte Anflug von Schuld löste sich wie ein schwerer Anker, der für immer in dem Meer versank, das sie umgab.

Die Grapes blickten zu ihrem Haus hinauf und sahen, dass das Gewitter den gesamten Schutt des eingefallenen Dachs weggewaschen hatte und der Dachboden nun wie das Deck eines Schiffs wirkte, aus dessen Mitte der angesengte Mast aufragte. Harold und Mary Rose schauten entzückt auf dieses lädierte Haus, das so viele Blessuren davongetragen hatte. Blessuren, die wie die Narbe in Harolds Handfläche oder die an Mary Roses Knie von den vielen Momenten und Erlebnissen ihrer Reise erzählten. Von einem Delfin, der Harold vor dem Ertrinken gerettet hatte, von einem Haus, das unmöglicherweise durch einen riesigen Eisberg geschwommen war, von brüllenden Eisbären und dem Lachen eines kleinen Nomadenmädchens, von

Geschichten am Feuer in einem behaglichen Fellzelt, von tiefer Freundschaft, großen Verlusten und von den wundersamen Spiegelungen zweier tanzender Polarlichter.

Harold warf sich ins Wasser zurück, sah in den blauen Himmel und begann aus vollem Herzen zu lachen. Und dann war er es, der Mary Rose stürmisch umarmte und ihr einen Kuss gab, der die Zeit stillstehen ließ. Als sie sich voneinander lösten, wirkten ihre Gesichter nicht mehr so alt und grau, ihre Beine machten die gleichen kräftigen Schwimmbewegungen wie früher, um sich über Wasser zu halten, und ihre Blicke glänzten wie der flüssige Spiegel, der sie umgab. Sie fühlten sich wunderbar lebendig, so lebendig wie viele Jahre nicht mehr. Noch einmal richteten sie den Blick auf den breiten Mast, der vor ihnen aufragte, und lächelten, als ihnen klar wurde, dass vor ihnen kein Haus, sondern ein Schiff schwamm. Und sie wussten plötzlich, dass sie, so viele Falten auch ihre Gesichter überzogen und so viele Jahre sie auch verloren hatten, jetzt, genau in diesem Moment, alles aufgeholt hatten, weil sie sich am Ende doch den Traum ihres Lebens erfüllt hatten.

LICHTER AUF DEM MEER

Die Sonne ging bereits unter, als Harold und Mary Rose die letzte Stufe zum Dachboden hinaufstiegen. Oben auf der Treppe lag noch ein wenig Schutt, der sich jedoch leicht entfernen ließ, um zur Tür zu kommen. Harold holte Schwung und rammte mit der Schulter die verklemmte Tür ein, die sich aus den rostigen Angeln löste und krachend zu Boden fiel. Sie traten über die Schwelle auf den Dachboden oder das, was einmal der Dachboden gewesen war, denn es war nicht viel von ihm übrig geblieben. Die gewölbte Decke, die große runde Fensteröffnung und die Balken, die das Dach gehalten hatten, waren durch das Gewicht des Schnees eingestürzt. Und das Gewitter hatte den Rest besorgt. Der Holzboden glänzte, als ob der Lack, den sie damals für das Deck benutzt hatten, aufgefrischt worden wäre.

Sie gingen weiter, und für einen Moment wurden sie von den hellen Strahlen der im Meer untergehenden Sonne geblendet. Von dieser Höhe aus betrachtet, wirkte das Meer noch weiter. Um sie herum war nichts als Wasser; keine steilen Berge oder Umrisse von erleuchteten Städten waren zu sehen. Nur Wasser. Das unendliche, unergründliche Meer, das genauso voller Geheimnisse war wie das Leben. Harold und Mary Rose spürten einen warmen Wind im Rücken, der ihre nasse Kleidung trocknete und sie ins Licht schob.

Sie kamen zur Mitte des neuen Decks, wo sich stolz die Holzsäule erhob. Der Mast ihres alten Schiffs, der das ganze Gebäude durchzog, bis hinunter in den Felsen. Mary Rose fuhr mit den Fingern über die Oberfläche, um die geschwärzte raue Maserung zu fühlen. Harold sah ihr zu und dachte daran, wie schwierig es gewesen war, den langen Mast von der alten Werft bis auf die Spitze des Todesfelsens zu transportieren. Plötzlich hielt Mary Rose inne, als ihr etwas in der länglichen angesengten Maserung auffiel. Sie legte den Kopf zur Seite und trat näher an das Holz heran. Dann strich sie mit dem Zeigefinger über die Stelle und merkte, dass es sich nicht um eine natürliche Zeichnung handelte, sondern dass jemand hier etwas in das Holz hineingeschnitzt hatte. Es waren ein paar Buchstaben, die nach all der Zeit so verwittert waren, dass sie bisher niemandem aufgefallen waren.

»*Unser Heim*«, las Mary Rose leise vor.

»Wie?«, fragte Harold.

»Unser Heim«, wiederholte sie.

Harold trat neben seine Frau und folgte ihrem Blick. Zunächst sah er nichts, doch dann entdeckte er die kleinen Buchstaben in der Maserung des Holzes.

»Das sehe ich zum ersten Mal«, murmelte Harold, als er die kindliche Schrift seines Sohnes erkannte. »Warum er das wohl geschrieben hat?«, fragte er mit rauer Stimme.

»Ist das denn nicht offensichtlich?«, meinte Mary Rose und blickte sinnend aufs Meer.

Harold tat es ihr nach und sah, dass die Sonne nur noch ein schmaler Streifen hellen Lichts über der Wasserfläche war.

»Das ist der Name, den er unserem Schiff geben wollte«, sagte er schließlich, und die Rührung ließ seine Stimme rau werden.

Mary Rose nickte. »Für Dylan stand immer fest, dass dieses Schiff unser Heim sein würde«, sagte sie und ging bis zum Rand des Decks.

»Ja«, entgegnete Harold, der nun neben sie trat und auf das unendliche Meer schaute. »Er hat niemals aufgehört, an unseren Traum und an uns zu glauben.«

Allmählich wurde auch der letzte Schimmer des Lichts vom Meer verschluckt. Die Nacht legte sich wie ein weicher Mantel über sie, und am Himmel waren die ersten Sterne zu sehen. Und dann entstand in der Dunkelheit nach und nach ein eigenartiges Leuchten. Es war so schwach und verschwommen, dass es für einen Moment schien, als wäre es gar nicht da. Das Licht war gelb und warm wie das der Glühwürmchen in Dylans Glas, das wie ein kleiner Leuchtturm auf der Bootsfahrt, die der Junge jeden Abend mit seinem Vater zurücklegte, erstrahlte, von seinen kindlichen Träumen geleitet, damit sie sich in der Dunkelheit nicht verirrten.

Mary Rose wusste, dass dieses gelbe, strahlende Licht das gleiche war wie das des Blitzes, der den Mast angesengt und den Krater in den Garten geschlagen hatte. Es war das gleiche Licht wie das, was sich in der Träne der alten Frau gespiegelt und was die Kerze in ihrem kleinen Zelt verbreitet hatte. Es war das erste Polarlicht, das sie eines Nachts verwundert von der Veranda aus gesehen hatten, genauso wie das Polarlicht, das über dem ewigen Eis getanzt hatte. Mary Rose dachte daran, was Aga gesagt hatte, als sie zu dem Nachthimmel aufschauten und die hellen Lichter sahen, die sich umkreisten, und sie fühlte, dass sie endlich verstand, woher es kam.

»Das ist Dylan«, sagte sie mit einem glücklichen Seufzen.

Sie schmiegte sich an Harold, und als sie jetzt beide nach oben schauten, spürten sie ein leichtes Vibrieren, das aus der Tiefe des goldfarbenen Meeres aufzusteigen schien und bis zum Himmel reichte. Arm in Arm standen Harold und Mary Rose da und spürten, wie in ihrem Inneren ein neues Licht entstand. Ein helles Licht, das sie von jeglicher Angst befreite, ein Licht, das sich nach und nach mit dem mischte, das am Himmel zu sehen war und auf dem Meer glänzte.

Es war Dylans Licht, das sie warm und zärtlich umgab. Harold und Mary Rose wussten, dass sie nicht allein waren. Sie fühlten die Umarmung ihres Sohnes, die Zartheit seiner Küsse und die Wärme seiner kleinen Finger, die sich an ihre Hände klammerten. Sie waren wieder zusammen, sie waren glücklich und blickten auf den Horizont, der vor ihnen lag wie ein Versprechen. Sie fuhren auf dem Schiff, das sie einst gebaut hatten und das ihr Heim war. Ihr wirkliches Heim.

»Ich liebe dich, Rosy«, flüsterte Harold.

»Ich liebe dich auch, Harold«, entgegnete Mary Rose.

Aus der Ferne betrachtet, wirkte das Haus der Grapes nun nicht mehr wie ein ziellos umhertreibendes Haus, sondern wie ein Schiff. Ein glänzendes Schiff, das von einem goldenen Licht geleitet wurde, das am Horizont tanzte. Ein Schiff, das langsam hinter der verschwommenen Linie verschwand, wo der Himmel und das Meer sich trafen. Wenn in diesem Moment jemand dort gewesen wäre, hätte er gespürt, wie der Wind abflaute und das Licht der Sterne für den Bruchteil einer Sekunde erlosch. Er hätte gesehen, dass am leuchtenden Nachthimmel, der über dem goldfarbenen Meer glänzte, zwei neue Lichter erschienen; eines grün wie frisch geschnittenes Gras und eines so blau wie das Meer.

Es war das Licht derer, die das Leben umarmt hatten und denen es gelungen war, es in all seiner Größe zu erkennen. Es war das Licht derer, die der eigenen Sterblichkeit wie dem Ende jener Reise, die das Leben ist, entgegensahen, ohne etwas zu bereuen – in der Gewissheit, dass sich ihr Schicksal erfüllt hatte und sie ihren Träumen treu geblieben waren. Es war das Licht von Harold und Mary Rose, den Grapes oder, besser gesagt, dem Ehepaar Grape, wie sie überall genannt wurden.

DANKE

Viele von euch verfolgen schon seit Jahren (ja, Jahren!) den Entstehungsprozess dieses Buches. Einen schwierigen Prozess, an den manchmal nicht einmal ich mehr geglaubt habe. Vielen Dank an euch alle, dass ihr immer für mich da wart. Vor allem an meine Mutter. Sie war die Erste, die die Entwürfe dieser Geschichte gelesen und daran geglaubt hat, dass das außergewöhnliche Abenteuer von Harold und Mary Rose es wert ist, erzählt zu werden.

Danke auch an meinen Vater, der die Begleitmusik zu meiner Kindheit ausgewählt hat, und ich denke, dass ich ohne die Musik von Mike Oldfield niemals jenes Kind hätte sein können, das daran geglaubt hat, dass alles möglich ist, wie ich es heute noch tue.

Danke an meine Schwester für ihre beständige Unterstützung und ihre unerschöpfliche Energie. Auch wenn ich es dir nie gesagt habe, bist du mein Idol.

Danke an alle meine Freunde dafür, dass ihr die ersten Versionen dieses Buchs gelesen habt. Ihr alle habt mir wertvolle Eindrücke geschildert. Meinen aufrichtigen Dank an Marta Vilaspasa, Nuria Briz, Mireia Mercadé, Marta Lluch, Lorena Pedre, Marco Sansalone, Rebeca Canedo, Nuria Arnau, Alicia Jerez, Xavier Gumara und viele, viele andere, die ich hier zu erwähnen vergessen habe.

Einen besonderen Dank an Jonathan Sanz, dass er mich unterstützt und jeden Tag erträgt, was nicht wenig ist.

Außerdem habe ich Daniel Hareg besonders viel zu verdanken, der mir mit seiner unendlichen Geduld und seinem großen Talent dabei geholfen hat, das Beste aus meinem Text zu machen. Genau wie Mónica Carmona, meiner Literaturagentin, und Belén Bermejo, meiner Lektorin bei Espasa. Beide sind bemerkenswerte Frauen mit außergewöhnlichem Talent und großer Leidenschaft für Literatur.

Und zuletzt möchte ich euch allen danken, den Lesern, die ihr dieses Buch gekauft habt. DANKE! Ich hoffe von ganzem Herzen, dass die Geschichte des Ehepaars Grape euch inspiriert hat und euch dazu motiviert, das Leben nicht so zu leben, wie man es von euch erwartet, um das Leben zu beginnen, von dem ihr immer geträumt habt. Denn auch wenn manchmal Dinge geschehen, die wir nicht verstehen, und auch wenn manchmal alles zu schwierig erscheint, dürfen wir niemals aufgeben. Weil letztendlich das Leben eine Reise ist, die es wert ist, dass wir sie bewusst erleben und vollkommen auskosten, und wenn dem nicht so ist, fragt doch das Ehepaar Grape.

Miquel Reina
Barcelona-Vancouver, am 3. Oktober 2017

NACHWORT

Ich habe *Lichter auf dem Meer* in meinem letzten Jahr auf der Universität zu schreiben begonnen. Und das ist bereits einige Jahre her! Tatsache ist, dass dieses Projekt immer irgendwie da war, wie ein alter Freund, den man lange Zeit über nicht sieht, mit dem man sich, wenn man ihn wiedertrifft, jedoch versteht, als ob man nie getrennt gewesen wäre. Aber ihr müsst wissen, dass, wenn man in der Werbung arbeitet, Zeit, also das, was man unter Zeit versteht, Mangelware ist. All diese Jahre über habe ich mir in der Welt der Kreativen einen »beachtlichen« Ruf erarbeitet und dennoch seit einiger Zeit gespürt, dass irgendetwas in meinem Leben letztendlich nicht passt. Und da tauchte wie ein Licht in der Nacht erneut dieser alte Freund auf: die Geschichte von Harold und Mary Rose.

So habe ich nach langen Überlegungen beschlossen, meine Arbeit auf Eis zu legen, um darüber nachzudenken, welchen Projekten ich meine Zeit widmen wollte. Ich habe es gewagt, und dann bekam allmählich alles einen Sinn. Im Laufe des letzten Jahres bin ich an einen anderen Ort auf der Erde gezogen, habe mich beruflich verändert und endlich, nach all den vorherigen Entwürfen, die ich jeden Abend meiner Mutter vorgelesen habe, veröffentliche ich nun mein erstes Buch.

Und jetzt bleibt mir nur noch zu sagen, dass ich hoffe, dass dieses Buch, das du jetzt gerade in deinen Händen hältst, dir dabei geholfen hat, in deinem Inneren ein Licht zu entzünden, auch wenn es noch sehr diffus ist und du nicht weißt, woher es kommt. Denn auch wenn es Jahre dauert, können Träume, wenn man nicht aufgibt, am Ende Wirklichkeit werden.

Entdecke mehr auf:
lucesenelmar.com
miquelreina.com

ISBN 978-3-85179-404-5
2. Auflage 2018

Die Originalprintausgabe erschien bei
Espasa Libros S.L.U., Madrid
Titel der spanischen Originalausgabe: *Luces en el mar*

Umschlaggestaltung: Guter Punkt, München
Satz: Christine Paxmann • text • konzept • grafik, München
Druck und Bindung: CPI books GmbH, Leck

www.thiele-verlag.com